KB111397

한여름의 방정식

재인

MANATSU NO HOTEISHIKI by HIGASHINO Keigo

Copyright ⓒ 2011 by HIGASHINO Keigo

All Rights Reserved.

First original Japanese edition published by Bungeishunju Ltd., Japan 2011.

Korean hard-cover rights in Korea reserved by JANE BOOKS under the license granted by HIGASHINO Keigo arranged with Bungeishunju Ltd., Japan through The Sakai Agency, Japan and EntersKorea Co.,Ltd., Korea.

한여름의 방정식

초판 1쇄 펴낸 날 2014년 3월 17일  14쇄 펴낸 날 2024년 12월 24일
**지은이** 히가시노 게이고 **옮긴이** 이혁재 **펴낸이** 박설림 **펴낸곳** 도서출판 재인 **디자인** 오필민디자인
**등록** 2003. 7. 2 제300-2003-119 **주소** 서울시 강남구 도곡동 467-6 대림아크로텔 1812호
**전화** 02-571-6858 **팩스** 02-571-6857

ISBN 978-89-90982-51-3  03830 Copyright ⓒ 재인, 2013 Printed in Korea.

책값은 뒤표지에 표시되어 있습니다. 잘못된 책은 바꿔 드립니다.

# 한여름의
# 방정식

히가시노 게이고

이혁재 옮김

I

　신칸센에서 재래 노선으로 갈아타는 환승구는 금방 찾을 수 있었다. 계단을 올라가 승강장에 가 보니 기차는 이미 도착해 문을 열어 놓고 기다리고 있었다. 왁자지껄 떠드는 소리가 기차 안에서 흘러나왔다.

　가까운 문을 통해 기차 안으로 들어간 에사키 교헤이는 이내 눈살을 찌푸렸다. 연휴도 끝났으니 붐비지 않을 거라고 한 엄마의 말과는 달리 빈자리가 거의 없었다. 죽 이어진 4인용 박스석 대부분이 세 사람 이상으로 채워져 있다. 한두 사람만 앉은 자리가 있으면 좋겠는데, 라고 생각하며 교헤이는 통로를 걸어 나아갔다.

　가족 여행객이 많았고 교헤이 또래의 초등학생도 여럿 눈에 띄었다. 모두들 즐거운 듯 큰 소리로 떠들고 있다.

　'바보들.'

　교헤이는 속으로 중얼거렸다.

'해수욕장이 그렇게 좋아? 그래 봐야 바다일 뿐인데. 놀기에는 수영장이 훨씬 낫지. 바다에는 물이 흐르는 풀장도 없고 커다란 미끄럼틀도 없잖아.'

그때 열차 맨 구석에 아무도 앉지 않은 의자가 보였다. 맞은편에는 누가 앉아 있을 수도 있겠지만 2인용 의자에 혼자 앉을 수 있는 것만도 다행이다.

교헤이는 그쪽으로 다가가서 빈 의자에 배낭을 내려놓았다. 맞은편 의자에는 키 큰 남자가 앉아 있었다. 테 없는 안경을 쓴 채 잡지를 읽고 있는데, 잡지 표지에 알 수 없는 문양이 그려져 있고 처음 보는 단어들이 나열돼 있다. 남자는 교헤이가 앉거나 말거나 신경 쓰지 않고 무표정한 얼굴로 잡지만 들여다보았다. 셔츠 위에 재킷을 입은 그는 관광객으로는 보이지 않았다.

통로 건너편 자리에는 백발에 체격이 좋은 할아버지와 얼굴이 동그란 할머니가 서로 마주 보고 앉아 있었다. 두 사람은 부부 같다. 할머니가 페트병에 든 녹차를 플라스틱 컵에 따라 할아버지에게 건네자 할아버지는 무뚝뚝한 표정으로 받아 들고 벌컥벌컥 마시다가 그만 사레가 들리고 말았다. 할아버지가 너무 많이 줘서 그렇다며 할머니에게 투덜댄다.

두 사람 모두 평상복 차림으로, 여행 중인 것 같지는 않다. 고향으로 돌아가고 있는 건지도 모른다.

잠시 후 열차가 움직이기 시작했다. 교헤이는 옆에 놓인 배낭에서 점심이 든 비닐 봉투를 꺼냈다. 알루미늄 포일로 싼 주먹밥이 아직도 따뜻하다. 플라스틱 용기에는 닭튀김과 달걀말이가 들어 있다. 교헤이가 제일 좋아하는 것들이다.

페트병에 든 물을 마신 후 주먹밥을 한입 가득 베어 물었다. 창밖에는 이미 바다가 펼쳐지기 시작했다. 날씨가 구름 한 점 없이 맑아서 멀리 보이는 해수면이 반짝거리고 가까이에서는 흰 물보라가 오르락내리락한다.


"오사카에서 일을 보는 동안만 가 있으면 돼요. 교헤이도 호텔에서 빈둥거리는 것보다야 바다에서 노는 게 재밌을 테고."

엄마 유리가 그렇게 말한 게 사흘 전이었다. 그때까지 교헤이는 자신이 먼 시골에 있는 친척 집에 혼자 찾아가게 되리라고는 생각도 못했었다.

"괜찮을까? 하리가우라는 꽤 멀어."

아버지 게이이치가 위스키 잔을 기울이며 마뜩잖은 표정을 지었다.

"괜찮아요. 벌써 5학년이잖아요. 고바야시 씨네 하나 짱은 혼자서 호주까지 갔다 왔다던데."

엄마는 컴퓨터 자판을 두드리며 그렇게 말했다. 거실에 앉아 그날의 매상을 계산하는 것은 엄마의 하루 일과 중 하나다.

"하지만 하나 짱은 부모가 공항까지 데려다 줬고, 저쪽에서도 친척이 공항으로 마중 나왔다잖아. 비행기 혼자 타는 것쯤이야 무슨 걱정이 되겠어."

"마찬가지예요. 신칸센에서 재래 노선으로 한 번 갈아타는 것뿐인데요, 뭐."

그리고 엄마는 교헤이를 보며 이렇게 물었다.

"역에서 별로 멀지도 않으니까 지도만 있으면 되겠지?"

"응."

교헤이는 손에 든 게임기에 시선을 둔 채 건성으로 대답했다. 이제 와서 무슨 대답을 한들 부모님이 오사카에서 일을 보는 동안 자신이 하리가우라라는 잘 알지도 못하는 시골에 보내진다는 사실은 변하지 않는다는 걸 알기 때문이다. 전에도 이런 일이 몇 번이나 있었다. 외할머니가 살아 계실 때는 일만 있으면 하치오지의 외할머니 댁에 맡겨졌었다. 지난해 외할머니가 돌아가시면서 교헤이의 유배 장소가 고모네로 바뀐 것이다.

교헤이의 부모님은 부티크를 경영하고 있었다. 늘 바쁜 두 사람은 상품을 선전하기 위해 각지로 출장 가는 일도 많았다. 교헤이가 따라가는 경우도 있지만 학기 중에는 그럴 수가 없다. 덕분에 하룻밤 정도 혼자 보내는 건 교헤이에게는 일도 아니다.

부모님의 이번 오사카 출장은 새로운 지점을 오픈하기 위해서라고 했다. 짧아도 일주일 이상은 오사카에 머무를 것이다.

"그래, 이제 5학년이니까 문제없겠지. 교헤이, 바다에서 일주일 동안 실컷 놀다 오너라. 거긴 음식도 맛있어. 싱싱한 생선을 잔뜩 먹이라고 고모한테 부탁할게."

위스키에 취해 혀가 잘 돌아가는지 아버지가 일사천리로 말했다. 부부의 형식적인 논의를 거쳐 결국에는 교헤이를 맡기는 쪽으로 결정됐다. 언제나 그랬다.


열차는 해안을 따라 물 흐르듯 달렸다. 주먹밥을 먹고 나서 게임기를 가지고 놀고 있는데 배낭 옆 주머니에 넣어 두었던 휴대 전화가 울렸다. 교헤이는 게임을 잠시 정지시켜 놓고 주머니를 뒤졌다. 교헤이의 전화는 어린이 전용 휴대 전화다.

엄마였다.

'에이, 귀찮아.'

그렇게 생각하며 전화를 받았다.

"여보세요."

"아, 교헤이. 지금 어디?"

어디? 아니, 그걸 말이라고 물어? 차표를 끊어 준 사람은 엄마잖아.

"기차 안."

조그만 소리로 대답했다. 기차 안에서의 예절쯤은 알고 있다.

"아, 그렇지. 그럼 제대로 탔나 보네."

"응."

누굴 바보로 아나.

"도착하면 인사 잘해. 선물 드리는 거 잊지 말고."

"알아. 끊어."

"숙제 잘하고. 조금씩이라도 매일매일 해, 빠뜨리지 말고. 미루면 나중에 더 힘드니까."

"알았다니까."

그렇게 말하고 전화를 끊었다. 집 나서기 전에 들었던 말인데 또 되풀이한다. 엄마라는 사람들은 다들 왜 그럴까.

전화기를 집어넣고 게임을 다시 시작하려고 했을 때였다.

"어이."

어디선가 그런 소리가 들렸다. 자신을 부를 리 없다고 생각한 교헤이가 무시하고 있자니 다시 "어이, 거기 너." 하는 소리가 들렸다. 이번에는 조금 화가 난 듯한 목소리였다.

교헤이는 고개를 들고 소리 나는 쪽을 바라보았다. 통로 건너편 자리에서 머리가 허연 할아버지가 노기 띤 얼굴로 교헤이를 노려보고 있었다.

"휴대 전화 하지 마."

이번에는 쉰 목소리로 말했다.

교헤이는 깜짝 놀랐다. 요즘 세상에 이런 걸 가지고 뭐라 그러는 사람이 다 있단 말이야? 시골은 시골이네.

"전화가 걸려 와서 받은 거예요."

교헤이는 입을 삐죽 내밀었다.

그러자 할아버지는 주름 가득한 손으로 배낭을 가리켰다.

"전원 꺼. 여기선 안 돼."

그리고 "저길 봐."라며 이번에는 기차 벽면을 가리켰다. '노약자석. 이 근처에서는 휴대 전화의 전원을 꺼 주세요.'라고 쓰인 안내판이 붙어 있었다.

"아……!"

"알겠어? 여기선 안 돼."

할아버지는 기세등등한 목소리로 말했다.

교헤이는 배낭에서 휴대 전화를 꺼내 전원을 끄고 할아버지 쪽으로 내밀었다.

"이거 어린이용 휴대 전화라고요."

할아버지는 그게 어쨌다는 거냐고 묻는 듯 눈썹을 찌푸리며 바라보았다.

"전원을 꺼도 조금 있으면 저절로 켜진단 말이에요. 암호를 모르면 끌 수 없도록 돼 있거든요. 그래서 저도 어쩔 수가 없어요."

할아버지는 잠시 생각하더니 턱을 치켜들었다.

"그럼 다른 자리로 가. 여기선 안 돼. 노약자석이야."

그때였다.

"아니, 당신 왜 그래요?"

할아버지 앞자리에 앉아 있던 할머니가 그렇게 말하며 교헤이에게 웃음을 지어 보였다.

"얘야, 미안하다."

"아니야, 안 돼. 이건 사회가 정한 규칙이라고."

할아버지의 목소리가 점점 높아졌다. 다른 승객들이 힐끔힐끔 쳐다보기 시작했다.

교헤이는 한숨을 내쉬었다. 그리고 '거참, 시끄러운 영감이네.'라고 생각하며 배낭과 비닐 봉투를 들고 일어서려 했다.

그때였다. 앞에서 누군가 팔을 뻗어 교헤이의 어깨를 눌러 앉혔다. 그리고 손에 든 휴대 전화기를 빼앗아 갔다.

교헤이는 놀라 앞자리의 남자를 쳐다봤다. 남자는 무표정한 얼굴로 이번에는 교헤이가 들고 있던 비닐 봉투에 손을 집어넣었다. 그의 손을 따라 나온 것은 주먹밥을 감쌌던 알루미늄 포일이었다.

뭐라 말할 틈조차 없었다. 남자는 알루미늄 포일을 펼치더니 그걸로 휴대 전화를 감았다.

"이렇게 하면 돼."

남자는 포일에 감싸인 휴대 전화를 교헤이에게 내밀었다.

"자리 옮길 필요 없어."

교헤이는 아무 말도 못하고 전화기를 받아 들었다. 마술이라도 보는 느낌이었다. 정말 이걸로 된 걸까.

"뭐하는 거야? 되긴 뭐가 돼?"

할아버지가 계속해서 시비를 걸어 왔다.

"알루미늄 포일은 전파를 차단하지."

남자는 읽고 있던 잡지에서 눈을 떼지 않은 채 말했다.

"열차 안에서 휴대 전화의 전원을 끄라는 건 심박 조율기 사용자들을 위한 배려야. 전원이 들어와 있어도 전파만 차단된다면 그런 목적은 이루는 셈이지."

교헤이는 어안이 벙벙해서 할아버지와 남자를 번갈아 쳐다봤다. 할아버지도 당황한 기색으로 남자를 바라보다가 교헤이와 시선이 마주치자 뭐라고 구시렁거리더니 눈을 감아 버렸다. 소동이 무사히 진정된 것에 안심했는지 할머니는 생글생글 웃었다.

잠시 후 승객들이 들썩이기 시작하더니 여러 명이 자리에서 일어나 선반에서 가방을 내렸다. 안내 방송에서 다음 정차할 역 이름을 알려 주었다. 해수욕장으로 유명한 곳이다. 곧이어 열차가 멈춰 서고 승객의 절반가량이 내렸다. 좀 전의 일이 마음에 걸렸던 교헤이는 빈자리가 많이 생기자 다른 곳으로 옮기자고 마음먹었다. 그런데 교헤이가 자리에서 막 일어서려는 순간 앞자리의 남자가 불쑥 일어서더니 선반에서 가방을 내려

세 칸 정도 떨어진 자리로 옮겨 갔다.

어쩐지 선수를 빼앗긴 듯한 느낌이 들어 교헤이는 일어설까 말까 망설였다. 통로 건너편 자리의 시끄러운 할아버지는 코를 골고 있다.

이 노선은 여러 해수욕장을 거쳐 간다. 열차가 역에 정차할 때마다 남은 승객의 수가 줄어 갔다. 교헤이의 목적지인 하리가우라는 좀 더 가야 한다.

할아버지의 코 고는 소리가 더 커졌다. 할머니는 그 소리에 익숙한 듯 아무렇지도 않은 표정으로 창밖을 바라보고 있었다. 도저히 게임에 집중할 수 없어 교헤이는 결국 자리를 옮기기로 했다. 배낭과 비닐 봉투를 들고 자리에서 일어섰다.

이제 빈자리는 얼마든지 있었다. 되도록이면 할아버지에게서 멀리 떨어지자고 생각하며 통로를 걸어가는데 아까 그 남자의 등이 보였다. 다리를 꼬고 잡지를 펼쳐 놓고 있다. 교헤이는 무심코 그 잡지를 들여다봤다. 남자가 보고 있는 것은 크로스워드 퍼즐이었다. 몇 개의 빈칸은 이미 채워져 있는데, 아무래도 남자는 한 항목에서 벽에 부딪힌 것 같았다.

"템퍼런스."

교헤이가 중얼거렸다.

남자가 움찔하듯 돌아봤다.

"뭐?"

교헤이는 퍼즐의 빈칸을 손가락으로 가리켰다.

"세로 5번요. '뼈를 분석하는 사람'이라는 문제, 답이 템퍼런스 같은데요."

남자가 퍼즐을 들여다보며 고개를 끄덕였다.

"그러네. 딱 맞는구나. 그거 사람 이름이니? 처음 듣는데."

"템퍼런스 브레너. 'BONES'의 주인공이에요. 사체의 뼈를 가지고 여러 가지 추리를 해요. 외국 드라마."

남자는 눈썹을 찌푸리더니 무슨 이유인지 잡지 표지를 들춰 봤다.

"가상의 인물이라 이거군. 과학 잡지 퀴즈에 왜 그런 문제를 내는 거야. 옳지 못해."

남자가 중얼거렸다.

교헤이는 남자 맞은편에 앉았다. 남자는 아무 말 없이 크로스워드 퍼즐을 계속 풀었다. 좀 전까지 멈춰 있던 볼펜이 다시 움직이기 시작한 건 벽을 하나 넘었기 때문일 것이다.

남자가 옆 자리에 놓인 녹차 페트병으로 손을 뻗었다. 하지만 병을 집어 들다가 완전히 비어 있다는 걸 알고 도로 제자리에 놓았다.

교헤이는 절반 정도 남아 있는 자신의 물병을 남자의 얼굴 앞으로 들이밀었다.

"이거 드세요."

남자는 의표를 찔렸다는 듯 눈을 크게 뜨더니 가만히 고개를 저었다.

"아냐, 됐어."

교헤이는 어쩐지 조금 실망스러운 마음이 들었다. 그런데 물병을 도로 배낭에 넣으려 할 때였다.

"고마워."

남자가 말했다. 뜻밖의 말에 교헤이가 고개를 들자 남자와 눈길이 마주쳤다. 그 남자와 눈길이 마주친 건 처음이었다. 남자가 당황한 듯 고개를 돌렸다.

잠시 후 하리가우라 역이 얼마 남지 않자 교헤이는 반바지 주머니에서 지도 한 장을 끄집어냈다. 손으로 그린 것이 아니라 인쇄된 지도다. 거기에 '로쿠간소'라는 여관의 위치가 표시되어 있었다. 어제 여관에서 팩스로 보내 준 것이다.

2년 전에도 이 여관에 간 적이 있었다. 그때는 부모님과 함께였다. 그리고 기차가 아니라 자동차로 갔다. 그러니까 역에서 찾아가는 건 이번이 처음이다.

지도를 펼쳐 놓고 위치를 확인하고 있는데 "혼자서 거기 묵는 거니?"라고 남자가 물었다. 초등학생에게는 어울리지 않는다고 생각했는지도 모른다.

"친척 집이에요. 고모가 하는 곳이요."

교헤이의 대답에 남자는 알았다는 듯 고개를 끄덕이더니

"거기 어때?"라고 다시 물었다.

"어떠냐니, 뭐가요?"

"좋은 여관이냐고. 시설이 새거라든지, 예쁘다든지, 아니면 경치가 좋다든지, 음식이 맛있다든지……, 뭔가 내세울 게 있느냐 이거지."

교헤이는 고개를 갸우뚱거렸다.

"한 번밖에 안 가 봐서 잘 모르겠어요. 건물은 엄청 낡았고 바다랑 좀 떨어져 있어서 경치도 그저 그렇고, 음식도 특별한 건 없었던 것 같아요."

"그래……. 그 지도 좀 보여 줄래?"

교헤이가 지도를 건네자 남자는 잡지 여백에 볼펜으로 여관 이름과 전화번호, 주소를 적은 뒤 그 부분을 찢어 냈다.

"이거 뭐라고 읽지, 료쿠간소?"

"로쿠간소(綠岩莊. 녹색 바위 여관이라는 뜻-옮긴이)요. 여관 앞에 큰 바위로 된 간판이 있어요."

"그렇구나. 고맙다."

남자가 지도를 돌려줬다.

교헤이는 지도를 접어 바지 주머니에 도로 넣었다. 열차가 터널을 막 빠져나가는 참이었다. 바다 색깔이 한층 선명해진 느낌이 들었다.

**2**

스니커즈를 신었을 때, 벽에 걸린 낡은 시계의 바늘은 오후 1시 30분 근처를 가리키고 있었다.

'딱 좋아.'

가와하타 나루미는 그렇게 생각했다. 자전거를 타면 행사장까지 15분. 그러면 15분 정도가 남는다. 그 시간에 동료들과 최종 협의를 하면 된다.

"엄마, 다녀올게요."

카운터 안쪽을 향해 외쳤다. 길게 드리운 포럼 안쪽은 부엌이다. 머리에 수건을 쓴 세쓰코가 포럼을 걷어 올리며 나왔다. 한창 음식을 준비하고 있었을 것이다.

"얼마나 걸려?"

세쓰코가 묻는다. 쉰넷의 나이치고는 주름이 적다. 말끔히 화장하면 열 살 정도는 젊어 보일 텐데, 그녀는 별생각이 없는 듯, 자외선 차단제 겸용 파운데이션을, 그것도 여름 동안에만 바르는 게 고작이다.

"잘 모르겠는데. 한 두 시간?"

그리고 나루미는 덧붙였다.

"오늘은 예약이 한 팀이지? 몇 시쯤 도착한대?"

"저녁 식사 전에 도착한다고만 했어."

"그럼 됐어. 그때까지는 돌아올 수 있을 거야."

"그리고 오늘 교혜이 온다."

"아 참, 그랬지. 혼자 온다며?"

"그래. 아마 지금쯤 역에 도착했을 거야."

"알았어요. 가는 길이니까 역에 들러 볼게. 길 찾기 어려울 것 같으면 내가 데려다 주고."

"그래 줄래? 여기 와서 길이라도 잃으면 내가 걔네 엄마 볼 면목이 없지."

이 작은 마을에서 그런 일이 일어날 리 없다고 생각했지만 나루미는 고개를 끄덕이며 "응."이라고 대답하고 밖으로 나섰다. 오늘도 구름 한 점 없는 하늘에 햇볕이 따갑다. '로쿠간소'라고 새겨진 흑요석이 여관 입구에서 눈부시게 빛나고 있었다.

숄더백을 어깨에 메고 자전거에 오른 나루미는 역을 향해 페달을 밟기 시작했다. 이 근처는 어디나 길이 울퉁불퉁하다. 그리고 로쿠간소는 높은 지대에 있어서 역까지는 내내 내리막길이다.

5분도 채 안 되어 역에 도착했다. 열차가 방금 도착했는지 승객들이 역사 계단을 내려오고 있었다. 그래 봐야 열 명 남짓이지만.

그중에 빨간 티셔츠에 카키색 반바지 차림에 등에 배낭을 멘 소년이 있었다. 그 신경질적인 표정이 기억 속에서 되살아났지만 나루미는 소년에게 곧바로 말을 걸기가 주저됐다. 교헤이와 만나는 게 2년 만이라 생각 이상으로 많이 자란 탓도 있지만, 그보다 교헤이가 어떤 남자와 친근하게 얘기를 나누고 있었기 때문이다. 교헤이 혼자 온다고 들었고, 또 교헤이 아버지 게이이치라면 몇 번 만난 적이 있으므로 그가 아니라는 건 알 수 있었다.

하지만 분명 교헤이였다. 마침내 소년도 나루미를 알아본 듯, 같이 있던 남자에게 뭐라고 말한 뒤 나루미를 향해 달려왔다.

"안녕하세요."

"안녕, 교헤이. 많이 컸네."

"어, 그래요?"

"벌써 5학년인가?"

"네. 나루미 짱, 일부러 마중 나온 거예요?"

그러면서 교헤이는 눈부신 듯 나루미를 올려다봤다.

스무 살도 더 어린 사촌 동생에게 '짱'이라는 호칭을 들으니 기분이 묘했다. 자기 부모가 나루미를 그렇게 부르던 기억이 있어서인가 보다.

"잘 도착했는지 보러 왔어. 난 다른 데 볼 일이 있긴 한데, 아직 시간이 좀 있으니까 길을 못 찾겠으면 내가 데려다 줄게."

소년은 머리와 손을 동시에 내저었다.

"괜찮아요. 지도도 가지고 왔고, 전에 와 본 적도 있으니까. 이 길로 쭉 올라가면 되죠?"

교헤이는 눈앞의 언덕길을 가리켰다.

"그래. 집 앞에 큰 돌이 있으니까 그걸 표적으로 삼아."

"응. 알았어요."

"그런데 교헤이, 저 사람, 아는 사람이야? 아까 같이 얘기하던데."

나루미는 좀 떨어져 있는 남자에게 시선을 옮겼다. 남자는 휴대 전화로 통화하고 있었다.

"기차 같이 타고 왔어요. 모르는 사람이에요."

"모르는 사람하고 무슨 얘기를 그렇게 해?"

그럼 안 되지, 라고 나루미는 속으로 생각했다. 다행히 남자가 수상한 사람으로 보이지는 않았지만.

"이상한 할아버지가 시비를 걸어 왔는데 저 아저씨가 도와줬어요."

"그래?"

무슨 시비를 걸었는지는 모르겠지만, 어쨌든 그렇다면 안심이다.

"그럼 나 갈게요."

"그래, 길 조심하고. 이따가 만나서 천천히 얘기하자."

교헤이는 고개를 끄덕이고 언덕길을 향해 걸음을 옮기기 시작했다. 교헤이를 눈으로 배웅한 나루미는 다시 자전거에 올라타고 페달을 밟았다. 그때 택시 정류장에 서 있는 그 남자가 눈에 들어왔다. 좀 딱하다는 생각이 들었다. 이 마을의 택시들은 열차 도착 시간에 맞춰 역으로 나간다. 하지만 그래 봐야 두세 대에 불과하다. 지금 정류장에 택시가 없다는 건 이미 손님을 태우고 다 떠났다는 뜻이다. 다시 돌아오려면 빨라도 30분은 족히 걸린다.

해안을 따라 난 길을 나루미는 자전거로 경쾌하게 달렸다. 소금기 밴 바람에 머리카락이 마구 흐트러졌지만 신경 쓰지 않았다. 머리를 기르지 않은 지 10년도 넘었다. 내키면 바다에 들어가고, 그대로 씻지도 않은 채 선술집에 가서 맥주를 마시곤 했다. 그런 걸 생각하면 엄마인 세쓰코가 화장을 안 한다고 뭐라 할 입장도 아니다.

도중에 방향을 틀어 바다와 멀어졌다. 조금 경사가 있는 길이다. 쇼핑센터와 은행이 늘어서 있어 이 마을에서는 그래도 번화한 분위기가 감도는 곳이다. 그곳을 지나치자 회색 건물이 나타났다. 시민 회관이다. 오늘 이곳 강당에서 중요한 행사가 있다.

자전거를 지정된 장소에 세운 뒤 주차장을 살펴봤다. 관광버스 한 대가 서 있었다. 다가가 버스 앞쪽 창문에 붙은 안내판을 봤다.

'DESMEC 참가자 일행'이라고 되어 있다. '데스멕'. 정식 명칭은 해저 금속 광물 자원 기구다.

버스에는 아무도 없었다.

벌써 들어가서 출동 준비를 하고 있는 모양이다. 그렇다면 이쪽도 서둘러야 한다. 나루미는 건물 입구로 향했다.

입구에서는 시청 공무원이 입장객을 점검하고 있었다. 나루미는 참가표를 보여 주고 그곳을 통과해 로비로 들어갔다.

로비는 이미 참가자들로 가득했다. 그녀가 두리번거리고 있자니 "나루미!" 하고 부르는 소리가 들렸다. 돌아보니 사와무라 모토야가 그녀를 향해 성큼성큼 다가오고 있었다. 그는 봄까지 도쿄를 근거지로 일하다가 얼마 전 이곳으로 돌아왔다. 지금은 집안에서 운영하는 전자 제품 가게 일을 거들면서 자유기고가로 활동하고 있다.

얼굴도, 셔츠에서 빠져나온 팔뚝도 모두 새까맣다.

"왜 이렇게 늦었어?"

"미안해요. 다른 사람들은요?"

"벌써 모여 있어. 이쪽이야."

사와무라를 따라가 보니 시청 측을 어떻게 구워삶았는지 방하나를 얻어 놓고 있었다. 거기에 10여 명의 낯익은 얼굴이 보였다. 절반 정도는 나루미 또래고 나머지는 40~50대다. 직업은 가지각색이지만 모두 하리가우라 주민이라는 공통점이 있다. 전부터 알던 사람도 있지만 대부분은 이번에 활동을 통해서 알게 된 사이다.

사와무라가 심호흡을 한 번 한 다음 모두를 둘러봤다.

"오늘은 일단 저쪽 얘기를 들어 보는 게 좋겠습니다. 일전에 나눠 드린 자료에 우리들이 독자적으로 조사한 내용이 나와 있습니다. 저쪽이 하는 얘기 중에는 분명 자료와 내용이 엇갈리는 부분이 있을 겁니다. 그게 이번 토론의 핵심이 될 거라고 보시면 됩니다. 하지만 본격적인 토론은 내일입니다. 저쪽의 설명을 다 들은 후 오늘 밤에 한 번 더 작전 회의를 하겠습니다. 질문 있습니까?"

"이 자료에는 돈 얘기가 없네요."

중학교에서 사회 과목을 가르치는 남자가 말했다.

"이번 개발로 인한 경제 효과가 얼마나 되는지, 저쪽은 그걸 강조할 것 같은데."

사와무라가 웃으며 교사를 바라봤다.

"경제 효과라는 건 그림의 떡 같은 겁니다. 누가 그리느냐에 따라 달라지고, 어떻게 보느냐에 따라서도 달라집니다. 저쪽이야 그럴듯한 얘기만 하겠지만, 곧이곧대로 받아들이면 안 됩니다."

"그리고,"

이번에는 나루미가 입을 열었다.

"중요한 건 돈이 아니라 이 지역의 아름다운 바다를 어떻게 하면 지켜 낼 수 있느냐 하는 겁니다. 왜냐하면 한번 파괴된 환경은 억만금을 들여도 원래대로 되돌려 놓을 수 없기 때문입니다."

나루미의 다소 강한 어조에 교사는 어깨를 움츠렸다.

"그거야······."

그때 노크 소리가 나더니 방문이 열렸다. 시청의 젊은 직원이 얼굴을 들이밀었다.

"시간이 거의 다 됐습니다. 회의장으로 가시죠."

"자, 갑시다."

사와무라가 힘찬 목소리로 말하자 그것을 신호로 모두가 움직이기 시작했다.

강당 의자는 계단식으로 배열돼 있었다. 좁혀 앉으면 400~500명까지도 앉을 수 있는 규모였다. 강연회 같은 것에도 사용할 수 있도록 지어졌다고 하는데, 나루미가 기억하는 한 하리가우라에서 저명인사의 강연회가 열린 적은 한 번도 없다.

나루미 일행은 앞자리를 차지하고 앉았다. 책상 위에 자료를 놓고 메모할 준비를 했다. 옆에서는 사와무라가 녹음기의 상태를 점검하고 있었다.

넓은 강당이 점차 사람들로 메워져 갔다. 시장과 촌장들의 모습도 보인다. 이곳 주민뿐 아니라 인근 마을에서도 많이 올 거라고 들었다.

'모두들 관심을 갖고 있지만 대다수가 내용을 전혀 모른다', 이번에 이 지역에서 논의할 주제는 그런 것이다.

참가자들을 둘러보다가 한 남자와 눈이 마주쳤다. 60이 갓 넘었을까. 남방셔츠 차림에, 백발이 섞인 머리를 짧게 깎은 사람이었다. 그는 미소를 띠며 나루미를 향해 가볍게 고개를 까딱했다. 누군지 알 수는 없었지만 나루미도 답례를 했다.

단상 위에는 좁고 긴 회의용 테이블이 놓여 있고 그 뒤로 파이프 의자들이 줄지어 있었다. 테이블 위에는 직함과 이름이 적힌 종이가 놓여 있다. 그 대부분은 데스멕 사람들 것이지만 해양학자와 물리학자도 있다고 들었다. 단상 정면에는 스크린이 준비돼 있다.

앞쪽에 있는 문이 열리더니 양복 차림 남자들이 줄지어 들어왔다. 모두 표정이 굳어 있다. 그들은 시청 공무원의 안내로 단상 위 자기 자리에 말없이 가서 앉았다.

그들로부터 조금 떨어진 곳에 사회자용 자리가 마련돼 있었다. 30세 정도의 안경 낀 남자가 마이크를 들었다.

"시간이 됐으니 이제 시작하도록 하겠습니다. 아직 한 분이 안 오셨는데 곧 도착한다고 합니다."

사회자가 거기까지 말했을 때 문이 거칠게 열리더니 한 남자가 허둥지둥 뛰어 들어왔다. 벗은 웃옷을 손에 들고 있었다.

남자를 보고 나루미는 흠칫했다. 역에서 본 사람, 교헤이와 함께 있던 그 남자다. 관자놀이가 땀으로 번들거렸다. 예상대로 택시를 잡지 못해 역에서 여기까지 걸어온 모양이다. 자전거로는 얼마 안 걸리지만 걷기에는 만만찮은 거리다.

남자가 앉은 자리에는 '데이토 대학 물리학과 부교수 유가와 마나부'라고 적혀 있었다.

"자, 그럼 모두 오셨으니 정식으로……."

사회자가 다시 한 번 개회를 선언했다.

"지금부터 해저 금속 광물 자원 개발에 관한 설명회를 시작하겠습니다. 저는 오늘 사회를 맡은, 해저 금속 광물 자원 기구 홍보과의 구와노입니다. 아무쪼록 잘 부탁드리겠습니다. 그럼 우선 기술과의 개략적인 설명이 있겠습니다."

기술 과장이라고 소개된 남자가 일어서는 것과 동시에 실내의 조명이 어두워졌다. 스크린에 '해저 광물 자원 개발에 관해서'라는 요란스러운 타이틀이 비쳤다.

나루미는 등을 쭉 폈다. 한마디도 놓치지 말자고 다짐했다. 바다를 지키는 건 자신의 사명이다. 자원 개발 때문에 자연의 보물이 파괴되어서는 안 된다.

올여름 들어 하리가우라와 인근 마을들이 요동쳤다. 시작은 경제 산업성 산하 자원 에너지 조사회가 발표한 보고서 때문이었다. 그 내용은 '하리가우라에서 남쪽으로 수십 킬로미터 떨어진 해역이 해저 열수광상(熱水鑛床) 개발의 상업화를 위한 시험 후보지로 극히 유망하다'는 것이었다.

해저 열수광상이란 바다 밑에서 분출된 뜨거운 물에 함유되어 있는 금속 성분이 침전되어 생긴 암석 덩어리를 말한다. 그 성분은 주로 동, 납, 아연, 금, 은 등이지만, 게르마늄이나 갈륨 같은 희소 금속도 풍부하게 함유하고 있다. 세계적으로 부족한 희소 금속을 채산성 있는 상태로 발굴할 수 있다면 일본은 일약 자원 대국이 될 것이다. 그래서 정부는 이 분야의 기술 개발에 힘을 쏟고 있고 데스멕은 그 선봉에 서 있다.

하리가우라의 광상이 특히 주목받는 이유는 800미터라는 비교적 얕은 해저에 위치해 있기 때문이었다. 얕은 곳에 있으면 당연히 발굴이 쉽고 비용도 절감된다. 육지에서 수십 킬로미터밖에 떨어져 있지 않다는 점도 상업화에 유리한 조건이라고 할 수 있다.

이 계획이 발표되자 하리가우라를 비롯해 이 근방의 마을들이 크게 술렁거렸다. 자신들의 바다가 황폐해진다며 분노한 것이 아니었다. 자기네 고장에 새로운 산업이 탄생할 거라며 대다수가 큰 기대를 품게 된 것이다.

## 3

이 언덕이 이렇게 길었나.

교헤이는 걸음을 멈추고 짜증스러운 얼굴로 주위를 둘러봤다. 전에 왔을 때도 해수욕장 가느라고 몇 번 오갔던 길이다. 하지만 그때는 아버지가 운전하는 자동차를 탔었다. 걸어가는 건 이번이 처음이다.

주변 풍경은 2년 전과 별로 달라진 게 없는 듯했다. 언덕길 바로 밑에는 예전에 여관이었을 듯한 큰 건물이 있었다. 지붕과 벽이 마치 불에 그슬린 듯한 회색이고, 거대한 간판도 군데군데 페인트가 떨어져 나간 상태다. 전에 이 길을 차로 지날 때 아버지가 '폐허'라고 했던 기억이 났다.

"이런 걸 폐허라고 하는 거야. 한자는 조금 어려운데, 아무도 살지 않게 되어 황폐해진 건물을 말하지. 전에는 근사한 여관이었을 거야."

"왜 아무도 살지 않게 됐는데요?"

"돈이 벌리지 않기 때문이지. 손님이 안 오니까."

"손님이 왜 안 와요?"

아버지는 "흠……." 하고 잠시 뜸을 들이다가 대답했다.

"여기 말고 더 좋은 곳이 있기 때문이야."

"더 좋은 곳이요?"

"더 재미있는 곳. 디즈니랜드라든가 하와이 같은."

"아⋯⋯."

하와이는 가 본 적이 없지만 디즈니랜드라면 교헤이도 엄청 좋아한다. 하리가우라에 간다고 했을 때 그곳을 아는 친구는 아무도 없었다. 부러워하지도 않았다.

그때 일을 떠올리며 교헤이는 다시 언덕길을 오르기 시작했다.

도대체 왜 이런 곳에 저렇게 큰 여관을 지었을까 하는 의문이 들었다. 전에는 정말로 사람이 많이 왔을까.

마침내 전방에 눈에 익은 건물이 나타났다. 좀 전에 본 '폐허'에 비하면 4분의 1 크기도 안 되지만, 낡았다는 점에서는 결코 뒤지지 않는 건물이었다. 운영자는 교헤이의 고모부인 가와하타 시게하루. 15년 전, 아버지가 하던 것을 물려받은 이후 단 한 번도 보수 공사를 하지 않았다고 한다.

아버지는 곧잘 "손님도 별로 안 오는 그런 낡아 빠진 여관, 때려치우는 게 낫잖아?"라고 말하곤 했다.

교헤이는 현관 미닫이문을 밀어 열고 안으로 들어갔다. 냉방이 알맞게 되어 있어 기분이 상쾌해진다.

"안녕하세요!"

안쪽을 향해 소리쳤다.

카운터 뒤 포렴이 들리더니 고모인 가와하타 세쓰코가 생글

생글 웃으며 나왔다.

"어머나, 교헤이 짱 왔구나! 잘 지냈어? 많이 컸네."

첫마디가 나루미와 똑같다. 컸다고 하면 애들이 좋아할 거라고 생각하는 모양이다.

교헤이도 꾸벅, 고개를 숙였다.

"고모, 오늘부터 신세 좀 질게요."

그러자 세쓰코가 쓴웃음을 지었다.

"무슨 소리야, 남처럼. 자, 일단 들어와."

교헤이는 구두를 벗고 슬리퍼로 갈아 신었다. 좁긴 해도, 등나무 소파가 놓인 로비도 있었다.

"밖은 덥지? 뭐 시원한 것 좀 줄까? 주스하고 보리차, 뭐로할래? 콜라도 있고."

"그럼 콜라."

"콜라? 그래, 알았어."

세쓰코는 손가락으로 V 자를 그려 보이며 카운터 뒤로 사라졌다.

교헤이는 배낭을 내려놓고 등나무 소파에 앉아 무심히 실내를 둘러봤다. 이 근처 바다를 그린 듯한 유화 한 점이 벽에 걸려 있었다. 그 옆에는 주변 관광지를 일러스트로 그려 넣은 지도가 붙어 있다. 그런데 색이 하도 바래서 글자를 읽을 수 없을 정도였다. 벽에 걸린 낡은 시계는 오후 2시를 가리키고 있었다.

"오오."

쉰 목소리가 들리더니 복도 쪽에서 시게하루가 나타났다.

"어서 오너라. 잘 왔다."

달마 상처럼 푸짐한 모습이 2년 전 봤을 때와 똑같다. 하지만 머리숱은 더 줄어들어서 대머리가 다 됐다. 또 한 가지 달라진 점은 지팡이를 짚고 있다는 것이었다. 몸무게가 너무 늘어서 무릎이 못쓰게 됐다고 아버지가 얘기했던 기억이 났다.

교헤이는 일어나서 "안녕하세요."라고 인사했다.

"앉거라, 앉아. 고모부도 앉을게. 에구구."

시게하루가 교헤이 맞은편에 앉았다. 벙긋 웃는데 그 모습이 영락없이 에비스(7복신七福神 중 하나로 오른손에 낚싯대, 왼손에 도미를 들고 있다 – 옮긴이)다.

"그래, 엄마 아빠는 건강하시고?"

"네. 두 분 다 엄청 바쁘세요."

"그래? 사업이 번창해서 그런 거니 좋은 일이지."

세쓰코가 쟁반에 주전자와 유리잔을 얹어 들고 나왔다. 시게하루의 목소리를 들었는지 잔이 3개다. 그중 하나에는 콜라가 담겨 있었다.

"뭐야, 나도 콜라가 좋은데."

시게하루의 말에 세쓰코는 "안 돼요. 당분은 삼가야죠."라며 주전자에서 보리차를 따랐다.

목이 말랐던 교헤이는 콜라가 꿀맛이었다.

세쓰코는 교헤이의 아버지인 게이이치의 누나다. 하지만 어머니는 다르다. 세쓰코를 낳은 어머니는 그녀가 어렸을 때 교통사고로 돌아가셨다고 들었다. 게이이치는 아버지가 재혼해서 낳은 아들이다. 세쓰코와 게이이치는 아홉 살이나 나이 차이가 난다.

"역에서 나루미 짱 만났어요. 뭔가 볼일이 있는 것 같던데요."

"볼일? 무슨?"

시게하루가 금시초문이라는 듯 세쓰코를 바라봤다.

"왜, 그거 있잖아요. 해저인가 뭔가 하는 거. 금이나 은 같은 걸 해저에서 캐 올린다든가?"

"으응, 그거……."

시게하루는 별 관심이 없는 듯했다.

"그런 얘기에 혹하면 안 되는 거야. 조심해야지."

"그런가요?"

세쓰코는 고개를 갸웃했다.

"나루미는 개발이 시작되면 바다가 오염될 거라고 걱정하던데."

"그래? 그건 안 되지."

시게하루는 심각한 표정이 되어 보리차를 마셨다.

"아, 맞다!"

교헤이는 배낭을 열고 속에서 종이로 싼 꾸러미를 꺼냈다.

"깜빡했어요. 이거, 선물요. 어머니가 전해 드리래요."

"아유, 미안해라. 이렇게 신경 쓰지 않아도 되는데."

세쓰코는 미간에 주름을 잡으면서도 미소 띤 얼굴로 선물을 받아 들었다. 그리고 바로 포장을 풀었다.

"어머, 쇠고기 조림이네! 이거 유명한 가게에서 샀구나. 나중에 엄마한테 고맙다고 전해 드려."

그리고 교헤이가 콜라 잔을 비우는 걸 본 세쓰코는 대뜸 "한 잔 더 줄까?"라고 물었다. 교헤이가 "네."라며 고개를 끄덕이자 세쓰코는 빈 잔을 들고 갔다. 집이었다면 네가 갖다 마시라는 말을 들었을 것이다.

교헤이는 남은 여름 방학을 여기서 보내는 것도 나쁘지 않을 것 같다는 생각이 들었다.


4


개발 과장이 일어나서 앞으로의 계획을 설명하기 시작했다.

"우선은 지형을 조사해서 광석의 양과 비중, 금속의 비율 등을 확인할 것입니다. 그 작업과 동시에 채광, 양광 등의 자원 개발 기술 수준을 끌어올립니다. 아울러 제련 기술도 확립합니다. 그래서 10년 후에는 상업화를 검토할 수 있는 수준까지 추진할 예정입니다."

그런 내용이었다. 나루미는 조금 안심이 됐다. 그들의 입에서 마을을 부흥시킬 새로운 산업으로 유망하다느니 어쩌느니 하는 사탕발림이 나오지 않아서다. 아직은 미지의 분야이기 때문에 그들도 신중할 수밖에 없을 것이다.

하지만 '해저 자원'이라는 단어에는 희망을 불어넣어 주는 힘이 있었다. 쇠락해 가는 고향을 다시 일으켜 세우려는 사람들이 마치 구세주라도 나타난 듯 흥분하는 것도 무리는 아니었다. 하리가우라는 나날이 피폐해져 가고 있었다. 최대의 수익원이었던 관광 산업이 사양길을 걷고 있기 때문이다.

그렇지만 미지의 기술을 안일하게 받아들여도 될까 하는 불안감이 없지 않았다. 하리가우라는 바다 덕분에 삶을 꾸려 올수 있었다. 그것은 아름답고 생명력 넘치는 바다가 없다면 불가능한 일이다. 마을을 살리겠다면서 마을의 근원인 바다를 희생시키겠다는 건 본말이 전도된 일 아니겠는가.

하지만 혼자의 힘으로는 아무 일도 할 수 없었다. 그래서 나루미는 어떻게 해서든 자신의 생각을 알리기 위해 블로그에 글을 올렸다. 전부터 그녀는 하리가우라의 바다를 소개하는 사이트를 개인적으로 운영하고 있었다.

그 글을 보고 메일을 보내온 사람이 하리가우라 출신의 사와무라 모토야였다. 자유 기고가인 그는 환경 보호 운동에 적극적인 사람이었다. 그는 환경 보호주의자 동료들을 규합해 개발 반대 운동을 먼저 준비하기 시작했다. 그리고 나루미에게도 참여할 것을 권유했다. 나루미는 즉시 답장을 썼다. 바다를 지키는 활동에 동참하겠다고.

　그때부터 서로 정보를 교환하고 공부하는 나날이 이어졌다. 사와무라는 도쿄의 아파트를 떠나 고향 집으로 돌아왔다. 아예 이곳에 자리 잡고 이 문제에 전념하기 위해서였다. 자신의 인맥을 활용해 가며 반대 운동에 협력해 줄 사람을 모았다. 해저 열수광상 개발이 생태계 파괴를 부른다는 이들의 주장은 주로 어업 관계자들을 자극했다. 그 결과 개발 반대 집회에 어업 관계자들이 다수 참여하게 되었다.

　반대 운동이 힘을 얻어 가자 마침내 정부도 움직였다. 경제산업성이 광상 해역에 관해 주민들을 대상으로 설명회를 열도록 관계 기관에 지시한 것이다.

　이런 우여곡절 끝에 오늘의 설명회가 열리게 되었다. 모처럼의 기회였다. 나루미는 이번 설명회를 통해 바다에 대한 자신의 생각을 확실히 알리겠다고 결심했다.


　데스맥 기술자들의 설명이 이어졌다. 그들은 환경 보호에 관한 설명도 준비해 왔다. 하지만 그것은 결코 나루미 등이 납득할 수 있는 내용이 아니었다.

약 2시간에 걸친 데스멕 측의 설명이 끝나고 질의응답이 시작됐다.

옆 자리에 앉아 있던 사와무라가 대뜸 손을 들었다. 마이크를 건네받은 그가 질문을 했다.

"해저 열수광상에는 그 단어가 의미하는 그대로 뜨거운 물이 분출되는 구멍이 있습니다. 그리고 그 구멍 주변에는 다양한 심해 생물이 서식하고 있습니다. 채광으로 인해 발생할 영향을 예측하고 대책을 마련한다고 하셨습니다만, 그건 예측할 필요조차 없는 일입니다. 심해 생물은 모조리 죽고 말 겁니다. 심해 생물 중에는 10센티미터 이상으로 성장하는 데 몇 년씩 걸리는 것도 있습니다. 그런데 죽는 건 순간입니다. 그런 생물을 어떻게 보호할 것인지, 현시점에서의 아이디어라도 좋으니 말씀해 주십시오."

'역시…….'

나루미는 감탄했다. 사와무라의 얘기는 나루미 자신이 생각하고 있던 것을 그대로 대변해 줬다.

데스멕의 개발 과장이 답변에 나섰다.

"말씀하신 대로 분명 일부 생물에는 피해가 갈 것입니다. 그래서 유전학적 연구를 통해 환경 보전 대책을 검토하고 있습니다. 해당 지역에 서식하고 있는 생물의 유전자를 분석해 여타 해역에도 같은 종류의 생물이 존재하는지 확인하는 겁니다. 만약 그 지역에만 존재하는 것으로 밝혀지면 그 종에 한해서는 반드시 보호하도록 할 겁니다. 그 방법은 종에 따라 달라질 것이고요."

사와무라가 다시 마이크를 들었다.

"그러니까, 다른 곳에 그 생물이 살고 있다면 그곳의 생물은 사멸해도 괜찮다는 말씀이군요."

그러자 개발 과장이 얼굴을 찡그리며 대답했다.

"뭐…… 그렇다고 할 수 있겠지요."

"그럼 그곳에 서식하는 모든 생물의 유전자를 파악하는 일은 과연 가능할까요? 그러잖아도 심해 생물은 아직 수수께끼에 싸인 존재입니다. 어디에 무엇이 살고 있는지 완벽하게 파악한다는 건 불가능하지 않을까요?"

"아니 그러니까……, 그걸 어떻게 해서든 해내야 한다고 생각합니다."

개발 과장이 그렇게 말했을 때였다.

"좋지 않아."

갑자기 그렇게 말하는 소리가 들렸다. 단상에 있던 모두가 흠칫 놀라며 목소리의 주인공을 바라봤다. 그는 유가와라는 물리학자였다.

"그런 식의 발언은 좋지 않아."

유가와는 다시 한 번 말했다.

"전문가들조차 심해 생물이라는 존재를 완전히 이해하지 못한 상태예요. 할 수 없는 건 할 수 없다고 정직하게 말해야지."

개발 과장이 당황한 듯 입을 다물었다. 사회자가 무슨 말이라도 해 보려는 듯 마이크에 다가갔다. 하지만 그러기 전에 유가와가 다시 말을 가로챘다.

"지하자원을 이용할 수 있는 방법은 채광밖에 없어요. 그리고 채광을 하면 생물에게 피해가 갑니다. 그건 육상이나 해저나 마찬가지예요. 인간은 그런 일을 반복해 왔어요. 나머지는 선택의 문제입니다."

그는 거기까지 말한 뒤 마이크를 놓고서 자신에게 집중되는 시선을 무시하듯 눈을 감았다.


오후 4시 반을 넘어서고 있었다. 나루미는 사와무라와 함께 강당을 나왔다.

"대체로 예상대로였어. 그래도 생각보다는 명분론적인 얘기가 적어서 다행이야."

복도를 걸으며 사와무라가 말했다.

"저도 비교적 솔직히 얘기한다고 생각했어요. 저쪽도 아직은 관망 상태인 것 같아요. 일단은 환경 보호도 염두에 두는 것 같고."

"아니, 안심하긴 일러. 돈벌이가 된다고 판단하면 앞뒤 안 가리고 개발을 시작할 거야. 그렇게 되면 환경 따위는 완전히 뒷전일 거라고. 지금까지 내내 그래 왔거든. 원자력 발전소가 좋은 예잖아. 속아선 안 돼."

나루미는 고개를 끄덕였다. 맞는 말이었다. 설명회를 마치고 나오면서 한 건 했다는 기분에 젖어 있었지만, 진짜 승부는 이제부터였다.

"그런데 개발 추진파에도 여러 종류가 있더군요. 사와무라 씨가 질문했을 때 끼어든 교수 있잖아요. 할 수 없는 건 할 수 없다고 말해야 한다던 사람. 저는 데스멕 진영에도 저런 사람이 있구나, 생각했어요."

"아, 그 학자."

사와무라가 입술을 일그러뜨렸다.

"그거 다 쇼하는 거야."

"하지만 속이려 들지 않고 꽤 양심적이라는 생각이 들던데요. 공무원이나 정치인은 절대 그런 식으로 말하지 않거든요."

"그야 뭐…… 그렇지."

사와무라는 고개를 끄덕였지만 마지못해 그러는 느낌이었다. 적을 칭찬하고 싶지 않은 것이다.

시민 회관을 나온 나루미 일행은 일단 해산하기로 했다.

"그럼 나중에 다시 봅시다."

사와무라가 사람들에게 외쳤다. 그들은 저녁을 먹은 뒤 다시 모여 내일 토론회에 대비한 스터디를 하기로 했다.

나루미는 자전거에 올라 사람들에게 가볍게 손을 흔든 뒤 페달을 밟기 시작했다.

역 앞을 통과할 무렵 그녀는 자전거에서 내렸다. 거기서부터는 오르막길이어서 밀고 가는 편이 훨씬 수월하기 때문이다.

로쿠간소 여관이 보이기 시작할 무렵 택시 한 대가 그녀를 지나쳐 갔다. 보고 있으려니 여관 앞에 멈춰 선다. 오늘 밤 예약했다는 그 유일한 손님이 아닐까 싶었다.

최근 들어서는 예약이 하루에 한 건인 날이 드물지 않게 됐다. 여름 성수기인 지금도 손님은 늘지 않고 있다. 이런 현상이 로쿠간소만의 이야기는 아니다. 하리가우라의 관광 산업 전체가 쇠퇴의 길을 걷고 있었다. 요 몇 년 사이 여러 개의 호텔과 여관이 문을 닫았다. 우리 여관도 문 닫는 건 시간문제라고 나루미는 각오하고 있었다. 성수기가 아니면 직원을 고용할 여유가 없어 아버지 시게하루가 다리를 다친 뒤로는 거의 어머니 세쓰코와 둘이서 꾸려 가고 있는 상황이었다. 그게 가능할 정도로 손님이 적다는 얘기였다.

손님을 내려 준 택시가 유턴을 했다. 종종 봐 왔던 택시 기사는 나루미를 지나칠 때 꾸벅 고개를 숙였다. 작은 마을이기에 볼 수 있는 풍경이다.

여관 현관에 들어서니 남자 하나가 카운터에서 숙박부를 쓰고 있었다. 손님을 응대하던 세쓰코가 나루미를 보고 고개를 끄덕였다. 그러자 숙박부를 다 작성한 남자가 뒤돌아봤다. 그 얼굴을 보고 나루미는 살짝 놀랐다. 설명회에서 봤던 남방셔츠 차림 남자였다. 그는 이번에도 온화한 표정으로 나루미에게 인사했다. 마치 나루미가 돌아올 것을 예상하기라도 한 듯한 표정이었다.

"방으로 안내해 드릴게요."

세쓰코가 열쇠를 손에 들고 카운터에서 나왔다. 남자가 말없이 뒤를 따라갔다. 손에는 조그만 여행 가방이 들려 있었다.

두 사람의 모습이 보이지 않게 되자 나루미는 카운터로 들어가 숙박부를 확인했다. 남자의 이름은 쓰카하라 마사쓰구. 처음 들어 보는 이름이다.

'신경 쓸 필요 없겠지?'

나루미는 그렇게 생각했다. 시민 회관에서는 우연히 눈이 마주쳐서 그저 호의로 미소를 지어 보였을 뿐이다.

그런데······.

숙박부를 보던 나루미가 고개를 갸웃했다. 주소가 사이타마 현으로 되어 있었다.

'사이타마에 사는 사람이 왜 설명회에 왔을까?'

"나루미 짱, 돌아왔네."

소리가 들려 고개를 들어 보니 옆방 문이 열려 있고 교헤이가 서 있었다.

"어! 지하에 있었니?"

"응, 고모부랑."

교헤이의 대답에 뒤이어 또각또각 지팡이 짚는 소리가 들렸다. 교헤이가 서 있는 문 안쪽으로는 지하 보일러실로 통하는 계단이 있다.

이윽고 시게하루의 뚱뚱한 몸이 모습을 나타냈다. 걷는 모양새가 몹시 힘들어 보인다. 이런 사람이 보일러 관리를 맡고 있다는 게 알려지면 소방서에서 한 소리 할지도 모르겠다.

"나루미 돌아왔구나. 어땠냐, 설명회는?"

"음…… 여러모로 참고가 됐어요. 내일은 토론회가 있어요. 자꾸 여관을 비워서 죄송해요."

"아니다. 여관 걱정은 말고 열심히 해 봐."

"나루미 짱, 환경 보호 운동 한다면서? 굉장하다!"

교헤이가 감탄사를 내뱉었다.

"굉장한 정도는 아니야."

"그러니까, 배 타고 나가서 포경선에 부닥치고 그러는 거지?"

그러자 나루미는 깜짝 놀란 듯 몸을 뒤로 젖혔다.

"그런 거 안 해. 누나가 하는 일은 함부로 바다를 오염시키지 못하게 하는 거야. 해저 자원을 마구 캐내고 하면 어업에도 영향을 줄 수 있으니까."

"으응, 그렇구나⋯⋯."

교헤이는 바로 흥미를 잃은 듯했다. 포경선과 전쟁을 벌이는 이야기를 기대한 모양이다.

세쓰코가 돌아왔다.

"아까 그 손님, 7시에 저녁을 드시겠다더라."

나루미는 시계를 봤다. 좀 있으면 5시다.

"아 참, 그리고 갑자기 손님이 한 명 더 생겼어. 네가 나간 뒤에 전화를 받았는데, 남자 한 분."

"그래요?"

갑자기 웬일이지, 생각하는데 여관 문이 열리더니 "실례합니다."라는 남자 목소리가 들렸다. 나루미는 움찔했다. 들은 기억이 있는 목소리였다.

돌아보니 아니나 다를까, 예의 물리학자가 서 있었다.


5


로쿠간소 여관 1층에는 작은 규모의 연회를 열 수 있는 방이 몇 개 있는데 그 방들은 투숙객이 식사하는 데도 사용된다. 교헤이는 부엌 옆에 있는 방에서 고모네 가족과 저녁을 먹기로 되어 있었지만, 6시가 되자 연회장 쪽으로 가 봤다. 그 시간에 유가와라는 사람이 저녁을 먹는다고 들었기 때문이다.

첫 번째 연회장 문이 열려 있고, 음식을 나르는 밀차가 문 앞 복도에 세워져 있었다. 세쓰코가 상을 차리러 온 모양이었다.

교헤이는 연회장을 살짝 들여다봤다. 열 명 정도 앉을 수 있는 테이블에 유가와 혼자 오도카니 앉아 있고 세쓰코가 그 앞에서 음식이 담긴 접시를 늘어놓고 있었다.

"그래요, 그럼 꽤 늦게까지 문을 여는 집도 있겠군요?"

무슨 얘긴지는 모르겠지만 유가와가 세쓰코에게 그렇게 묻는다.

"네, 워낙 시골이라서 늦게래야 10시나 10시 반이지만요. 제가 아는 집이라도 상관없으시다면 안내해 드릴게요."

"그래 주시면 고맙죠. 한잔하러 가시는 일이 종종 있나요?"

"자주는 아니고 그저 가끔씩 가요."

"그렇군요."

그러더니 유가와가 갑자기 교헤이 쪽을 돌아봤다. 눈이 마주치자 교헤이는 깜짝 놀라 문 뒤로 얼굴을 숨겼다.

"왜 그러세요?"

세쓰코가 물었다. 그녀는 교헤이를 보지 못한 모양이었다.

"아닙니다. 아무것도. 잘 먹겠습니다."

유가와의 목소리를 뒤로하며 교헤이는 발소리를 죽여 복도를 빠져나갔다.

잠시 후 교헤이와 고모네 가족도 저녁 식사를 시작했다. 오 랜만에 조카가 와서 신경을 썼는지 식탁에는 생선회를 비롯해 갖가지 음식이 차려져 있었다.

"많이 먹거라. 맡겨 놨더니 홀쭉해져서 왔다는 말이나 들으면 큰일이지."

시게하루가 생선회 접시를 교헤이 쪽으로 밀어 주며 말했다. 그러는 그는 배가 수박처럼 불룩하다.

"그런데 말이야, 교헤이가 손님을 끌어 오다니 깜짝 놀랐어."

세쓰코가 말했다. 유가와한테서 이 여관에 오게 된 경위를 들은 모양이다.

"저는 그냥 지도를 들여다보고 있었는데 그 아저씨가 전화번호를 보고 적은 거예요."

"그게 잘된 거야. 어린아이 혼자서 묵을 정도라면 안심할 수 있다고 생각한 거지."

고모의 말에 교헤이는 고개를 갸우뚱거렸다. 그런 것 같지는 않았기 때문이다.

나루미에 따르면 유가와는 물리학자로, 해저 자원 개발 설명회에 참석하기 위해 왔다고 한다. 교헤이는 그가 휴대 전화를 알루미늄 포일로 감싸 주던 때의 일을 떠올렸다.

7시가 가까워지자 나루미가 자리에서 일어났다. 환경 운동을 같이하는 동료들과 모임이 있다고 했다. 교헤이도 자기 방에 돌아가기로 했다. 보고 싶은 TV 프로가 있었기 때문이다.

엘리베이터를 기다리고 있는데 문이 열리더니 머리를 짧게 깎은 나이 든 남자가 내렸다. 방금 목욕을 마친 듯 유카타 차림에 혈색도 불그레하다. 남자는 교헤이를 보더니 다소 의외라는 표정을 짓고는 연회장 쪽으로 걸어갔다.

교헤이는 엘리베이터를 타고 2층으로 올라갔다. 교헤이가 묵는 방은 4인실이다. 너무 넓어서 무섭지 않겠냐고 세쓰코는 걱정했지만 아기도 아닌데 별걱정을 다 한다고 교헤이는 생각했다. 다다미 바닥에 큰대 자로 누워서 TV 리모컨으로 손을 뻗었다.

1시간쯤 TV를 보다가 커튼을 치러 창문으로 다가간 교헤이는 무심코 밖을 내다봤다. 저기쯤 바다가 있을 텐데 어두워서 안 보이는구나, 생각한 순간 현관문 열리는 소리가 들리더니 누군가가 밖으로 나왔다. 유가와와 세쓰코였다. 시게하루는 보이지 않았다.

이 시간에 어디 가는 걸까 생각하고 있는데 느닷없이 방 전화벨이 울렸다.

예기치 못한 소리에 깜짝 놀란 교헤이는 서둘러 수화기를 들었다.

"여보세요."

"아, 교헤이. 고모부다. 자니?"

"아니요. TV 보고 있었어요."

"그래? 그럼 말이다, 불꽃놀이 하지 않을래? 전에 사 둔 게 남아 있는데."

"아, 좋아요! 해요."

"그럼 내려오너라."

"네."

교헤이가 아래층으로 내려가 보니 시게하루는 이미 준비를 마쳐 놓은 상태였다. 바닥에는 양동이와 종이 박스가 놓여 있다.

"다들 나가 버려서 말이지. 우리만 방에 처박혀 있을 순 없잖니."

교헤이는 종이 박스 안을 들여다봤다. 손에 들고 노는 불꽃놀이 화약뿐 아니라, 땅에 꽂아 놓고 불을 붙이는 폭죽 등 종류가 다양했다.

"그럼 갈까. 미안하지만 그 상자 좀 들어 주겠니?"

시게하루는 양동이를 들고 다른 한 손으로는 지팡이를 짚고 걷기 시작했다. 교헤이는 종이 박스를 품에 안고 고모부를 따라갔다.

## 6

나루미가 사와무라 등과 시민 회관을 나온 것은 밤 아홉 시가 조금 안 되어서였다.

"가볍게 한잔, 어때?"

사와무라가 제안했다.

"좋죠."

"저도요."

젊은 남녀 2명이 찬성했다.

"나루미는?"

사와무라가 물었다.

"그럼 딱 한 잔만요."

네 사람은 그냥 돌아가겠다는 사람들과 역 앞에서 헤어진 후 단골 선술집으로 향했다. 이 근방에서 제일 늦게까지 영업하는 곳이다.

술집 앞까지 왔을 때 길 건너편 방파제 앞에 세쓰코가 서 있는 것이 보였다. 꼼짝하지 않은 채 어둠에 덮인 바다만 바라보고 있었다.

"엄마."

나루미가 부르자 세쓰코는 깊은 생각에서 깨어난 듯 뒤를 돌아보더니 애매한 표정으로 미소를 지으며 길을 건너왔다.

"안녕하세요."

그녀는 사와무라 일행에게 인사를 한 후 나루미를 봤다.

"회의는 다 끝났어?"

"응. 그런데 엄마, 여기서 뭐하고 있어?"

그러자 세쓰코는 턱으로 선술집을 가리켰다.

"손님 안내해 드리느라고, 유가와 씨. 한잔 더 하고 싶다고 하셔서."

"엄마도 마셨어?"

"응, 아주 조금."

세쓰코는 엄지와 검지로 적은 양을 표시했다.

"또? 손님 안내할 때마다 꼭 같이 마시더라."

아버지 시게하루는 몸이 망가진 뒤로는 술을 입에 대지 않지만 세쓰코는 애주가다. 술집에 가지 않더라도 자기 전에 반드시 위스키 한잔은 한다.

"그래서 술 깨려고 바람 쐬고 있었구나!"

"그래. 너도 너무 많이 마시지 마."

"엄마나 조심해."

"그럼 난 간다. 저는 이만 갈게요."

세쓰코는 사와무라 일행에게도 고개를 숙였다.

"잠깐만요. 제가 모셔다 드릴게요."

그러고서 사와무라는 나루미를 봤다.

"가게 경트럭 몰고 왔거든. 역 근처에 세워 뒀는데 어떻게 할까 망설이던 중이었어. 잘됐네. 어머니 모셔다 드리고 집에 세워 두고 올게."

"아니에요. 그럼 미안해서 안 되지."

세쓰코가 손을 내저으며 사양했다.

"아닙니다. 그쪽은 상당히 어두운 데다 오르막길이잖아요. 차로 가면 2~3분이면 되는데요."

"정말 괜찮겠어요? 그럼…… 신세 좀 질게요."

"그렇게 하세요. 그럼 나 잠깐 다녀올게."

"죄송해요. 부탁드릴게요."

나루미가 사와무라를 향해 고개를 숙였다.

사와무라와 세쓰코가 떠나는 걸 지켜본 후 나루미는 다른 두 사람과 선술집으로 들어갔다. 가게 안을 훑어보던 그녀는 구석 테이블에 앉아 잡지를 읽으며 소주를 마시는 유가와를 발견했다.

"저 사람, 낮의 그 학자 아닌가요."

일행 중 한 명인 여대생이 나루미 쪽에 대고 속삭였다.

"그러네."

다른 한 사람도 그렇게 중얼거렸다. 나루미는 두 사람에게 유가와가 자기네 여관에 묵고 있다고 알려 줬다. 나루미네 집이 여관을 운영하고 있다는 건 함께 환경 운동을 하는 동료들 모두 아는 사실이었다.

나루미 일행은 유가와에게서 조금 떨어진 테이블에 앉았다. 유가와는 여전히 잡지 읽기에 몰두하고 있었다.

셋이서 맥주를 마시며 30분 정도 이야기를 나눈 후 나루미는 "잠깐 실례." 하고 나머지 두 사람에게 양해를 구한 후 유가와의 테이블로 다가갔다.

"안녕하세요."

나루미가 인사를 건네자 유가와는 고개를 들고 그녀를 보며 잠시 눈을 깜빡거리다가 "아! 안녕하세요." 하고 대답했다.

놀라는 기색은 없었다. 가게에 나루미 일행이 와 있다는 사실을 이미 알고 있었기 때문일 것이다.

"좀 전까지 저희 엄마랑 드셨죠?"

"그래요. 술을 좋아하시는 것 같아서 잠시 함께 마셨어요. 내가 실례를 한 건가?"

"아, 그건 아니고요. 그런데 저……, 잠깐 앉아도 될까요?"

나루미는 테이블 건너편 의자를 가리켰다.

"물론이지. 그런데 일행이 있는 것 같던데……."

"괜찮아요."

나루미는 일행을 건너다봤다. 두 사람은 서로 마주 보며 즐겁게 얘기를 나누고 있었다.

"때로는 두 사람만 있게 해 줘야죠."

그녀는 고개를 비스듬히 하고 있는 유가와를 향해 속삭이듯 말했다.

"저 두 사람, 사귀고 있거든요."

"아…… 그렇군."

나루미도 종업원을 불러 소주를 시켰다.

"어머니한테 들었어요. 오늘 설명회에 참석했다면서?"

"네. 심해 생물 보호에 대해 질문한 사람 있었죠? 그 사람과 같은 그룹이에요."

"아, 그 사람."

유가와는 고개를 끄덕였다.

"그럼 제가 사과한다고 전해 줘요. 발언 도중에 끼어들어 미안하다고."

"그런 거라면 직접 말씀하시는 게 어떠세요? 곧 여기로 올 텐데. 그런데 사과할 필요까진 없지 않을까요? 솔직한 의견을 말씀하시는 것 같던데."

"지나치게 솔직했지. 비논리적인 발언을 들으면 못 참는 성미라서."

그때 종업원이 소주가 담긴 잔을 가져왔다. 유가와가 자신의 잔을 들어 올려 자연스럽게 건배하게 됐다.

"어머님 말씀으로는 따님이 상당히 과격한 활동가라던데?"

"그렇지 않아요. 저는 그저 제 할 일을 하고 있을 뿐이죠."

"해저 자원 개발 반대가 자신이 해야 할 일이라는 건가?"

"개발 자체에 반대하는 게 아니라 자연을 지키고 싶을 뿐이에요. 특히 바다를."

유가와가 잔을 흔들자 얼음이 서로 부딪치며 달그락거리는 소리를 냈다. 그는 마치 나루미의 말을 음미하기라도 하듯 소주를 천천히 음미하며 마셨다.

"바다를 지킨다는 게 무엇일까? 바다가 인간이 지켜 줘야 할 만큼 위약한 존재일까?"

"위약하게 만들어 버린 거죠, 인간이. 과학 문명이라는 무기를 이용해서."

유가와가 잔을 놓았다.

"의미심장한 말이네."

"모든 생물의 기원이 바다에 있다는 건 다들 아는 사실이잖아요. 수억 년에 걸쳐 다양한 종이 탄생했고 진화를 거듭해 왔다는 것도. 그런데 불과 최근 30년 사이에 바다 동물이 30퍼센트 이상 줄었다는 건 아세요? 그 대표적인 사례가 산호초예요."

말이 막힘없이 술술 나오는 건 여기저기서 같은 발언을 이미 여러 차례 했기 때문일 것이다.

"그게 과학 때문이라고?"

"태평양에서 핵 실험을 한 건 과학자들 아니던가요?"

유가와는 소주잔을 집어 들었다. 하지만 잔을 입에 대지 않고 시선을 다시 나루미에게 맞췄다.

"나루미 양과 동료들은 우리 과학자들이 이번 해저 열수광 상 개발에서도 같은 실수를 저지를 것이라고 이미 결론지어 놓고 있는 건가? 즉, 환경 파괴는 안중에도 없고 무조건 바다 를 황폐하게 만들 거라고?"

"나름대로는 환경을 고려하겠죠. 하지만 무슨 일이 일어날 지는 아무도 모르는 거 아닌가요? 인간이 석유를 사용하기 시 작했을 때, 지구 전체의 기온이 상승하리라고는 과학자들도 예상하지 못했어요."

"그러니까 조사와 연구가 필요한 거지. 데스맥이 지금 당장 상업화를 목표로 바다 밑을 파헤치겠다는 것도 아니고. 나루 미 양이 말했듯이 개발로 인해 무슨 일이 일어날지는 아무도 모른다고. 그러니까 가능한 한 그걸 밝혀 보자는 거지."

"하지만 완벽하게 알 수는 없는 일 아니겠어요? 선생님께서 도 오늘 설명회에서 그런 말씀을 하셨잖아요."

"그리고 선택의 문제라고도 했지. 바다 밑을 파헤치면서까 지 희소 금속을 손에 넣을 이유가 없다면 이번 계획 자체가 무 의미하겠지."

두 사람의 대화가 본질적인 부분을 건드렸다. 바로 해저 광 물 자원 개발의 필요성이라는 문제였다. 이것이 내일 토론회 에서도 핵심 쟁점이 될 것이다.

"나머지 얘기는 내일 토론회에서 마저 하는 게 좋겠네요."

나루미의 말에 유가와가 입가에 미소를 떠올렸다.

"손에 쥔 카드를 보여 주지 않겠다는 건가? 뭐, 그러든지."

그는 종업원을 불러 소주를 한 잔 더 주문한 후 시선을 다시 나루미에게 옮겼다.

"하지만 한 가지 미리 말해 두겠는데, 나는 결코 추진파가 아니에요."

"정말요?"

의외였다. 나루미는 학자의 단정한 얼굴을 새삼스레 바라보았다.

"그럼 왜 그 자리에 앉아 계셨던 거죠?"

"데스멕의 부탁을 받았기 때문이지. 전자 탐사에 관해 설명이 필요할지도 모른다면서."

"전자 탐사요?"

나루미에게는 생소한 말이었다.

"코일을 이용해 해저의 전자장을 측정하고 분석하는 것이지. 그걸 통해 바다 밑 땅속 100미터까지 구조를 파악할 수 있어요. 한마디로, 금속 자원이 어디에 얼마만큼 분포되어 있는지 땅속을 파헤치지 않고서도 알 수 있는 거지."

"그걸 친환경이라고 말하고 싶으신 건가요?"

"물론 그게 최대 장점이지."

그때 주문한 소주가 나왔다. 유가와는 메뉴를 들여다보더니 젓갈을 추가로 주문했다.

"그런 연구를 하고 있다는 건 결국 추진파란 얘기 아닌가요?"

"그게 왜 그렇게 되지? 물론 내가 데스멕이라는 추진파에게 전자 탐사라는 새로운 방식을 제안한 건 사실이야. 하지만 그건 이왕 계획을 추진한다면 경제적으로나 환경 보호의 면에서나 합리적이어야 한다고 생각했기 때문이야. 계획을 백지화한다면 그것도 나는 좋아."

"하지만 백지화되면 그동안 한 연구가 쓸모없게 되는 거 아닌가요?"

"이 세상에 쓸모없는 연구 따위는 없어."

안경 너머로 유가와의 눈이 날카롭게 빛났다.

그때 출입문이 열리더니 사와무라가 들어왔다. 가게 안을 둘러보던 그는 일순 당혹스러운 표정을 지었다. 나루미가 일행과 다른 테이블에, 그것도 낮에 봤던 학자와 같이 있었기 때문이다.

그는 납득이 안 된다는 표정으로 두 사람에게 다가왔다.

"저, 어떻게 된 거야?"

"아시죠? 데이토 대학 유가와 교수님요. 기회를 놓치는 바람에 미리 얘기 못했는데, 우리 여관에 묵고 계세요."

"아!"

사와무라가 고개를 끄덕였다.

"그러고 보니 아까 어머니가 말씀하셨지. 유가와 씨를 안내해 주러 오셨다고. 그랬구나, 나루미네 여관에……."

"괜찮다면 합석하는 게 어떨까요."

유가와가 나루미의 옆 자리를 권했다.

"그럼……."

사와무라는 의자를 끌어당겨 나루미 옆에 앉은 후 맥주를 주문했다.

"왜 이렇게 오래 걸렸어요?"

나루미의 물음에 사와무라는 "응, 여관에서 문제가 좀 있었어."라고 대답했다.

"문제요, 무슨?"

"아, 아니, 문제랄 것까지는 없고……, 손님 한 분이 나가서 아직까지 안 돌아왔다고 아버님이 걱정하시더라고. 그래서 내 차로 여관 주변을 좀 찾아다녔어."

"그 손님 말이죠? 쓰카하라인가 하는……."

"맞아, 그 사람."

"그래서, 찾았어요?"

"아니, 아직."

사와무라는 생맥주를 한 모금 들이켜고는 말을 이었다.

"여관 주변에는 없는 것 같았어. 더 찾아보려고 했는데 나루미 부모님이 말리시더라고. 손님은 틀림없이 돌아올 테니까 걱정 말고 일행에게 돌아가라면서."

우리 부모라면 그러고도 남았을 거라고 나루미는 생각했다. 여관까지 바래다줬으면 됐지 없어진 손님까지 찾아 달라고 하다니…….

"밤낚시 하러 간 거 아닐까?"

유가와가 물었다.

"아닐 거예요. 제가 짐을 봤는데, 낚시 도구는 없었어요. 그리고 그 손님, 관광하러 온 분도 아니에요."

나루미는 낮에 설명회에서 그를 봤던 일을 얘기했다. 사와무라의 얼굴에 당혹스러운 표정이 떠올랐다.

그들은 술을 몇 잔 더 마신 뒤 다 함께 선술집을 나왔다. 나루미는 유가와와 함께 걸어서 로쿠간소로 돌아가기로 했다.

"이거 너무 많이 마셔 버렸네. 그래도 좋은 술집을 알게 됐어. 매일 오게 되는 거 아닌지 몰라."

유가와가 걸으며 말했다.

"선생님은 언제까지 여기 계실 거예요?"

"잘 모르겠어. 실은 데스멕 조사선을 타고 전자 탐사법 실험을 지도하기로 돼 있거든. 그런데 정작 탐사선이 아직 도착하지 않아서 말이지. 절차상의 문제로 상당히 애를 먹나 봐. 하여간 공무원들이란."

유가와의 말투에는 데스멕과 거리를 두려는 듯한 느낌이 배어 있었다. 추진파가 아니라는 말이 진심일지도 모른다고 나루미는 생각했다.

로쿠간소 여관은 여전히 현관에 불이 켜져 있었다. 안에 들어가 보니 시게하루와 세쓰코가 시무룩한 표정으로 로비에 앉아 있었다.

"아, 이제 돌아오시는군요."

나루미와 유가와를 본 세쓰코가 알은체를 했다. 물론 유가와에게 하는 말이다.

"엄마, 손님이 아직 안 돌아오셨다면서요?"

"그래 말이야. 그래서 어떻게 하면 좋을지 아버지와 의논하던 참이었어."

"신고해 봐야 시간이 이렇게 늦었으니 경찰도 별도리가 없을 거야. 내일 아침까지도 돌아오지 않으면 그때 신고……."

그렇게 말하던 시게하루가 그들의 대화를 가만히 듣고 서 있는 유가와를 흘긋 쳐다보더니 입을 닫았다.

"걱정이군요. 제가 도울 일이라도……."

유가와의 말에 시게하루는 "아니요, 아닙니다."라며 손을 휘휘 내저었다.

"저희들이 알아서 하겠습니다. 괜히 소동을 일으켜서 죄송합니다."

"알겠습니다. 그럼 저는 이만. 편히 쉬십시오."

그리고 물리학자는 엘리베이터로 향했다.


7


사건 현장은 하리가우라 항구에서 해안을 따라 200미터쯤 남쪽으로 내려간 곳에 있었다. 제복을 입은 경찰들이 제방 앞에 서 있고 그 옆에는 경찰 차량이 주차돼 있었다. 먼저 도착한 감식반 차량일 것이다. 이른 아침이어선지 구경꾼은 아직 없다.

경찰서 차를 운전하고 온 니시구치 쓰요시는 상사와 선배가 내리기를 기다렸다가 운전석 문을 열었다. 그리고 서둘러 두 사람을 쫓아갔다. 제복 경찰관이 그들에게 경례를 했다.

"이런, 하필이면 저런 곳에……."

제방 끝으로 바짝 다가가 까치발을 하고 아래를 내려다보던 계장 모토야마가 내뱉듯 말하며 그 둥그런 얼굴을 일그러뜨렸다.

"어디 어디. 아이고, 저런……."

니시구치보다 다섯 살 많은 하시가미 선배도 뒤에서 계장을 따라 혀를 끌끌 찼다. 하시가미는 모토야마와 달리 키가 커서 그렇게 가까이 다가가지 않아도 아래가 내려다 보이는 모양이었다.

니시구치는 쭈뼛쭈뼛 제방으로 다가갔다. 익사체일지도 모른다고 생각했기 때문이다. 이 지역으로 발령받은 뒤 몇 번인가 익사체를 본 적이 있지만 도무지 익숙해지지 않았다.

그는 침을 한 번 삼킨 뒤 아래를 내려다봤다.

4~5미터 아래 울퉁불퉁한 바위들 위를 감식반원들이 분주히 돌아다니고 있었다.

사체는 커다란 바위 위에 하늘을 보고 누워 있었다. 유카타 위에 단젠(솜을 두껍게 넣고 소매가 넓은, 일본의 방한용 실내복의 일종-옮긴이)을 걸친 차림이었는데, 옷이 묘하게 말려 올라가 있고 입었다기보다 몸에 옷이 달라붙어 있는 느낌이었다. 그리고 체격이 뚱뚱해서 그렇지 익사체 특유의 부풀어 오른 흔적은 없었다. 깨어진 머리에서 흘러나온 검붉은 피가 주위의 바위를 물들이고 있었다.

"이봐, 감식반!"

모토야마가 밑에다 대고 소리를 질렀다.

"뭐 좀 알아냈어?"

그러자 안경을 쓰고 나이가 좀 있어 보이는 감식반원이 모자챙을 들어 올리며 이쪽을 올려다봤다.

"아직이야. 거기서 떨어진 것 같긴 한데."

"지갑 같은 건 발견됐어?"

"아니. 게다짝밖에 없더라고."

"어느 여관 건지는 알아냈어?"

"아직. 게다나 유카타나 여관 이름은 안 쓰여 있어."

모토야마는 제복 경찰관을 돌아다봤다.

"누가 발견했지?"

"이 근방에 사는 사람입니다. 여름철에 해수욕장에서 파라솔 빌려 주는 사업을 하는 사람인데 일하러 가던 중에 우연히 발견했다고 합니다. 지금 연락할 수 있습니다."

"아냐. 됐어."

모토야마는 귀찮은 듯 손을 내젓더니 주머니에서 휴대 전화를 꺼내 굵고 짧은 손가락으로 버튼을 누른 후 귀에 갖다 댔다.

"아아, 과장님. 모토야마입니다. 현장에 와 있는데요, 익사가 아니라 제방에서 바위 위로 떨어진 것 같습니다. ……이 동네 여관에 묵고 있었던 게 거의 확실합니다. 유카타에 단젠을 걸쳤더라고요. ……네, 뭐라고요? ……어, 그래요? 그럼 일단 만나 보겠습니다. 여관 이름이…… 네? 로쿠간소요? 한자로 어떻게 쓰죠?"

'綠岩莊 말이군.'

옆에 서 있던 니시구치는 이내 알아차렸다. 그는 모토야마에게 다가가 손가락으로 자신을 가리키며 고개를 끄덕여 보였다.

"아, 과장님, 잠깐만요."

모토야마는 자신의 휴대 전화를 손으로 막으며 니시구치를 향해 고개를 돌렸다.

"뭐라고?"

"제가 압니다, 그 여관."

"그래?"

모토야마는 다시 휴대 전화를 귀에 갖다 댔다.

"니시구치가 그 여관을 안답니다. ······네, 네. 그럼 그렇게 하겠습니다."

전화를 끊은 모토야마는 니시구치와 하시가미를 번갈아 쳐다봤다.

"투숙객 하나가 어제저녁에 외출해서 여태껏 돌아오지 않았다고 신고가 들어온 모양이야. 가서 좀 알아봐."

"차, 써도 됩니까?"

하시가미의 질문에 니시구치가 계장 대신 "아니, 여기서 걸어갈 수 있는 거리입니다."라고 대답한 뒤 "그러니까 죽은 사람도 그 여관 투숙객이 거의 분명합니다."라고 덧붙였다.

"가서 확인해 보면 알겠지."

그리고 모토야마는 제방 아래쪽을 향해 외쳤다.

"감식반! 시신 얼굴 사진 찍었나? 아, 폴라로이드로! 그럼 한 장 빌려 줄 수 있어? 될 수 있으면 너무 끔찍하지 않은 걸로. 아, 그래. 그래, 고마워."

젊은 감식반원이 사다리를 타고 제방 위까지 올라와 폴라로이드 사진 한 장을 모토야마에게 건넸다. 모토야마는 그걸 니시구치에게 내밀었다.

"자, 이거 가지고 가라고."

거기에는 살짝 분홍색을 띤, 가면처럼 무표정한 얼굴이 담겨 있었다. 깨어진 부분은 후두부라서 앞에서 본 사진은 별로 끔찍하지 않았다. 이 정도라면 일반인들에게 보여 줘도 괜찮겠다 싶었다.

로쿠간소 여관은 그곳으로부터 몇백 미터 정도 떨어진 곳에 있었다. 언덕을 향해 꾸불꾸불 올라가다가 중간부터 꽤 급한 경사로가 이어진다.

"차 가지고 올 걸 그랬잖아."

하시가미가 투덜댄다.

"그런데 니시구치, 자네 여기 출신이지? 그래서 그 여관을 아는 거지?"

"그렇습니다. 동창생 부모가 운영하는 여관입니다."

"그거 잘됐군. 그럼 그쪽은 자네가 맡아."

"하지만 저를 기억할지……. 고등학교를 졸업한 후로 한 번도 못 만났거든요."

니시구치는 가와하타 나루미를 떠올렸다. 그는 그녀와 이곳에서 같은 고등학교를 다녔다. 동급생 대부분은 중학교 때부터 얼굴을 아는 사이였지만 그녀는 아니었다. 나루미는 도쿄 출신으로 중3 때 이 마을로 이사 왔다.

그녀는 처음엔 그저 조용한 소녀였다. 친구가 없어서인지 혼자 지내는 시간이 많았다. 학교 옆에 바다가 바라다보이는 조그만 전망대가 있었는데 그녀는 곧잘 그곳에 가서 물끄러미 바다를 바라보며 생각에 잠기곤 했다. 그녀의 그런 모습을 보며 니시구치는 제멋대로 그녀를 문학소녀라고 상상했다.

그러나 나루미는 점차 다른 모습을 보이기 시작했다. 여름이 되자 가족이 운영하는 여관 일을 돕는 한편으로 해수욕장에서도 아르바이트를 시작했다. 그것도 매점이나 식당 일이 아니라 쓰레기 줍는 일 같은 걸 했다. 돈도 몇 푼 받지 못하는, 거의 자원 봉사에 가까운 일이었다.

니시구치도 해변의 간이 민박집에서 아르바이트를 했기 때문에 두 사람은 자주 마주치곤 했다. 한번은 그녀에게 왜 그런 일을 하느냐고 물었던 적이 있다. 그녀는 새까맣게 그을린 얼굴로 이렇게 대답했다.

"이렇게 아름다운 바다를 지켜야 하지 않겠어? 처음부터 여기 살았던 사람은 이게 보물이라는 걸 잘 모르는 모양이지?"

화를 낸 건 아니었지만, 돈벌이에만 급급한 자신을 비난하는 것만 같아 조금 민망했던 기억이 니시구치에게는 있었다.

이윽고 두 사람은 로쿠간소에 도착했다. 두 사람 모두 양복 저고리를 벗어 들었고 와이셔츠 겨드랑이 부분이 땀으로 흥건했다.

현관문을 열고 "안녕하세요."라고 소리쳤다.

에어컨 덕분에 시원해진 공기가 기분 좋게 느껴졌다.

"네에!" 하는 여자 목소리가 들리더니 카운터 뒤쪽의 포렴이 출렁였다. 뒤이어 나온 사람은 티셔츠에 청바지 차림의 여자. 니시구치는 그녀가 가와하타 나루미라는 것을 바로 알아차렸지만 너무나 어른스러워진 그녀의 모습에 당황해 순간적으로 말문이 막혔다.

"어, 이게 누구야?"

나루미가 눈을 동그랗게 뜨더니 이내 표정을 누그러뜨렸다.

"니시구치 아니야! 오랜만이네. 잘 지냈어?"

목소리까지 완전 어른이었다. 생각해 보면 당연하다. 그녀도 니시구치와 마찬가지로 이제 서른이다.

"그래, 오랜만이다. 나는 잘 지냈어. 너도 좋아 보이네."

"응."

고개를 끄덕이던 나루미는 그제야 니시구치 뒤에 누가 서 있다는 걸 깨달은 듯 약간 당혹스러운 표정으로 하시가미에게도 얼른 인사했다.

"실은 볼일이 있어서 왔어. 나 지금 하리 경찰서에 근무해."

니시구치가 신분증을 내밀었다. 그러자 나루미는 약간 어리둥절한 표정으로 눈을 몇 번이고 껌벅였다.

"경찰관? 네가?"

"그래. 웃기지?"

니시구치는 다시 명함을 꺼내어 나루미에게 건넸다.

"어머, 형사과구나!"

나루미가 감탄사를 내뱉었다.

"오늘 아침에 이 여관에서 신고가 들어왔다던데. 손님이 안 돌아온다고."

"그랬어. 아! 그렇구나. 그래서 니시구치가 온 거구나."

나루미는 그제야 상황을 파악한 듯했다.

"맞아. 그런데 말이지, 조금 전에 바닷가에서 사체가 발견됐어."

"뭐, 정말이야?"

나루미의 얼굴에 먹구름이 드리웠다.

"응. 유카타에 단젠 차림이어서 혹시 너희 여관 손님이 아닐까 하고……."

"잠깐만 기다려. 그 일이라면 우리 부모님이랑 얘기하는 게 좋겠어."

나루미는 긴장된 표정으로 카운터 안쪽으로 들어갔다. 그러자 두 사람의 대화를 듣고 있던 하시가미가 팔꿈치로 니시구치의 옆구리를 쿡 찔렀다.

"괜찮은데! 동창생이라기에 당연히 남자인 줄 알았잖아."

"선배 타입인가 보죠?"

"응, 좋아. 화장만 제대로 하면 더 미인이겠는데."

니시구치도 그럴 거라고 생각했지만 겉으로는 "그럴까요?"
라며 짐짓 고개를 갸우뚱거렸다.

잠시 후 나루미가 카운터 뒤에서 나왔다. 그리고 나이가 좀
들어 보이는 남녀가 그녀를 뒤따라 나왔다. 몹시 뚱뚱한 남자
는 지팡이를 짚고 있었다. 나루미가 니시구치에게 두 사람을
소개했다. 그녀의 부모인 두 사람은 이름이 각각 가와하타 시
게하루와 가와하타 세쓰코였다. 사체가 발견됐다는 얘기를 나
루미한테 들었는지 두 사람 모두 긴장한 표정이었다.

경찰에 신고한 사람은 시게하루라고 했다. 니시구치는 그에
게 사체의 사진을 보여 줬다. 시게하루는 언뜻 보고서 얼굴을
찌푸리더니 세쓰코에게 사진을 확인시켰다. 세쓰코는 사진을
보자마자 얼굴이 파래지며 손으로 입을 막았다. 나루미는 얼
굴을 돌려 버렸다.

"어떻습니까?"

니시구치가 물었다.

"틀림없어요. 우리 손님입니다. 사고인가요?"

시게하루가 그렇게 되물었다.

"아직 모릅니다. 제방 아래로 떨어지면서 바위에 머리가 부딪힌 것 같습니다만."

"아! 바위에……."

그러는 동안 세쓰코가 숙박부를 가져왔다. 거기에 따르면 손님의 이름은 쓰카하라 마사쓰구. 사이타마에서 왔고 나이는 61세로 되어 있다.

"여관을 나간 게 몇 시쯤입니까?"

"그게 확실치 않아요."

시게하루에 따르면 어젯밤 8시경부터 초등학생 조카와 여관 뒷마당에서 불꽃놀이를 했다고 한다. 그런데 8시 반쯤 되어서 쓰카하라라는 손님에게 몇 시에 아침 식사를 할 건지 물어보지 않았다는 생각이 났다. 그래서 즉시 여관으로 돌아와 카운터에서 쓰카하라의 방으로 전화를 걸었지만 받지 않았다는 것이다. 화장실에 있거나 목욕 중일지도 모른다고 생각하고 도로 나가서 불꽃놀이를 계속했고, 불꽃놀이가 끝난 시각이 9시 조금 전. 한 번 더 방으로 전화했지만 이번에도 역시 받지 않았다. 1층 대욕장도 찾아봤지만 거기에도 없었다. 하는 수 없이 4층에 있는 쓰카하라의 방까지 올라가서 노크해 봤지만 대답이 없었다. 문이 잠겨 있지 않아 열어 보니 짐은 있지만 손님은 보이지 않았다.

그러는 사이 세쓰코가 여관에 돌아왔다. 그녀는 다른 투숙객

을 선술집까지 안내한 뒤 그 사람과 한잔하고 오는 길이라고
했다.

그리고 세쓰코를 여관까지 바래다준 사람이 있었는데, 그 사
람에 대해서는 나루미가 설명했다.

사와무라라는 이름의 그 남자는 나루미와 함께 해저 자원 개
발 반대 운동을 하고 있는데, 어젯밤에 모임을 마친 뒤 그와
다른 동료 두 사람과 함께 선술집을 찾았을 때 마침 가게 앞에
엄마가 서 있더라는 것이었다.

나루미의 설명에 세쓰코가 이렇게 덧붙였다.

"사와무라 씨가 제 남편한테 인사하고 싶다고 해서 함께 들
어와 보니 손님이 보이질 않는다며 남편이 당황해하고 있더라
고요. 그걸 본 사와무라 씨가 이 부근을 함께 살펴보자고 했어
요. 남편과 사와무라 씨가 경트럭을 타고 손님을 찾아 돌아다
니는 동안 저는 여관 건물 주변을 뒤졌죠. 하지만 어디에도 없
었습니다. 잠시 후 남편과 사와무라 씨가 돌아왔는데 역시 못
찾았다고 하더군요."

"찾아본다고는 했지만 사실 밤 9시가 지나면 이 부근은 완전
히 깜깜해져서 길을 걷고 있거나 눈에 띄는 곳에 서 있지 않는
한 발견하기 힘듭니다."

시게하루가 그렇게 덧붙이자 니시구치는 고개를 끄덕였다.
그럴 것이다. 이 주변에는 가로등이 거의 없다.

하시가미가 휴대 전화를 꺼내며 여관 문을 열고 밖으로 나갔다. 지금까지 들은 얘기를 모토야마에게 보고하려는 것이다.

"어쩌다 이런 일이 벌어진 건지……."

시게하루가 머리를 긁적이고 나서 다시 물었다.

"발견된 장소가 어디쯤인가요?"

"미사키 식당 근처 제방 아래쪽입니다."

니시구치는 3년 전에 이미 망해 없어진 가게 이름을 꺼냈다. 한고향 사람이기에 가능한 얘기다. 가와하타 집안사람들은 바로 알아들은 듯 모두들 고개를 끄덕였다.

"거기로 떨어졌다면 부딪힌 곳에 따라선 살아남기 힘들지."

시게하루는 입을 여덟팔자로 다물었다.

"한데 그런 델 왜 갔을까?"

나루미가 물었다.

"아마 산책하러 갔겠지. 밤바다라도 보고 싶었던 것 아닐까? 저녁 식사 하면서 한잔했으니 술 깨러 간 건지도 모르고."

"그리고 제방에 기어 올라갔다가 떨어졌다?"

"그런 거 아닐까?"

나루미는 니시구치를 바라봤다.

"과연 그럴까?"

"글쎄."

니시구치는 고개를 갸웃했다.

"아직 자세히는 몰라. 이제부터 조사해 봐야지."

"흠……."

나루미는 석연치 않은 표정을 지었다.

그때 전화를 걸러 밖으로 나갔던 하시가미가 돌아와 니시구치의 귀에 대고 "짐."이라고 속삭였다. 모토야마가 지시를 내린 모양이다.

"실례지만 쓰카하라 씨의 짐을 확인하고 싶은데, 방까지 안내해 주실 수 있습니까?"

"아, 그럼 제가."

세쓰코가 살짝 손을 들었다.

그녀의 안내로 니시구치 일행은 엘리베이터를 탔다. 올라가는 도중 두 사람은 손에 장갑을 끼었다.

각 층에는 객실이 8개씩 있는 듯했다. 쓰카하라 마사쓰구가 투숙했던 곳은 '무지개실'이라는 이름이 붙은 방이었다. 8평 정도 되는 다다미방으로, 테이블과 방석은 구석으로 밀려나 있고 이불이 깔려 있었다. 창 가까이에는 마루가 깔려 있고 의자와 작은 테이블이 놓여 있었다.

"이불은 언제 누가 깔았습니까?"

니시구치가 물었다.

"저녁 7시 좀 넘어서였을 겁니다. 쓰카하라 씨가 저녁을 드시는 동안 제가 깔았습니다. 남편은 보시다시피 몸이 불편해서요. 아르바이트 직원이 없을 때는 저와 나루미가 합니다."

세쓰코가 대답했다.

이불은 사용한 흔적이 없었다. 쓰카하라 마사쓰구는 저녁 식사를 마친 뒤 방으로 돌아왔다가 곧바로 외출한 것인지도 모른다.

짐은 낡은 여행 가방 하나뿐이었다. 하시가미가 가방을 뒤지다가 휴대 전화를 발견했다. 간단한 기능만 있는 노인 전용이었다.

방 한구석에는 옷이 잘 접힌 채 놓여 있었다. 남방셔츠와 회색 바지였다. 옷을 뒤지자 바지 주머니에서 지갑이 나왔다. 현금이 꽤 들어 있었다. 또한 면허증도 나왔다. 이름이나 주소가 숙박부에 적힌 것과 일치했다.

그런데 지갑 내용물을 확인하던 니시구치의 입에서 갑자기 "어!" 하는 소리가 새어 나왔다.

"왜 그래?"

"이거요."

니시구치가 지갑에서 카드 하나를 빼내 하시가미에게 보여 주었다.

"경찰 공제 조합원증인데요."

## 8

누군가 고함치는 소리를 들은 것 같아 눈을 떴다. 교헤이는 자신이 이부자리에 누워 있다는 사실을 깨닫고 천천히 머리를 흔들었다. 천장도 벽도 낯설었다.

'아! 맞다. 고모네 집이지.'

어제 신칸센을 타고 온 게 생각났다. 밤에는 고모부와 불꽃놀이를 했다.

하지만 이 방은 어제 낮에 짐을 풀었던 방이 아니다. 배낭도 보이지 않는다.

'그래, 그랬지······.'

생각해 보니 좀 더 떠오르는 게 있었다. 불꽃놀이를 하고 나서 수박을 먹었다. 이 방, 그러니까 고모부 방에서. 그런데 고모부가 잠깐 손님한테 전화를 걸고 오겠다면서 방을 나갔다. 그래서 혼자 TV를 보기 시작한 것까지는 기억나는데, 그다음은 어떻게 된 일인지 기억이 없다.

교헤이는 몸을 일으켜 주위를 둘러봤다. 수박을 먹었던 앉은뱅이 상이 구석으로 밀려나 있었다. 아무래도 TV를 보다가 그대로 잠들어 버렸나 보다. 그래서 고모부가 이부자리를 깔아 준 모양이다.

TV 받침대 위에 놓인 시계가 오전 9시 20분을 가리키고 있었다. 교헤이는 자리에서 일어났다. 티셔츠에 반바지 차림은 불꽃놀이 할 때 그대로였다.

문을 열고 방을 나왔다. 로비 쪽에서 말소리가 들리기에 다가가 보니 남자 두 명이 서 있었다. 한쪽은 중년에 키가 작고 땅딸막한 체격, 다른 한쪽은 얼굴도 몸도 야무지고 단단해 보이는 젊은 사람이다. 시게하루가 등나무 소파에 앉아 그들과 얘기를 나누고 있었다.

"아, 교헤이, 지금 일어났니?"

시게하루가 교헤이를 보자 말을 걸었다. 동시에 남자들의 시선이 교헤이를 향했다. 교헤이는 저도 모르게 멈칫하고 그 자리에 서 버렸다.

"조카인가요?"

중년 남자가 시게하루에게 물었다.

"네, 제 처 남동생의 아들입니다. 여름 방학이라 어제부터 놀러 와 있어요."

중년 남자가 고개를 끄덕였다. 그 옆에서 젊은 남자가 조그만 수첩에 뭔가를 적어 넣었다.

"그럼 죄송하지만 저 방을 당분간 손대지 말고 그대로 놔두시겠습니까?"

"알겠습니다. 방 하나쯤이야. 연휴도 끝나서 예약이 거의 안 들어오는데요, 뭐."

시계하루가 자조하듯 말했다.

아무래도 무슨 일이 있나 보다. 저 방이란 어느 방을 말하는 걸까.

"고모부."

교헤이가 시계하루를 불렀다.

"저, 제 방에 가도 돼요?"

그러자 시계하루가 중년 남자를 보며 물었다.

"저 아이 방은 2층 객실입니다. 가도 괜찮겠지요?"

"아, 물론입니다."

그리고 중년 남자는 교헤이에게 미소를 지어 보이며 말했다.

"그런데, 미안하지만 특별한 용무가 없는 한 4층에는 안 갔으면 좋겠다. 아저씨들이 조사할 게 좀 있거든."

"이분들, 경찰이셔."

시계하루의 말에 교헤이가 눈을 크게 떴다.

"무슨 일 있어요?"

"어? 아니, 그게 좀……."

'애들한테는 말할 수 없다 이거지. 늘 이런 식이야. 어른들은 애들과는 비밀을 나누면 안 된다고 생각해. 아무 근거도 없이.'

이런 경우 얼마 전까지만 해도 교헤이는 끈질기게 캐물었지만 지금은 더 묻지 않는다.

"네에……."

그렇게만 말하고 교헤이는 엘리베이터로 향했다.

버튼을 누르려던 교헤이는 무심코 연회장 쪽을 돌아봤다. 누가 아침을 먹고 있는지 어느 방 앞에 슬리퍼가 놓여 있었다.

발소리를 죽이며 그 방으로 다가갔다. 문이 열려 있었다. 살짝 안을 들여다보니 어제 저녁때와 같은 자리에 유가와가 앉아서 낫토를 휘젓고 있다. 그런데 그의 손이 갑자기 움직임을 멈췄다.

"다른 사람 밥 먹는 거 몰래 들여다보는 게 네 취미냐?"

유가와의 느닷없는 말에 깜짝 놀란 교헤이는 급히 문 뒤로 얼굴을 감췄다. 하지만 이내 마음을 고쳐먹고 당당하게 모습을 드러냈다. 유가와는 휘저은 낫토를 밥에 얹고 있었다. 교헤이에게는 눈길도 주지 않았다.

"누가 있는지 궁금해서요."

유가와는 흥, 콧방귀를 뀌더니 교헤이를 깔보는 듯한 미소를 지었다.

"참 멍청한 대답이군. 여긴 손님 전용 식당이야. 그러니 이 시간에 여기 있을 사람은 당연히 손님이겠지. 이 여관에는 어제부터 숙박객이 2명밖에 없었는데 그중 한 사람이 사라졌어. 그렇다면 남는 건 한 사람뿐이야. 즉 나뿐이라는 거지."

"사라졌다고요? 다른 한 손님이 사라졌단 말이에요?"

반찬을 향해 젓가락을 뻗던 유가와의 손이 움직임을 멈췄다. 그제야 그의 시선이 교헤이를 향했다.

"몰랐니?"

"무슨 일이 있는 것 같긴 했어요. 경찰이 왔더라고요. 하지만 저한테는 안 가르쳐 주던데요. 어른들은 늘 그래요."

"쓸데없는 일에 관심 갖지 마. 어른들이 감추는 걸 알아내 봤자 네 인생에 별 도움 안 돼."

그리고 유가와는 된장국을 들이켜더니 "사체로 발견됐대." 라고 내뱉듯이 말했다.

"에엣, 사체요? 죽었다는 거예요?"

"어젯밤에 여관을 나가서 돌아오지 않았는데 오늘 아침 해안의 바위 위에서 발견됐대. 방파제에서 발을 헛디뎌 추락했을 가능성이 높다던가……."

"그렇구나……. 그런데 어떻게 아셨어요?"

"이 집 딸이 알려 줬어. 나루미라던가. 아침 식사 준비가 늦어지기에 이유를 물어봤더니 사정 얘기를 해 주더구나."

"네……."

교헤이는 복도 쪽을 돌아다봤다. 나루미 짱은 지금 어디 있을까.

"아마 경찰서에 있을걸."

마치 교헤이의 마음을 꿰뚫어 보기라도 한다는 듯 유가와가 말했다.

"자기 엄마 따라갔을 거야."

"왜 고모가 경찰서에 가야 되는데요?"

"정식으로 조서를 꾸미기 위해서겠지. 죽은 투숙객을 직접 맞이한 사람은 고모니까. 처음 여관에 들어섰을 때의 투숙객 모습이 어땠는가, 뭐 그런 것들을 물어볼 거야."

"굉장히 귀찮게 하네요. 바위에 떨어져 죽은 것뿐인데."

그 말에 유가와가 다시 젓가락질을 멈추고 교혜이를 봤다.

"죽은 사람의 가족은 어떤 심정일지도 생각해야지. 경찰이 '바위에 떨어져 죽었을 뿐'이라고 하면 납득할 수 있겠니? 왜 그런 일이 벌어졌는지 가능한 한 자세히 알고 싶지 않겠어? 나는 오히려 경찰 수사가 형식적이지 않았으면 하는데."

"그게 무슨 뜻이에요?"

"별다른 뜻은 없어."

유가와는 낫토를 얹은 밥을 입에 쑤셔 넣은 뒤 찻잔으로 손을 뻗었다.

"저……, 뭐 하나 물어봐도 돼요?"

"사건에 관해서라면 그 이상 아는 게 없어."

"그게 아니라, 왜 여기 묵으시는 거예요? 다른 여관도 많은데요."

그러자 유가와는 찻잔을 만지작거리며 고개를 삐딱하게 기울었다.

"왜, 여기 묵으면 안 되나?"

"그건 아니지만, 보통은 여행 떠나기 전에 여관을 미리 예약하잖아요."

"예약은 했지. 하지만 내가 아니라 데스멕 쪽에서 한 거지."

"아! 저도 알아요. 바다 밑을 파헤치려는 사람들이죠? 나루미 짱의 적."

적이란 표현이 웃겼는지 유가와가 쓴웃음을 지었다.

"그 표현을 빌리자면, 나는 데스멕의 완벽한 아군은 아니야. 반드시 이번 해저 자원 개발 계획을 추진해야겠다고 생각하지는 않으니까. 그래서 가급적이면 그 사람들에게 신세 지고 싶지 않았어. 설명회에 와 달라고 부탁했으니까 잠잘 곳 정도는 그쪽에서 준비하는 게 당연하다고 생각할 수도 있지만 아무래도 꺼림칙하더군. 그러던 차에 너를 만나서 이 여관을 알게 된 거야. 그래서 이것도 인연일지 모른다 싶어 여기 묵기로 한 거고. 이제 이해가 되니?"

"아아."

교헤이는 고개를 끄덕거렸다.

"이해가 되긴 했는데…… 박사님 참 특이하시네요."

유가와가 미간에 주름을 잡았다.

"박사?"

"대학에서 과학을 연구하신다면서요. 그런 사람을 박사라고 부르지 않나요? 아니면 선생님이라고 할까요?"

"뭐든 상관없어, 박사나 선생님이나. 박사 과정을 마친 건 사실이니까."

"그럼 박사님으로 할래요. 그쪽이 더 멋지잖아요."

"좋을 대로. 그보다, 내가 어디가 특이하다는 거니?"

"저라면 예약해 준 여관에 묵을 것 같거든요. 그쪽이 더 좋은 여관일 텐데."

"하리가우라에서 제일 고급스러운 리조트 호텔이라더라."

"거봐요. 그리고 해저 자원 개발 계획도 그래요. 개발을 하는 게 박사님 입장에서는 더 이익 아닌가요?"

그러자 유가와는 차를 한 모금 마시더니 고개를 흔들었다.

"과학자는 돈벌이가 되느냐 안 되느냐에 따라 자신의 입장을 바꾸지 않아. 과학자가 최우선적으로 생각해야 하는 건 어느 쪽이 인류에게 더 유익하냐는 거야. 유익하다고 판단되면 설사 자신에게 이익이 되지 않더라도 그 길을 선택해야 해. 물론 유익하면서 이득도 되면 이상적이겠지."

교헤이는 박사가 너무 이치를 따지고 이해하기 힘든 단어를 많이 사용한다고 생각했다. '인류' 따위의 단어를 일상생활에서 사용하는 사람은 처음 봤다.

"과학자는 돈을 안 좋아하나요?"

"그렇진 않지. 나도 돈이 좋은걸. 주겠다면 받기도 하고. 하지만 돈만 보고 연구하는 건 아니라는 거지."

"하지만 박사란 과학을 연구하는 게 일이잖아요. 일이라는 건 그걸로 돈을 버는 거고요."

"월급은 대학에서 받아."

"그러니까 이익이 되는 걸 우선으로 생각해야 되는 거 아니에요? 우리 부모님은 걸핏하면 이렇게 말하는데요. 월급을 받으면서 돈을 못 벌어 오는 직원은 잘라 버려야 한다고."

그러자 유가와는 양손으로 다다미를 짚어 교혜이 쪽을 바라보도록 고쳐 앉았다.

"뭘 좀 오해하고 있는 것 같아서 하는 말인데, 나는 학생들에게 물리학을 가르치는 대가로 월급을 받고 있어. 물론 나 자신의 연구도 하고 있지만, 아무리 논문을 발표해도 돈을 주지는 않아. 연구비는 대학이 대는데, 그건 말하자면 일종의 투자야. 내 논문이 예컨대 노벨상 같은 걸 받는다든지 하면 대학으로서는 큰 명예가 되는 일이니까."

교혜이는 물리학자의 진지한 얼굴을 가만히 바라봤다.

"노벨상, 받을 수 있어요?"

"예컨대, 라고 했잖아."

유가와는 가운뎃손가락으로 안경을 밀어 올렸다.

"과학자는 진리를 탐구하고 싶을 뿐이야. 진리란 게 뭔지 알아?"

"대충……은요."

"물리학자 중에는 우주의 생성 원리를 밝히는 일에 일생을 바치는 사람도 있어. '뉴트리노'가 뭔지 알아? 초신성이 폭발할 때 방출되는 소립자야. 이 소립자를 분석해서 까마득히 먼 우주 저편에 있는 별의 모습을 파악하기도 하는데, 만약 그런 연구로 무슨 이득을 얻을 수 있느냐고 묻는다면 당장 일상생활에 도움 되는 건 없다고 대답할 수밖에 없어."

"그럼 그런 연구를 왜 하나요?"

"알고 싶기 때문이지."

유가와는 딱 잘라 말했다.

"너는 이 여관을 찾기 위해서 지도를 가져왔지? 그 덕분에 헤매지 않고 잘 찾아올 수 있었고. 마찬가지로 인류가 올바른 길을 가기 위해서는 이 세상이 어떻게 돼 있는지 가르쳐 줄 자세한 지도가 필요해. 그런데 우리들이 가진 지도는 아직 미완성이야. 거의 쓸모가 없지. 때문에 21세기가 되어서도 인류는 여전히 실수를 저지르고 있어. 전쟁이 사라지지 않는 것도, 환경을 파괴하는 것도 모두 우리에게 올바른 길을 가르쳐 줘야 하는 지도가 결함투성이기 때문이야. 그 부족한 부분을 규명하는 것이 과학자의 사명이지."

"좀 시시하네."

"왜, 뭐가 시시한데?"

"돈벌이가 되지 않는다니 말이에요. 저라면 의욕이 안 생길 것 같아요. 일단 저는 이과는 질색이에요. 그게 무슨 도움이 된담. 박사님은 과학이 재밌어요?"

"말할 수 없이 재밌지. 너는 단지 과학의 즐거움을 모를 뿐이야. 이 세상은 수수께끼로 가득 차 있어. 설사 아주 사소한 수수께끼라도 그걸 자신의 힘으로 풀었을 때 느끼는 기쁨은 다른 무엇과도 비교할 수 없지."

전혀 와 닿지 않는 얘기였다. 교헤이는 고개를 갸웃거렸다.

"그딴 거, 전 됐어요. 인류가 올바른 길로 나아가든지 말든지, 내가 미국 대통령도 아닌데 알 게 뭐예요. 저랑은 상관없어요."

유가와가 쓴웃음을 지었다.

"인류라고 하니까 거창하게 들리는 모양인데, 단순히 '사람'이라고 해도 좋아. 사람은 무슨 행동을 하건 항상 선택에 부딪혀. 자, 너는 오늘 뭘 할 예정이지?"

"아직 잘 모르겠어요. 어젯밤에 고모부는 바다에 데려다 주겠다고 했지만, 그런 사건이 일어났으니 어떻게 될지……."

"그럼 만약 고모부에게 아무 일이 없었다고 치자. 그럴 경우 너에게는 예정대로 바다에 가든가, 아니면 바다에 가는 걸 다른 날로 미루든가, 두 가지 길이 있겠지."

"아니에요. 고모부가 데려다 준다면 무조건 갈 거예요."

"비가 온대도?"

그러자 교혜이는 창밖을 내다봤다.

"오늘 비 온대요?"

"몰라. 네가 여길 나설 때는 맑아도 곧 날씨가 나빠질 수도 있지."

"그럼 우선 일기 예보를 확인해야겠네요."

"바로 그거야. 일기 예보가 가능한 것은 기상이라는 과학 덕택이지. 하지만 현재의 일기 예보는 아직 완벽한 것이 아니야. 너는 예보가 좀 더 자세하고 정확하길 바랄 거야. 하리가우라의 해수욕장 날씨가 한 시간 뒤에 어떻게 변할지, 두 시간 뒤에는 어떻게 변할지 알고 싶지 않니?"

"그야 그렇지만, 방법이 없잖아요."

"그럼 한번 이 지역 어부들에게 오늘 날씨가 어떤지 물어봐. 아마 자세히 가르쳐 줄 거야. 어부들은 매일 아침 그날의 날씨를 예측하고 고기잡이에 나서지. 바다가 거칠면 목숨을 잃을 수도 있으니까. 일기 예보에만 의지하지 않고 어제까지의 날씨와 하늘빛, 바람의 방향과 습도를 통해 매우 정확히 예측한다고. 그건 틀림없는 과학이야. 이과 공부가 도움이 안 된다고? 그런 말은 기상도 보는 법이라도 터득한 다음에 했으면 좋겠구나."

교헤이는 말문이 막혔다. 교헤이를 말로 꺾었다고 생각했는지 유가와는 자리에서 일어섰다. 그리고 방을 나서다가 뒤돌아서서 교헤이를 내려다보며 덧붙였다.

"이과를 싫어하는 건 상관없어. 하지만 기억해야 할 것이 있지. 모르는 건 어쩔 수 없다. 그렇게 생각하다가는 언젠가 큰 잘못을 저지르게 돼."

9

하리 경찰서에서 제일 가까운 역인 나카하리 역은 이 노선에서는 가장 큰 역이다. 변변치는 않지만 역 빌딩도 있고, 역 앞에는 로터리도 있다. 그래도 도쿄 사람들에겐 어차피 시골 역으로밖에 안 보일 거라고 니시구치는 생각했다. 1년에 몇 번 도쿄로 출장을 가는데, 역이란 역은 하나같이 근사한 데에 놀라곤 한다.

"슬슬 올 때가 됐는데."

모토야마가 손목시계를 들여다보며 중얼거렸다. 그 말을 들은 니시구치도 시각을 확인했다. 오후 2시 20분이 되어 가고 있었다. 곧 하행선 특급 열차가 도착할 시각이다.

두 사람은 개찰구 바로 앞에 서 있었다. 아침부터 정신없이 뛰어다니는 바람에 와이셔츠가 땀에 푹 젖었지만 두 사람 다

양복저고리를 입고 넥타이까지 꼭 매고 있었다.

쓰카하라 마사쓰구의 유족에게는 즉시 연락이 취해졌다. 숙박부에 기재된 자택 전화번호로 연락했더니 부인 사나에가 받았던 것이다. 니시구치가 부음을 전하자 사나에는 입을 닫아 버렸다. 긴 침묵이 이어지는 동안 니시구치는 보지 않아도 그녀가 어떤 표정을 짓고 있을지 짐작이 갔다.

마침내 긴 침묵을 깨고 그녀가 "무슨 일이 일어난 거죠?"라고 물었다. 움찔할 정도로 차분한 목소리였다.

니시구치는 있는 그대로 상황을 전했다. 사나에는 간간이 "아, 네." 하고 맞장구만 칠 뿐 별다른 질문 없이 끝까지 듣고 있었다.

시신을 확인해 주었으면 한다는 뜻을 전하자 "지금 바로 가겠습니다."라는 대답이 돌아왔다. 니시구치는 열차편이 정해지면 연락해 달라며 자신의 휴대 전화 번호를 가르쳐 줬다. 역으로 마중 나갈 작정이었다. 그 시점에서만 해도 니시구치 혼자 마중 나가기로 되어 있었다.

그런데 쓰카하라 사나에와 통화한 지 약 1시간 만에 모토야마 계장으로부터 연락이 왔다. 자신도 역으로 마중 나가게 됐다는 것이다.

사정을 들어 보니, 도쿄 경시청 수사 1과의 '다타라'라는 관리관이 하리 경찰서의 서장에게 전화를 걸어 자신이 쓰카하라

사나에와 함께 내려갈 것이라고 말했다는 것이다. 사망한 쓰카하라 마사쓰구는 다타라 관리관의 수사 1과 선배로 지난해 정년 퇴직했다고 한다.

쓰카하라의 유품에서 경찰 공제 조합원증이 나와 그가 전직 경찰관이었나 보다고 생각은 하고 있었지만 도쿄 경시청 수사 1과 소속이었을 거라고는 생각도 못했었다. 그리고 그 얘기를 듣고 보니 납득 가는 점이 있었다. 쓰카하라 마사쓰구의 사망 소식을 전했을 때 사나에가 보여 준 침착함은 오랜 세월 각오하고 남편을 출근시킨 아내만이 보일 수 있는 반응이었던 것이다.

하여간 경시청 관리관이 동행한다면 말단 형사 혼자 마중을 내보낼 수는 없는 노릇이다. 계장인 모토야마가 여기까지 나오게 된 데는 그런 사정이 있었다.

"어! 도착했나 본데."

모토야마가 개찰구 안쪽을 보며 말했다.

승객들이 줄줄이 계단을 내려오고 있었다. 연휴 이후 관광객은 뚜렷이 줄었다. 개찰구를 향해 걸어오는 사람들이 대부분 이곳 주민이라는 사실은 한눈에 봐도 알 수 있었다. 짐의 크기만 봐도 짐작이 가는 것이다.

그들 사이에 분위기가 확연히 다른 남녀가 끼여 있었다. 여자는 호리호리한 체격에 회색 원피스 차림, 옅은 색 선글라스를 쓰고 있다. 나이는 50 정도 됐을까. 남자는 키에 비해 어깨가 넓고 검은 양복이 잘 어울렸다. 흰 머리카락이 듬성듬성 섞인 머리를 깔끔하게 빗고 금테 안경을 썼다.

"저 사람들이군."

모토야마가 속삭였다.

"틀림없어. 저건 밑바닥에서부터 밟아 올라온 형사의 눈이야."

잠시 후 남녀가 개찰구를 빠져나왔다. 남자가 니시구치 일행을 알아본 듯 망설임 없이 이쪽으로 다가왔다. 여자도 그를 뒤따라왔다.

"다타라 관리관이시죠?"

모토야마가 먼저 말을 건넸다.

"네, 그렇습니다만……."

"저는 하리 경찰서 형사과 1계의 모토야마입니다. 이쪽은 제 부하 니시구치고요."

"처음 뵙겠습니다."

니시구치가 머리를 숙였다.

다타라는 고개를 가볍게 까딱하고서 뒤에 서 있는 여성을 소개했다.

"이분이 쓰카하라 씨 부인입니다. 존함은 알고 계시죠?"

"네, 들어서 알고 있습니다."

모토야마는 쓰카하라 사나에를 향해 깊이 머리를 숙였다.

　"이렇게 오시게 해서 정말 죄송합니다. 얼마나 상심이 크십니까."

　니시구치도 상사를 따라 고개를 숙였다. 그러자 사나에도 "폐를 끼치게 되어 죄송합니다."라며 전화 통화 때보다 더 낮은 목소리로 인사했다.

　"무리한 부탁을 드려 죄송합니다."

　다타라 관리관이 그렇게 말하자 모토야마는 몸 둘 바를 몰라 하며 "아, 아닙니다."라고 대답했다.

　"쓰카하라 씨가 돌아가셨다는 걸 부인을 통해 듣고는 어찌할 바를 몰랐습니다. 그분은 제게 단순한 선배를 넘어 은인이셨습니다."

　"하아, 그러셨군요."

　모토야마가 손수건을 꺼내 이마의 땀을 닦았다.

　"시신은 지금 어디에……?"

　다타라가 물었다.

　"경찰서 영안실에 있습니다. 검시는 끝났으니 안내해 드리겠습니다."

　"그렇군요. 이거 너무 폐를 끼치는 것 같습니다."

　그러는 다타라 옆에서 쓰카하라 사나에가 다시 고개를 깊숙이 숙였다.

니시구치가 운전하는 차를 타고 네 사람은 하리 경찰서로 갔다. 형사 과장 오카모토가 경찰서 현관에서 기다리고 있다가 굽실거리며 다타라와 사나에를 맞이했다.

"뭐든 필요한 게 있으면 주저하지 말고 말씀하십시오. 최선을 다해 협조하겠습니다."

등이 다소 굽은 오카모토가 두 손을 비비며 말했다. 경시청 관리관 정도면 작은 경찰서 서장과 맞먹는 지위다.

니시구치와 모토야마가 영안실이 있는 지하로 두 사람을 안내했다. 쓰카하라 마사쓰구의 사체는 상처가 잘 드러나 보이지 않는 상태로 침대에 눕혀 있었다.

사나에는 "남편이 맞습니다."라고 단번에 확인해 줬다. 새파랗게 질리긴 했지만 자세를 흩뜨리지는 않았다.

두 사람을 남겨 두고 니시구치와 모토야마는 복도에서 기다렸다. 5분 정도 지나자 문이 열리고 다타라 관리관이 나왔다.

"다 보신 겁니까?"

모토야마의 질문에 다타라는 "잠시 부인 혼자 있게 해 드리려고요. 저는 그동안 사건에 대해 자세히 듣고 싶습니다만."이라고 대답했다.

"알겠습니다. 그러면 저쪽으로 가시죠."

그리고 모토야마는 니시구치를 바라보며 지시했다.

"자네는 여기 있게. 부인이 나오시면 제2 회의실로 안내하고."

"알겠습니다."

어둑한 복도에서 10분 정도 기다리자 조용히 문이 열리더니 사나에가 나왔다. 눈은 충혈되어 있지만 눈물을 흘린 흔적은 없었다. 나오기 전에 화장을 고쳤을지도 모른다.

그녀가 니시구치를 보더니 다시 고개를 숙였다.

"기다리시게 해서 죄송합니다."

"아닙니다. 지금 다타라 관리관이 사건에 대해 설명을 듣고 계십니다. 그쪽으로 안내하겠습니다."

"그럼 죄송하지만 부탁드립니다."

제2 회의실은 2층에 있다. 니시구치가 사나에를 데리고 들어가 보니 모토야마가 회의용 탁자 위에 지도를 펼치고 현장 위치를 설명하고 있었다. 회의실에는 오카모토 형사 과장뿐 아니라 도미타 서장도 와 있었다. 사나에가 들어서자 도미타가 뚱뚱한 몸에 어울리지 않게 잽싼 동작으로 일어나 머리를 숙이며 위로의 말을 건넸다.

"쓰카하라 선배가 돌아가신 장소는 하리가우라라는 곳이랍니다. 혹시 뭐 짚이시는 거라도……?"

다타라가 사나에를 보며 말했다.

"글쎄요."

그녀는 고개를 갸웃하며 의자에 앉았다.

"남편 분께서는 자세한 행선지도 밝히지 않고 집을 나서셨다면서요. 그런 일이 자주 있었습니까?"

모토야마가 묻자 사나에는 핸드백 끈을 움켜쥐었다.

"지난해 퇴직한 뒤부터 가끔씩 온천에 훌쩍 다녀오곤 했어요. 제가 일을 하기 때문에 평일에는 동행할 수 없었지요. 행선지를 정하고 간 경우도 있지만 단풍을 보고 온다든가 바다를 보고 오겠다는 말만 남기고 떠나는 일이 적지 않았습니다. 이번에도 행선지가 이쪽 지역이라는 말은 들었지만 자세한 건 몰랐습니다."

"남편 분께 하리가우라라는 지명을 들은 적이 있습니까?"

"그건…… 없지 않았나 싶습니다만……."

그녀는 자신 없다는 투로 대답했다.

모토야마는 옆 자리에 놓여 있던 여행용 가방을 책상에 올려놓았다.

"이 가방은 보신 적이 있습니까?"

"남편 것입니다."

"내용물을 좀 확인해 주시겠습니까? 혹시 눈에 익지 않은 물건이 있으면 말씀해 주십시오."

"맨손으로 만져도 될까요?"

사나에는 형사의 아내이기에 할 수 있는 질문을 했다.

"괜찮습니다."

모토야마가 대답했다.

가방 속을 살펴본 후 사나에는 "전부 남편 것입니다."라고 확인해 주었다.

"휴대 전화의 통화 내역도 한번 보십시오. 저희들이 확인한 바로는 최근에는 별로 사용하시지 않았던 것 같습니다만."

사나에는 휴대 전화의 버튼을 눌러 착신과 발신 번호를 확인했다. 경찰 조사 결과는 3일 전 로쿠간소 여관으로 발신한 것이 마지막이었다. 숙박 예약을 위한 전화였을 것이다.

"별로 특별한 건 없어 보입니다. 휴대 전화를 가지고 다니긴 했지만 거의 사용하지 않았어요. 정년 퇴직한 뒤로는 전화할 상대가 없다면서. 문자 메시지는 원래 사용하지 않았고요."

모토야마는 머리를 끄덕이고 나서 이번에는 양복 안주머니에서 비닐 봉투 하나를 꺼냈다. 봉투 안에 종잇조각이 하나 들어 있었다. 그는 그걸 책상 위에 놓았다.

"이건 알아보시겠습니까?"

쓰카하라 사나에는 비닐 봉투를 집어 들고 내용물을 살폈다. 얼굴에 금세 의아한 표정이 떠올랐다.

그 종잇조각을 발견한 건 니시구치였다. 쓰카하라 마사쓰구의 남방셔츠 주머니에 접힌 채 들어 있었다. '해저 열수광상 개발 계획에 관한 설명회 및 토론회 참가표'라는 글자가 인쇄돼 있고 '해저 금속 광물 자원 기구'라는 도장이 찍혀 있었다.

사나에는 고개를 갸우뚱한 채 비닐 봉투를 책상 위에 놓았다.

"처음 보는 건데요."

그러자 그 모습을 지켜보던 다타라가 "그게 뭐죠?" 하고 물었다.

"어제와 오늘 이 마을에서 열리는 회의의 참가표입니다."

모토야마가 대답했다.

"이 부근 해저에 중요한 자원이 매장되어 있어 개발 계획이 추진되고 있다고 합니다. 그 문제를 놓고 개발하려는 측과 이 지역 사람들이 토론을 벌이고 있습니다."

"쓰카하라 씨도 그 회의에 참석했다는 겁니까?"

"그렇습니다. 어제 회의장에서 쓰카하라 씨를 목격했다는 사람이 있습니다. 다시 말해 쓰카하라 씨는 이 회의에 참석하기 위해 하리가우라에 왔을 가능성이 큽니다."

그러자 다타라는 납득이 가지 않는다는 표정으로 사나에를 봤다.

"그런 사실을 부인께서는 전혀 모르셨다는 거군요."

"전혀 몰랐습니다. 해저 자원이라는 말 자체를 지금 처음 들었습니다."

다타라는 책상에 팔꿈치를 올려놓고 머리를 갸우뚱거렸다.

"대체 어떻게 된 일이지……."

"저, 그게 말이죠, 회의 관계자들에게 얘기를 들어 봤는데, 회의에 참가한 사람은 개발 관계자들과 이 지역 주민뿐이 아니었다고 합니다."

모토야마가 설명했다.

"일본 최초로 추진되는 일이어서 흥미 있는 사람은 누구나 참가 신청을 할 수 있었답니다. 아마 쓰카하라 씨도 이 문제에 관심이 있었고, 그래서 신청한 걸로 여겨집니다. 참가 신청을 하지 않으면 이 참가표는 손에 넣을 수 없습니다."

사나에와 다타라는 고개를 살짝 끄덕였지만 여전히 납득이 가지 않는다는 표정이었다.

그러자 그때까지 조용히 있던 도미타 서장이 입을 열었다.

"혹시 정년 퇴직하신 뒤 혼자 여기저기 여행 다니다가 자연 보호에 관심을 갖게 된 건지도 모르지요. 하리가우라의 바다가 워낙 아름답지 않습니까. 그걸 보고 오염되는 일이 있어서는 절대 안 된다고 생각하신 게 아닐까요?"

도미타는 이 일에서 빨리 손을 떼고 싶어 하는 눈치였다. 지금으로 봐선 이번 일이 살인 사건일 가능성도 적고, 도쿄 경시청 관리관이라는 부담스러운 존재가 와 있는 것도 거북할 것이다.

다타라는 도미타의 말에는 대답하지 않고 지도를 자기 앞으로 바싹 끌어당겼다.

"현장에 한번 가 볼 수 있습니까?"

"네, 보고 싶으시다면 제가 차로 안내하겠습니다."

모토야마가 그렇게 대답하자 다타라는 "그럼 좀 부탁드리겠습니다."라고 말했다.

"그런데 저…… 시신은 어떻게 할까요? 장례식 준비 같은 건 아직 안 돼 있는데요."

모토야마의 물음에 다타라는 모토야마와 오카모토의 얼굴을 차례로 본 뒤 시선을 도미타 서장에게로 향했다.

"부검 예정은 없는 겁니까?"

그 질문에 니시구치는 움찔했다. 경시청 수사 1과 관리관의 입에서 '부검'이란 단어가 나왔다면 사태는 생각했던 것 이상으로 심각하다는 뜻이다.

"지금까지 받은 보고를 종합적으로 판단해 보건대 그럴 필요는 없을 것 같습니다."

도미타 서장은 그렇게 말한 뒤 동의를 구하는 표정으로 오카모토와 모토야마를 쳐다봤다.

"아, 네……. 뭐, 그게…… 이 지역 의사의 진단으로는 아마도 뇌좌상일 것이라고…… 그렇게 말을……."

오카모토는 약간 횡설수설하더니 옆에 앉은 모토야마에게 "그렇지?"라며 바통을 넘겼다.

모토야마는 일단 "그렇습니다."라고 대답한 후 설명을 이어 갔다.

"그리고 혈중 알코올 농도는 감식반에서 조사했는데, 역시 술을 좀 마신 상태였고 만취까지는 아니어도 약간 비틀거릴 정도로는 취해 있지 않았겠느냐는 의견이었습니다. 술을 깨기 위해 산보에 나섰고, 제방에 올라갔다가 발을 헛디뎌 아래로 떨어졌다고 생각하는 편이 타당하지 않을까 싶습니다."

다타라는 잠시 고개를 숙이고 뭔가를 골똘히 생각하더니 잠시 후 얼굴을 들었다.

"일단 현장을 보여 주시겠습니까? 시신에 대해선 그 후에 생각하도록 하지요."

그리고 그는 사나에를 향해 물었다.

"그래도 되겠습니까?"

"네."

그로부터 약 30분 뒤, 니시구치가 운전하는 자동차가 사체 발견 장소에 도착했다. 사체가 떨어져 있던 바위는 발 디딜 곳이 마땅치 않아 제방 위에서 내려다볼 수밖에 없었다. 바위에는 아직도 혈흔이 뚜렷이 남아 있었다. 사나에는 손으로 입을 막은 채 오열했다. 다타라는 잠시 합장한 뒤 예리한 눈매로 현장을 살폈다.

"오늘 아침부터 내내 탐문 수사를 했지만 어젯밤에 쓰카하라 씨를 목격했다는 사람은 없었습니다. 사실 이런 시골에서는 저녁 8시가 넘으면 집에서 나오는 사람이 거의 없습니다."

모토야마가 변명하듯 말했다.

다타라는 주위를 둘러봤다.

"밤이 되면 몹시 어두울 것 같군요."

"어두운 정도가 아니죠. 아주 캄캄합니다."

"여관까지 400미터 정도 된다고 했지요? 그렇게 캄캄한 가운데 그만한 거리를 용케 걸어오셨군요. 손전등을 가지고 나오셨을지……."

다타라가 혼잣말처럼 중얼거렸다.

"아니, 캄캄하기는 해도 발밑이 안 보일 정도는……. 어젯밤에는 달도 떠 있었기 때문에……."

모토야마가 당황해하며 스스로의 발언을 정정했다.

"하여간 손전등은 발견되지 않은 거지요?"

"네, 그렇긴 하지만…… 바다에 떨어졌을지도……."

모토야마가 동요하는 눈빛으로 니시구치를 바라봤다.

"여관 주인은 쓰카하라 씨가 외출한 것조차 몰랐다고 하니, 손전등을 빌려 주지는 않았을 겁니다."

니시구치가 대답했다.

"다만, 그런 여관에는 방마다 비상용 손전등이 비치돼 있기 때문에 그것을 가져갔을 가능성은 있습니다. 좀 이따 확인해 보겠습니다."

그러나 다타라는 니시구치의 말을 들었는지 못 들었는지 아무 반응도 보이지 않고 바위만 내려다봤다. 그리고 잠시 후 그

날카로운 눈빛을 모토야마에게 향했다.

"죄송하지만 서둘러 경찰서로 돌아가야겠습니다. 서장님과 상의할 일이 있습니다."

## 10

장내는 냉방이 잘되어 있었지만 데스멕 개발 과장의 이마에는 땀이 흘렀다. 그는 손수건으로 땀을 닦으며 마이크를 잡았다.

"따라서 앞으로 플랑크톤에 미치는 영향도 조사해 나가야 할 겁니다. 말씀하신 대로 해저를 파헤친다면 먹이사슬에 다소 영향이 있으리라 생각합니다. 그게 어느 정도인지 명확히 규명한 뒤에⋯⋯."

"그러니까 그 조사 단계에서 파헤치는 것만으로도 큰 영향을 끼친다면 어떡할 거냐고 묻지 않아요! 그로 인해 어획고가 줄어든다면 누가 어떻게 책임질 거냐고!"

티셔츠 아래로 굵은 팔뚝을 드러낸 남자가 일어서서 소리를 질렀다. 어업 관계자인 그는 그동안 나루미 등이 주최한 집회에도 열심히 참석해 왔다.

"잠깐만요. 그렇게 흥분하지 마시고⋯⋯ 데스멕 측의 설명이 아직 끝나지 않은 것 같으니까 끝까지 들어 본 다음에 손을 들어 주세요. 여러 번 말씀드렸지만 모쪼록 마음대로 발언하는 일은 없도록 해 주십시오."

몹시 짜증나는 표정으로 사회를 보고 있는 사람은 어제와는 달리 시청의 홍보 과장이었다. 약 두 시간에 걸친 토론회의 사회를 보는 동안 그의 목은 완전히 쉬어 있었다.

데스멕의 개발 과장이 다시 마이크를 들었다.

"조사를 위한 굴삭은 이미 조금씩 진행되고 있는데, 아직까지 별다른 영향이 발견되지 않았습니다. 앞으로 그 규모를 서서히 늘려 나가려는 것이……."

"그게 말이 돼! 왜 그런 걸 멋대로 시작하는 거야. 누가 허가했어!"

좌중에서 누군가 거칠게 소리를 질렀다.

"무슨 소리. 굴삭을 했으니까 거기에 희귀 금속이 묻혀 있다는 걸 알게 된 거지. 그리고 조사는 허가가 필요 없다고."

그렇게 말한 건 데스멕 쪽 사람이 아니라 나루미 옆에 앉아 있던 양복 차림 남자였다.

"뭐야, 당신. 누구 편이야!"

좀 전에 발언했던 남자가 고함쳤다.

"어느 편을 들지 생각해 보기 위해서 와 있는 거 아니야. 물고기 얘기는 이제 그만 좀 하지. 그보다 데스멕은 사업 얘기를 좀 더 구체적으로 해 줬으면 좋겠는데."

"그만하라니, 뭘 그만해!"

"죄송합니다. 잠깐만요. 손을 들어 주세요. 제발 사회자의 말에 따라 주십시오."

사회자가 미간에 여덟팔자를 그린 채 마이크에 대고 외쳤다.

해저 열수광상 개발을 둘러싼 일본 최초의 토론회는 빈말이라도 잘 진행되고 있다고 할 수 없었다. 데스멕 측을 포함한 일부를 제외하면 대부분의 참석자들은 충분한 지식이 없었고, 따라서 논의도 원활히 이루어지지 못했다. 비교적 열심히 준비해 온 나루미조차 이해할 수 없는 것이 많아 좌절감에 빠져 있었다.

더구나 오늘 나루미는 이 토론회에 집중할 수가 없었다. 이유는 분명했다. 쓰카하라라는 손님이 사체로 발견된 일이 내내 마음에 걸려 있는 것이다.

어제 이 강당에서 쓰카하라와 눈이 마주쳤던 일이 떠올랐다. 나루미를 향해 인사한 게 분명했다. 아니, 착각이었을까. 세쓰코를 따라 하리 경찰서까지 갔지만, 이것저것 물어보기만 할 뿐 사건에 대해선 자세히 알려 주지 않았다.

나루미는 데스멕 직원들과 나란히 앉아 있는 유가와를 바라봤다. 그는 일견 책상 위에 놓인 자료를 들여다보는 것 같았지만, 마음은 이곳에서 떠나 있고 토론 내용에도 귀를 기울이는 것 같지 않았다. 안경을 쓰고 있지 않은 것만 봐도 알 수 있었다.

결국 예정 시간을 40분도 더 넘기고서야 토론회는 폐회되었다. 데스멕 사람들은 모두 피로에 찌든 얼굴을 하고 있었다. 추진파 측에서 태연한 얼굴을 한 건 유가와뿐이었다. 그는 짐을 챙기더니 표표히 회의장을 나가 버렸다.

"뭐, 이렇게 될 줄 알았어."

나루미 옆에 앉아 있던 사와무라가 일어서며 말했다.

"다음 토론회를 약속받은 것만으로도 수확이야."

"하지만 심해 생물의 생식에 관한 데이터를 발표하도록 했어야 해요. 아직 정리가 안 됐다고 하는데, 분명 거짓말일 거예요. 질의응답 시간에 사와무라 씨가 한마디 할 거라고 생각했는데……."

그러자 사와무라는 자료를 가방에 넣더니 어깨를 으쓱했다.

"말할까 말까 고민했어. 그런데 바로 어업 얘기가 나와 버려서 말이야. 타이밍을 놓친 거지."

토론에 익숙한 그로서는 보기 드문 일이었다. 뒤집어 생각하면 이번 일이 그만큼 어려운 문제라는 것이다.

"그런데 말이지,"

강당을 나온 사와무라가 주위를 신경 쓰며 낮은 목소리로 말했다.

"토론회가 끝날 때까지 안 물어보려고 참았는데, 집 일은 어떻게 된 거야?"

"집 일이라니요?"

"들었어. 어제 돌아오지 않았던 손님이 결국 시체로 발견됐다면서?"

"아……."

좁은 동네는 좁은 동네다. 소문이 빨리도 퍼졌다.

"그래요, 굉장히 놀랐어요."

"어딘가에서 추락했다던데?"

"제방요. 제방에서 바다 쪽 바위로 떨어져 머리를 부닥친 모양이에요."

"그것참……, 나루미네 집도 난리 났겠네. 경찰 안 왔어?"

나루미는 오전에 세쓰코와 경찰서에 갔다 온 얘기를 해 줬다.

"그래서, 경찰은 뭐래?"

"별 얘기 없었어요. 아직 상황을 제대로 파악하지 못한 모양이에요. 부모님은 그 손님이 술에 취해 제방에 올라갔다가 발을 헛디뎌 떨어진 게 아닐까 생각하던데."

"아, 그래. 왜 그런 데는 올라가 가지고……. 혹시 자살은 아닐까?"

"아닌 것 같아요. 높이가 5미터 정도밖에 안 되거든요. 뛰어내린다고 반드시 죽는다는 보장도 없고……."

그러자 사와무라는 "그것도 그러네."라고 중얼거렸다.

시민 회관을 나와 일행과 헤어진 뒤 나루미는 자전거에 올라 경쾌하게 페달을 밟으며 해안 도로를 달렸다. 얼마 안 가 앞쪽에 키 큰 남자 뒷모습이 보였다. 유가와라는 것을 이내 알 수 있었다. 그녀는 브레이크를 잡아 속도를 늦추며 "선생님, 너무 빨라요."라고 말을 걸었다.

유가와가 걸음을 멈추고 뒤를 돌아봤다.

"어어."

덤덤한 반응이었다.

"그런데 너무 빠르다니, 뭐가?"

"자리를 뜨시는 거요. 제일 빠르시던데요?"

"봤어?"

"안경도 벗고 의욕 없이 앉아 계신 것도 봤지요."

"쓸모없는 논쟁에 동원됐다는 허탈감을 느끼고 있었어."

유가와가 다시 걷기 시작하자 나루미도 자전거에서 내려 핸들을 쥐고 나란히 걸었다.

"여관으로 돌아가시는 거죠? 택시 안 타세요?"

"이 마을에서는 택시를 기대하지 않기로 했어. 필요 없을 때는 얼마든지 보이는데 막상 필요할 때는 한 대도 안 보이더라고."

어제 역에서 택시를 못 잡은 것이 몹시 분한 모양이었다.

"그런데 쓸모없는 논쟁이라는 표현은 좀 그러네요. 다들 열심히 대화를 나눴는데."

"그런 건 대화가 아니야. 데스멕은 토론회를 열었다는 실적만 남기고 싶을 뿐이고, 당신들 반대파는 트집을 잡는 데 급급하고. 그런 건 토론이 아니지."

"환경 보호를 요구하는 게 트집을 잡는 건가요?"

"당신네들은 완벽한 환경 보호를 요구하고 있어요. 하지만 이 세상에 완벽한 것이란 없지. 존재하지 않는 걸 요구하니 트집을 잡는다고 할 수밖에."

유가와의 말투가 날카로워지는 것과 동시에 보폭도 넓어졌다. 나루미는 거의 뛰다시피 했다.

"뭘 해 달라는 게 아니에요. 파괴하지만 말라는 거죠. 인간이 이상한 짓만 하지 않으면 이 아름다운 바다는 지켜질 거예요."

"이상한 짓인지 아닌지는 누가 판단하지? 나루미 양이?"

그 말에 나루미가 걸음을 멈췄지만, 유가와는 개의치 않고 성큼성큼 걸어갔다.

그런 그의 등을 잠시 노려보다가 그녀는 다시 자전거에 올라탔다. 그리고 힘껏 페달을 밟아 속도를 올리다가 유가와를 지나쳐 브레이크를 잡았다.

물리학자는 걸음을 멈추고 차가운 시선으로 그녀를 쳐다봤다.

"토론을 계속하고 싶다는 건가, 토론회는 이미 끝났는데?"

그러자 나루미는 그를 잠시 노려보다가 "후!" 하고 길게 숨을 내쉰 후 미소를 떠올렸다.

"당분간은 여기 계실 거죠?"

"조사선 일이 끝날 때까지는."

"그럼 안내해 드리고 싶은 곳이 있어요. 혹시 잠수할 줄 아세요?"

"잠수?"

"스쿠버 다이빙요. 해 본 적 있으세요?"

유가와는 등을 곧게 펴고 잠시 경계의 눈초리를 보였다. 그리고 이내 고개를 끄덕했다.

"이래 봬도 자격증이 있다고."

"어머, 멋져요!"

나루미의 눈이 커졌다.

"그럼 꼭 한번 저랑 잠수하러 가요."

"안내하고 싶다는 곳이라는 게 바다겠지?"

"당연하죠. 우리, 여태 바다 얘기 하지 않았나요?"

"그건 그렇지. 그럼 기회 봐서 한번 가지."

"기회는 만들면 되죠. 꼭이에요. 약속하셨어요."

그리고 나루미는 다시 페달에 발을 올리고 밟기 시작했다. 하리가우라의 바다에 잠수하면 저 물리학자는 도대체 어떤 표정을 지을까. 그걸 상상하는 것만으로도 그녀는 설레기 시작했다.

## II

하리가우라 역 근처에는 조그만 기념품 가게들이 줄지어 있다. 그중 한 집 앞에서 구경하고 있는데 "교헤이 짱!" 하고 부르는 소리가 들렸다. 돌아보니 나루미가 자전거를 타고 천천히 다가오고 있었다.

"뭐해? 벌써 집에 가져갈 선물을 고르는 거야?"

교헤이는 고개를 저었다.

"너무 심심해서 뭐 재미있는 일이 없을까 하고 걷다 보니 여기까지 왔어."

"그래……. 원래는 오늘 바다에 가기로 돼 있었지."

나루미의 표정이 어두워졌다.

"뭐, 어쩔 수 없잖아."

오후가 되어서도 자꾸 경찰이 로쿠간소 여관을 찾아오는 바람에 시게하루는 자리를 비울 수가 없었다.

"경찰이 아직도 있어?"

"이젠 돌아갔을 거야. 나루미 짱, 회의는 어땠어? 재미있었어?"

교헤이의 물음에 나루미는 쓴웃음을 지었다.

"그런 게 재미있을 리가. 넌 여기 더 있을 거야?"

"응, 조금만 더 돌아다니다 갈게."

"그래, 그럼. 너무 늦지만 마."

그리고 나루미는 자전거에서 내려 언덕길을 걸어 올라갔다.

교헤이는 갈증이 나서 자동판매기에서 콜라를 뽑았다. 앉아서 콜라를 마시며 뭘 할까 궁리하고 있는데 저쪽에서 유가와가 걸어오는 게 보였다. 그는 웃옷을 벗어 어깨에 걸치고 있었다.

"바다에 안 갔었나 보네."

교헤이를 발견한 유가와가 다가와서 말을 걸었다.

"어떻게 아셨어요?"

유가와는 손가락으로 교헤이의 얼굴을 가리켰다.

"하나도 안 탔잖아."

그러자 교헤이는 입술을 삐쭉 내밀었다.

"경찰들이 자꾸 와서 고모부가 바빠요."

"저런. 경찰은 대체 뭘 그렇게 조사하는 걸까?"

"모르겠어요. 아까 그 바위에 가 봤는데 싹 다 치워 버린 것 같더라고요."

"바위에?"

안경 너머 유가와의 눈이 빛났다.

"너, 사건 현장이 어딘지 알아?"

"네, 알아요. 고모부가 가르쳐 줬어요. 가까이 가면 안 된다고는 했지만……."

유가와가 가볍게 고개를 끄덕였다.

"안내해 줘."

"네? 제가요?"

"그래. 여기 너 말고 누가 있어."

"가는 건 괜찮은데…… 거기 아무것도 없어요."

"상관없어. 자, 가자."

그리고 유가와는 앞장서서 걷기 시작했다.

몇 분 뒤, 두 사람은 제방 앞에 서 있었다. 출입 금지 테이프
가 둘러쳐져 있지만 경찰은 없다. 역시 시골은 시골이었다. 유
가와가 개의치 않고 테이프 안쪽으로 들어가자 교헤이도 따라
들어갔다. 제방에 훌쩍 뛰어올라 아래쪽을 내려다봤다.

"저쪽으로 떨어진 것 같아요."

교헤이가 혈흔 같은 것이 묻어 있는 바위를 가리켰다.

"게다 한 짝을 못 찾았대요. 아마 바다에 떨어졌겠죠."

"게다 한 짝? 그럼 나머지 한 짝은 시체에 신겨 있었나?"

"그러지 않았을까요?"

유가와는 고개를 끄덕이며 가운뎃손가락으로 안경을 밀어 올
렸다. 그리고 뭔가를 관찰하듯 바위를 주의 깊게 내려다봤다.

"왜요?"

유가와는 생각에서 깨어난 표정으로 눈을 깜박이더니 "아니
야, 아무것도."라고 대답했다. 그리고 시선을 다시 먼 곳으로

향했다.

"그나저나 경치가 멋지구나. 나루미 양이 자랑스러워하는 것도 무리가 아니야."

"한낮에는 전망이 더 근사하대요. 그런데 아세요, 왜 이곳 지명이 '하리'인지?"

"화산 지대라서 그런 거 아닌가?"

"화산? 그게 왜요?"

"하리라는 건 화산암에 들어 있는 비결정 물질이야."

그러자 교헤이는 얼굴을 찡그리며 물리학자의 무심한 옆얼굴을 바라봤다.

"그런 게 아니에요. 여기서 '하리'는 수정이래요. 칠보(七寶)라는 거 아세요? 불교에서는 이 세상에 가장 귀중한 보물이 7개가 있다고 하는데 그중 하나가 수정이래요."

그 말에 유가와는 천천히 교헤이 쪽으로 얼굴을 돌렸다.

"너, 불교 신자야?"

교헤이가 빙그레 웃으며 코 밑을 문질렀다.

"그게 아니라, 어제 불꽃놀이 하다가 고모부한테 들었어요."

"그렇구나. 그런데 그 수정이 왜?"

"태양이 머리 위로 올라오면 바다 밑까지 비쳐서 마치 색깔 있는 수정이 잔뜩 잠겨 있는 것처럼 보인대요. 그래서 하리가 우라(=수정 해안-옮긴이)라고 하는 거래요."

유가와는 아아, 하는 표정으로 머리를 위아래로 흔들었다. 그리고 다시 고개를 바다 쪽으로 돌렸다.

"그런 거로구나. 그 정도로 바다가 맑다는 거잖아. 좋은 거 배웠네. 기회가 되면 낮에 보러 오자."

"그런데 그게요, 얕은 곳에서는 안 보인대요. 적어도 100미터 정도는 바다로 나가야 한대요."

"100미터? 헤엄치지 못할 거리는 아니군."

"그 일대는 수영 금지라는데요?"

"해수욕장에서 하면 되지."

"아이참, 뭘 모르시네요. 해수욕장에서는 그 아름다운 바다 밑을 보려면 한참 더 가야 해요. 200미터나 300미터쯤. 수영 금지 부표 있는 데를 넘어가야 하는 거죠."

"아, 그렇겠군. 해수욕장은 멀리 가도 얕으니까. 그럼 보트 타고 가면 되지."

"그렇죠? 역시……."

갑자기 교헤이의 어깨가 축 처졌다.

"왜 그래, 뭐 문제라도 있어?"

그러자 교헤이는 양팔을 난간에 얹고 턱을 괴었다.

"큰 배는 괜찮은데 작은 배는 금방 멀미가 나요. 엄마는 제가 편식을 해서 그렇다고 하지만, 전 그것 때문은 아니라고 생각해요. 체질이죠. 친구 중에 저보다 더 음식 가리는 녀석이 있는데 걔는 뭘 타든 멀미를 안 하거든요."

"분명히 체질과 관련이 있을 거야. 반고리관이 제 기능을 못 하는 거지. 하지만 마음먹기에 따라 상당히 좋아지는 경우도 있어. 너, 자동차는 괜찮니?"

"아버지가 운전하는 차는 괜찮지만 버스는 가끔 멀미해요. 그래서 되도록이면 앞자리에 앉으려고 해요. 흔들림이 적으니까요."

"앞 좌석에 앉는 것뿐 아니라 시선도 중요해. 예를 들어 커브가 많은 길을 달릴 때는 원심력 때문에 몸이 바깥쪽으로 밀려나잖아. 그때 시선도 함께 밀리면 반고리관의 정보와 시각 정보가 일치하지 않게 되어 뇌가 혼란을 일으키거든. 그래서 멀미가 나는 거야. 시선을 탈것의 진행 방향에 고정시키면 그런 증상이 거의 나타나지 않아. 멀미를 곧잘 하는 사람도 자기가 직접 운전할 때에는 괜찮잖아. 그것도 운전 중에는 항상 전방을 주시하기 때문이야."

교혜이는 얼굴을 들어 유가와를 바라봤다.

"박사님은 그런 것도 연구하세요?"

"내 전문 분야는 아니지만 관련 기술에 대해 조사해 본 적은 있지."

"아아, 참 여러 가지를 하네요, 과학자들은. 그 방법 버스 탈 때 한번 시험해 볼게요. 하지만 버스에서는 효과가 있더라도 배에서는 소용이 없어요."

"왜?"

"그렇잖아요. 저는 바닷속을 보고 싶은 건데, 앞만 보고 있으면 아래를 볼 수 없잖아요."

"아, 그렇구나."

"엄마는 되도록이면 멀미약은 먹지 말라고 하고…… 아쉽지만 방법이 없네요."

교헤이는 몸을 일으켜 방파제를 내려왔다.

"포기하는 거야? 바닷속 수정을 보고 싶지 않아?"

"방법이 없잖아요. 뱃멀미는 하고 싶지 않고."

그러면서 걸어가던 교헤이는 발걸음을 멈추고 뒤를 돌아봤다. 유가와가 방파제에서 움직일 생각을 안 하고 있었기 때문이다.

"안 가세요?"

그러자 유가와는 어깨에 걸쳤던 웃옷을 입으면서 말했다.

"먼저 가. 나는 여기서 계획을 좀 짜 볼게."

"계획이라니, 무슨 계획요?"

"몰라서 물어? 너한테 수정을 보여 줄 계획."

## 12

유가와는 저녁 식사를 7시까지 준비해 달라고 했다. 그런데 7시가 되어도 그 삐딱한 물리학자는 여관으로 돌아오지 않는다.

어떻게 할까 생각하고 있는데 그제야 양손에 종이봉투를 든 유가와가 현관문을 열고 들어왔다. 그는 땀에 흠뻑 젖어 있었다.

"선생님! 지금 전화하려던 참이었어요."

"아, 미안. 이번에도 택시가 안 잡혀서."

"방에 갔다 오시겠어요?"

"아니, 바로 하지."

상은 이미 차려져 있었다. 유가와는 들고 온 짐과 웃옷을 옆에 놓고 방석을 끌어당겨 앉았다.

"홈 센터에 갔다 오셨어요?"

잔에 맥주를 따르며 나루미가 물었다. 종이봉투가 그 가게 것이었기 때문이다. 작은 가게였지만 이 마을 주민들에게는 없어서는 안 될 곳이다.

"응, 실험해 볼 게 있어서."

그리고 잔을 들어 맥주를 마시려던 유가와는 멈칫하더니 다시 나루미를 봤다.

"저, 부탁이 하나 있는데……."

"뭐죠?"

"빈 페트병이 필요해. 탄산음료 용기면 더 좋고."

"페트병요? 1.5리터짜리 콜라병이라면 아마 있을 거예요."

"딱 좋아. 대여섯 개쯤 준비해 주겠어? 나중에 가지러 갈 테니까."

"알겠어요. 그런데 뭐에 쓰시게요?"

"그건 내일 삐딱한 소년한테 물어봐."

"삐딱한 소년요?"

나루미는 미간을 찡그렸다.

"제 사촌 동생 말씀이세요?"

"그래. 이런 말 하기 뭐하지만, 그렇게 삐딱한 아이는 오랜만이야."

그러고서 맥주를 맛있게 마시는 유가와의 얼굴을 나루미는 찬찬히 뜯어봤다. 유가와가 그녀의 시선을 눈치채고 "내 얼굴에 뭐 묻었어?"라고 물었다.

"아니에요. 맛있게 드세요."

나루미는 간신히 웃음을 참으며 자리에서 일어섰다.

"그럼 천천히 드세요."

연회장을 나온 그녀는 그길로 엘리베이터를 타고 3층에 있는 유가와의 방으로 갔다. 이부자리를 깔기 위해서였다. 마스터키는 주머니에 들어 있었다.

유가와의 방에 들어선 순간 방 한쪽에 놓여 있는 종이 박스가 눈에 들어왔다. 오늘 도착한 택배였다. 그가 이 여관에 온 게 어제니까, 그 이후에 누군가에게 보내 달라고 했을 것이다. 전표를 보니 데이토 대학 물리학과 제13연구실에서 보낸 것이었다. '파손 주의' 스티커가 붙어 있고 품목 난에는 '유리병'이라고 쓰여 있었다.

이부자리를 깐 후 나루미는 가족이 쓰는 방으로 돌아왔다. 시게하루와 세쓰코가 식사를 마치고 차를 마시고 있었다. 교혜이는 보이지 않는다. 자기 방에 있을 것이다.

"유가와 씨 이부자리를 깔아 주고 왔어요."

"수고했다."

그렇게 말하는 세쓰코의 목소리가 침울했다. 시게하루의 표정도 어둡다.

"왜 그래요?"

나루미는 두 사람의 얼굴을 번갈아 쳐다봤다.

"아니, 그게……, 지금 우리 둘이 얘기해 봤는데……,"

시게하루가 마지못해 입을 열었다.

"아무래도 때가 된 것 같아서 말이다."

"때라면……."

그 말만으로도 나루미는 무슨 뜻인지 충분히 알 수 있었다.

"닫는 거예요, 이 여관?"

"하는 수 없잖니. 상황이 이런데. 아무리 연휴가 끝났다고는 해도 손님이 달랑 한 명이라니. 게다가 저런 사고까지 났으니 말이다."

"사고는 우리 탓이 아니잖아요."

"그렇지도 않아. 종업원이 없으니까 쓰카하라 씨가 밖에 나간 것도 몰랐던 거고, 사라진 걸 안 후에도 곧바로 찾으러 가지 못한 거야. 오늘 낮에 쓰카하라 씨 부인이 오셨는데 우리를 원망하는 말은 한마디도 없었지만 너무 죄송해서 몸 둘 바를 모르겠더구나. 그런데도 글쎄 그 부인은 하루치 숙박비를 내겠다고……."

"설마 받은 건 아니겠죠?"

"그럴 리가 있겠니."

시게하루는 손을 휘휘 저었다.

"당연히 받지 않겠다고 했지. 그런데도 부인은 큰 폐를 끼쳤으니 숙박비 정도는 당연히 내야 한다면서 좀처럼 물러서질 않더구나. 설득하는 데 어찌나 애를 먹었는지."

"네……."

"이만하면 오래 했다. 어느새 15년이구나. 내가 생각해도 이 정도면 잘 버틴 거야."

시게하루는 팔짱을 낀 채 지난날을 회상하듯 방 안을 둘러봤다.

그러자 나루미도 그때의 기억이 떠올랐다. 당시 그녀는 중학생이었다. 도쿄에서 회사원 생활을 하던 아버지가 어느 날 고향으로 돌아가 로쿠간소 여관을 물려받겠다고 했다. 실은 그 몇 년 전 나루미의 할아버지가 뇌경색으로 쓰러진 뒤 주위 사람들로부터 여관을 맡으라는 권유를 들어 왔었다.

이 마을에 처음 이사 왔을 때의 기억이 아직도 생생하다. 그전에도 할아버지가 계셔서 몇 번 온 적은 있었지만, 이제부터 여기서 줄곧 살아가야 한다고 생각하자 모든 것이 달라 보였다. 그중에서도 나루미를 유달리 감동시킨 건 너무나도 아름다운 바다 빛깔이었다. 이 바다를 지키는 것이 자신의 역할이자 삶의 보람이 될 거라고 그때 직감했다.

낮은 버저 소리가 나루미를 다시 현실로 불러냈다. 누가 카운터 버튼을 누른 모양이다. 유가와일 리는 없고, 손님이 또 온 걸까.

"누굴까, 이런 시간에."

세쓰코가 시계를 보며 말했다.

나루미는 고개를 갸웃거리며 일어나 로비로 나갔다. 니시구치 쓰요시가 서 있었다.

"아, 미안해. 너무 자주 오지?"

"괜찮아. 근데 이 시간까지 일하고 있는 거야? 경찰은 고생이 많구나."

"평소에는 별로 바쁘지 않은데 이런 사건이 터지면 별수 없지. 인명 사고여서 대충 처리할 수도 없고."

나루미는 그렇겠지, 라고 생각하며 고개를 끄덕였다.

"그 후에 어떻게 됐어? 사고 원인은 밝혀졌어?"

"아니, 아직은 단정하기 힘들어. 사고인지조차 의심스러운걸."

가벼운 말투였지만 나루미는 흠칫했다.

"뭐, 그게 무슨 말이야? 사고가 아니라면…… 자살?"

"아직은 뭐라고 말할 수 없어. 자살 흔적은 별로 없고 다른 가능성이……, 아, 아니야. 그래도 사고로 결론 날 수도 있어."

니시구치는 당황해하며 얼버무렸다.

나루미는 고개를 들고 동창생의 얼굴을 빤히 쳐다봤다.

"타살일지도 모른다는 거야?"

니시구치가 난처한 표정으로 눈썹 언저리를 긁적거렸다.

"진짜 아직 아무것도 몰라. 다만 한 가지, 그 쓰카하라라는 사람, 전에 경시청 형사였어. 그것도 수사 1과."

"뭐?"

그 부서가 살인 사건을 담당하는 곳이라는 것 정도는 나루미도 알고 있었다. 그녀는 중학생 때까지 미스터리 소설 마니아였다.

"그래서 오늘 낮에 그 부인과 함께 쓰카하라 씨의 후배라는 사람도 우리 경찰서에 왔었어. 지금은 수사 1과 관리관이더라고. 관리관이란 수사 1과장 바로 아래 직급으로 실질적으로 수사를 총괄하는 자리야. 계급은 총경이고. 그렇게 높은 사람이 오니까 서장까지 벌벌 떨더라고."

"그 사람이 와서 뭐라고 그랬는데?"

"현장을 안내해 줬더니 서장을 한 번 더 만나고 싶다고 하더라. 서장실에서 둘이 한 시간 정도 얘기를 나눈 뒤에 그 사람은 쓰카하라 씨 미망인과 함께 돌아갔는데, 그러고 나서 서장 말이 사체를 도쿄로 보내기로 했다는 거야. 그런데 아무래도 장례식 때문만은 아닌 것 같아."

"그럼 무엇 때문에?"

"그건 물론……,"

그리고 니시구치는 오른손으로 입을 가리며 조심스럽게 말했다.

"부검할 모양이야."

나루미가 침을 삼켰다. 말이 나오지 않았다.

"만약 살인 사건으로 밝혀지면 이곳 현경 본부가 가만있을 수 없을 거고. 하리가우라에서 일어난 사건에 도쿄 경시청이 나서는 건 좀 그렇지만 위쪽에서 그 문제에 관해 서로 얘기가 있었을 거야. 하여간 그래서 갑자기 우리 경찰서도 초긴장 상태야. 조사할 만한 건 오늘 내로 모두 조사해 두라는 엄명이 떨어졌어."

그러고 나서 니시구치는 너무 말을 많이 했다고 느꼈는지 "이러면 안 되는데."라며 입에 지퍼 채우는 시늉을 했다.

"네가 동창이기 때문에 특별히 얘기해 주는 거야. 그러니까 너만 알고 있어."

"그래, 알았어. 그런데 여긴 왜 온 거야?"

"아, 깜빡했다."

그러고 니시구치는 허리를 한 번 쭉 폈다 구부렸다.

"실은 빌리고 싶은 게 있어. 투숙객 명부. 여기 묵은 사람들에 관한 기록이 있으면 수사에 도움이 되겠는데."

"그건 뭐하게?"

"말하기는 좀 그런데……,"

니시구치는 여관 내부를 쓱 둘러봤다.

"쓰카하라 씨가 이 여관을 선택한 이유가 뭐냐는 거야."

"웬만하면 이 낡고 더러운 여관을 선택하지 않았을 텐데?"

"그런 말이 아니잖아. 뭔가 특별한 이유가 있을지 모른다는 거지. 누군가 여길 권했을 수도 있고. 그래서 전에 어떤 사람들이 묵었는지 알아보려는 거야."

"그렇구나. 몇 년 치 정도가 필요한데?"

"가능하면 있는 것 전부."

"알았어. 부모님께 여쭤 볼게."

거실로 들어가면서 나루미는 니시구치의 말을 곱씹어 봤다.

'아닌 게 아니라 쓰카하라는 왜 로쿠간소를 선택한 것일까?'

## 13

아침 식사를 마친 교헤이가 자기 방으로 돌아가려는데 로비에 유가와의 모습이 보였다. 그는 등나무 소파에 앉아 벽에 걸린 그림을 뚫어져라 보고 있었다. 바다를 그린 그림이었다.

"이 그림, 이 여관 사람이 그린 걸까?"

유가와가 손가락으로 그림을 가리키며 물었다.

"몰라요. 왜 그러시는데요?"

"이 여관에서는 절대로 이런 풍경이 보이지 않아. 어디서 바라본 건지 궁금해서."

교헤이는 그림과 물리학자의 얼굴을 번갈아 쳐다보다가 머리를 갸웃했다.

"어디서 보건 무슨 상관이에요, 이딴 그림."

"아냐, 상관있어. 이 마을은 아름다운 바다를 관광 포인트로 삼고 있고, 이 여관은 거기에 이끌려서 내려온 사람들이 묵어가는 숙소야. 그런 곳에 바다 그림이 있으면 그 근처의 풍경이라고 생각하는 게 당연해. 만일 이 그림의 바다가 다른 곳이라거나 상상 속의 바다라면 그건 일종의 사기 행위라고 할 수 있지."

"에이, 뭐 그렇게까지……."

교헤이가 중얼거리는 걸 들었는지 못 들었는지, 유가와는 그림을 다시 한 번 본 뒤 교헤이에게 고개를 돌렸다.

"오늘 특별한 계획 있니?"

"없는데요."

"그래?"

유가와는 손목시계를 내려다봤다.

"지금 8시 반이니까 30분 후, 정각 9시에 여기서 다시 만나자."

"왜요?"

"어제 얘기했잖아. 너한테 바닷속 수정을 보여 줄 계획을 세우고 있다고. 그게 확정돼서 이제부터 실행하려는 거야."

그리고 유가와는 자리에서 일어섰다.

교헤이는 놀라며 학자를 올려다봤다.

"저는 배 싫어요."

"알아. 100미터 정도만 가면 되니까 배를 탈 필요도 없어."

유가와는 손가락으로 권총 모양을 만들어 바다 그림을 겨냥했다.

"잘됐으면 좋겠는데."

약 30분 뒤 반소매 셔츠 차림으로 로비에 나타난 유가와는
양손에 가방과 커다란 종이봉투 2개를 들고 있었다. 그는 그
종이봉투 중 하나를 교혜이에게 건넸다. 입구가 닫혀 있어서
안에 뭐가 들어 있는지는 알 수 없었다. 막상 들어 보니 생각
보다 무겁지는 않았다. 내용물이 뭐냐고 물었지만 유가와는
"도시락은 아니니까 기대하지 마."라고 얼버무릴 뿐이었다.

"그런데 너, 휴대 전화 가져왔니?"

여관을 나서면서 유가와가 물었다.

"네, 여기요."

교혜이는 반바지 주머니에서 예의 어린이 전용 휴대 전화를
꺼내 보였다. 유가와는 됐다는 듯 고개를 끄덕이고 다시 걷기
시작했다.

어디로 가는지 가르쳐 주지 않으니 교혜이로서는 그저 뒤따
라가는 수밖에 없었다. 투숙객이 떨어져 죽은 장소를 지났지
만 유가와는 걸음을 멈추지 않았다.

항구를 지나 방파제까지 왔다. 유가와는 방파제 끝을 향해
걸음의 속도를 높였다.

"방파제 끝에서 뭔가 하시게요?"

"응, 그래서 널 데려온 거야."

"그게 뭔데요? 빨리 말씀해 주세요."

"보채지 마. 곧 알게 돼. 조금만 기다려."

방파제 맨 끝까지 가서야 유가와는 걸음을 멈췄다.

"종이봉투를 열어서 안에 든 걸 꺼내 봐."

교헤이는 시키는 대로 했다. 종이봉투 안에는 플라스틱 양동이와 비닐 끈, 페트병으로 만든 통 같은 것들이 들어 있었다.

"페트병 로켓 알아? 물 로켓이라고도 하지."

"학교 행사 때 본 적 있어요. 물을 뿜으며 날아가는 거요."

"안다니 잘됐네. 지금부터 그걸 만들 거야."

"네? 지금 여기서요?"

"걱정 마. 거의 완성돼 있으니까. 어젯밤에 내 방에서 만들었어. 운반하기 위해서 분해했을 뿐, 조립하는 건 간단해."

유가와는 이야기하는 동안 익숙한 손놀림으로 부품을 조립해 갔다. 평범한 통이 순식간에 복잡한 로켓 형태로 변해 갔다. 그것도 교헤이가 학교 행사에서 본 것보다 훨씬 컸다. 길이가 1미터도 넘었다.

"이걸 방에서 혼자 만드셨단 말이에요?"

"너에게 100미터 이상 떨어진 곳의 바닷속을 보여 주는 방법을 여러모로 검토한 결과 이게 제일 좋다는 결론을 얻었어. 물리 공부도 되고."

"어떻게 로켓을 발사하는데 바닷속이 보여요. 무슨 상관이라고?"

그러자 유가와가 작업하던 손을 멈췄다.

"너, 가가린이 누군지 알지? 로켓이 없었다면 인류는 지구의 정확한 모습을 볼 수 없었을 거야. 로켓은 바닷속을 보는 데도 꼭 필요해."

그리고 유가와는 손가락으로 안경을 밀어 올렸다.

**14**

보고서를 작성하고 있는데 누군가 책상 앞에 와서 섰다. 키보드에서 고개를 드니 계장 마미야가 내려다보고 있다.

"뭐야, 구사나기. 독수리 타법밖에 못해?"

"그러시는 계장님은요?"

"하기야 내가 남 흉볼 처지는 아니지."

그리고 마미야는 주위를 슥 둘러보더니 허리를 굽혔다.

"지금 시간 좀 있어?"

구사나기는 기가 막힌다는 듯 헛웃음을 웃었다.

"조금 전에 눈썹 휘날리며 1분 내로 보고서 완성하라고 하신 분은 계장님이잖아요."

"그럼 그건 나중에 하고, 잠깐 같이 갈 데가 있어. 다타라가 와서 기다리고 있다고."

"관리관이요?"

순간 구사나기는 최근에 자신이 한 말과 행동을 급히 되짚어

봤다. 내가 뭐 실수한 거라도 있나.

"겁먹지 마. 질책하려는 건 아닌 거 같아. 일단 가 보자고."

마미야는 구사나기의 대답도 기다리지 않고 뒤돌아서 걷기 시작했다. 구사나기는 서둘러 그를 따라갔다.

소회의실 앞에 선 마미야는 문을 노크했다.

"들어오세요."

다타라가 응답했다.

마미야가 문을 열자 구사나기도 그 뒤를 따라 회의실로 들어갔다.

다타라는 와이셔츠 차림으로 책상 앞에 앉아 있었다. 책상 위에는 몇 장의 서류와 사진들, 그리고 지도 한 장이 펼쳐져 있었다.

"바쁜데 미안하네. 자, 앉지."

다타라의 권유에 마미야와 구사나기가 나란히 의자에 앉았다.

"자네들을 보자고 한 건 다름이 아니라, 구사나기 군에게 통상 업무에서 좀 벗어나는 일을 부탁하기 위해서야."

다타라의 표정은 부드러웠지만 그 안경 너머에서 예리한 빛이 뿜어져 나오고 있었다. 구사나기는 허리를 펴고 "네에."라고 대답했다.

"쓰카하라 마사쓰구 씨가 돌아가신 건 들어서 알고 있겠지?"

구사나기는 얼른 대답할 수가 없었다. 전혀 예상 밖의 질문이었기 때문이다.

"네⋯⋯. 어제 우연히 들었습니다. 여행지에서 사망하셨다고."

쓰카하라 마사쓰구가 수사 1과에 근무했던 건 10여 년 전의 일이다. 그 후 그는 건강상의 이유로 다른 부서로 옮겼다. 같은 부서에서 근무한 적이 없어 구사나기는 그에 대해 거의 아는 바가 없다. 지난해 정년 퇴직했다는 것도 어제 처음 알았다.

"쓰카하라 마사쓰구 씨는 내 선배인데, 내가 신세를 많이 졌어. 그나마 내가 경찰관으로서 밥값을 하게 된 건 다 그 선배 덕분이야."

구사나기는 고개를 숙인 채, 지금 이 시점에서 '명복을 빕니다.'라고 말이라도 해야 하나 고민했다.

"어제 쓰카하라 씨 부인과 함께 사고 현장에 다녀왔네. 여기야."

다타라가 사진 한 장을 구사나기 앞에 놓았다. 해안에 있는 바위를 위에서 찍은 듯했다.

"여기 쓰러진 채 발견됐지. 검시 결과는 뇌좌상."

그 말에 구사나기는 이마에 세로로 주름을 잡았다.

"제방 같은 데서 발을 헛디며 떨어진 건가요?"

"현지 경찰은 그런 식으로 마무리하려는 것 같아. 부검할 생각도 없고."

다타라의 말에서 풍기는 미묘한 어감에 구사나기는 뭔가 의혹이 있음을 직감했다.

"뭐 마음에 걸리는 부분이라도……."

"영안실에서 시신을 본 순간 바로 느낌이 왔어. 이건 단순한 추락사가 아니다, 라고 말이지."

다타라는 구사나기와 마미야를 번갈아 본 후 이야기를 계속했다.

"나는 추락사한 시신을 수도 없이 봐 왔어. 높이가 수 미터에 불과하더라도 뇌좌상을 입을 정도로 충격을 받았다면 전신에 내출혈의 흔적이 남아 있어야 해. 그런데 이 사체에는 내출혈 같은 건 보이지 않았어. 즉 떨어지기 전에 이미 사망했을 가능성이 높은 거지."

구사나기는 오싹 소름이 돋았다. 타살일지도 모른다는 생각 때문인지, 아니면 다타라의 예리한 관찰력에 기가 질려서인지는 자신도 알 수 없었다.

"현장을 보고서 더욱더 확신했지. 쓰카하라 선배는 애주가이긴 했지만 술을 이기지 못하는 분은 아니었거든. 취해서 제방에 올라갔다가 발을 헛디뎌 떨어졌다는 얘기는 도저히 받아들일 수 없어."

"저쪽 경찰에도 그 얘기를 하셨나요?"

마미야가 물었다. 다타라는 쓴웃음을 지으며 손을 내저었다.

"그 시골 경찰들에게 맡겼다간 언제까지고 사망 원인조차 밝혀내지 못할 거야. 그보다는 시신을 이쪽으로 가져와서 부검하는 편이 훨씬 빠르지."

마미야가 눈을 크게 떴다.

"여기서 부검할 생각이신가요?"

"뭘 그리 놀라. 절차만 제대로 밟으면 아무 문제 없어. 사실은 형사 부장이 이미 그쪽 현경 본부에 전화해 놨어. 여기서 부검을 해서 만일 타살 가능성이 높은 것으로 드러나면 바로 그쪽 수사 1과가 움직이기로. 물론 정보는 빠짐없이 제공하고 말이야. 그러면 그쪽도 체면이 설 거 아니야. 하리 경찰서장도 양해해 줬어."

물 흐르듯 말하는 다타라를 구사나기는 감탄에 찬 눈길로 바라보았다. 그 말끔히 빗질한 머리와 은행원을 연상시키는 용모에 어울리지 않게 수사관 시절에는 불끈하는 성질로 주변 사람들을 조마조마하게 했다고 한다.

'역시 관리관에 대한 평가는 과장이 아니었군.'

구사나기는 다타라가 하는 얘기를 들으며 그렇게 생각했다.

"부검은 언제 합니까?"

마미야의 질문에 다타라는 빙긋 웃으며 대답했다.

"이미 끝났어."

"네?"

구사나기와 마미야의 입에서 동시에 소리가 나왔다.

"아니, 끝났다는 건 정확한 표현이 아니지. 어젯밤에 시신을 가져와서 오늘 새벽에 부검에 들어갔어. 아직 정식 사체 검안서는 나오지 않았지. 아마도 사인 규명이 어려운가 봐."

"사인 불명이라면……."

구사나기가 중얼거렸다.

"역시 뇌좌상은 아니었다는?"

"그렇지. 비록 사인은 밝혀지지 않았지만, 적어도 머리 부분의 상처가 사망 후에 생겼다는 것만은 확실해졌어. 그리고 뇌일혈이나 심장 마비 등으로 인한 자연사 가능성도 없는 것으로 결론지어졌어. 즉 제방 위에서 급사한 뒤 추락했을 가능성도 배제된 거야. 또 머리 부분 외에는 사인이 될 만한 큰 외상도 없었어."

"상처가 없고 병으로 죽은 것도 아니라면……."

구사나기가 망설이다가 말을 이었다.

"독살……인가요?"

"아마도."

다타라가 고개를 끄덕였다.

"지금 여러 가지 검사를 하고 있으니까 사인이 판명되는 건 시간문제라고 봐. 그런데 본질적인 문제는 그게 아니야. 도대체 이미 죽은 사람이 왜 그런 곳에 쓰러져 있었을까?"

그러면서 그는 바위 사진을 가리켰다. 구사나기는 다타라가 뭘 말하고 싶은지 알아차렸다. 쓰카하라 마사쓰구는 누군가에 의해 살해된 것이다.

"하리 경찰서에 수사본부가 설치되겠군요."

"그래, 곧. 그쪽 현경 본부에서 우리 쪽으로 수사 협조 요청이 올 거야. 하지만 그걸 기다리다간 선수를 빼앗길 우려가 있어. 그쪽에서는 주도권마저 넘겨줄 생각은 없을 테니 우리에게 모든 정보를 알려 줄 거라는 보장이 없어. 즉, 우리도 독자적으로 수사를 진행할 필요가 있다는 거지."

"실질적인 주도권을 우리 도쿄 경시청이 장악해야 한다는 거군요?"

구사나기의 질문에 관리관은 고개를 저었다.

"아니야, 그렇진 않아. 나는 말이지, 그쪽 경찰을 따돌릴 생각은 없어. 저쪽에서 제대로 수사를 해서 범인을 체포할 수 있다면 그걸로 그만이야. 하지만 만약 방향을 잘못 잡아서 수사를 질질 끌거나 결과적으로 미궁에 빠져 버린다면 나는 그분의 유가족뿐 아니라 돌아가신 쓰카하라 선배에게도 얼굴을 들 수 없을 거야. 그러니 우리도 독자적으로 수사에 착수하자는 거지. 그래서 만일 도움이 되는 단서를 포착하면 지체 없이 저쪽 현경 본부에 제공할 작정이야."

"그럼 그 독자적인 수사를 저희들보고 하라는?"

"그렇지."

다타라는 마미야에게로 시선을 옮겼다.

"어때, 자네 팀은 사건을 해결한 지 얼마 안 됐으니 당분간은 차례가 돌아오지 않을 거 아닌가. 물론 마냥 그러자는 게 아니라, 다음 사건 맡을 때까지만 저 친구를 빌려 줄 수 없겠나?"

"그건……, 저야 상관없습니다만."

마미야가 구사나기 쪽으로 고개를 돌렸다.

"……왜 접니까?"

구사나기가 물었다. 다타라의 눈이 빛났다.

"싫은가?"

"그건 아닙니다만, 좀 의아해서요. 저보다 쓰카하라 씨를 잘 아는 선배들이 있을 텐데."

"알아. 예를 들면 내가 그렇지."

"네. 물론 관리관님께서 직접 나설 수 없다는 건 압니다만."

관리관은 여러 부서를 지휘하고 있다. 그중 몇몇 부서는 지금도 사건을 맡아 수사 중이다.

"이 경시청에서 나보다 그분을 잘 아는 사람은 없어. 즉 내가 직접 수사에 나서지 않는 한, 쓰카하라 선배에 대해 아는 건 모두 비슷비슷해."

"그러니까, 제가 한가해서 선택됐다는 말씀인가요?"

"이봐, 구사나기. 말조심하게."

마미야가 질책하는 어조로 말했다.

"괜찮아. 구사나기 군이 의문스러워하는 것도 당연해."

다타라는 의미심장한 미소를 지으며 서류 한 장을 집어 들었다.

"방금 말했듯이 아직 그쪽 현경 본부에서 협조 요청이 온 건 아니야. 그러니 이쪽에서 너무 눈에 뜨이는 행동을 보이면 못 마땅해할 거야. 섣불리 나섰다가 그쪽에서 화를 내기라도 하면 골치 아프다고. 현지 정보가 전혀 없는 상태로는 우리도 수사를 할 도리가 없으니까. 이런 상황인데 현장 정보는 수집해야 하고, 이 문제를 어떻게 해결하면 좋겠어?"

그는 손에 쥐고 있던 서류를 구사나기 앞에 내려놓았다.

"쓰카하라 선배가 묵었던 여관에 당시 다른 손님은 없었는지 하리 경찰서 젊은 형사에게 알아봐 달라고 부탁했는데 금방 조사해 놓았더군. 놀라운 건 쓰카하라 선배 외에는 손님이 한 사람밖에 없었다는 거야. 그런데 그보다 더 놀라운 게 있어. 그 한 손님이 우리도 잘 아는 인물이라는 사실."

구사나기는 서류를 집어 들었다. 거기에는 '문제의 여관은 가와하타 시게하루라는 사람이 경영하는 로쿠간소 여관입니다.'라고 쓰여 있고 그 아래 투숙자의 성명이 적혀 있었다.

"유가와?"

구사나기가 깜짝 놀라며 서류에서 고개를 들었다.

"그 친구가 그 여관엔 왜……."

"지금도 묵고 있다네."

다타라가 표정을 풀며 말했다.

"이제 알겠지, 내가 왜 자네에게 이 임무를 맡기려는지?"

15

슈웃~! 하고 물 뿜는 소리가 들렸을 즈음에 로켓은 이미 저 멀리 날아가고 있었다. 교헤이는 입을 삐죽 내밀었다. 이번에 도 발사 순간을 놓치고 말았다. 로켓이 치솟는 속도를 눈이 좇 아가지 못한다. 그 박력이란 상상을 뛰어넘었다.

유가와가 작은 쌍안경을 눈에 갖다 댔다. 로켓은 해면에 닿 은 것 같다.

"거리는?"

교헤이는 지면에 고정된 전동 릴의 눈금을 확인했다. 로켓에 낚싯줄을 달아 놓아서, 줄이 풀려 나간 길이로 로켓의 비행 거 리를 대충 알 수 있다.

"그러니까…… 135미터요. 아까보다 좀 짧은데요."

"좋아. 그럼 다시 거둬들여."

그리고 유가와는 바닥에 책상다리를 하고 앉더니 가방 위에 올려놓은 노트북 컴퓨터를 두드리기 시작했다.

그 모습을 곁눈으로 보면서 교혜이는 전동 릴을 작동해 로 켓을 끌어당겼다. 아까부터 같은 실험을 여섯 번째 반복하고 있다. 유가와는 로켓만 날려 보낼 뿐, 바닷속 수정을 보여 주 겠다는 약속은 지키지 않고 있다. 도대체 이런 걸 반복하는 게 무슨 의미가 있단 말일까? 교혜이는 도무지 이해가 되지 않았다.

컴퓨터 화면을 노려보던 유가와가 천천히 팔짱을 끼었다.

"드디어 결론이 나온 것 같군. 오차가 발생하는 원인도 알 것 같아. 이번에는 최적의 조건으로 발사할 수 있겠어."

"또요? 도대체 몇 번이나 발사해야 직성이 풀리시겠어요?"

"할 수 있는 데까지. 실전을 위해 몇 번이고 실험을 반복하고 싶다는 생각은 유인 우주 로켓이나 페트병 로켓이나 마찬가지 야. 진짜 로켓은 예산이라는 제약이 있고 우리들은 곧 태양이 중천에 뜰 시간이니 머뭇거리다가는 바닷속 수정을 볼 수 없 게 된다는 시간적 제약이 있다는 게 다를 뿐이지. 이번이 진짜 야."

유가와가 일어나 옆에 놓아두었던 양동이를 바다에 던졌다. 양동이 손잡이에는 비닐 끈이 길게 달려 있다.

전동 릴로 끌어들인 페트병 로켓을 교혜이가 집어 올리는 동 안 유가와는 양동이로 바닷물을 퍼 올렸다. 지금까지 몇 번이나 반복한 작업이다.

유가와가 만든 로켓은 크기가 클 뿐 아니라 변형된 형태의 날개가 달려 있었다. 박사 자신은 그 로켓이 자신이 독창적으로 만든 것이라고 하지만 어디가 독창적이라는 건지 교혜이는 알 수 없었다. 또 다른 특징이 하나 있다면 안에 담뱃갑 크기의 추가 장치되어 있다는 것이다. 그 추의 위치를 미세하게 조정하면서 테스트를 거듭했던 것이다. 추의 무게는 100그램 정도로, 교혜이는 그 추 때문에 비행 거리가 줄어드는 게 아닌가 생각했지만 유가와는 반드시 필요한 부품이라고 했다.

'이 학자는 도대체 어떤 사람일까?'

교혜이는 다시 그 생각을 하지 않을 수 없었다. '바닷속 수정을 보고 싶다'고 말한 건 사실이지만 크게 졸랐던 건 아니다. 그런데도 이렇게 진지한 자세로 그 소망을 들어주려 하다니. 한데, 그러면서도 뭐 하나 제대로 설명해 주지 않는다. 마치 '닥치고 보고 있으면 알게 된다'는 듯 묵묵히 작업을 해 나갈 뿐이다. 그런데도 왠지 따질 마음이 생기지 않았다. 아니, 함께 있다 보면 뭔가 가슴 두근거리는 것을 만나게 해 주지나 않을까 하는 기대감마저 불러일으켰다.

"자, 이번엔 진짜 발사."

유가와는 로켓을 손에 들고 그 내부에 설치되어 있던 추를 꺼냈다.

"어, 그 추가 중요하다면서요?"

"이 추는 테스트를 위한 대용품이야. 실제로는 다른 걸 탑재할 거야."

그때 어딘가에서 휴대 전화 벨소리가 들렸다. 유가와가 가방에서 휴대 전화를 꺼내 액정 화면을 들여다보더니 잠시 어두운 표정을 짓다가 전화를 받았다.

"네, 유가와입니다."

상대가 무슨 말을 했는지 유가와의 눈썹이 꿈틀했다.

"죄송하지만 오늘은 어려울 것 같습니다. 내일 이후로 해 주세요. 실험 중이라서. 물리 실험을 하고 있으니 오늘은 안 됩니다. 그럼."

그리고 그는 전화를 끊어 버렸다.

"무슨 일 있어요?"

교헤이가 물었다.

"데스멕 사람이야. 일에 대해 협의하자는 게 구실이지만, 실제로는 그냥 밥 먹으면서 쓸데없는 얘기를 할 뿐이야. 그런 걸 일이라고 할 수는 없지."

그리고 유가와는 바닷물의 양을 정확히 측정해 로켓의 탱크에 부었다. 분사구에는 수도꼭지를 개조해 만든 특제 마개가 붙어 있다. 그는 손수 만든 발사대에 로켓을 장착한 다음 자전거용 공기 주입기로 탱크에 공기를 불어넣기 시작했다. 페트병이 눈에 뜨이게 팽창해 갔다.

바닷물의 양과 공기 주입량, 발사대 각도 등의 적절한 수치가 지금까지의 테스트를 통해 나온 모양이다.

"좋아."

유가와가 공기 주입기를 로켓에서 분리했다. 그리고 주머니에서 휴대 전화를 꺼내 엄지손가락으로 무언가를 빠르게 입력하더니 그것을 추가 들어 있던 부분에 넣었다.

"어, 거기에 휴대 전화를 넣는 거예요?"

교헤이가 놀라 물어보는 순간 그의 어린이 전용 휴대 전화가 울렸다. 전화를 받으려 하자 유가와가 "전화는 좀 이따가 받아!"라고 소리쳤다.

"셋 세고 발사한다. 스리, 투, 원, 발사!"

유가와가 발사대와 연결된 스위치를 누른 순간 로켓 뒤쪽에서 많은 양의 물이 엄청난 기세로 뿜어져 나왔다. 교헤이는 재빨리 앞쪽으로 시선을 옮겼다. 푸른 하늘을 배경으로 투명한 로켓이 곧장 날아올랐다. 그리고 태양빛을 받아 반짝 빛났다.

로켓은 아까보다 훨씬 먼 바다에 떨어졌다. 교헤이는 전동릴의 눈금을 봤다. 225미터. 지금까지 날린 것 중 최고 기록이다. 교헤이는 흥분한 목소리로 그 사실을 유가와에게 알렸다.

"그래."

과학자의 반응은 담담했다.

"이제 전화를 받아 봐."

교헤이는 그 말을 듣고서야 자신의 휴대 전화가 계속 울리고 있다는 사실을 깨달았다. 주머니에서 꺼내 보니 '영상 통화' 표시가 들어와 있다. 연결 버튼을 눌렀다. 동시에 저도 모르게 "와아!" 하는 함성이 터져 나왔다.

휴대 전화의 화면에는 선명하게 빛나는 바닷속 모습이 비치고 있었다. 마치 빨강, 파랑, 초록의 거대한 스테인드글라스가 바다에 잠겨 있는 것 같았다. 맑디맑은 바닷물이 빛의 각도에 따라 시시각각 색깔이 변한다.

"어때?"

유가와가 물었다.

교헤이는 말없이 화면을 그의 쪽으로 향하게 했다. 무표정하던 과학자가 아주 조금 눈을 크게 떴다. 그리고 만족스러운 듯 두세 번 고개를 끄덕이더니 "실험 성공."이라고 억양 없는 목소리로 말했다.

16

현경 본부 수사 1과에서 왔다는 이소베 경감은 웃지 않으면 화난 것처럼 보이는 얼굴이다. 네모진 얼굴에 두꺼워 보이는 피부, 눈썹과 눈은 실처럼 가늘다. 입은 다물고 있으면 여덟팔자로 구부러져 있다. 만일 웃어 보인다 해도 그 웃음은 야심과 음모를 숨기기 위한 교활한 것으로밖에는 보이지 않을 것 같다.

이소베는 일단 부하 세 명을 데리고 하리 경찰서로 왔다. 여기서 '일단'은 이소베 자신이 한 말이다.

"이곳에 실제로 수사본부가 세워지면 50명 정도 데리고 오도록 하죠."

그는 뻐기듯이 말했다. 설사 그 정도 인원이 온다 해도 전부 그의 부하일 수는 없다. 그는 계장에 불과하기 때문이다.

그러나 하리 경찰서 형사 과장인 오카모토는 억지웃음을 짓는 대신 "그렇게 되면 이쪽도 최선을 다해 대응하도록 하겠습니다. 아무쪼록 잘 부탁드립니다."라며 고개를 숙였다.

이소베가 온 목적은 하리가우라에서 쓰카하라라는 사람의 시신이 발견된 사건과 관련, 지금까지 드러난 사실을 재확인하는 것이었다.

모토야마와 하시가미, 니시구치, 세 사람이 회의실에 불려 갔다.

모토야마가 이소베 일행에게 사건 개요를 설명했다.

"이상이 지금까지 밝혀진 대체적인 내용입니다. 쓰카하라 씨와 하리가우라의 관련성은 아직 밝혀지지 않았고, 쓰카하라 씨가 이번 해저 광물 자원 개발에 관심을 갖게 된 이유도 분명치 않습니다."

이소베는 팔짱을 낀 채 침묵했다. 눈이 가늘어서 졸고 있는 것처럼 보이지만 자고 있는 것 같지는 않다.

이윽고 그는 낮은 신음 소리를 내더니 눈을 약간 더 크게 뜨고 관할 경찰서 형사들을 바라보았다.

"그래서, 어떤가요?"

"어떻……다니, 뭐가 말씀입니까?"

모토야마가 되물었다.

"살인일 가능성 말입니다. 여러분이 볼 때 살인일 가능성은 어느 정도입니까?"

"글쎄, 그건……."

모토야마가 옆에 있는 오카모토를 힐끗 봤다. 하지만 오카모토는 고개를 아래로 향한 채 입을 열 생각이 없는 것 같았다. 하는 수 없이 모토야마가 말을 이었다.

"현장 상황으로 봐서는 별달리 미심쩍은 점은 없는 것 같습니다. 다툰 흔적도 없고 눈에 뜨이는 외상도 없었습니다."

"하지만 도쿄 경시청 관리관은 뭔가 알아냈을 것 아닙니까. 그러니까 도쿄에서 시신을 부검하겠다고 한 것 아니겠어요."

그제야 오카모토가 고개를 들었다.

"아니, 그건 꼭 그래서라기보다는……."

"아니면, 왜 그랬을까요?"

"사망한 쓰카하라 씨는 그 관리관의 경시청 선배였습니다.

그래서 부검도 하지 않고 매장해 버리는 게 마음에 걸려 시신을 도쿄로 가져가 부검을 맡긴 겁니다."

"그 얘기는 들었어요. 그래서 이렇게 우리가 온 거 아닙니까. 그럼 여러분은 부검을 해도 아무것도 나오지 않을 거라고 보는 겁니까, 역시 단순 사고라고?"

오카모토는 아무런 대답도 하지 않았다. 모토야마도 입을 열지 않았다.

이소베는 고개를 흔들며 "참, 어쩔 수가 없군."이라고 나지막이 중얼거렸다.


"그 이소베라는 사람 말이야, 별로야."

하시가미가 창틀에 팔꿈치를 괴고 창밖을 바라보며 말했다.

"왜요?"

니시구치가 물었다. 손에는 캔 커피가 들려 있었다.

두 사람은 나카하리 역에서 기차를 탔다. 열차 안이 텅텅 비어 있었다. 4인용 박스석에 두 사람이 마주 보고 앉았다.

"소문에 따르면 계산적이고 야심가에다 아첨꾼이래. 만약 이번 사건이 타살이라면 그에게는 공을 세울 절호의 기회가 되겠지. 그래서 의욕적으로 덤벼드는 거야."

"그게 의욕적인 건가요? 제 눈에는 그저 불쾌해하는 걸로만 보이던데."

그러자 하시가미는 쯧쯧, 혀를 차며 손가락을 흔들었다.

"흥분을 감추려고 그러는 거야. 지금쯤 현경 본부로 돌아가서 과장에게 침을 튀기며 보고하고 있을걸."

그의 상상이 맞는다면 이소베는 이번 사건이 타살이길 갈망하고 있는 것이다. 오카모토나 모토야마에게 짜증을 낸 건 타살이라는 확증을 얻어내지 못했기 때문일지도 모른다.

기차는 해안선을 따라 경쾌하게 달렸다. 잠시 후 하리가우라에 도착했지만 두 사람은 자리에서 일어나지 않았다. 그들의 이번 목적지는 하리가우라에서 좀 더 가야 나오는 히가시하리 역이었다.

쓰카하라 마사쓰구가 데스멕 설명회에 참석했을 당시 그를 태웠던 택시를 찾아냈다. 택시 기사에 따르면 무선 호출을 받고 히가시하리 역 앞으로 가서 쓰카하라를 태웠다고 한다. 시민 회관이라면 하리가우라 역이 가장 가깝다. 그런 사실은 쓰카하라가 갖고 있던 설명회 참가표에도 나와 있다. 그런데 왜 그는 굳이 히가시하리 역까지 가서 탔을까.

생각해 볼 수 있는 건, 설명회에 참석하기 전에 히가시하리 역에 갈 일이 있었다는 것이다. 그걸 알아보러 니시구치와 하시가미가 지금 가고 있는 것이다.

지형 관계로 히가시하리 역은 바다에서 조금 떨어진 곳에 지어졌다. 역 앞에서 정면으로 쭉 뻗은 길을 따라가면 해안이 나온다. 그리고 바로 앞에는 몇 개의 샛길이 있어 장미 공원이나 오르골 전시관, 트릭아트 전시관 등의 시설로 갈 수 있게 되어 있다. 역에서 바다가 멀기 때문인지 한때 이 마을에는 관광객을 유인할 시설들이 잇달아 만들어졌다. 그리고 대개 그렇듯 대부분 실패로 끝났다.

길을 따라 작은 가게들이 줄지어 있지만 대부분 셔터가 내려져 있었다. 간혹 그렇지 않은 가게도 있지만 실제로 영업을 하고 있는 것인지는 밖에서만 봐서는 알 수 없다.

"이 마을에 비하면 나카하리는 아직 괜찮은 편이네."

길을 걸으며 하시가미가 말했다.

"아슬아슬하나마 활기라는 게 있긴 하니까. 여기는 사람 그림자조차 없잖아."

다행히 영업하는 가게가 몇 곳 있긴 했다. 두 사람은 각각 쓰카하라의 사진을 들고 탐문 수사에 나섰다. 실마리를 잡은 건 니시구치였다. 건어물 가게 할머니가 쓰카하라의 얼굴을 기억했다. 그저께 들렀다는 것이다.

"마린힐스에는 어떻게 가느냐고 물었어요."

"마린힐스요?"

할머니는 얼굴 가득 주름을 잡으며 미소 지은 후 고개를 끄덕이며 대답했다.

"별장 단지죠. 지어진 지 꽤 됐는데, 요즘은 사용하는 사람이 아무도 없을 거예요."

니시구치는 하시가미에게 그 사실을 보고했다. 별장 가는 길은 할머니에게 알아 두었다.

바다로 향하는 큰길에서 샛길로 빠져 완만한 언덕을 올라갔다. 별장 단지로 가는 길이라서 포장이 잘되어 있었다.

"그러고 보니 들은 기억이 나."

하시가미가 말했다.

"꽤 오래전, 대형 부동산 회사가 별장 단지를 지어 분양하려 했었지. 마린힐스 하리라던가? 그런데 잘 팔리지 않는 바람에 손해를 엄청 봤다고 하더라고."

"그래요……. 그런데 쓰카하라 씨는 왜 그런 데를 간 걸까요?"

얼마 지나지 않아, 지어질 당시에는 호화롭고 멋져 보였을 게 분명한 별장들이 모습을 드러내기 시작했다. 이제는 어느 건물이나 보기 딱할 정도로 낡아 있다.

도로변에서 밀짚모자를 쓴 남자 하나가 풀을 깎고 있었다. 하시가미가 그에게 다가가 말을 걸었다. 50세쯤 돼 보이는 남자는 자신이 부동산업자에게 고용된 사람이라고 했다.

"이 별장들 대부분이 매물로 나와 있지만 사려는 사람이 없어요. 그래도 내버려 둘 수는 없으니까 일단 풀이라도 베어 두려는 거 아니겠습니까."

하시가미는 남자에게 쓰카하라의 사진을 보여 줬다.

"아, 이 사람 봤어요. 그저께."

남자는 대뜸 그렇게 말했다.

"그런데 이 사람이 센바네 집을 보고 있어서 신경이 좀 쓰였지요."

"센바네 집요?"

하시가미가 묻자 남자는 손가락으로 저 멀리를 가리켰다.

"저기 하얀 집 있죠? 저 높은 경사면에 있는 집요. 저게 센바라는 사람의 집이었어요."

그리고 그는 덧붙였다.

"살인범이죠."


## 17


"찾았어요, 구사나기 선배님."

등 뒤에서 들리는 소리에 구사나기는 의자 등받이에 몸을 기댄 채로 의자를 빙그르 돌렸다. 바지 정장 차림의 우쓰미 가오루가 서류를 손에 들고 다가오고 있었다.

"어, 수고했어. 무슨 사건이야?"

"직접 보시는 편이 빠를 거예요."

"자세한 건 직접 확인하겠지만, 우선 개략적인 내용이 알고 싫어. 간단히 설명해 줘."

그러자 우쓰미는 구사나기 옆에 있는 책상에 기대서서 그를 내려다봤다.

"오늘 유난히 목에 힘주시네요."

"당연하지. 관리관한테 특명을 받았거든. 이 사건에 관한 한 내가 관리관 대행이야."

"그건 알겠는데, 왜 제가 선배 보좌관 노릇을 해야 하는 거죠?"

"관리관이랑 계장이 아무나 한 명 보좌관으로 써도 된다고 했거든."

"그러니까 그게 왜 저냐고요."

구사나기는 빙글 웃더니 후배 여형사를 올려다봤다.

"아까 말했잖아, 사건 현장에 유가와 가 있다고."

"그래서요? 유가와 교수 때문에 선배가 사건을 맡게 된 건 이해하겠는데."

"몰라서 물어? 그 삐딱한 친구가 수사에 협조할 것 같아? 만일 이러니저러니 하면서 뺀질거리면 자네 설득밖에 안 통할 거 같아서 그래."

그러자 우쓰미가 발끈했다.

"제가 무슨 재주로 그분을 설득해요?"

"걱정 마. 그 친구는 내 부탁은 안 들어줘도 우쓰미가 울며불며 매달리면 싫다고 못할 거야. 내가 보장해."

"울며불며 매달리라고요, 제가요?"

"경우에 따라서는 그렇다는 얘기지. 자, 불평 그만하고 어서 설명이나 해 줘. 시간 아까워."

우쓰미는 한숨을 내쉬며 서류를 들여다봤다.

"이름, 센바 히데토시. 16년 전 살인 혐의로 기소돼 징역 8년의 실형을 선고받았습니다. 살해 현장은 도쿄 스기나미 구 오기쿠보의 노상이랍니다."

"노상? 싸운 건가?"

그러자 우쓰미가 고개를 저었다.

"피해자는 미야케 노부코. 당시 40세. 오랫동안 호스티스 생활을 했고, 살해된 시점에는 무직이었던 것으로 되어 있습니다. 센바와는 전부터 아는 사이였고, 살해당하기 전날 밤에도 둘이서 술을 마셨답니다. 그때 센바가 그녀에게 '빌려 간 돈을 갚으라'고 했는데 피해자가 자신은 그런 돈을 빌린 기억이 없다며 일언지하에 거절했다고 합니다. 그러자 센바가 다음 날 다시 피해자를 불러내 돈을 돌려주지 않으면 죽여 버리겠다며 식칼을 보여 줬는데, 피해자가 겁을 내기는커녕 바보 취급하듯 그를 비웃기에 찔러 죽였다는 겁니다. 이상이 사건의 개요예요."

구사나기는 양팔을 머리 뒤에 얹고 다리를 꼬았다.

"뻔한 사건이네. 애먹일 만한 일이 전혀 없는데. 그 센바라는 범인, 금방 못 잡았나?"

"아니요. 사건 이틀 후 밤에 체포됐어요."

우쓰미의 설명에 따르면 오기쿠보의 주택가 노상에 여자가 쓰러져 있다는 신고가 들어온 것이 5월 10일 밤 10시경이라고 한다. 경찰이 현장에 도착했을 때는 이미 숨진 상태였고, 복부에 찔린 흔적이 있었다. 소지품 등을 통해 사망자가 호스티스 출신인 미야케 노부코라는 사실이 곧 밝혀졌다. 그리고 살해되기 전날 밤 중년 남자와 둘이서 전부터 단골이었던 술집에서 술을 마셨다는 사실도 드러났다. 그 술집에서 두 사람이 말다툼하는 걸 봤다는 증언이 여러 건 있었다. 중년 남자가 그 술집을 찾은 건 꽤 오래간만이지만 매니저가 센바라는 이름을 기억하고 있었다.

미야케 노부코의 방을 조사한 결과 센바의 옛날 명함이 나왔다. 노부코가 호스티스였던 시절 단골이었던 듯했다. 센바는 사업에 실패하고 한동안 부인의 고향에 가서 살다가 다시 도쿄로 돌아왔다고 한다. 그는 당시 에도가와 구에 있는 2층짜리 아파트에 살고 있었다.

센바를 찾아간 베테랑 수사관은 그의 태도가 수상쩍다는 것을 한눈에 간파했다. 집 안을 좀 보고 싶다고 했더니 센바가 완강히 거부했다고 한다. 수사관은 일단 물러났지만 멀리 가지 않고 근처에서 잠복하기 시작했다.

마침내 센바가 집 밖으로 나왔다. 손에 조그만 가방을 들고 있었다. 그가 주위를 두리번거리는 모습을 보고 수사관이 다가가 그를 불렀다. 순간 센바는 가방을 끌어안은 채 잽싸게 달아나기 시작했다. 하마터면 놓칠 뻔하기도 했지만 수사관은 결국 그를 체포하는 데 성공했다.

센바의 가방에서는 피 묻은 식칼이 발견됐다. 그리고 그 피는 미야케 노부코의 것으로 곧 판명됐다.

"그때 센바를 체포한 베테랑 수사관이 바로 쓰카하라 마사쓰구였어요. 대단하죠? 다타라 관리관의 선배다워요."

구사나기는 다리를 바꿔 꼬며 고개를 갸우뚱거렸다.

"그게 대단하다고 할 정도인가? 집 안을 보고 싶다는데 거부한다면, 형사라면 수상하게 여기는 게 당연하지."

"그건 그렇지만 이 사건처럼 매끄럽게 처리하기는 어렵죠."

"수사에 대해서 다 아는 것처럼 얘기하네, 신참 주제에."

그러자 우쓰미가 눈초리를 살짝 치켜세웠다.

"제가 아직도 신참이에요?"

"후배가 들어올 때까지는 몇 년이 지나도 신참이지. 그런데 센바에 대한 조서도 쓰카하라 씨가 담당했었나?"

"기록에는 그렇게 되어 있어요."

"징역 8년이라……. 그럼 이미 사회에 복귀했을 텐데, 쓰카하라 씨는 대체 왜 그 남자가 전에 살던 집을 보러 갔을까."

하리 경찰서의 니시구치라는 순경에게서 전화가 걸려 온 건 약 1시간 전이었다. 다타라가 저쪽 경찰서에 이 사건에 관해서는 구사나기 경위가 연락책을 맡을 것이라고 알려 두었기 때문이다.

니시구치에 따르면 쓰카하라 마사쓰구는 하리가우라에서 있었던 설명회에 참석하기 전, 히가시하리에 있는 별장 단지에 들러 어떤 집을 보고 온 사실이 있다고 한다. 그 집은 도쿄에서 살인 사건을 저지르고 체포된 남자가 한때 살았었고, 사건이 발생했을 당시에는 매물로 나와 있었다고 한다. 살인범의 집이라는 이유로 현지에서는 꽤 유명한 듯하다.

당연한 일이겠지만, 당시 사건과 관련된 자료가 그쪽 경찰서에는 없으니 보내 줄 수 있겠냐는 것이 니시구치가 전화를 건 이유였다.

"정말로 가는 길에 들른 걸까요?"

우쓰미가 물었다.

"무슨 뜻이야?"

"쓰카하라 씨가 하리가우라에 간 목적은 설명회에 참석하는 것이고, 가는 김에 과거 자신이 체포했던 남자의 집을 보러 들렀다고 했잖아요."

"음……."

구사나기가 나직하게 신음했다.

"그러지 않았을까? 거기에 센바나 그 가족이 살고 있다면 모르겠지만 아무도 안 산다며. 더구나 사건이 일어났을 때는 이미 매물로 나온 상태라는데 일부러 보러 간다는 건 좀 이해가 안 가지."

"하긴 그러네요."

우쓰미는 의외로 선뜻 수긍했다.

"어쨌든 그 자료, 저쪽 서로 보내게 절차 좀 밟아 줘. 그리고 현주소 좀 알아보고."

"센바 히데토시 말이지요?"

"야, 눈치 빠른데?"

"아직 신참이잖아요."

구사나기의 다음 말을 기다리지 않고 몸을 휙 돌려 가 버리는 우쓰미 가오루의 뒷모습을 바라보고 있는데 휴대 전화가 착신을 알렸다. 모르는 번호였다. 통화 버튼을 눌렀다.

"여보세요."

"다타라네. 지금 통화 좀 할 수 있을까?"

"아, 네. 물론입니다."

구사나기는 저도 모르게 자세를 바르게 했다.

"부검을 의뢰한 법의학 연구실에서 연락이 왔어. 구체적인 사인이 밝혀졌다는군."

"뭐랍니까?"

"그게…… 좀 놀라워. 일산화탄소 중독이래."

"네에?"

저도 모르게 큰 소리가 나왔다. 뜻밖의 결과였다.

"도무지 사인이 밝혀지지 않아서 혈액 검사 같은 기본적인 조사부터 모조리 해 봤나 봐. 그랬더니 일산화탄소 헤모글로빈 농도가 치사량보다 훨씬 높게 나왔다는 거야. 고농도 일산화탄소가 가득 찬 곳에 있다가 사망한 것으로 보인대. 그리고 수면 유도제를 복용한 흔적도 있나 봐."

"일산화탄소 중독에 수면 유도제라……."

구사나기는 전형적인 연탄 자살 패턴이라고 생각했지만 그 말을 입 밖에 낼 수는 없었다. 이미 자살한 사람이 제방까지 걸어가 아래로 떨어진다는 건 말도 안 되기 때문이다.

"저쪽 현경 본부에는 내가 연락하지. 사체 검안서도 한 부 저쪽에 보내라고 얘기해 놨어. 혹시 연락이 오면 그렇게 말해 주게."

속사포처럼 쏘아 대는 다타라 곁에서 사람들이 웅성거리는 소리가 들려왔다. 어딘가 수사본부에 있는 것이리라.

"관리관님, 한 가지 물어봐도 되겠습니까?"

"뭐지? 간단히."

"16년 전에 쓰카하라 씨와 같은 계에 소속돼 계셨죠?"

"그랬지. 그게 왜?"

"당시 쓰카하라 씨가 체포했던 센바라는 살인범, 기억하십니까?"

"센바? 센바 히데토시 말인가?"

그 반응의 속도에 구사나기는 깜짝 놀랐다. 다타라 정도로 관록 있는 형사라면 그동안 수없이 많은 살인범을 봐 왔을 것이다. 그런데 특별히 인상적이지도 않은 사건의 범인을 16년이나 지난 지금에 와서, 그것도 이름까지 정확히 기억하고 있다니.

"네, 맞습니다."

"그런데, 그자는 왜?"

구사나기는 니시구치에게 들은 얘기를 간추려서 설명했다. 짧은 침묵 뒤에 다타라가 입을 열었다.

"나 지금 시나가와 경찰서에 있는데, 수고스럽겠지만 이리로 좀 와 주겠나?"


## 18


6시에 저녁을 먹을 수 있도록 해 달라는 유가와의 부탁에 따라 나루미가 연회장에서 그의 식사를 준비하고 있는데 교헤이가 들어왔다.

"나도 여기서 먹어도 돼?"

"여기서?"

나루미는 가만히 조카의 얼굴을 바라봤다.

"유가와 선생님이랑 같이 먹겠다는 거니?"

"응. 박사님도 괜찮다고 하셨어. 내 식사는 내가 가져올게."

"그래? 그럼 그렇게 해."

아무래도 두 사람이 의기투합한 듯하다. 오늘은 저녁 무렵까지 함께 있었던 모양이다. 두 사람 다 햇볕에 빨갛게 익어서 돌아왔다.

식사 준비를 마치자 때마침 유가와가 들어왔다. 폭죽이 든 비닐봉지가 손에 들려 있었다.

"야, 이거 맛있겠는데!"

유가와는 상차림을 둘러보며 책상다리를 하고 앉았다.

"차린 건 없지만 많이 드세요."

"무슨 그런 말을. 여기 있는 동안 살이 찔 것 같아서 걱정이야."

유가와는 눈을 가늘게 뜨고서 감상하듯 음식들을 바라봤다.

그때 교헤이가 오므라이스 접시가 담긴 쟁반을 들고 들어와 유가와 맞은편에 앉았다.

"그것도 맛있겠는데."

"바꿔 먹을까요?"

"오늘은 사양."

나루미가 연회장을 나서려는데 현관에서 버저 소리가 났다. "그럼 맛있게 드세요."라고 인사하고 현관으로 나가 보니 니시구치가 서 있었다. "어, 안녕." 하며 손을 드는데 니시구치의 표정이 어쩐지 어색했다.

"쓰카하라 씨 일 때문에 왔어?"

"응, 협조를 부탁할 일이 좀 있어서……."

그리고 니시구치는 잠시 뜸을 들이더니 말했다.

"여관을 한 번 더 조사할 수 있을까?"

"쓰카하라 씨가 쓰던 방?"

"아니, 그게 아니라 이 여관 전체."

"전체?"

나루미는 저도 모르게 눈썹을 찌푸렸다.

"왜 그러는데?"

그러자 니시구치는 난처한 표정을 짓더니 바깥쪽을 힐끔 쳐다봤다. 덩달아 여관 밖으로 눈길을 돌린 나루미는 그만 깜짝 놀라고 말았다. 짙은 감색 제복을 입은 남자들이 줄지어 서 있었던 것이다.

"뭐야?"

"현경 본부 감식반. 미안하지만 자세한 건 얘기해 줄 수 없어. 싫다면 일단은 돌아가겠지만 수색 영장을 가지고 다시 올 거야.

그러니까 오늘 해 버리는 편이 낫지 않을까 싶은데……."

변명하듯 말하는 니시구치를 잠시 노려보던 나루미는 "부모님하고 의논해 볼 테니 잠깐 기다려."라고 말한 뒤 안으로 들어갔다.

거실에서는 시게하루와 세쓰코가 식사를 하고 있었다. 나루미가 얘기를 꺼내자 두 사람은 젓가락질을 멈췄다.

"뭘 또 조사한다는 거냐. 어제 충분히 조사한 거 아니야?"

시게하루가 불만스러운 듯 말했다.

"저도 잘 모르겠어요. 어떻게 할까요?"

그러자 시게하루는 잠시 세쓰코와 마주 보다가 "어구구." 하고 신음 소리를 내며 일어섰다.

"저도 갈게요."

세쓰코도 따라나서 결국은 세 명이서 함께 방을 나왔다.

현관에 가 보니 모자 쓴 남자 몇 명이 손에 짐을 든 채 서 있었다.

시게하루가 설명을 요구하자 니시구치가 나루미에게 했던 얘기를 반복했다.

"보고 싶은 게 구체적으로 어딥니까? 손님들에게 피해가 가지 않게 해 주셨으면 하는데요."

시게하루의 말에 한 사람이 앞으로 나섰다.

"우선 부엌부터 보여 주시겠습니까?"

"부엌은 저쪽인데요."

시계하루가 카운터 뒤쪽을 가리키자 남자는 "실례 좀 하겠습니다."라며 카운터 뒤로 가더니 구두를 벗기 시작했다. 그게 신호라도 되듯, 감식반원 전원이 여관 안으로 들어왔다. 시계하루가 부엌의 위치를 가르쳐 준 것을 허락으로 받아들인 모양이다.

세쓰코가 부엌을 보여 달라던 감식반원을 따라 카운터 뒤로 들어갔다.

다른 요원 하나가 시계하루와 나루미를 번갈아 쳐다보더니 물었다.

"보일러실은 어딘가요?"

"지하에 있습니다. 이쪽이에요."

시계하루가 그렇게 대답하고 지팡이를 짚으며 앞장섰다.

이번에는 또 다른 요원이 나루미에게 피살자가 묵었던 방을 보여 달라고 했다. 나루미는 방 열쇠를 찾으러 카운터 안으로 들어갔다.


19


"일반 폭죽과 로켓 폭죽은 기본 원리가 비슷해 보이지만 실은 미묘한 차이가 있어. 폭죽은 말하자면 대포 같은 거야. 그런 빨대에……,"

유가와는 젓가락을 쥔 손으로 교헤이가 마시고 있던 콜라 잔에 꽂힌 빨대를 가리켰다.

"휴지 조각을 동그랗게 뭉쳐서 끼운 뒤 빨대의 다른 쪽 끝을 입으로 훅 불면 힘차게 튕겨 나가잖아. 폭죽은 원통형 발사대에 장착할 때 그 밑에 발사용 화약을 넣지. 그 화약이 폭발할 때의 충격과 가스 압력으로 인해 폭죽이 하늘로 날아가는 거야. 그에 비해 로켓 폭죽은 자기 스스로 폭발하면서 뒤쪽으로 불꽃을 분사해 그 반작용으로 날아가는 거고. 페트병 로켓에서의 압축 공기와 물의 역할을 화약이 대신하는 거지."

물 흐르듯 얘기하면서도 유가와는 끊임없이 젓가락과 입을 놀리고 있었다. 교헤이는 이야기의 내용보다 그게 더 감탄스러웠다.

바다에서 돌아오던 길에 두 사람은 편의점에 들러 폭죽을 샀다. 교헤이가 그저께 밤에 고모부와 불꽃놀이 한 얘기를 하자 유가와가 사자고 했다.

오므라이스를 다 먹은 교헤이가 콜라를 마시고 있는데 갑자기 문이 열리더니 모자를 쓰고 감색 제복을 입은 남자가 얼굴을 들이밀었다.

"아, 실례."

남자는 바로 문을 닫았다.

교헤이가 눈을 깜박이며 "누구지, 저 사람?" 하고 중얼거리자 유가와 "복장이 경찰 감식반이야. 또 뭔가 조사하러 온 모양이군."이라고 말했다.

잠시 후 나루미가 차를 가져왔다. 그녀는 소란스럽게 해서 죄송하다고 유가와에게 사과했다.

"경찰이 또 온 모양이던데, 대체 뭘 조사하는 거지?"

"잘은 모르겠지만 불이 있는 곳을 조사하나 봐요."

"불?"

"부엌의 화덕이 제대로 점화되는지, 뭐 그런 걸 확인하던데요."

"그것참, 별일이군. 제방 추락과는 별개의 건인가?"

"아니요. 그 사건 때문이라고 했어요. 하지만 구체적인 이유는 말하지 않던데요."

그러자 유가와는 차를 후루룩 들이켜더니 "응, 그 사람들 원래 그런 인종이야."라고 체념하듯 내뱉었다.

식사를 마치자 그길로 불꽃놀이를 하러 연회장 밖으로 나왔다. 그런데 좀 전에 연회장에 고개를 들이밀었던 남자와 같은 복장을 한 사람들이 여관 안을 오가고 있었다.

교헤이가 불꽃놀이에 사용할 양동이를 가지러 가려는데 "교헤이 짱!" 하고 부르는 소리가 들렸다. 돌아보니 지하실로 통하는 출입문에서 시게하루가 나오고 있었다.

"불꽃놀이 하러 가나?"

"네, 양동이 좀 가져갈게요."

"응. 그건 좋은데⋯⋯,"

시게하루는 유가와가 들고 있는 비닐 봉투를 유심히 봤다.

"폭죽도 들어 있는 것 같은데."

"네. 정확히는 로켓 폭죽이에요. 하면 안 돼요?"

그러자 시게하루는 쓴웃음을 짓더니 벗어진 머리를 만지작거리며 유가와를 봤다.

"그날 밤에는 저도 몰래 했지만, 원래 폭죽은 해변에서만 발사하도록 마을 회의에서 정했거든요. 소방서에서도 협조 지시가 왔고. 평소라면 몰라도 오늘 밤은 좀⋯⋯."

"알았습니다. 가정집에라도 날아들면 큰일이죠. 그럼 로켓 폭죽은 발사하지 않도록 하겠습니다."

유가와의 말에 교헤이도 고개를 끄덕였다.

밖으로 나간 두 사람은 건물 뒤편으로 돌아갔다. 공터인 그곳은 뒤로 숲이 있다.

교헤이가 서둘러 불꽃놀이를 시작하려 하자 유가와가 "잠깐 기다려." 하고 제지했다.

"너, 불꽃놀이의 원리를 아니?"

"그거야⋯⋯, 화약을 다져 넣은 것 아닌가요?"

"그랬다가는 불을 붙이면 그대로 폭발해 버리지. ⋯⋯아, 그래!"

유가와는 뭔가 생각났다는 듯이 주머니에서 하얀 물체를 끄집어냈다. 자세히 보니 헝겊 조각이었다. 그걸 땅바닥에 펴 놓은 그는 다시 다른 쪽 주머니에서 못과 사포를 꺼냈다. 천 위에서 사포로 못을 문지르자 금세 검은 철가루가 쌓이기 시작했다.

"여기 불을 붙여 보자."

유가와는 일회용 라이터로 철가루에 불을 붙였다. 그러자 천은 금세 미세한 불꽃을 흩날리며 타오르기 시작했다.

"와우!"

교헤이가 감탄사를 내뱉었다.

"통상은 타지 않는 금속도 이런 식으로 조건이 갖춰지면 타게 돼. 불꽃놀이 할 때 보이는 불꽃의 정체는 바로 금속이야. 몇 종류의 금속을 조합해서 만들지."

"왜 여러 종류의 금속을 조합하는데요?"

"좋은 질문. 자, 이제 불을 붙여도 좋아."

유가와가 교헤이에게 라이터를 건넸다. 교헤이는 손에 들고 있던 불꽃놀이용 화약에 라이터로 불을 붙였다. 그 순간 다양한 색깔의 빛이 불꽃과 함께 뿜어져 나왔다. 그리고 그 색은 시간에 따라 변해 갔다.

"파란빛을 뿜는 건 동이고 녹색은 바륨이야. 또 빨강은 스트

론튬, 노랑은 나트륨. 모두 금속이지. 이처럼 어떤 종류의 금속이나 금속 화합물은 불에 탈 때 그 물질 특유의 빛을 내. 그걸 불꽃 반응이라고 하지."

화려한 모습으로 타오르는 불꽃과는 대조적으로 유가와의 말투는 담담했다.

"불꽃놀이는 이런 성질을 이용해서……."

거기까지 말한 유가와가 갑자기 말을 멈추더니 시선을 위로 옮겼다.

교헤이가 그 시선을 따라가 보니 건물 뒤편에 설치된 비상계단으로 남자 두 명이 내려오고 있었다. 감식반 복장을 한 그 두 사람은 이쪽을 힐끗 보더니 형식적으로 고개를 까딱했다.

"어디 있었지? 몰랐네."

"굴뚝 때문에 옥상에 올라갔던 거 아닐까요?"

그때 두 사람 중 안경 낀 남자가 다가와 유가와에게 물었다.

"방해해서 죄송합니다만, 이 여관에 묵고 계신 분이시지요?"

"그렇습니다만."

"몇 가지 여쭤 보고 싶은 게 있는데, 괜찮을까요?"

그리고 그는 가슴께에 달린 주머니에서 뭔가를 꺼냈다.

"보아하니 경찰이신 것 같은데 저한테 무슨……?"

"이 여관에는 그저께부터 묵고 계시지요?"

"그렇습니다. 그저께 저녁에 체크인 했습니다."

"그렇군요. 그동안 계시면서 여관에 이상한 점은 없었습니까?"

그러자 유가와는 질문의 의미를 모르겠다는 듯한 표정을 지었다.

"투숙객이 떨어져 죽었다는 얘기라면 들었습니다."

"아니, 그게 아니라…… 여관 안에서 별일이 없으셨냐는 겁니다. 그러니까, 기분이 나빴다거나 이상한 냄새가 났다거나, 그런 일요."

"기분? 냄새?"

유가와가 갸우뚱거렸다.

"아니요. 없었던 것 같습니다."

"그렇군요. 알겠습니다. 실례했습니다."

그리고 돌아서려는 남자에게 유가와가 물었다.

"저 친구한테는 안 묻나요?"

"네?"

유가와는 교헤이를 바라보면서 말했다.

"어린아이라고 묻지 않는 건 논리적이지 않지."

"아, 네……."

남자는 당황한 표정으로 교헤이에게 다가갔다.

"너는 어땠어, 뭐 이상한 거 없었니?"

교헤이는 말없이 고개를 저었다. 남자는 고개를 끄덕이더니 유가와에게 가볍게 목례를 하고 사라졌다.

유가와는 건물을 올려다보며 고개를 끄덕거린 후 "어디까지 얘기했더라?" 라고 물었다.

"불꽃의 색깔이 변하는 원리요."

"자, 그럼 다음은 '뱀 폭죽'의 원리."

유가와는 비닐 봉투를 뒤지기 시작했다.


**20**


나루미가 예의 선술집에 도착한 건 저녁 8시를 조금 넘긴 무렵이었다. 사와무라가 테이블 위에 노트북 컴퓨터를 펼쳐 놓고 기다리고 있었다.

"미안. 기다렸죠?"

그녀는 의자를 당겨 사와무라 맞은편에 앉았다. 두 사람은 설명회와 토론회 내용을 정리하기 위해 만나기로 했었는데, 나루미가 여관에 경찰이 와서 좀 늦을 거라고 사와무라에게 미리 연락을 했었다.

"그건 괜찮은데, 경찰은?"

"좀 전에 돌아갔어요."

"대체 뭘 조사한다는 거야?"

불쾌한 듯 묻는 사와무라에게 나루미는 상황을 설명해 줬다.

듣고 있던 사와무라의 얼굴이 어두워졌다.

"어떻게 된 거야. 그 사람, 제방에서 떨어져 죽은 거잖아. 그런데 왜 그런 걸 조사하지?"

마치 질책하듯 묻는 그에게 나루미는 "글쎄요."라며 고개를 갸웃할 수밖에 없었다. 그러자 사와무라는 "미안. 내가 왜 나루미를 추궁하지?"라며 미안한 듯 미소를 지었다.

"저도 뭐가 뭔지 모르겠어요. 하지만 아마 별일은 아닐 거예요."

"그래?"

"이건 우연히 들은 건데요……."

유가와의 밥상을 거둬 부엌에 들어가려 할 때였다. 부엌 안에서 남자들의 이야기 소리가 들려왔다.

"특별히 이상한 건 없는데."

"그래, 이 여관엔 별문제 없는 것 같아."

그리고 그들이 철수할 때 니시구치는 "이제 더는 성가시게 하지 않을 거야."라고 귀띔해 주었다.

이 얘기를 들은 사와무라는 일단은 안심이 된다며 한숨을 내쉬었지만 여전히 개운치 않은 구석이 있는 듯, "그래도 몰라, 경찰이 무슨 생각을 하고 있는지는." 하고 덧붙였다.

회의 결과를 정리하는 작업에 들어갔지만 두 사람은 일에 집중이 되지 않았다. 결국 얼마 안 있어 사와무라가 "오늘은 그만하지."라며 노트북의 전원을 꺼 버렸다.

"그런데 말이지, 여름이 지나면 너희는 어떻게 할 거니? 여관 대부분이 개점휴업 상태에 들어갈 텐데."

아픈 질문이었다. 나루미는 부모님이 폐업을 고려하고 있다고 얘기해 줬다. 뜻밖의 얘기는 아니었는지 사와무라는 놀란 표정을 짓지 않았다.

"그래? 역시……. 그럼 나루미는 뭘 할 건데?"

"찾아봐야지요. 어차피 가을쯤에는 다른 일을 알아볼 생각이었어요."

"그럼 말이지……."

사와무라가 진지한 눈빛으로 나루미를 바라봤다.

"내 어시스턴트가 되지 않을래?"

"네?"

나루미가 눈을 크게 떴다.

"어시스턴트라면……."

"자유 기고가라는 직업은 이리저리 돌아다니지 않으면 안돼. 하지만 나에게는 환경 보호 활동가라는 직함도 있어. 그래서 다방면의 사람들과 언제나 연락을 취할 수 있어야 하지. 그러니까 아무래도 사무실을 지켜 줄 사람이 필요해. 이번에 집의 일부를 개축해서 사무실을 만들려고 하는데 나루미가 와서 도와준다면 큰 힘이 될 것 같아. 물론 적절한 보수를 줄 거야."

나루미는 꼿꼿이 앉은 채 시선을 테이블로 떨어뜨렸다. 갑작스러운 제안에 당혹스러웠다.

물론 나쁜 제안은 아니다. 아니, 나쁘기는커녕 고마운 제안이다. 이 마을을 떠나지 않아도 되고, 바다 지킴이 활동에 전념할 수도 있다. 하지만 그녀는 그 제안의 뒤에 숨은 사와무라의 생각이 마음에 걸렸다.

"어때?"

사와무라가 미소를 지어 보였다.

"몇 번이나 말했지만, 너는 내 베스트 파트너가 될 만한 인재야. 나도 네 베스트 파트너가 될 자신이 있어. 우리 둘이 손잡으면 최강이지. 그렇게 생각하지 않아?"

나루미는 애매하게 미소 지으며 고개를 기울였다.

사와무라는 늘 이런 식으로 미묘한 표현을 사용한다. 베스트 파트너라는 표현만 해도 그렇다. 그것이 환경 보호 활동에 국한된 것인지, 아니면 사적인 의미도 포함되는 건지 분명치 않았다. 아니, 그는 일부러 불분명하게 말한다.

함께 활동을 시작한 지 얼마 안 되었을 때부터 나루미는 사와무라가 자신에게 호감을 갖고 있다고 느꼈다. 하지만 나루미는 일부러 모른 체했다. 그를 존경하기는 하지만 연애 감정은 생기지 않았다. 그러자 언제부터인가 사와무라는 듣기에 따라서는 고백으로 받아들일 수도 있는 말을 하기 시작했다.

173

계속 그러다 보면 그녀도 자신을 이성으로 의식하게 되지 않을까 기대하는 것 같았다.

"생각할 시간을 좀 주시겠어요?"

나루미의 말에 사와무라는 코에 힘을 주며 고개를 끄덕였다.

"물론이지. 천천히 생각해 봐."

나루미는 그에게 미소를 지어 보였지만 마음은 무거웠다.

여관에 돌아와 보니 유가와가 로비를 왔다 갔다 하고 있었다. 손에는 레드 와인 병이 들려 있었다.

"마침 잘됐네. 코르크스크루 좀 빌리려던 참인데."

"그거 무슨 와인이에요?"

"대학에서 보내왔어. 당분간 여기 있어야 할 것 같다고 했더니."

'얼마 전 배달됐던 그 종이 박스가 저거였구나.'

그러고 보니 '파손 주의' 스티커가 붙어 있었다.

부엌에서 코르크스크루를 가져다주자 유가와는 "한잔하겠어?"라고 권했다.

"그래도 될까요?"

"혼자보다는 둘이 마시는 게 즐겁지."

나루미는 부엌으로 돌아가 선반에서 와인 잔을 꺼내 왔다.

두 사람은 로비에 놓인 테이블에 마주 앉아 건배했다. 와인을 한 모금 입에 넣으니 술통을 상기시키는 나무향이 입안 가득 퍼졌다. 뒤이어 달콤함이 느껴졌고, 거기에 이끌려 또 한 모금을 마시고 싶었다.

와인 병의 라벨에 'SADOYA'라는 글자가 적혀 있었다. 유가와에 따르면 야마나시에 있는 와인 회사라고 한다.

"일본 와인이 이렇게 맛있을 줄 몰랐어요."

나루미는 느낌을 솔직히 말했다.

"일본 사람은 일본의 좋은 점을 너무 몰라."

유가와가 와인 잔을 빙글빙글 돌리며 말했다.

"지방의 노력에 관심을 갖는 사람이 별로 없어. 아무리 맛있는 와인을 만들어도, 국산이라면 마셔 보기도 전에 고개를 젓지. 나루미 양이 아무리 하리가우라를 지키려고 애써도 외부 사람들은 아름다운 바다는 다른 곳에도 얼마든지 있다며 냉담한 태도를 보이는 거와 마찬가지야."

"그러니까, 저희들이 하는 운동이 아무 의미도 없다는 말씀인가요?"

"아니야. 반드시 보답을 받아야 된다는 얘기야. 오늘 낮에 하리가우라라는 이름의 유래가 됐다는 바닷속 경치를 교헤이 군과 함께 봤어. 정말 아름답더군."

입에 발린 말로 들리지는 않았다.

'역시 이 사람은 우리의 적이 아닐지도 몰라.'

나루미는 다시 한 번 그렇게 생각했다.

그때였다. 카운터 구석에 놓인 전화가 울렸다. 나루미는 시계를 보며 일어섰다. 곧 밤 10시가 되려 하고 있었다. 이런 시각에 전화가 걸려 오는 일은 좀처럼 없다.

"네, 로쿠간소입니다."

"밤늦게 죄송합니다."

남자 목소리였다.

"거기 묵고 있는 유가와라는 사람과 통화하고 싶은데요. 저는 구사나기라고 합니다."

**21**

"……그 결과, 로쿠간소의 난방 기구와 조리 기구 등 어느 화기에서도 이상을 발견하지 못했습니다. 대부분 사용 기간이 꽤 오래됐고 개중에는 20년이 넘은 것도 있지만 문제는 없었습니다. 쓰카하라 마사쓰구 씨가 사용했던 방도 자세히 조사했지만 연탄 등을 태운 흔적은 없었고, 일산화탄소가 발생했을 가능성도 극히 낮았습니다. 이상입니다."

현경 본부 감식과의 계장이 담담한 어조로 설명을 마쳤다. 회의실 한구석에서 설명을 들으며 니시구치는 가슴을 쓸어내렸다. 사실 어젯밤에는 불안해서 잠을 이룰 수 없었다. 감식반과 함께 저녁 8시 가까이까지 로쿠간소에 있었지만, 자세한

176

조사 결과는 듣지 못했다. 다만 그들이 말하는 뉘앙스로 미루어 별문제는 없을 것 같다고 짐작했을 뿐이다. 그럼에도 그는 여관을 나오면서 나루미를 안심시키고 싶어 문제없을 거라는 식으로 말해 버렸다. 만약 이 회의에서 여관의 문제점이 지적되면 어쩌나 내심 조마조마했었다.

"여관은 관계없단 말이지? 그럴 거야. 투숙객이 일산화탄소 중독을 일으켰다면 우선 구급차부터 불렀겠지."

현경 본부 수사 1과 호즈미 과장이 말했다. 머리는 새까맣고 숱이 많은데 매부리코 아래에 난 콧수염은 희끗희끗한 사람이다.

도쿄 경시청이 보내 온 사체 검안서에는 하리 경찰서뿐 아니라 현경 본부로서도 무시할 수 없는 내용이 들어 있었다. 쓰카하라 마사쓰구는 제방 아래로 떨어지기 전에 이미 죽어 있었다는 것이다. 더구나 사망 원인은 일산화탄소 중독. 술에 취해 제방에서 떨어졌을 거라던 당초의 추측은 완전히 빗나간 것이었다.

하지만 타살로 단정 지을 근거 역시 없는 게 사실이었다. 그래서 아직도 수사본부조차 정식으로 차려지지 않은 상태였다.

"사고사일 가능성은 완전히 사라졌다고 봐도 되나."

호즈미 과장이 회의 참석자들에게 물었다.

"제방에서 일산화탄소 중독을 일으켰을 가능성은 없다고 봐도 좋을 것 같습니다."

감식 계장이 대답했다.

"초동 수사 기록을 살펴본 결과, 무언가가 불에 탄 흔적도 없었고, 설사 연탄 같은 걸 태웠다 하더라도 실외이기 때문에 중독을 일으킬 일은 없었을 걸로 봅니다."

"다른 곳에서 일산화탄소를 마시고 중독된 뒤 제방까지 걸어가서 숨질 가능성은? 중독 증상이 나중에서야 나타날 수 있다는 얘기를 들은 적이 있는데."

"아, 그거라면,"

호즈미 과장 옆에 앉아 있던 이소베가 손을 살짝 들었다.

"어제 젊은 수사관을 시켜 전문가의 의견을 들어 봤습니다. 이봐!"

그는 조금 떨어진 곳에 앉은 젊은 수사관에게 고개를 돌렸다.

지목받은 수사관이 수첩을 열며 일어섰다.

"현립대 의학부의 야마다 교수를 만났습니다. 과장님 말씀처럼, 증상이 가볍다고 느꼈는데 나중에 의식 장애나 심지어 인격 변화가 일어나는 사례가 과거에도 있었다고 합니다. 혈중 일산화탄소 헤모글로빈 농도가 10퍼센트 이하인 경우에는 나중에 그런 증상이 나타날 가능성이 있으니 주의할 필요가 있다고 하더군요. 그러나 사체 검안서에 기재된 수치는 10퍼센트를 훨씬 넘었으므로 사망자가 자력으로 다른 장소까지 이

동하는 것은 사실상 불가능하고, 중독된 그 자리에서 사망했다고 보는 편이 타당하답니다."

이소베는 부하의 보고에 만족스러운 듯 고개를 끄덕인 뒤 "들으신 바와 같습니다."라고 말하며 호즈미 과장을 보았다.

"그러니까 중독사한 곳이 제방이 아닌 다른 장소인 게 확실하군. 의도적으로 누군가를 중독사 시킬 수 있는 방법이 뭐가 있을까?"

그러자 이번에도 감식 계장이 대답했다.

"가장 전형적인 방법은 밀폐된 좁은 공간, 예를 들어 자동차 안 같은 곳에서 연탄 등을 태우는 것입니다. 고통 없이 죽는 방법으로 한때 인터넷에서 유행했습니다."

"그래, 그런 적이 있었어."

호즈미는 수염을 만지작거렸다.

"사체 검안서에 따르면 수면 유도제도 검출됐다더군. 맞아, 피살자를 차 안으로 끌어들인 다음 수면제를 먹여 잠들게 한 거야. 그러고 나서 연탄에 불을 붙였고."

"중독사한 걸 확인하고 제방에서 떨어뜨렸고요."

이소베가 말을 이어받았다.

"범인은 자동차를 타고 도주했다. 그러면 앞뒤가 맞습니다."

호즈미는 고개를 끄덕였다.

"얘기는 맞지. 하지만 유감스럽게도 증거가 없어. 중독사가 제3자에 의한 것인지, 아니면 본인 의사에 따른 것인지 현시점에서는 판단할 수 없다고."

"그건 그렇죠."

상사의 의견에 이소베는 즉시 꼬리를 내렸다. 니시구치는 '이소베는 아첨꾼'이라던 하시가미의 말을 떠올렸다.

"피살자의 휴대 전화 통화 기록에는 의심스러운 점이 없었나?"

"없었습니다. 누군가 고의로 삭제했을 가능성도 있기 때문에 통신 회사에 요청해 상세한 통화 내역을 받아 봤는데 문제가 될 만한 건 없었습니다."

'무슨 회의가 이래.'

니시구치는 생각했다. 회의는 하리 경찰서에서 열리고 있는데 의견을 내는 건 현경 본부 사람들뿐이다. 계장인 모토야마나 형사 과장 오카모토, 심지어 도미타 서장까지, 하리 경찰서 사람들은 죄다 꿔다 놓은 보릿자루마냥 움츠리고 있었다.

"그런데, 피살자의 행적과 관련해 새로운 사실이 드러났다고요? 예전에 자신이 체포했던 사람의 집을 찾아갔다던데……."

니시구치의 생각을 읽기라도 한 듯, 호즈미 과장이 하리 경찰서 사람들을 향해 물었다.

"네. 그 부분에 관해서는 저희 서의 니시구치가 보고하도록 하겠습니다."

모토야마는 그렇게 말한 뒤 니시구치에게 눈짓을 했다. 니시구치는 자리에서 일어나 메모장을 펼쳤다.

"피살자가 찾아간 곳은 히가시하리의 별장 단지에 있는 단독 주택입니다. 그 주택 역시 별장으로 분양된 것인데, 센바 히데토시라는 사람이 구입해 주거지로 사용하던 곳이랍니다. 그런데 얼마 안 있어 이 집은 매물로 나오고 센바는 직장 때문에 도쿄로 상경했는데, 그 센바라는 사람이 도쿄에서 살인 사건을 일으키고 체포됐습니다. 그때 사건을 담당했던 형사가 쓰카하라 씨였던 모양입니다. 사건의 상세한 내용에 관해서는 이미 도쿄 경찰서로부터 자료를 넘겨받아 이소베 계장이 갖고 있습니다."

그러자 이소베가 자신의 파일을 열어 호즈미에게 건넸다.

"촌놈이 도쿄로 올라와 전직 호스티스를 찔러 죽였다 이건가? 측은할 만큼 뻔한 범행이군."

별 흥미 없다는 듯한 호즈미의 말에 이소베가 "쓰카하라 씨 부인과 통화를 해 봤는데요."라며 다시 말문을 열었다.

"쓰카하라 씨는 자신이 현역 시절에 체포한 사람들에 대해 계속 신경을 쓰고 있었다고 합니다. 그러니까 이번에도 하리가우라에 온 김에 들러 본 거 아닐까요?"

호즈미는 턱을 문지르며 천천히 고개를 끄덕였다.

"그런 형사가 많지. 그런데도 원한을 품고 앙갚음하는 경우도 있어. 일단 그 센바라는 인물이 지금 어디서 뭘 하는지 알아보게."

"알겠습니다."

그렇게 대답하고 이소베는 부하에게 눈짓을 했다.

"어떻습니까, 도미타 서장."

호즈미가 내내 말없이 앉아 있는 서장을 불렀다.

"경찰 본부로 돌아가 윗분들과 상의해 봐야겠지만, 우선은 사체 유기 사건이라는 명목으로 수사본부를 개설하는 게 좋지 않을까요?"

도미타는 그제야 제정신이 돌아온 듯, 입을 반쯤 벌리고 고개를 위아래로 몇 번 흔들었다.

"아……, 네, 그렇군요. 그게 좋을지도 모르겠습니다."

"그럼 오늘 중으로 준비를 마치도록 하세요. 이소베 계장은 팀원 전원을 이곳으로 차출하고, 그 후 필요에 따라 인원을 늘리도록 하고요. 그래도 되겠습니까?"

"아, 네. 네, 잘 알겠습니다. 아무쪼록 잘 부탁드립니다."

서장이 굽실거리는 모습을 보며 니시구치는 가만히 한숨지었다.

그때 그의 웃옷 안주머니에서 휴대 전화가 진동하며 메시지가 온 것을 알렸다. 그는 살그머니 전화를 꺼내 책상 밑에서 열어 보았다. 보낸 사람 이름을 확인한 순간 그의 가슴이 살짝 두근거리기 시작했다. 가와하타 나루미였다.


**22**


애마 스카이라인을 도로변에 정차시키고 내비게이션 화면과 주변 풍경을 견주어 봤다. 구불구불한 오솔길 양쪽에 집들이 늘어서 있고 그 사이사이로 숲이나 작은 밭들이 있었다.

"이 근처가 맞는 것 같은데."

집들이 도로보다 낮은 곳에 있어서 문패를 확인하기 힘들었다.

"제가 찾아볼게요."

우쓰미 가오루가 조수석 문을 열고 내렸다.

구사나기는 자동차 재떨이를 연 후 담배를 입에 물었다. 자기 차라 담배 피우는 것도 마음이 편했다. 창문을 열자 후텁지근한 공기가 훅 밀려들었다.

두 사람은 쓰카하라 마사쓰구의 집이 있는 사이타마 현 하토가야 시에 와 있었다.

어제 다타라의 호출을 받고 시나가와 경찰서로 갔을 때 다타라의 첫마디는 "분명히 뭔가 있어."였다. 영문을 몰라 어리둥절하고 있자니 그는 "센바 히데토시 말이야."라고 덧붙였다.

"쓰카하라 선배가 정년 퇴직하기 직전에 나랑 둘이 한잔하러 간 적이 있어. 그때 내가 이런 질문을 했어. 지금까지 맡았던 사건 중 제일 기억에 남는 게 뭐였냐고. 별 뜻 없이 물어본 거였지. 쓰카하라 선배는 원래 기억력이 좋은 사람이어서 자신이 손댄 사건과 범인에 대해 거의 빠짐없이 기억하는 사람이거든. 그래서 '제일 따위는 없어. 모든 사건이 인상 깊어', 뭐 그런 대답을 예상했었지."

그런데 쓰카하라의 답변은 그런 다타라의 예상과는 달랐다고 한다.

"센바 히데토시. 잠시 생각하던 쓰카하라 선배가 불쑥 그 이름을 말했어. 난 솔직히 좀 당황했지. 전혀 기억에 없는 이름이었거든. 오기쿠보에서 전직 호스티스를 찔러 죽인 남자라는 말을 듣고서야 어렴풋이 기억났지. 금방 해결된 사건이고 공판에서도 아무 문제가 없었는데 하필 왜 그 사건이냐고 다시 물었지."

하지만 쓰카하라는 대답하지 않았다고 한다. 대신 "아니, 아니야."라며 고개를 젓더니 괜한 소리니 잊어버리라고 했다는 것이다.

"형사라면 누구나, 사건이 크고 작고에 상관없이 자신이 잡은 범인 중 절대 잊히지 않는 사람이 있어. 그 이유를 자신조차 모르는 경우가 많지. 그래서 나도 더는 꼬치꼬치 캐묻지 않앉어. 하지만 쓰카하라 씨가 그런 곳까지 갔다면 문제가 달라. 이유를 철저히 조사해 주게."

그런 지시를 받고 구사나기는 서둘러 센바를 만나려 했다. 그런데 소재가 파악되지 않았다. 우쓰미 가오루가 조사한 바에 따르면 형기를 마치고 나온 직후에는 지인의 소개로 도쿄 아다치 구에 있는 폐품 수거 회사에서 일했는데, 그 회사가 얼마 지나지 않아 도산하면서 센바의 행방도 묘연해졌다는 것이다.

그렇다면 쓰카하라와는 어땠을까. 그토록 센바에게 신경을 썼다면 출소한 후에도 연락하며 지냈을 가능성이 있다. 그의 수첩과 휴대 전화를 조사했으면 싶었지만 그것들은 하리 경찰서에 있었다.

그런 생각을 하고 있는데 우쓰미가 달려오는 게 보였다.

"찾았어요. 조금만 더 가면 돼요. 차 세울 데도 있어요."

"아이고, 다행이다."

구사나기는 자동차 사이드 브레이크를 풀었다.

쓰카하라 마사쓰구의 집은 수수한 2층 목조 주택이었다. 부인 사나에는 두 사람을 반갑게 맞아 준 뒤 조그만 뒤뜰이 바라다보이는 다다미방으로 안내했다. 방에는 불단이 차려져 있었지만 아직 쓰카하라의 영정 사진은 놓여 있지 않았다.

"내일 남편의 시신을 인수할 수 있도록 장의사에 연락해 놨습니다."

사나에는 외모처럼 목소리도 가냘팠다.

구사나기는 위로의 말을 전한 뒤 쓰카하라 씨의 죽음이 단순한 사고사가 아닐 가능성이 높다는 사실을 알렸다. 사나에의 반응은 침착했다. 이미 다타라로부터 부검 결과를 들은 듯했다.

"사망했다고 연락받았을 때부터 뭔가 있을 거라고 생각했습니다. 그 사람이 술에 취해서 떨어져 죽는다는 건……"

그녀는 도리질을 했다.

"절대로 있을 수 없는 일이라고 생각했습니다."

조용한 말투였지만 거기에는 강한 확신과 의지가 담겨 있었다. 오랜 세월 민완 형사를 내조해 온 아내이니만큼 겉모습으로는 짐작할 수 없는 굳은 심지가 있을 것이다.

구사나기는 쓰카하라가 센바가 살던 집을 찾아갔다는 얘기를 해 주고 혹시 짚이는 게 없냐고 물었다.

사나에는 눈썹을 살짝 찡그리며 고개를 갸우뚱했다.

"저쪽 경찰도 전화를 걸어 같은 질문을 했어요. 남편은 자신이 담당했던 사건에 관련된 사람들을 계속 신경 썼지요. 그러니 범인의 집을 찾아갔다 해도 이상할 건 없습니다. 다만, 센바라는 이름은 들은 적이 없어요. 편지를 주고받은 일도 없었을 겁니다."

"쓰카하라 씨가 현역 시절의 수사 자료 같은 건 남겨 두지 않았습니까?"

구사나기의 질문에 사나에는 고개를 저었다.

"그런 건 퇴직할 때 모조리 소각 처분 했을 거예요. 자신에게는 필요 없게 됐고 타인에게는 프라이버시와 관련된 문제라면서요."

"그렇군요."

쓰카하라가 얼마나 성실하고 완고한 성격이었는지 짐작이 갔다.

"그래도 서재에는 뭔가 남아 있을지도 모르죠. 한번 보시겠어요?"

"네, 부탁드립니다."

서재는 2층에 있는 3평 정도의 다다미방이었다. 나무로 만든 책상이 창가에 놓여 있고 그 옆에 책장이 있었다. 시바 료타로나 요시카와 에이지 같은 작가의 작품이 주로 꽂혀 있고 경찰 관련 서적은 한 권도 찾을 수 없었다. 제일 아래 칸에는 두꺼운 전화번호부가 있었다.

사나에의 허락을 얻어 책상 서랍을 열어 보았지만 특별히 이번 사건과 관련이 있을 듯한 물품은 발견되지 않았다.

아래층에서 전화가 울렸다. 사나에가 "실례합니다."라며 방을 나갔다. 그러자 구사나기는 고개를 갸우뚱하며 책장에서 전화번호부를 집어냈다.

"그건 왜요?"

우쓰미가 물었다.

"쓰카하라 씨 연배면 이런 건 대개 유선 전화기 옆에 두지 않나? 그런데 여긴 전화기라고는 없는데도 전화번호부가 있잖아."

"아, 그러네요."

"더구나 이건 도쿄 시내 전화번호부야. 발행된 지 1년도 넘은 거고. 경시청을 퇴직한 사람이 이런 게 왜 필요했을까?"

구사나기는 전화번호부를 책상 위에 내려놓고는 훌훌 페이지를 넘기기 시작했다. 그러다 가장자리가 접혀 있는 페이지 하나를 발견했다. 펼쳐 보니 간이 숙박업소 전화번호가 죽 나열되어 있었다. 다이토 구와 아라카와 구의 것이 대부분이었다. 특히 미나미 센주 일대가 많았다. 나미다바시 부근이다.

구사나기는 우쓰미와 마주 본 뒤 접힌 부분을 펴고 전화번호부를 덮었다. 책장에 도로 꽂는데 계단을 올라오는 발소리가 들렸다.

"하리 경찰서에서 온 전화예요. 오늘 밤 현경 분들이 오시겠답니다. 남편에 대해 좀 더 알고 싶은 것이 있다네요. 물어보면 뭐라고 대답해야 할까요?"

"저희에게 하셨던 것처럼 있는 그대로 말씀하시면 될 것 같습니다."

"그렇겠죠. 그런데 뭐 발견한 거라도 있으세요?"

"아니요. 유감스럽게도."

구사나기는 고개를 저으며 자리에서 일어섰다.

"실례가 많았습니다. 그럼 이만 가 보겠습니다. 아, 그런데 남편 분 사진 한 장만 빌릴 수 있을까요? 얼굴이 선명하게 나온 사진이면 좋겠는데."


"전화번호부 얘긴 왜 안 했어요?"

자동차를 출발시키자마자 우쓰미가 물었다. 진즉 묻고 싶은 걸 간신히 참았을 것이다.

"사건과 관련이 있을지 없을지 아직 모르잖아. 확실치 않은 건 유족에게 알리지 말 것, 형사의 철칙이지."

"하지만 사건과 관련 있을 가능성이 높다고 생각하시죠?"

"글쎄……, 우쓰미는 어떻게 생각해?"

"높다고 봐요."

구사나기는 곁눈질로 조수석을 봤다.

"한 치의 망설임도 없군."

"쓰카하라 선배가 정년 퇴직한 후에 그 전화번호부를 입수한 거라면 그 목적이 무엇이었을까요? 간이 숙박업소의 전화번호를 알기 위해서였다면 그 목적은 하나밖에 없다고 생각해요."

"그게 뭔데?"

"사람을 찾는 거죠."

이번에도 우쓰미는 거침없이 대답했다.

"쓰카하라 선배는 사는 곳이 일정치 않은 누군가를 찾고 있었던 게 아닐까요? 그렇다면 그 사람은 왜 주거가 일정치 않았을까요?"

"전과자에다 일정한 직업도 없고, 그러니까 집도 빌릴 수 없다?"

"그렇게 추리하면 비약이 심한 걸까요?"

"아니야, 타당한 추리야. 실제로 센바가 그런 숙박업소에 있었는지 어땠는지는 알 수 없지만, 쓰카하라 선배가 정년 퇴직을 계기로 왕년의 솜씨를 발휘해 탐문 수사에 나섰을 가능성은 높지."

그러니까 쓰카하라의 행적을 따라가다 보면 센바를 찾을 수 있을지 모른다. 구사나기는 그렇게 생각했다.

"한 가지 궁금한 게 있는데요."

"뭐지?"

"이 사실을 저쪽 경찰엔 알려 주지 않으실 건가요? 알려 주면 저쪽에서 센바를 찾아 나설 텐데."

"그 사람들은 이쪽 사정에 어두워. 우리가 하는 게 빠를 거야."

"역시 알려 줄 생각이 없으시군요. 쓰카하라 씨가 기억에 남는 사건으로 센바의 일을 꼽았다는 관리관의 증언도 알릴 생각이 없으시고요."

그 말에 구사나기가 얼굴을 찌푸렸다.

"뭐야, 그래서 불만이라는 거야?"

"관리관이 저쪽 현경에 최대한 협력하라고 하지 않았나요?"

구사나기의 일그러진 입술에서 한숨이 흘러나왔다.

"그 녀석들에게 정보를 넘겨주는 것만으로 해결될 사건이 아니라서 그러는 거야."

"그게 무슨 뜻이죠?"

"어젯밤 로쿠간소 여관으로 전화를 걸었어. 유가와한테 연락을 취하려고."

"여관으로요? 왜 휴대 전화로 하지 않고요?"

"걸었는데 안 받더라고. 뭔가 실험을 하느라고 휴대 전화를 고장 냈나 봐. 방수 기능에 문제가 생겼다던가 뭐라던가. 어쨌든 그건 그렇고, 당연한 일이지만 그 친구도 투숙객이 죽은 걸 알고 있었어. 하지만 그 이상은 모르나 보더라고. 그래서 지금까지의 사정과, 내가 연락책을 맡게 된 경위를 간단히 설명해 줬지."

"유가와 교수, 놀라셨겠네요."

"아니, 별로 놀라지 않았어. 역시 그랬군, 그뿐이더라고. 사망자가 경시청 형사를 지낸 사람이라는 사실은 몰랐지만 타살이 아닐까 하는 의심은 하고 있었어."

"유가와 교수가요? 무슨 근거로요?"

"게다. 바위에 쓰카하라 씨 것으로 보이는 게다가 떨어져 있었나 봐. 그런데 유가와 말로는 제방이 높아서 게다를 신은 채올라가기 어렵다는 거야. 신경은 쓰였지만 일본 경찰은 워낙우수하니까 자기 같은 아마추어가 나설 일이 아니라고 생각했다나 뭐라나."

구사나기는 유가와의 빈정거리는 말투를 떠올렸다.

"그분답군요. 그래서, 수사에 협조는 하시겠다던가요?"

구사나기는 신호가 노란불로 바뀌는 것을 보고 브레이크를밟았다. 정지선 앞에서 차를 세운 그는 조수석을 바라보았다.

"뭐라고 했을 것 같아?"

우쓰미는 눈동자를 좌우로 굴리며 잠시 생각에 잠겼다.

"음…… 경찰에 협조하는 건 이제 지긋지긋하다?"

"그랬을 것 같지? 나도 유가와가 그렇게 나올 줄 알았어. 그런데 뭐라 그랬는지 알아? 알았어, 대단한 정보를 줄 수 있을 것 같지는 않지만 가능한 범위 내에서 협조하지, 그러더라고."

우쓰미가 눈을 동그랗게 떴다.

"정말요?"

"도와 달라고 해 놓고 이런 말 하는 건 우습지만, 솔직히 당황스럽더군. 자네 왜 이러나, 그렇게 묻고 싶더라니까. 또 엇나갈까 봐 무서워서 차마 못 물어봤지만."

"잘하신 거예요. 그런데 그 일과 선배가 저쪽 현경에 정보를 흘리지 않는 것과 무슨 관계가 있는 거죠?"

신호가 녹색불로 바뀌자 구사나기는 다시 차를 출발시켰다.

"전화를 끊기 직전에 유가와가 불쑥 그러더라고. 이건 상당히 골치 아픈 사건이 될지도 모른다고. 무슨 뜻이냐고 물었지만 대답을 안 했어. 그 순간 머릿속을 휙 스치는 게 있었어. 이친구, 분명히 게다 외에도 뭔가 눈치챈 게 있는 거다. 물론 아직 그 단계까지는 아닐지도 모르지만 사건에 관심이 생긴 건 틀림없어."

"하긴 그분의 관찰력이 얼마나 예리한지는 저도 잘 알죠."

"사물뿐 아니라 인간에 대한 관찰력도 얼마나 뛰어난데. 그친구가 사건에 흥미를 갖게 됐다는 건 사건의 열쇠를 쥔 사람이 근처에 있다는 걸 의미해. 그래서 나는 현경 같은 데에 의지하지 않고 유가와를 이용하는 게 사건을 해결하는 지름길이 아닐까 생각한 거야."

그리고 구사나기는 다시 조수석을 힐끔 봤다.

"어떻게 생각해, 말도 안 되는 얘긴가?"

"아니요, 무슨 말씀인지는 알겠어요. 사실 유가와 교수 덕분에 해결된 사건도 많잖아요. 하지만 그렇다고 현경에 정보를 안 주는 건 좀 문제가 있지 않을까요?"

"전혀 안 주겠다는 게 아니야. 케이스바이케이스로 하자는 거지. 생각해 봐. 이쪽 경시청 사람들은 유가와를 높이 평가하고 있지만 저쪽 현경이 보기에는 그저 민간인에 불과하잖아. 그런데 유가와한테 도움을 받겠다고 생각할 수 있겠어? 그리고 유가와의 추리 능력은 천재적이지만, 추리할 재료가 없다면 그 능력도 무용지물이야. 그 친구에게 그걸 제공해 줄 수 있는 사람은 우리뿐이라고. 그러니까 저쪽 현경에는 미안하지만 유력한 정보는 우리들이 한발 먼저 확보할 필요가 있어. 어때, 이래도 여전히 불만이야?"

우쓰미가 고개를 끄덕였다.

"유가와 교수는 확증을 얻을 때까지 추리 내용을 일절 얘기하지 않죠. 느닷없이 이상한 걸 조사해 달라고 하기도 하고요. 그걸 맞춰 줄 수 있는 사람은 우리밖에 없을 거예요."

"우리가 손발이 돼서 유가와의 두뇌를 보조한다, 늘 해 오던 패턴이야."

그로부터 약 20분 뒤, 구사나기는 도쿄 메이지 거리에 차를 세웠다.

"센바 히데토시에 관한 자료는 전부 갖고 있지? 얼굴 사진도 있나?"

"출소 전에 찍은 사진은 있어요."

"그거면 돼. 그리고 이것도 가져가."

구사나기는 쓰카하라 마사쓰구의 사진을 안주머니에서 꺼

냈다.

"그럼 잘해 봐."

사진을 받아 들고 멍한 표정으로 서 있는 우쓰미에게 구사나기는 손가락으로 앞쪽을 가리키며 말했다.

"뭘 멍청하게 서 있어. 여기가 어딘지 모르겠어?"

바로 앞 교차로에 나미다바시라는 표지판이 있었다. 그리고 주변 곳곳에 간이 숙박업소 간판들이 보였다.

"아……!"

우쓰미는 핸드백을 쥐고 차 문을 열었다.

"빠짐없이 보여 주라고!"

구사나기의 지시에 우쓰미는 고개를 크게 한 번 끄덕하고는 차 문을 꽝 닫았다.

## 23

니시구치가 이소베 계장과 그의 부하 2명을 로쿠간소 여관으로 안내한 것은 오후 3시를 조금 지날 무렵이었다. 미리 연락받은 가와하타 부부와 나루미가 로비에서 기다리고 있었다. 안 그래도 '긴장형'인 세 사람의 표정은 험상궂은 이소베가 나타나자 한층 굳어졌다.

이소베는 쓰카하라 마사쓰구가 사라진 날 밤의 상황에 대해 자세히 물었다. 이미 몇 번이나 같은 질문을 받았을 터였지만 세 사람은 이번에도 공손히 대답했다. 그들의 이야기에서 모순이나 부자연스러운 점은 발견할 수 없었다. 니시구치 역시 질리도록 여러 차례 들은 내용이라 중간쯤부터는 나루미의 반듯한 얼굴만 물끄러미 바라보고 있었다.

"그러면 쓰카하라 씨가 사용했던 방을 보여 주시겠습니까."

이소베가 굵은 목소리로 세 사람을 향해 말했다.

세쓰코가 일어섰다.

"제가 안내하겠습니다. 이쪽으로 가시죠."

이소베와 그 부하들이 세쓰코를 따라나서자 시게하루가 "나도 가야지."라며 지팡이를 짚고 엘리베이터로 향했다.

나루미와 단둘이 남게 되자 니시구치는 그녀에게 "미안해, 한두 번도 아니고."라고 사과의 말을 했다.

"아무래도 단순한 사고가 아닌 것 같아서 말이지. 수사 규모가 갈수록 커지고 있어. 그 바람에 새로운 수사관들이 자꾸 투입되니까 우리로서도 난감하네."

나루미가 어렴풋이 미소를 띠며 고개를 저었다.

"괜찮아. 너무 마음 쓰지 마. 오히려 우리가 미안하지. 바쁠 텐데 이상한 메시지나 보내고 말이야."

그러자 니시구치는 다급히 손을 내저었다.

"아니야. 바쁜 건 사실이지만, 나야 뒤치다꺼리나 하는 처지인데, 뭘. 그보다, 묻고 싶다는 게 뭐지?"

오늘 아침, 한창 회의 중에 그녀가 보내온 메시지는 '알고 싶은 게 있는데 만날 수 있을까? 전화가 편하다면 통화할 수 있는 시간을 알려 줘.', 그런 내용이었다.

"응, 사실은……,"

나루미는 어떻게 말을 꺼내야 할지 고민스럽다는 듯 입술을 깨물었다.

"요전번에 니시구치가 우리 여관 숙박부 가져갔잖아, 쓰카하라 씨가 왜 우리 여관에 묵게 됐는지 조사할 거라면서. 뭐 좀 알아낸 거 있어?"

"아 참, 그거! 미안. 그 숙박부 며칠 더 사용해야 할 것 같은데. 아직 조사할 게 남았거든."

"그건 괜찮은데, 아직까지 숙박부에서 아무것도 발견하지 못했단 말이야?"

"응. 적어도 최근 2년간 묵었던 손님들 중 쓰카하라 씨와 관련이 있을 만한 사람은 없었어. 뭐, 별 뜻 없이 이 여관을 선택한 것일 수도 있지. 하리가우라 여관 조합이 운영하는 사이트에 이 로쿠간소 여관도 소개돼 있으니까."

그러자 나루미는 시선을 비스듬히 아래쪽으로 향하고는 "응……."이라고 대답하며 고개를 끄덕였다. 무언가 골똘히 생각하는 표정이었다.

"왜, 신경 쓰이는 거라도 있어?"

"글쎄……, 신경이 쓰인다고 해야 하나……."

나루미는 애매하게 웃으며 고개를 갸우뚱거렸다.

"우리 여관에 지금 유가와라는 대학교수가 묵고 있는 건 알고 있지? 어제 그 사람을 찾는 전화가 걸려 왔어. 일부러 엿들으려던 건 아니었는데 카운터에서 큰 소리로 얘기하는 바람에 본의 아니게 듣게 됐어."

니시구치는 당혹스러웠다. 유가와라는 투숙객에 대해선 수사 자료에서만 봤을 뿐 얘기해 본 적도 없다. 어디선가 들은 적이 있는 것도 같지만, 정확하게 기억나지는 않는다. 그에게 유가와는 '행인 1'에 지나지 않는다.

"근데 말이지, 전화 건 사람이 아무래도 경시청 사람 같았어."

나루미가 소리를 낮추어 한 말에 니시구치는 긴장되기 시작했다.

"경시청?"

"유가와 씨가 그러더라고. 왜 여기서 발생한 사건을 경시청에 있는 자네가 묻냐고. 그 뒤로는 목소리를 낮추는 바람에 듣지 못했어. 나중에 물어보니 대학 때 친구래. 그런데 무슨 얘기를 했는지는 안 가르쳐 주더라고."

"그래? 대학교수와 경시청 사람이라……."

"아무리 친구라지만 경시청 형사가 사건과 아무 관계 없는 민간인한테 굳이 전화해서 물어본다는 게 좀 이상하지 않아? 혹시 우리에 대해 물어본 게 아닐까 싶어서……. 우리 여관이나 부모님, 아니면 나에 대해서 말이야."

"잘은 모르겠지만 그건 아닐 거야. 친구가 묵고 있는 걸 우연히 알고 현지 상황을 물어봤다, 뭐 그런 거 아닐까?"

"그럴까……."

나루미는 석연치 않은 표정이었다.

"그렇게 신경 쓸 게 뭐 있어. 물론 자기네 여관에 묵던 손님이 의문의 죽음을 당했으니 신경 쓰이는 건 당연하겠지만, 아무리 봐도 나루미네 쪽에는 잘못이 없어. 좋지 않은 소문이 돌아 손님이 줄면 곤란하겠지만 지금으로서는 그럴 것 같지도 않고. 그저 방관하듯 지켜보면 돼."

니시구치가 힘주어 말하는데 엘리베이터 문이 열리더니 이소베 일행이 나왔다. 그는 평소와 다름없이 무뚝뚝한 표정이었다.

그때였다. 나루미가 현관 쪽으로 고개를 돌리더니 "다녀오셨어요."라고 인사를 건넸다.

니시구치도 그쪽으로 시선을 돌렸다. 안경을 낀 키 큰 남자가 서 있었다. 니시구치는 이 사람이 유가와인가 보다고 생각했다.

유가와를 본 이소베가 세쓰코에게 뭔가를 묻더니 "마침 잘

됐네."라고 중얼거렸다.

"실례합니다. 잠깐 시간 좀 내 주시겠습니까?"

이소베는 유가와에게 경찰 신분증을 제시했다.

"왜 그러시죠?"

유가와가 담담한 표정으로 되물었다.

"3일 전 밤에 관해 여쭤 볼 게 있습니다. 그 시간에 선생께서
는 어디서 뭘 하고 계셨습니까?"

유가와는 나루미 쪽을 힐끗 보고 나서 입을 열었다.

"저녁 8시경부터 10시 조금 넘어서까지 항구 근처 선술집에
있었습니다. 주문한 것은 풋콩과 젓갈, 그리고 소주. 처음에는
이 여관 안주인과, 그리고 후반부에는 그 따님과 함께 마셨습
니다."

유가와는 거침없이 대답했다. 내용이 수사 자료와 일치했다.

"그럼 그 선술집에서 여관으로 돌아오는 길에 혹시 수상한
자동차 못 보셨습니까?"

"수상하다는 건……?"

"예를 들어 노상에 주차돼 있다거나 사람이 타고 있다거나."

유가와는 고개를 갸웃했다.

"글쎄요, 못 본 것 같은데요."

"그렇군요. 알겠습니다. 협조해 주셔서 감사합니다."

이소베가 고개를 숙였다.

"저도 질문 하나 해도 되겠습니까?"

이번에는 유가와가 물었다.

"뭐죠?"

"일산화탄소가 어디서 발생했는지 찾아내셨나요?"

유가와의 질문에 이소베의 눈이 둥그레졌다.

"그걸 어떻게……."

"어젯밤 감식반의 움직임을 보고 짐작했습니다. 찾아내셨습니까?"

"그건…… 말씀드릴 수 없습니다. 수사상의 기밀이라서."

이소베는 입을 굳게 다물었다.

"그렇군요. 알겠습니다."

유가와는 빙긋이 웃으며 엘리베이터로 향했다.


## 24


'조금만 더 하면 이번 스테이지는 깰 수 있어!'

그런 생각을 하고 있는데 노크 소리가 들렸다. 일순 집중력이 떨어지면서 예기치 못한 곳에서 나타난 적에게 몰리게 되었다.

"으악, 망했다."

정신없이 버튼을 눌렀지만 이미 늦었다. 패배자를 조롱하는 듯한 우스꽝스러운 음악과 함께 귀중한 생명 하나를 잃고 말았다.

"에이, 이게 뭐야."

교헤이는 TV 화면을 보며 입을 부루퉁하게 내밀고 있다가 문을 향해 소리쳤다.

"누구세요? 문 안 잠겨 있어요."

그러자 조심스럽게 문이 열리더니 유가와가 얼굴을 빼꼼 들이밀었다.

"뭐야, 박사님이잖아."

교헤이는 게임기를 내려놓았다.

"무슨 일이세요?"

"들어가도 되니?"

"네, 괜찮아요."

방 안으로 들어서는 유가와는 흰 셔츠 차림에 양복저고리와 서류 가방을 손에 들고 있었다.

"일 다 끝났어요?"

"오늘 할 일은."

유가와는 창문 쪽으로 다가갔다.

"그런데 수확은 거의 제로야. 데스멕과 실험 전 절차를 협의하다가 끝나 버렸어. 쓸데없는 인간들이 하도 끼어들어서 말이지. 그 기술 관리 과장이란 놈은 도대체 뭐야. 말만 많았지

건설적인 의견은 하나도 못 내놓고 말이야. 그러려면 뭐하러 왔는지. 훼방꾼 노릇이나 할 거면."

그는 그렇게 한참을 투덜거리다가 문득 정신을 차린 듯 고개를 흔들었다.

"아, 미안! 내 신세 한탄이나 하고⋯⋯."

"전 괜찮아요. 무슨 안 좋은 일이 있으셨나 봐요."

"응, 조금. 다른 사람들과 함께 무언가를 하다 보면 크든 작든 스트레스가 쌓이기 마련이야."

"저도 알아요. 친구들이랑 게임할 때도 마음이 잘 안 맞는 녀석이 있으면 협력 플레이가 하기 싫어져요."

"협력 플레이?"

"서너 명이 같이 게임을 하는 거예요. 컨트롤러만 사람 수만큼 있으면 돼요."

"흠⋯⋯."

유가와는 교헤이와 TV 화면을 번갈아 쳐다봤다.

"너, 게임 잘하니?"

"그런대로요."

"자신만만이네. 한번 보여 줄래?"

"지금요?"

"그래. 여태 하고 있었지?"

"다른 사람 보는 데서 하는 건 별론데⋯⋯, 특히 어른은."

"그렇게 재지 말고 빨리 좀 해 봐."

유가와는 교헤이 뒤에서 책상다리를 하고 앉아 팔짱을 끼었다.

하는 수 없이 교헤이는 컨트롤러를 들고 게임을 시작했다. 처음에는 뒤에서 유가와가 구경하고 있다는 게 신경 쓰였지만 얼마 지나지 않아 집중할 수 있게 됐다.

좀 전에는 실패했던 장면을 무사히 넘기자 일단 게임을 정지시키고 뒤돌아보며 "이렇게 하는 거예요."라고 말했다.

"제법 하는 것 같은데?"

"에이, 뭐예요. 그게 칭찬인가요?"

"이 게임이 쉬운지 어려운지, 다른 사람은 어떻게 하는지 도무지 몰라서 말이지. 네 실력을 평가하기에는 데이터가 부족해."

"그럼 박사님이 직접 한번 해 보세요."

교헤이가 불쑥 컨트롤러를 내밀었다.

유가와는 당황스러운 표정을 지었다.

"나는 됐어."

"왜요?"

"나는 현실 세계에서 시행착오를 겪는 타입이지 가상 세계에는 흥미가 없거든."

"에이, 무슨 말도 안 되는…… 자신이 없으신 거죠? 그래서 도망치시는 거죠?"

"도망이라니!"

유가와가 발끈했다.

"그럼 해 보세요. 박사님이야말로 젠체하지 마시고."

교헤이는 자요, 자, 라며 컨트롤러를 유가와에게 들이밀었다. 유가와는 마지못한 듯 컨트롤러를 받아 들었다.

"사용법을 잘 모르는데⋯⋯."

"해 보시면 알아요."

교헤이는 게임을 스타트 시켰다.

"어, 잠깐! 그렇게 갑자기⋯⋯."

유가와는 눈을 크게 뜨고 화면을 응시했다. 그리고 허둥지둥 있는 힘을 다해 컨트롤러를 움직였다. 온몸에 힘이 들어가 있다는 게 옆에서 봐도 느껴졌다.

3개 남아 있던 게임 캐릭터가 아차 하는 사이에 다 사라지고 말았다. 교헤이는 다다미 위를 뒹굴며 배를 잡고 웃었다.

"우아, 말도 안 돼. 우리 엄마도 이것보다는 잘하는데. 이렇게 못하는 사람은 처음 봐."

그러자 유가와는 여전히 무표정한 얼굴로 컨트롤러를 손에서 놓았다.

"어떻게 하는 건지는 얼추 알겠어. 이 게임에 관한 한 네 실력이 상당히 괜찮은 거 같군."

"죄송하지만 박사님한테 제 실력을 평가받고 싶지는 않거든요."

교헤이는 바닥에 누운 채 몸을 쭉 펴며 말했다.

"뭐, 아무래도 좋아. 그건 그렇고, 이건 뭐지?"

유가와가 탁자 위를 가리키며 물었다. 교헤이는 몸을 일으켜 유가와가 가리키는 것을 보더니 얼굴을 찌푸렸다.

"보면 모르세요? 국어랑 산수 문제집이지."

"하하, 여름 방학 숙제인가?"

"그게 다가 아니라고요."

교헤이는 방 한구석에 놓여 있던 종이 박스를 끌고 왔다. 이 여관에 온 다음 날 택배로 도착한 것이다. 갈아입을 옷과 게임기와 함께 여름 방학 과제물들이 들어 있었다.

"이건 생활 계획표. 매일의 계획을 세워 놓고 그대로 했는지 안 했는지 기록하는 건데 되게 귀찮아요. 그리고 이건 책 읽고 감상문 쓰기. 또 '자유 연구'라는 과제도 있어요. 그런데 도대체 뭘 하면 좋을지 생각이 안 나는 거 있죠. 어른들은 왜 이런 걸 시키는 걸까요? 여름 방학 때만이라도 자유롭게 놀라고 놔두면 어디가 덧나나."

유가와는 산수 문제집을 들고 펄럭펄럭 페이지를 넘겼다.

"아직 손도 안 댔네. 개학 전까지 다 할 수 있겠어?"

"물론 무리겠죠. 개학 직전에 엄마 잔소리 들으면서 해야죠,

뭐. 엄마는 잔소리는 해도 도와주거든요."

매년 엄마에 의지해 위기를 넘겨 왔다.

"그런 건 돕는 게 아니야, 방해하는 거지. 자식의 실력 향상을 방해하는 거."

"그렇지만 숙제 안 해 가면 학교에서 혼나는데요!"

"다 너를 위해서야."

"쳇, 남의 일이라 이거죠."

교혜이는 유가와의 손에서 문제집을 빼내려고 했다. 하지만 잡으려는 순간 유가와가 문제집을 더 높이 쳐들었다.

"내가 도와줄까? 그러면 이런 문제집 2, 3일이면 다 풀어."

교혜이가 깜짝 놀란 표정을 지었다.

"박사님이 풀어 주신다고요?"

"풀어 준다는 게 아니라 도와준다는 거야. 네가 정답을 찾을 수 있도록 지도하는 거지."

"가정교사처럼요?"

"말하자면 그런 거지."

"후우, 여기까지 와서 공부하고 싶지는 않은데……."

"언젠가는 해야 할 일이야."

유가와는 문제집을 펼쳤다.

"자, 봐. 18각형의 각의 합을 구하시오. 이런 문제를 결국은 자신의 힘으로 풀어야 하는 거야. 풀지 못한 채 어른이 되려고

하면 여러 가지 상황에서 어려움에 부딪히게 되지. 그러니까
지금 풀어 두는 게 좋지 않을까? 게다가 너는 이미 내 도움으
로 숙제 하나를 해결했잖아."

"네, 무슨 숙제요?"

"로켓 말이야. 페트병 로켓으로 바닷속 수정을 봤잖아. 그건
엄청난 자유 연구야. 데이터는 내게 있으니까 그걸 정리만 하
면 돼."

"아, 그러네!"

교헤이가 손뼉을 쳤다.

"하지만 실험은 박사님이 하셨잖아요. 그럼 반칙 아닌
가……."

"엄마가 산수 숙제 도와주는 건 죄책감도 안 느끼는 주제에
새삼스럽게 정직한 척하기는. 너도 실험에 참가했으니 반칙은
아니야."

"아싸! 그럼 숙제 하나는 해결했고."

교헤이는 양팔을 위로 쭉 폈다.

"그럼 계속해서 이것도 한번 해 볼까."

그러고서 유가와가 문제집을 집어 들자 교헤이는 콧잔등에
주름을 잡으며 그것을 바라보다가 하는 수 없다는 듯 머리를
긁적이며 고개를 끄덕였다.

"알았어요. 한번 해 보죠, 뭐. 박사님이 가르쳐 주시면 조금

재밌을 것 같기도 해요."

"기대해도 좋아. 그런데 말이지…… 문제 푸는 걸 도와주는 대가로 부탁 하나만 들어줄 수 있겠니?"

"뭔데요?"

교혜이가 경계의 눈빛으로 바라보았다.

"너, 마스터키라는 거 아니? 이런 여관이나 호텔 같은 데는 아무 문이나 열 수 있는 만능열쇠가 있거든."

"고모부 방에 있는 거 말인가……, 나루미 짱이 서랍에서 꺼내는 걸 본 것 같아요."

"아마 그걸 거야. 그걸 좀 썼으면 좋겠는데. 아주 잠깐이면 돼."

"알았어요. 제가 빌려 올게요."

교혜이가 자리에서 벌떡 일어섰다. 그 순간 유가와가 교혜이의 어깨를 붙잡아 도로 앉혔다.

"그렇게 서두르지 않아도 돼. 그리고…… 빌려 오라는 게 아니야."

그리고 유가와는 소리를 좀 더 낮추어 속삭이듯 말했다.

"훔쳐 오라는 거지."

## 25

니시구치가 현경 본부로 향하는 이소베 일행과 헤어져 하리 경찰서로 돌아온 건 저녁 8시가 넘어서였다. 그 시간에도 경찰서는 분위기가 어수선했다. 수사본부 설치가 정식으로 결정되는 바람에 손이 빈 사람은 모두들 그 준비에 내몰리고 있었다. 서 내에서 가장 넓은 공간인 대회의실에는 컴퓨터와 각종 사무기기들이 속속 설치되고 있었다.

뒤에서 누군가 어깨를 툭 치기에 돌아보니 하시가미 선배가 음울한 표정으로 서 있었다.

"이러고 멍하니 있으면 또 일시킬 거야. 아직 식사 전이지? 밥이나 먹으러 가자."

"그래도 돼요? 다들 바쁜 것 같은데."

"앞으로 지겨울 정도로 현경의 뒤치다꺼리를 하게 될 거야. 빈둥거릴 수 있을 때 빈둥거려야지."

하시가미가 앞장서자 니시구치도 그 뒤를 따라갔다.

두 사람은 경찰서 근처에 있는 음식점으로 갔다. 니시구치는 불고기 정식을 주문했다. 현경 뒤치다꺼리에 동원될 거라고 생각하니 조금이라도 체력을 비축해 둬야겠다는 생각이 들었다.

"난감해. 단순 사고라고 생각했는데 일이 엄청 커져 버렸어. 경시청의 그 관리관, 쓸데없는 짓을 해 가지고서. 현경 놈들은 우리의 초동 수사가 엉망이었다는 듯이 말하는데, 그런 상황에서는 누구라도 사고라고 판단할 수밖에 없다고. 그런데도 기어이 물고 늘어진다면 나도 가만있지만은 않을 거야."

하시가미는 생선구이를 젓가락으로 헤집으면서 중얼중얼 불평을 늘어놓았다.

"선배는 오늘 어딜 돌았어요?"

"히가시하리. 현경 녀석들과 돌아다녔어. 아니, 난 안내만 했을 뿐이지."

"그 마린힐스라는 별장 단지요?"

"거기도 가긴 했는데, 탐문 수사는 다른 데서 했어. 센바의 처가가 있던 곳. 지금은 주차장이 돼 버렸지만."

"그럼 센바의 부인도 히가시하리 출신이란 말이에요?"

"그런가 봐."

하시가미는 젓가락을 내려놓고 옆 의자에 걸쳐 둔 웃옷에서 수첩을 꺼냈다.

"경시청에서 보내온 자료에 따르면 센바 본인은 아이치 현 도요하시 출신이야. 도쿄로 올라가 취직한 뒤 30세 때 직장 동료 여성과 결혼했어. 그 여성이 히가시하리 출신인 거지."

하시가미가 보여 준 수첩에는 '에쓰코. 결혼 전 성은 히노'라고 적혀 있었다.

"그럼 처가 근처에 또 별장을 샀다는 건가요?"

211

"아니야. 두 사람이 결혼할 당시 처가는 이미 헐린 상태였어. 부인이 히가시하리에 살았던 건 고등학생 때까지고, 그 후 아버지가 직장을 옮기는 바람에 요코하마로 이사 갔어. 센바와 결혼해서는 당연히 도쿄에 살게 됐고. 한편 센바는 35세에 독립해 가전제품 수리 회사를 차렸지. 당시 주소는 도쿄 메구로. 회사는 순조롭게 성장했고, 46세 때 문제의 마린힐스 별장을 구입했어. 부인이 평소에 '언젠가는 고향의 바다가 바라다보이는 집에서 살고 싶다'고 했대. 그 소원을 이루어 주고 싶었다, 살인 혐의로 체포돼 조사받을 때 그렇게 이야기했다더군."

하시가미는 수첩을 덮고 다시 젓가락을 들었다.

"흠……. 그 얘기로만 보면 나쁜 인간 같지는 않은데."

니시구치는 그렇게 말하고서 한입 가득 불고기를 집어넣었다.

"마가 낀 거지. 아무리 별장을 살 정도로 경기가 좋더라도 작은 회사라는 건 삐끗만 해도 한순간에 갈 수 있거든. 센바네 회사도 그랬어. 다소 무리해서 신규 사업에 손을 댔는데 그게 화근이었지. 순식간에 빚이 불어나면서 도산해 버렸어. 메구로의 자택과 이곳 마린힐스 별장을 건진 건 그나마 천만다행이랄까. 하지만 이번에는 부인이 병에 걸렸지. 그것도 암에."

"암?"

니시구치가 얼굴을 찡그렸다.

"어떻게 그런……."

"정말 운도 없지."

그러면서 하시가미가 음식을 입으로 가져갔다.

"치료비를 마련하기 위해 메구로 자택을 팔고 두 사람은 마린힐스로 이사 오게 됐어. 얄궂은 방식으로 부인의 꿈이 이루어진 셈이지. 그런데 그것도 오래가지 못했어. 곧 부인이 죽고 센바는 홀아비가 됐지."

"그런 데서 홀아비 혼자 산다는 건 가혹한 일이죠."

니시구치는 폐허와도 같았던 별장의 모습을 떠올렸다.

"한동안은 별장에서 혼자 지냈지만 수입이 없으니 생활이 어려웠어. 그래서 다시 도쿄로 나가 전자제품 가게 같은 데서 일을 시작했지. 그때 사건이 벌어졌어."

"그 후의 일은 자료를 읽어서 알고 있습니다. 전직 호스티스를 칼로 찔렀다고요?"

"돈을 빌려 줬다 아니다 말싸움을 벌이다가 욱해서 찌른 거지. 빈털터리가 된 데다 부인까지 죽었으니 센바도 제정신이 아니었던 거야. 멍청한 짓을 하긴 했지만 한편으론 불쌍해."

"쓰카하라 씨도 센바를 동정했을까요?"

니시구치의 물음에 하시가미는 잠시 생각하는 표정을 짓더니 "그러지 않았을까?"라고 대답했다.

"당시 담당 취조관이었잖아. 부인을 위해 마린힐스를 샀다는 내용을 조서에 남긴 것도 아마 쓰카하라 씨였을 거야. 재판에서 조금이나마 정상이 참작되도록 배려한 거지."

"그렇다면 센바는 쓰카하라 씨를 증오하지 않았을 수도 있겠네요."

"아마 그럴 거야."

하시가미는 고개를 끄덕였다.

"부인의 친정과 알고 지내던 사람들 중에 아직도 거기 살고 있는 사람들이 있어서 이야기를 들어 봤더니, 센바가 마린힐스에 살기 시작할 무렵 처갓집 근처에 자주 인사하러 갔었다고 하더군. 다들 센바에 대해 심성이 무척 고운 사람이라고 했어. 사건을 저지른 데에는 그만한 이유가 있을 거라고. 그러니까 쓰카하라 씨도 이쪽에 온 김에 들러 보려고 했던 거 아닐까?"

"그럼 이번 사건과 센바 히데토시는……."

하시가미가 머리를 흔들었다.

"관계없어. 현경 놈들도 흥미를 잃은 눈치였어."

26

TV에선 연예인들이 위험한 게임에 도전하는 버라이어티 쇼가 방영되고 있었다. 교헤이는 별 흥미가 없었지만 무릎을 끌어안고 앉아 재미있는 척했다. 세쓰코가 접시에 배를 담아 와

탁자 위에 올려놓더니 어서 먹으라고 했다.

"고맙습니다."

포크가 있었지만 교헤이는 손으로 배를 집었다.

오늘 저녁 식사는 유가와가 아니라 시게하루 고모부와 같이
했다. 그리고 식사를 마친 뒤에도 그대로 고모 방에 눌러앉아
TV를 보고 있다.

시게하루는 옆에서 차를 마시며 책을 읽고 있었다. 나루미는
저녁 식사 뒤 바로 외출했다.

"교헤이, 오늘은 뭐했니? 통 밖에 나가질 않는구나."

"음…… 방학 숙제 했어요. 그러고 나서 게임 조금."

"숙제를 다 했어? 거참, 잘했네."

"아직 얼마 안 했어요. 모르는 부분은 박사님이 가르쳐 주신
대요."

"박사님?"

"유가와 씨 말이에요."

세쓰코가 일어서며 그렇게 말하더니 방을 나갔다. 부엌으로
가는 모양이었다.

"아, 그래? 그분은 언제까지 여기 묵을 생각이신가……."

시게하루가 목을 이리저리 돌리며 말했다.

"본인도 잘 모르시겠대요."

교헤이가 대답했다.

"데스멕 사람들이 하도 멍청해서 도대체 연구가 진척되지 않는대요."

"그랬어? 뭐, 데이토 대학 교수라니까 숙박비 못 받을 걱정은 없겠지."

시게하루는 숱이 적은 머리를 어루만지다가 다시 교헤이를 봤다.

"그 교수님, 사건에 대해서는 뭐라고 안 하던?"

"별말씀 없으셨어요. 경찰이 자주 찾아와서 정신이 없다고만……."

"그래?"

시게하루는 고개를 끄덕인 뒤 크게 한숨을 쉬었다.

"교헤이 짱도 참 운이 없구나. 모처럼 놀러 왔는데 이상한 일에나 휘말리고. 해수욕 데려가겠다는 약속도 못 지켰어. 고모부가 정말 미안해."

"괜찮아요. 바다야 언제든 갈 수 있는데요, 뭐."

"그래……."

시게하루가 대답했을 때 방 한구석에 놓여 있던 무선 전화가 울렸다. 하지만 그 울림은 금방 멈췄다. 아마도 세쓰코가 카운터에 있는 유선 전화를 받았을 것이다.

교헤이는 시계를 봤다. 9시가 되어 가고 있었다. 버라이어티 쇼도 이미 끝났다. 교헤이는 리모컨을 집어 들면서 무슨 핑계를 대야 이 방에 계속 있을 수 있을지 궁리했다. 조금만 있으면 시게하루가 목욕하러 들어갈 텐데. 그때까지는 버텨야 한다.

적당히 채널을 맞추고 기다리니 아이돌이 주인공 역을 맡은 드라마가 시작됐다. 지금까지 한 번도 본 적 없는 드라마였다. 하지만 교헤이는 마치 기다렸던 프로그램이라는 듯 자세를 고쳐 앉았다.

"아니, 교헤이 짱, 이런 프로그램 좋아하니?"

시게하루가 의외라는 듯 물었다.

"네, 좋아해요."

교헤이는 시선을 TV에 고정시킨 채 대답했다. 고모부가 '저런 시시한 드라마는 도저히 봐 줄 수가 없다'고 생각한다면 작전 성공이다.

그때 다시 무선 전화가 울렸다. 하지만 좀 전과는 벨 소리가 달랐다. 내선으로 호출하는 듯하다.

"어, 뭐지?"

시게하루는 그러면서도 전화를 받으려 들지 않았다. 그때 복도에서 종종걸음으로 다가오는 소리가 들리더니 세쓰코가 들어왔다.

"교헤이, 아빠 전화야."

그리고 그녀는 수화기를 들어 "여보세요. 들리니? 바꿔 줄게."라고 하더니 자, 하고 교헤이에게 수화기를 내밀었다.

"아빠?"

"그래. 여기 오사카야. 잘 지내지?"

수화기 너머로 아빠의 밝은 목소리가 들렸다.

"응, 잘 있어요."

"그래. 지금 고모한테 들었는데 거기서 큰일이 벌어진 모양이더구나. 왜 엄마한테 얘기 안 했니. 어젯밤 엄마가 전화했었다며. 별일 없냐고 물었더니 아무 일 없다고 했다면서?"

교헤이는 '귀찮아서'라고 대답하려다 참았다.

"별일 아닌 것 같아서요."

"그건 아니지. 사람이 죽었는데 큰일 아니겠어? 그래, 넌 괜찮니?"

"뭐가요?"

"그러니까…… 경찰이 드나들어서 불안하지 않아? 놀러 가기도 뭐하고, 공부하기도 그렇고, 그렇지 않아?"

"아니에요. 적당히 놀고 숙제도 조금씩 하고 있어요."

"그래? 있기 힘들면 언제든지 얘기해라."

"알았어요."

대답은 그렇게 했지만, 막상 있기 힘들다고 하면 어쩔 건데, 라고 교헤이는 생각했다. 오사카로 오라고 할 수도 없을 것이다. 그렇게 할 수 없으니까 고모네 집에 맡긴 것 아니겠는가.

"그럼 당분간 거기 더 있겠니?"

"응."

"그래, 알았어. 그럼 고모 다시 바꿔 줘. 아, 잠깐만. 엄마가 할 얘기가 있대."

"됐어요. 어제 통화했는데요, 뭐."

교헤이는 수화기를 세쓰코에게 넘겨 버렸다. 세쓰코는 아버지와 두세 마디 더 한 후 전화를 끊었다.

"게이이치가 많이 걱정하나 보네!"

시게하루가 세쓰코에게 물었다.

"그렇지도 않을 거예요. 그 녀석은 한 가지 일에 집중하는 스타일이어서 지금은 머릿속에 사업에 대한 생각밖에 없을걸요."

그리고 세쓰코는 교헤이에게 말했다.

"여기 있고 싶으면 얼마든지 있어도 돼. 하지만 만약 아빠 엄마한테 가고 싶으면 말해. 고모가 바로 아빠한테 전화해 줄게."

"네."

교헤이가 고개를 끄덕거렸다.

"자, 난 그럼 목욕이나 할까."

시게하루가 자리에서 일어섰다. 세쓰코까지 부엌으로 돌아가자 마침내 방에는 교헤이만 남게 됐다. 기다리고 기다리던 순간이다.

문을 열고 복도에 아무도 없다는 걸 확인한 후 교헤이는 TV

옆에 있는 서랍장을 열었다. 그 안에 커다란 나무패가 달린 열쇠가 아무렇게나 놓여 있었다. 그것을 집어 반바지 주머니에 넣었다.

TV를 끄고 방을 나와 신발도 신지 않고 복도를 달렸다. 그리고 로비를 가로질러 엘리베이터를 탔다. 가슴이 두근거리는 건 꼭 뛰었기 때문만은 아니다.

3층으로 올라가 '운해실'의 문을 두드렸다. 곧바로 도어 로크를 해제하는 소리가 들리고 문이 열렸다. 유가와가 서 있었다. 교헤이가 "이거요."라면서 마스터키를 들어 보였다.

"수고했어. 시간은 어느 정도 있지?"

"고모부가 목욕을 끝내기 전에 갖다 놓아야 하니까, 20분 정도?"

"그 정도면 충분해. 가자."

유가와가 방을 나섰다. 그 역시 신발을 신지 않았다. 다른 손님이 아무도 없으니까 발소리를 들을 염려도 없지만 만일을 위해 주의하는 것이겠지 싶었다.

엘리베이터를 타지 않고 계단으로 올라가던 유가와는 4층에 이르자 교헤이의 예상과는 다른 방향으로 움직였다.

"박사님, 어디 가세요?"

교헤이가 물었다.

"무지개실은 저쪽인데요."

유가와가 걸음을 멈췄다.

"무지개실?"

"죽은 아저씨가 있었던 방을 보고 싶으신 거 아니에요?"

유가와가 마스터키를 훔쳐 오라고 했을 때 이유를 묻자 그는 보고 싶은 방이 있다고 했었다. 교혜이는 그게 바위에 떨어져 죽은 손님의 방일 거라고 지레짐작했다. 실은 교혜이 자신도 그 방을 한번 보고 싶었다. 경찰이 출입 금지 표지를 붙여 놓으니까 외려 더 궁금했다.

그런데 유가와는 고개를 저었다.

"그 방은 볼일이 없어."

"그럼 어느 방이에요?"

"좀 있으면 알게 돼."

그리고 유가와가 걸음을 멈춘 곳은 '해원실'이라는 방 앞이었다.

"여기예요?"

"그래."

유가와는 주머니에서 뭔가를 꺼냈다.

"이거 껴."

흰 장갑이었다. 성인용이라 교혜이에게는 헐렁헐렁했다.

"저런, 아동용은 안 가져왔는데. 너는 가급적, 아니 절대로 방 안에 있는 물건에는 손대지 않도록 해."

"도대체 뭘 하실 건데요?"

유가와는 잠시 망설이는 표정을 짓다가 "간단히 조사할 게 있어."라고 대답했다.

"조사요? 뭘요?"

"물리학 관련이라고나 할까. 이 건물은 구조가 굉장히 흥미로워. 내 연구에 도움이 될 것 같아서 조사해 두려는 거야."

"그럼 고모부한테 그렇게 말하면 되잖아요."

"그건 안 되지. 여긴 경찰이 수시로 드나들잖아. 고모부가 경찰한테 그 얘기를 하면 무엇 때문에 방을 봤는지 꼬치꼬치 캐물을 거야. 그런 귀찮은 일은 딱 질색이란 말이야. 자, 열쇠 좀 줘봐."

"학자는 참 여러 가지로 고생이 많네요."

교헤이는 마스터키를 건네줬다.

"편안함만 좇아서는 진리를 얻을 수 없어."

유가와는 열쇠를 돌려 문을 열고 손으로 더듬어 불을 켠 뒤 안으로 들어갔다. 교헤이도 그를 뒤따라 들어갔다. 방 안은 에어컨이 켜져 있지 않아 무척 더웠다.

방의 구조나 크기는 지금 교헤이가 사용하고 있는 방과 같았다. 유가와는 방 입구에 서서 찬찬히 실내를 둘러본 후 바닥에 쭈그리고 앉았다. 그리고 다다미 바닥을 손으로 문지른 다음 장갑을 들여다봤다.

"뭐하시는 거예요?"

"아니, 딱히 별 의미는 없어. 며칠 동안 사용하지 않았다면 바닥에 먼지가 쌓였을 거라고 생각했어. 그런데 의외로 청소가 잘돼 있는 것 같군."

유가와는 안으로 더 들어가 창문의 커튼을 젖혔다. 교혜이도 그의 뒤에 서서 창밖을 바라봤다. 불꽃놀이를 하던 뒷마당이 보였다.

"고모부하고 로켓 폭죽도 쐈다고 했지?"

"네, 다섯 발 정도 발사했던가……."

"그때 이쪽 방들의 창문이 전부 닫혀 있었니?"

"네, 닫혀 있었어요."

"확실해?"

"확실해요. 잘못해서 폭죽이 방으로 날아들면 위험하니까 고모부하고 둘이서 열린 창문이 없는지 일일이 확인했거든요. 창문 말고도 폭죽이 날아들 수 있는 곳에는 전부 뭘 덮었어요."

"그래."

유가와가 고개를 끄덕였다.

"이 방에 불은 켜져 있었니?"

"불요?"

"열린 창문이 없는지 확인할 때 이 방 불이 켜져 있었냐고."

"아, 그게……."

생각지 못한 질문에 교헤이는 당황스러웠다.

"그날 밤 이쪽으로 면한 방에는 투숙객이 하나도 없었어. 그렇다면 뒷마당에서 올려다봤을 때 창문에 불이 하나도 안 켜져 있어야 하거든."

유가와가 뭘 물어보는지는 알겠는데 그때는 그런 건 생각도 못했다. 불이 켜져 있던 방이 있었던가. 있었던 것 같기도 한데 정확히는 기억나지 않는다.

기억이 안 난다고 하자 유가와는 말없이 고개를 끄덕이더니 커튼을 닫았다. 그러고서 벽을 바라보며 실내를 빙 돌기 시작했다. 때로는 주먹으로 벽을 두드리기도 했다. 소리를 확인하려는 것 같았다.

"상당히 낡은 건물이군. 언제 지어졌는지 아니?"

"정확한 건 모르겠지만 30년은 더 됐을 거예요. 고모부의 아버지가 지었다고 했거든요. 그리고 15년 전쯤에 고모부가 물려받았대요."

"15년? 고모부 나이가 몇인데?"

"어……, 아직 70은 안 됐지만 반올림하면 70이라고 그랬어요."

"그 정도 돼 보이더군. 고모는 한참 젊어 보이시던데."

"고모는 좀 있으면 반올림해서 60이래요."

"좀 있으면 반올림해서? 그럼 53, 4세라는 얘기네. 그렇게는 안 보이던데."

그리고 유가와는 문뜩 떠오르는 게 있는 듯, 다시 교헤이를 봤다.

"아버지는 연세가 어떻게 되시지?"

"45요."

"고모랑 차이가 꽤 나네."

"그건 낳아 준 어머니가 서로 달라서래요. 고모 친어머니는 고모를 낳자마자 돌아가셨고, 우리 아빠는 두 번째 어머니가 낳았대요."

"그럼 이복남매로구나."

"고모는 젊었을 때 독립해서 도쿄에서 혼자 살았대요. 그래서 아버지도 고모가 친누나라는 느낌이 별로 없대요. 친척 아줌마 같고."

"그 표현은 너무했다. 하여간 그렇다면 고모부가 여관을 물려받은 게 50세 넘어서라는 얘긴데, 그 전에는 뭘 하셨나?"

"엔진 회사에 다니셨대요."

"엔진 회사?"

"네. 전근도 자주 있었고, 혼자 지방에 내려가 계신 적도 있었대요. 도쿄에 살 때는 거의 고모랑 나루미 누나랑 둘이서 살았던 것 같아요."

"도쿄? 그렇구나. 도쿄에서 살다 왔구나."

"네. 그런데 그게 왜요?"

"아니야, 아무것도."

유가와가 이번에는 벽장을 열었다. 흰 이불이 층층이 쌓여 있었다. 몇 초 정도 그걸 바라보고 있던 유가와가 이불을 다 끄집어내고 벽장 안으로 들어가 안쪽 벽을 두드리고 문지르고 했다. 그러는 그를 교헤이가 "박사님." 하고 불렀다. 왠지 모르게 불안했기 때문이다.

이윽고 유가와가 벽장에서 나왔다. 이불을 도로 넣어 놓고 벽장문을 닫았다.

"됐다. 가자."

"다 된 거예요?"

"목적은 달성했어. 전부 예상했던 대로야."

유가와는 전등 스위치를 내렸다. 방이 어둠에 뒤덮이기 직전에 본 물리학자의 옆얼굴은 지금까지 교헤이가 본 적 없는 매서운 것이었다.

## 27

우쓰미 가오루에게서 연락이 온 것은 밤 10시가 다 됐을 무렵이었다. 그 시간, 구사나기는 도쿄 아사가야에 있었다. 그는 애마 스카이라인을 길가에 세우고 전화를 받았다.

"연락 좀 자주 하라니까. 산야 역에 내려 준 게 도대체 몇 시야?"

"죄송해요. 돌아다니다 보니 시간 가는 걸 몰랐어요."

"여태 돌아다녔어?"

"네. 이 주변에 있는 간이 숙박 시설은 거의 다 뒤진 것 같아요. 완전 지쳤어요."

말은 그래도 목소리에는 힘이 넘쳤다. 대단한 녀석이라는 생각이 들었다.

"그래, 그렇게 돌아다녀서 뭐 좀 건졌어?"

그러자 우쓰미는 한 박자 쉬었다가 입을 열었다.

"음…… 그런대로요."

"그래? 지금 어디야?"

"아사쿠사 쪽으로 걸어가고 있어요."

"아사쿠사, 거긴 왜?"

"저녁 먹으려고요. 아직 밥도 못 먹었어요. 아사쿠사에 맛있는 정식 집이 있거든요."

"좋아. 어딘지 가르쳐 줘. 내가 그리로 갈게. 밥은 내가 사 줄 테니."

"정말요? 그럼 좀 더 비싼 데로 갈까……."

"아이고, 우쭐대기는. 좀 전에 말한 집 이름이 뭐야?"

가게 이름을 내비게이션에 입력한 뒤 구사나기는 차의 시동을 걸었다.

우쓰미가 가르쳐 준 식당은 아즈마바시 근처, 에도 거리와 스미다 강 사이에 난 좁은 도로변에 있었다. 다행히 식당 바로 앞에 코인 주차장이 있었다.

거대한 통나무를 평평하게 잘라 만든 테이블에 두 사람은 마주 앉았다. 우쓰미가 우설 정식이 맛있다고 하자 구사나기도 그걸 주문했다.

"자, 뭘 건졌는지 빨리 말해 봐."

구사나기는 재떨이를 자기 앞으로 끌어당긴 뒤 담배에 불을 붙였다. 우쓰미는 가방에서 감색 수첩을 꺼냈다.

"선배의 추리가 맞았어요. 역시 쓰카하라 씨는 센바 히데토시를 찾고 있었어요. 센바의 사진을 보여 주면서 '이런 사람 본 적 있느냐'고 묻고 다녔다네요. 그런 증언을 한 숙박업소가 아홉 군데나 됐어요. 그 밖에도 쓰카하라 씨인지는 확실치 않지만 60세 정도의 남자가 사람을 찾고 다녔다는 얘기를 들을 수 있었어요."

구사나기가 천장을 향해 담배 연기를 내뿜었다.

"역시 그랬군. 그래서 어떻게 됐대? 쓰카하라 씨는 센바가 있는 곳을 알아냈대?"

우쓰미는 수첩에서 얼굴을 들고 고개를 저었다.

"찾지 못한 것 같아요. 그러니까 그렇게 많은 숙박업소를 계속 찾아다녔겠지요."

"그러니까 쓰카하라 씨는 나미다바시 근처에서 몇 번 목격됐지만 센바는 그렇지 않다는 거군."

"사람들에게 센바 히데토시의 사진을 보여 줬지만 그를 봤다는 사람은 없었어요."

"역시. 그럴 줄 알았어."

음식이 나왔다. 우설이 담긴 큰 접시와 간 마가 들어 있는 그릇, 보리밥, 샐러드, 그리고 음식을 더는 숟가락이 놓였다.

구사나기가 담배를 껐다.

"야, 맛있겠는데."

"선배는 제가 거기서 센바 소식을 듣지 못할 거라고 생각하셨어요?"

"응. 설사 센바가 노숙자 신세가 됐다 해도 거기는 가지 않았을 거라고 생각했어. 주거가 일정치 않은 사람들이 그쪽 숙박업소에 모인다는 것도 다 옛날 얘기지. 요즘에는 싼값에 일본 여행을 하려는 외국인 배낭여행자들이 태반이야. 요금도 꽤 비싸졌고. 무직자들에겐 드나들기 힘든 곳이 됐지. 쓰카하라 씨는 현장을 떠난 지 몇 년 돼서 그런 상황을 몰랐을 수 있어. 아니면 알고는 있었지만 일단 조사는 해 보자는 거였을지도. 명형사였다니까 빈틈없이 하자는 거지."

그리고 구사나기는 우설을 한 입 먹더니 "맛있네!"라며 감탄했다. 씹히는 촉감과 맛의 밸런스가 절묘했다.

"아, 제기랄. 맥주가 마구 당기네."

"요즘에는 역시 PC방 아니겠어요?"

우쓰미의 말에 구사나기는 간 마를 보리밥에 얹으며 끄덕거렸다.

"맞아. 젊은 녀석들이나 노인이나 노숙자가 되면 일단 인터넷 카페로 가지. 간이 숙박업소와는 비교도 안 되는 돈으로 잘 수 있거든. 샤워까지 할 수 있고. ……야, 이 보리밥 최곤데!"

"그럼 내일부터 인터넷 카페를 뒤져 볼게요. 그런데 쓰카하라 씨는 무슨 이유로 센바를 찾아다녔을까요?"

구사나기는 소꼬리 수프를 후루룩 마시더니 입맛을 쩝쩝 다시고는 옆 의자에 놓아둔 양복저고리로 손을 뻗었다. 그리고 수첩을 꺼내 페이지를 넘겼다.

"오기쿠보 경찰서에 가서 센바의 사건 기록을 찾아봤어. 살인 사건이니 당연한 얘기지만 수사본부가 설치됐더군. 당시 쓰카하라 씨와 한 팀을 이뤘던 사람이 후지나카라는 경사야. 지금도 오기쿠보 경찰서에 근무하고 있는데 몸이 안 좋아서 집에서 요양 중이라더군. 연락을 취했더니 만나는 건 할 수 있다고 해서 집으로 찾아갔어. 놀랍게도 타워맨션 30층이더라고. 부인이 마사지 사업으로 큰돈을 벌었대. 낮에 갔던 쓰카하라 씨 집이 생각나면서 형사라고 다 같은 형사가 아니라는 생각이 들더군."

후지나카 히로시는 50대 중반임에도 몸이 야위어서인지 노인 같은 느낌이 났다. 심장병을 앓고 있긴 했지만 그 때문이 아니라 원래 살이 찌지 않는 체질이라고 했다.

"그 사건, 아직도 생생히 기억합니다. 저는 쓰카하라 경위와 한 팀이었지만 사건이 해결될 때까지 제가 기여한 건 거의 없었어요. 그래서 더 기억에 남아요."

그렇게 말하고 후지나카는 눈을 가늘게 떴다.

"쓰카하라 씨가 센바를 체포했을 때 후지나카 씨는 현장에 안 계셨군요?"

"그렇습니다. 전혀 관계없는 곳에 있었지요. 참 후회스럽습니다. 쓰카하라 씨 옆에 붙어 있었다면 대단한 체포극을 볼 수 있었을 텐데……."

자신이 체포할 수도 있었다는 생각 자체가 없는 사람 같았다. 세상에 이런 형사도 있구나 싶었다.

"사건 해결에 아무런 도움도 주지 못했다고 하셨는데, 그 후로는 업무상으로 연결된 적이 없었나요?"

"네. 그때도 사실 제가 했던 건 길 안내 정도였어요. 사건이 상당히 단순하고 범인의 자백에도 신빙성이 있었거든요. 게다가 증거도 뒷받침됐고. 그런데 한 가지 도저히 이해되지 않는 점이 있었습니다."

"그게 뭡니까?"

"범행 장소요."

후지나카는 즉시 대답했다.

"피살자의 시신이 발견된 곳은 오기쿠보의 노상이었습니다. 그저 평범한 주택가죠. 센바의 진술에 따르면 근처 공원에서 얘기를 나누던 중 피살자가 자신을 비웃듯이 웃고는 가 버리리기에 쫓아가서 찔렀다는 겁니다."

"그런 내용은 자료에서 봤습니다. 그런데 뭐가 이해가 안 된다는 겁니까?"

구사나기의 질문에 후지나카는 허리를 쭉 펴더니 "왜 하필이면 거기였냐는 겁니다."라고 대답했다.

"피살자인 미야케 노부코의 집은 고토 구 기바였습니다. 한편 센바는 에도가와 구에 있는 아파트에 살고 있었죠. 거리로 치면 10킬로미터도 안 떨어진 곳입니다. 그런데 왜 자신들의 집과는 동떨어진 오기쿠보에서 만나기로 했느냐 이 말이죠."

"그 점에 대해서는 센바의 진술이 있던데요. 노부코 씨를 불러내려 하자 그녀가 자신은 지금 오기쿠보에 있으니까 할 말이 있으면 그리로 오라고 했다죠, 아마."

후지나카가 고개를 끄덕였다.

"맞습니다. 센바는, 왜 그 시간에 노부코가 오기쿠보에 있었는지는 모르겠지만, 빌려 준 돈을 받을 생각으로 머릿속이 꽉

차 있어서 그런 건 아무래도 상관없었다고 진술했어요. 그래서 저희는 미야케 노부코의 사건 당일 행적을 추적하기로 했죠. 센바와 만나기 전까지 어디 있었는지, 오기쿠보에서 뭘 했는지 등을요. 그 일대를 샅샅이 훑고 다녔습니다. 범인 체포는 쉬웠는데 그 이후가 오히려 복잡했던 거죠. 하지만 결국 아무것도 알아내지 못했습니다. 왜 오기쿠보인지 끝까지 밝혀내지 못했죠."

"그게 그렇게 중요한가요?"

"솔직히 말씀드리자면 저는 그다지 중요하다고 생각하지 않았습니다. 범인이 모든 걸 자백했고 자백 내용에도 모순이 없으니 설령 밝혀지지 않은 게 있다 해도 상관없다고 생각했습니다. 하지만 쓰카하라 씨는 대충 넘어가려 들지를 않았어요. 저와 함께 탐문 수사를 하고 다니기도 하고 혼자서 피해자 주변을 샅샅이 조사하기도 했습니다. 판결이 나온 뒤 제게 인사하러 왔었는데 그때도 역시 개운치 않다는 표정이었습니다. 그때 저는 '아, 진짜 형사란 저런 사람을 말하는구나, 나와는 근본적으로 종자가 다르구나', 그렇게 생각했었습니다."

후지나카는 퇴역 군인이 과거를 회상하듯 말하며 얼굴에 슬며시 미소를 떠올렸다.

구사나기가 얘기를 마치자 우쓰미는 내려놓았던 젓가락을 다시 들었다.

"그럼 쓰카하라 씨는 센바가 아니라 오히려 피살자의 행동에 의문을 품었다는 말인가요?"

"후지나카의 말로는 그래. 그리고 나는 왜 쓰카하라 씨가 그 점에 집착했는지 신경이 쓰여. 물론 사건의 배경은 알 필요가 있지만 항상 모든 걸 밝혀낼 수는 없는 거야. 또, 사건 발생 이전의 피살자의 행동은 대개 사건과는 관계없지. 그런데도 그토록 집착했을 때는 분명 뭔가 이유가 있었을 거라는 생각이야."

"그 이유라는 건……."

"그걸 밝히지 못하는 한 진실은 드러나지 않는다고 쓰카하라 씨는 생각한 것 아닐까. 즉, 센바의 자백이 모두 다 진실은 아니다, 센바는 거짓말을 하고 있다, 진술서를 작성하면서 그렇게 느낀 것 같아."

"그 근거는요?"

"모르겠어. 조사하는 과정에서 형사의 육감이 작용했는지도 모르지."

"만일 센바가 거짓말을 하고 있다고 느꼈다면 왜 더 추궁하지 않았을까요?"

"아마도 결정적인 증거가 없어서였겠지. 자백 내용에 모순이 없고 증거가 뒷받침된다면 더는 추궁할 도리가 없거든. 기록만을 놓고 본다면 사건 전체에 전혀 이상한 점이 없었어. 유일한 의문이라면 피살자가 왜 오기쿠보에 있었냐는 것 정도인데, 센바가 그 점을 설명하지 못한다고 해서 문제 될 건 없지."

구사나기는 식은 우설을 입에 넣은 다음 마 즙에 비빈 보리
밥도 한 젓가락 입에 넣었다. 이야기하느라 먹는 것도 잊고 있
었던 것이다.

"살해당한 미야케 노부코를 좀 더 조사해 보면 어떨까요?"

우쓰미가 그렇게 묻자 구사나기는 소꼬리 수프를 한 모금 마
신 뒤 고개를 끄덕였다.

"나도 그 생각을 하고 있었어. 내일부터 조사해 봐야지. 하
지만 쉽지 않을 거야. 당시 쓰카하라 씨도 노부코에 대해 알아
봤을 게 틀림없어."

"그럼 저는 계속해서 센바의 행방을 추적해 볼게요."

"PC방을 뒤지려고? 쓰카하라랑 센바 사진을 가지고?"

"그럼 안 되나요?"

구사나기는 입 끝을 늘어뜨리며 고개를 갸웃했다.

"안 되는 건 아니지만……."

"아니지만요?"

우쓰미가 도발하듯 구사나기를 똑바로 봤다.

"좀 더 손쉬운 방법이 있지 않을까? 노숙자 한 사람을 찾기
위해서 PC방을 일일이 뒤지는 것보다는 그런 사람들이 모이
는 장소를 노리는 게 더 간단하지 않겠냐고."

"그런 사람들이 모이는 장소요?"

"안정된 직업도 없고 살 곳도 없는 사람들이지만, 아니, 그런 사람들이니까 더더욱 모이는 장소가 있지. 노숙자 중에는 그 덕분에 간신히 삶을 이어 나가는 사람도 적지 않을 거야."

우쓰미는 심각한 표정으로 잠시 생각에 잠기더니 갑자기 눈을 크게 떴다.

"무료 급식소 말이군요!"

"딩동댕."

구사나기가 빙긋 웃었다.

"노숙자들에게 정기적으로 무료 급식을 제공하는 자원 봉사 단체가 몇 군데 있을 거야."

"좋은 아이디어인데요. 빨리 알아봐야지."

우쓰미가 수첩에 뭔가를 적어 넣었다.

"나는 어떡할까. 미야케 노부코는 지바 출신인 모양인데, 친정이나 친척이랑은 거의 왕래가 없었던 모양이야. 호스티스로 일한 적이 있지만 그때 일했던 가게는 망해 버렸기 십상이고, 설사 망하지 않았다 해도 수십 년 전에 있었던 호스티스의 존재를 기억이나 하겠어."

당시 기록에는 미야케 노부코의 경제 상황에 대해 조사해 놓은 것도 있었다. 센바의 범행 동기가 돈과 관련된 것이었기 때문일 것이다. 은행 저축은 거의 없고, 카드 빚에 쪼들리기 일쑤였다고 되어 있었다. 그녀에게 돈을 빌려 줬다는 사람도 몇 있었다.

"사건 전날 밤에 피살자와 센바가 함께 술을 마셨다고 했잖아요. 전부터 두 사람이 드나들던 가게에서요. 그곳 점장이 센바를 알고 있어 체포에 결정적으로 도움을 줬다고 하던데, 거길 찾아가 보면 어떨까요?"

"그래, 그거 좋은 생각이야! 하지만 세월이 16년이나 흘렀는데 그 가게가 아직도 있을까?"

"피살자가 일하던 가게보다는 남아 있을 가능성이 높다고 생각하는데요."

"그건 그래. 좋아, 아이디어 고마워. 그 가게, 긴자였지? 지금 한번 가 볼까?"

우쓰미가 빙글거렸다.

"이걸로 비겼네요."

"무슨 말씀. 그 정도로는 안 되지."

구사나기가 담배를 입에 물며 말했다.

식당을 나와 코인 주차장 요금 정산기 앞에 섰을 때 휴대 전화가 울렸다. 화면에 공중전화 번호가 떴다.

"아마 그 친구일 거야."

우쓰미에게 그렇게 말하고 전화를 받았다.

"네, 여보세요."

"어, 유가와야. 지금 통화 괜찮나?"

"그래. 밥 먹고 나오는 길이야. 우쓰미도 옆에 있고. 무슨 일 있어?"

"아주 약간 진전이 있었어. 자세한 얘기는 아직 못하지만 사건과 깊은 관련이 있을 만한 사람을 찾았어."

구사나기가 휴대 전화를 힘주어 쥐었다.

"용의자라고 받아들여도 되는 건가?"

몇 초쯤 뜸을 들인 뒤 유가와가 대답했다.

"뭐라고 부르든, 그건 자네 자유야."

"오케이. 어디 사는 누구지?"

다시 잠시 침묵한 뒤 유가와가 무겁게 입을 열었다.

"이 여관 주인."

"뭐?"

자신도 모르게 큰 소리가 나왔다.

"여관이라면, 그…… 이름이 뭐였지?"

"로쿠간소. 주인 이름은 가와하타 시게하루. 아버지에게 여관을 물려받기 전까지는 도쿄에서 회사원 생활을 했다더군. 그 사람에 대해, 아니 그 사람과 가족 모두를 조사해 줘."


28


나루미가 아침상을 차리고 있는데 "안녕!" 하며 유가와가 들어왔다.

"아, 안녕하세요. 잘 주무셨어요?"

"자긴 했는데 숙면은 취하지 못했어. 와인을 좀 많이 마셨더니 그런가."

아닌 게 아니라 유가와는 표정도 밝지 않았다. 차를 따라 주자 고맙다며 찻잔을 들었다.

"유가와 선생님도 오늘 배 보러 가세요?"

나루미의 질문에 유가와가 의아한 표정으로 그녀를 쳐다봤다.

"선생님도……라니, 나 말고 가는 사람이 또 있나?"

나루미는 허리를 펴고서 "저희도 가게 됐거든요."라고 대답했다.

"자네들도? 아, 그래."

유가와가 고개를 끄덕였다.

데스멕의 해저 자원 조사선이 오늘 하리가우라 항구에 도착한다. 나루미와 사와무라는 한참 전에 선내를 견학하겠다고 요청했는데 어제 오후에야 허가한다는 연락이 온 것이다.

"자네들이 그 배를 견학한다고 해서 별 도움이 될 것 같지는 같은데……."

그러고서 유가와는 된장국을 들이켰다.

"그럴까요? 어떤 장치를 사용해서 어떤 식으로 바다 밑을 조사하느냐 하는 것은 저희에게 굉장히 중요한 문제예요."

"그 장치가 바다 밑을 망가뜨리는지 어떤지 보고 싶은 것뿐이지?"

"네."

"그렇다면 거기까지 갈 필요도 없어. 보나 마나 바다 밑바닥을 훼손시킬 테니까. 봐야 속만 뒤집힐 뿐이야. 만일 한쪽에 과학 발전과 인간의 미래, 다른 한쪽에 환경 보호라는 추를 놓고 양쪽을 저울질할 수 있는 시각을 갖췄다면 얘기가 다르지만."

"그런 시각이 없는 건 아니에요. 하지만 저울질하지 않고 어떻게든 양립시키고 싶다는 거죠."

"양립이라……."

유가와가 피식 웃었다.

"왜요, 그게 이상론이라는 건가요?"

"이상을 추구하는 건 좋아."

유가와는 진지한 얼굴로 나루미를 봤다.

"하지만 나루미 양의 말은 설득력이 전혀 없어. 학문에 대한 겸허함을 느낄 수 없다고."

나루미가 물리학자를 날카롭게 노려봤다.

"왜 그렇게 생각하시죠?"

"자네는 환경 보호 전문가일지는 몰라도 과학에 관해서는 아마추어잖아. 해저 자원 개발에 대해 어느 정도 알고 있지?

양립시키고 싶다면 양쪽에 대해 동등한 수준의 지식과 경험을 갖춰야 해. 한쪽을 중시하는 것으로 충분하다는 건 오만한 태도지. 상대의 일과 사고방식을 존중할 때에 비로소 양립의 길도 열리는 거야."

그리고 유가와는 낫토를 휘휘 저어서 흰밥 위에 올리더니 "그렇게 생각하지 않나?"라고 반문했다.

나루미는 말문이 막혔다. 분했지만 유가와의 말은 정곡을 찌르는 것이었다.

"그럼 어떻게 하라는 건가요. 견학을 하지 말라는 건가요?"

"지금의 사고방식으로는 배를 봐야 별 도움이 안 되지."

유가와가 생선구이를 젓가락으로 능숙하게 발라내면서 말했다.

"하지만 상대방을 이해하려는 마음이 있다면 봐도 좋아. 좀 전에 별 도움이 되지 않을 거라고 말은 했지만, 사실 아무런 의미 없는 견학이란 없지. 해저 자원 개발을 위해 개발된 기술들을 직접 보면 분명 나루미 양에게도 도움이 될 때가 올 거야."

나루미는 두 주먹을 꽉 쥐었다. 견학 계획을 세웠을 때부터 그녀의 머릿속은 개발에 따르는 문제점을 찾겠다는 생각으로 가득했다. 상대의 높은 기술 수준을 평가하겠다는 마음 따위는 애초에 없었다.

"참, 교헤이에게 들었는데, 나루미 양 아버지가 전에 회사에

다니셨다고?"

"네, 그런데 그건 왜요?"

"무슨 회사지?"

"아리마 발동기라고요."

"아, 최고의 엔진 제작 업체였지. 아버지께서 그런 회사에 계셨다면 나루미 양도 일본 기술자들의 능력을 좀 더 높이 평가할 만한데."

"그것과 이건 문제가 다르죠."

"그렇지 않아. 견학이 의미 있으려면 자신이 가진 모든 경험을 살려야 해."

그러더니 갑자기 유가와는 나루미 뒤쪽으로 시선을 보내며 "안녕!" 하고 인사했다.

나루미가 돌아보니 교헤이가 들어오는 참이었다. 손에 요구르트가 들려 있었다.

"아, 교헤이. 잘 잤어?"

교헤이는 그녀의 인사에는 대꾸하지 않고 나루미와 유가와를 번갈아 쳐다보더니 "무슨 견학?" 하고 물었다.

"나도 가도 돼?"

"배야."

유가와의 대답에 교헤이는 금세 낙심한 표정을 지었다.

"에이, 배예요? 그럼 관둘래요."

그리고 교헤이는 방석을 가져와 자리에 놓고 앉았다. 동시에 나루미는 자리에서 일어섰다.

"그럼 나중에 뵐게요."

"어쨌든 견학은 갈 거지?"

"물론이죠. 멋진 조언 감사합니다."

그걸 비꼬는 말로 들었는지 유가와는 찻잔을 든 채 목을 움츠리는 시늉을 했다.

방에서 나가려던 나루미는 문득 생각이 났다는 듯 다시 그를 돌아봤다.

"그날 경시청에 계시다는 친구 분과 얘기 나누셨어요?"

나루미가 묻자 유가와는 젓가락질을 멈추고 "얘기라니, 무슨 얘기?" 하고 되물었다.

"쓰카하라 씨 사망 사건에 관해서요. 그 일 때문에 전화하신 거 아닌가요? 구사나기 씨라고 했던가……."

"왜, 신경 쓰이나?"

"음…… 조금요. 우리 여관 손님에게 생긴 일이잖아요. 쓰카하라 씨는 전에 경시청에 근무하셨다고 하던데요. 게다가 수사 1과에 근무한 적도 있고."

"잘 아네. 신문이나 방송에서는 보도되지 않았을 텐데."

"고등학교 동창생이 경찰인데 사건 초기부터 수사에 동원됐어요. 어제 낮에도 여기 왔었고. 박사님이 돌아오셨을 때 아마

제 옆에 있었을걸요."

"그러고 보니 젊은 형사가 한 명 있었던 것 같군."

"박사님도 경시청 친구한테 쓰카하라 씨 얘기를 들으신 건가요?"

"응, 그렇게 됐어. 구사나기 그 친구도 현재 경시청 수사 1과 소속이거든. 즉 쓰카하라 씨의 후배지."

두 사람이 무슨 얘기를 나누는 건지 궁금하다는 듯 교헤이가 눈을 반짝거리며 두 사람을 번갈아 쳐다봤다. 그걸 의식하면서도 나루미는 질문을 계속했다.

"경시청에서는 이번 사건을 어떻게 보고 있나요? 그 구사나기라는 분은 무엇 때문에 유가와 박사님께 연락한 거죠?"

유가와는 젓가락을 쥔 채 쓴웃음을 지었다.

"구사나기가 무엇 때문에 나한테 연락했느냐…… 그건 설명이 좀 복잡한데, 한마디로 이쪽 상황을 알아보기 위해서라고 할 수 있지. 하지만 다른 꿍꿍이가 있을 수도 있어. 아니, 그럴 가능성이 더 커."

"꿍꿍이요?"

나루미가 눈썹을 찌푸리며 물었다.

"아, 아니야. 그 말은 잊어 줘. 그리고 경시청이 이번 사건을 어떻게 보고 있는지는 유감스럽게도 민간인인 나는 알 수 없어. 구사나기도 거기까지는 말해 주지 않더군. 다만 몇 가지 마음에 걸리는 게 있긴 한 것 같아. 예를 들어 쓰카하라 씨가 하리가우라에 온 이유. 과연 해저 자원 개발 설명회에 참석하기 위해서였는지, 아니면 진짜 목적이 따로 있는지 말이야."

"진짜 목적요?"

"경찰관 동창생한테 못 들었나? 쓰카하라 씨는 설명회에 참석하기 직전에 히가시하리에 있는 어떤 별장 지대를 찾아갔어. 거기에 쓰카하라 씨가 전에 체포했던 살인범의 집이 있다나 봐."

"살인범……."

나루미의 표정이 굳어졌다.

"이름이 뭐죠?"

"글쎄, 이름까지는 못 들었어. 알고 싶어? 물어봐 줄까?"

"아니요, 그러실 필요까지는……."

"그래? 하여간 나로서는 사건이 한시라도 빨리 해결됐으면 해. 경찰은 주위를 어슬렁거리지, 형사 친구는 도쿄에서 전화를 해 대지…… 도대체 차분하게 연구에 집중할 수가 있어야 말이지."

그리고 유가와는 교헤이를 보며 말을 계속했다.

"과학자가 한계에 다다를 때, 그 원인이 연구 자체에 있는 경우는 많지 않아. 환경이나 인간관계 등 연구와 관계없는 원인이 대부분이지."

"네······."

교혜이가 감탄한 듯 고개를 끄덕이는 걸 보면서 나루미는 방을 나갔다.

**29**

현경 본부 수사 1과 소속 수사관이 수첩을 펼치며 일어섰다.

"어젯밤 사이타마 현 하토가야에 있는 피살자 쓰카하라 마사쓰구 씨의 집을 찾아가 부인으로부터 피살자의 최근 상황에 대해 들어 봤습니다. 쓰카하라 씨는 지난해 봄 퇴직한 이후 재취업 의사 없이 취미인 영화 감상이나 독서를 즐기거나 때로 혼자 여행을 다니며 지냈다고 합니다. 단, 부인은 바느질 일을 하러 다녔기 때문에 쓰카하라 씨가 어떻게 지내는지 그리 상세히는 모르는 듯했습니다. 퇴직 후 지금까지 신변에 이렇다 할 만한 트러블은 없었고, 금전 문제나 여자 문제로 누구와 얽힌다든가 하는 일도 없었던 것 같습니다."

"그거야 부인 얘기지. 그걸 어떻게 곧이곧대로 믿겠나."

수사 1과장 호즈미가 날카롭게 쏘아붙였다.

"아, 네. 그래서 쓰카하라 씨의 주변 사람들과 옛 동료들 이야기도 들어 볼 예정입니다. 부인에게는 센바 히데토시에 관한 얘기도 듣고 왔습니다. 이 건에 관해서는 이미 이소베 계장이 전화로 문의해서 특별히 짚이는 데가 없다는 대답을 들었는데, 직접 만나서 물어본 결과도 마찬가지였습니다. 쓰카하라 마사쓰구 씨가 자신이 체포한 사람들에 대해 일일이 신경을 써 온 건 사실이지만 그 개개인의 이름을 입에 올린 적은 없고 센바라는 이름 역시 부인은 들은 적이 없다고 합니다. 또 부인의 허락을 얻어 쓰카하라 씨의 서재를 조사했지만 과거 사건 자료들은 모두 폐기되고 없었습니다. 물론 센바 사건에 관한 것도 남아 있는 게 전혀 없었고요. 참고로, 우리보다 한발 앞서 경시청 수사관이 찾아왔지만 부인은 우리에게 말한 것 이상은 알려 준 것이 없답니다. 수거해 간 물품도 없었고요."

수사관은 "이상입니다."라고 말하고 자리에 앉았다.

회의실에는 책상이 줄 맞추어 나란히 놓여 있었다. 앞쪽 벽을 등지고서 놓인 책상에는 호즈미를 비롯한 수사 1과 간부들이 가운데에 자리 잡고 있었다. 하리 경찰서 도미타 서장과 오카모토 형사 과장도 나란히 앉아 있는데 어쩐지 거북한 표정이었다.

그들과 마주 보고 수십 명에 이르는 수사관이 또한 질서 정연하게 앉아 있었다. 하리가우라 시체 유기 사건 수사본부가 이제 정식으로 발족한 것이다.

니시구치도 뒷자리에 앉아 오가는 대화에 귀 기울이며 이따금 메모를 했다. 이런 대규모 수사에 참여하기는 처음이다. 도무지 이해 안 되는 것투성이였다.

호즈미 옆에 앉은 이소베 계장이 참석자들을 한 번 쭉 훑어본 뒤 입을 열었다.

"히가시하리 탐문 수사 결과는?"

네, 라고 대답하며 반사적으로 일어선 사람은 하시가미 옆에 앉아 있던 수사관이었다. 그 또한 현경 수사 1과에서 파견된 사람이었다.

그가 보고한 내용은 어제 니시구치가 하시가미에게 들은 것과 마찬가지였다. 센바의 처갓집 인근에서 그를 나쁘게 얘기하는 사람이 없다는 것, 그리고 센바가 이미 형기를 마쳤지만 히가시하리에서 그의 모습을 본 사람이 없다는 것 등.

이소베가 옆에 앉은 호즈미를 봤다.

"센바와의 연관성을 어떻게 봐야 할까요, 과장님?"

"음."

호즈미가 얼굴을 찌푸렸다.

"단언하기 힘들군. 문제의 센바는 행방조차 알 수 없고 말이야."

"그러게 말입니다. 센바의 친척이 아이치 현 도요하시에 있긴 한데, 사건이 발생한 뒤로는 연락한 적이 없었다고 합니다."

"그럴 만하지. 누구라도 사람을 죽인 친척과는 연을 끊고 싶을 테니까."

호즈미는 매부리코 밑에 난 수염을 손가락 끝으로 매만졌다.

"수사 기록으로 봐서는 센바가 쓰카하라에게 원한을 품었을 것 같지 않아. 이번 사건과 관계없다고 보는 게 옳을지 모르지. 하지만 만의 하나라는 게 있으니 현장 주변에서 센바를 목격한 사람이 있는지 좀 더 알아봐."

"알겠습니다."

이소베는 꾸벅 고개를 숙인 뒤 좌중을 둘러봤다.

"자, 다음. 수상한 차량 목격 정보 보고하지."

"네."

이번에는 또 다른 수사관이 일어섰다.

쓰카하라 마사쓰구가 제3자에 의해 의도적으로 중독사를 당했다면 거기에 차량이 이용됐을 가능성이 높다는 것이 감식반의 의견을 토대로 나온 결론이었다. 수면제를 먹인 뒤 차 안에 연탄 같은 걸 피우는 등의 방법이다. 혈중 일산화탄소 헤모글로빈 농도 등을 고려할 때 매우 짧은 시간 안에 중독사했을 가능성이 짙다고 했다. 그래서 현장 주변에서 수상한 차량을 목격한 사람이 있는지에 대한 탐문 수사가 계속되고 있지만 현재로선 이렇다 할 정보를 얻지 못했다. 일어서서 대답하는 수사관의 보고에도 별 내용이 없었다. 노상에 세워진 차량을 봤다는 정보가 몇 건 있긴 했지만, 모두 사건과 연관 짓기에는 근거가 부족했다.

이소베가 찜찜한 표정으로 신음 소리를 내더니 다시 옆에 앉은 과장을 봤다.

"어떻게 할까요?"

호즈미는 팔짱을 꼈다.

"우선 목격 정보가 나온 차량에 대해 일일이 차 주인을 조사해 보는 수밖에. 당분간 차량에 대한 탐문 수사는 계속하도록 해. 중독사한 장소가 반드시 현장 부근이란 법은 없으니까. 멀리 떨어진 곳에서 살해한 뒤 사건 현장에 시체를 유기했을 가능성도 있어. 탐문 수사 범위를 확대하게."

"알겠습니다."

이소베가 다시 정중하게 대답했다.

'이 사건은 도대체 결론이 어떻게 날까.'

수사 회의가 진행되는 상황을 지켜보던 니시구치는 마치 남의 일처럼 그런 생각을 했다. 그리고 어떤 식인지는 모르겠지만 자신과는 무관한 곳에서 사건이 해결될 것이라고 결론지어 버렸다. 그렇기는 해도 이번 수사에 참여함으로써 얻은 것도 없지는 않다. 가와하타 나루미와 다시 만나게 된 것이 그것이다. 사건이 해결되면 식사라도 같이 해야겠다고 생각했다. 어떤 곳이 좋을까. 그녀는 도쿄 출신이다. 촌스러운 데 갔다가는 무시당하고 말 것이다.

이소베가 뭐라고 큰 소리를 지르는 바람에 니시구치는 상상의 세계에서 현실로 돌아왔다. 주위 사람들이 일제히 자리에서 일어나 있었다. 그도 허둥지둥 따라 일어섰다.

"경례!"

이소베의 구령에 맞춰 니시구치는 머리를 숙였다.

## 30

사와무라가 운전하는 자동차가 하리가우라 항에 도착했을 때 부두에는 이미 해저 자원 조사선이 정박해 있었다. 조수석에서 그 모습을 본 나루미는 상상을 초월하는 크기에 저도 모르게 눈을 휘둥그레 떴다.

"와, 엄청나네!"

옆에 앉은 사와무라도 중얼거렸다.

두 사람은 바로 앞 주차장에 차를 세운 뒤 부두로 걸어갔다. 나루미와 사와무라 외에 5명의 동료가 함께 이곳에 왔다. 5명 모두 전날 설명회에도 참가했었다. 그중에는 밤에 선술집에 함께 갔던 연인 사이 남녀도 있었다.

조사선에 다가갈수록 그 크기가 점점 더 실감 났다. 길이가 100미터는 될 듯했다. 크기로만 보면 웬만한 호화 유람선에 뒤지지 않는다. 다만 선체가 낡고 지저분한 게 흠이랄까. 갑판에 있는 크레인 등의 장비가 공업용 선박임을 나타내 준다.

"이렇게 큰 배가 용케도 이 조그만 항구에 들어왔네."

나루미가 말했다.

"이 항구는 옛날에 화산의 분화구였던 자리야. 그래서 자연 상태로도 수심이 꽤 깊지. 데스멕이 이 항구를 이용하려고 하는 것도 그 때문인가 봐."

사와무라가 설명했을 때 남자 두 명이 다가와 나루미 일행에게 인사했다. 그중 한 사람은 눈에 익었다. 명함을 받고서 나루미는 '역시…….' 하고 생각했다. 첫날 설명회에서 사회를 본 데스멕 홍보과의 구와노라는 사람이다. 또 다른 젊은 남자는 그의 부하인 듯했다.

"환영합니다. 시간을 갖고 충분히 둘러보세요."

구와노는 억지웃음을 웃으며 양손을 비비기라도 할 기세로 말했다.

일행은 서둘러 배에 올랐다. 맨 처음 안내된 곳은 조타실. 구와노가 선박의 규모와 총톤수, 최대 속력과 항속 거리 등을 열심히 설명했다. 하지만 도중에 사와무라가 그의 말을 막았다.

"그런 건 됐습니다. 해저 자원 개발과는 직접 관련이 없는 사항이니까요."

"아, 그렇습니까? 이거 죄송합니다."

구와노가 겸연쩍은 표정을 지었다.

기관 제어실이나 무선실, 해도실 같은 곳도 그냥 지나쳤다. 하지만 '살롱'이라는 팻말이 붙은 문 앞에서 사와무라는 민감하게 반응했다. 꼭 보고 싶다고 했다.

그 방에는 테이블과 소파 외에도 액정 화면과 AV 기기 등이 갖춰져 있었다. 10여 명이 느긋하게 즐길 수 있는 시설이다.

"이런 데도 세금이 사용되는군."

사와무라가 비꼬듯이 말했다.

"조사 기간이 길어지면 수개월씩 이 좁은 배에 갇혀 지내야 하기 때문에 아무래도 이런 시설이 없으면······."

구와노가 조심스럽게 변명을 늘어놓았다.

다음으로 안내된 곳은 연구실이었다. 제1실에서 5실까지 있는 듯했다.

"제1연구실에서는 다중 빔 음향 측심 장치 등 각종 음향 탐사기기의 제어, 사이드 스캔 소나 등의 예항체 감시, 윈치의 원격 제어 등을 행하는 곳입니다."

죽 늘어서 있는 모니터와 조작반 앞에 서서 구와노가 설명했다. 지금까지와는 달리 다소 자부심이 깃든 목소리였다.

"이들 음향 기기는 수중 잡음에 영향받지 않도록 모선의 중앙 전방부에 있는 특설 소나 돔에 배치되며······."

"왜 이렇게 된 겁니까?"

그때 어디선가 그런 소리가 날아들었다. 설명하던 구와노는 그만 입을 벌리고 굳어 버렸다. 그리고 잠시 눈을 껌벅이다가 두리번두리번 주위를 둘러본 후에야 입을 다물었다.

"그러니까 제가 말하지 않았습니까. 코일 감는 법을 두 종류로 준비해 뒀다고. 그것 때문에 프로그램도 손을 봐 뒀고요."

목소리는 대형 기기 건너편에서 들려왔다. 그 주인공이 누구인지 나루미는 짐작할 수 있었다.

기기들 사이로 목을 쭉 빼고 바라보니 아니나 다를까 유가와의 옆얼굴이 보였다. 그는 데스멕의 직원인 듯한 남자와 책상을 사이에 두고 이야기를 나누고 있었다. 그 책상 위에는 노트북 컴퓨터가 놓여 있고 파일과 도면 같은 것들도 펼쳐져 있었다.

"그래서 몇 번이나 연락드렸지만 교수님 휴대 전화가 연결이 안 돼서……."

상대방이 극구 변명했다.

"망가졌어요. 휴대 전화가 망가지는 일도 있잖아요. 왜 여관으로 연락을 안 하셨습니까."

"연락했죠. 그런데 유가와 선생님은 그곳에 투숙하지 않았다고…… 체크인 하기로 한 날 갑자기 취소하셨다고 하던데요."

"맞아요. 다른 여관에 묵고 있습니다. 데스멕 담당자에게 그 사실을 알려 드렸는데요."

"그래요? 저희한테는 연락이 안 왔어요. 이상하네……. 그런데 여관은 왜 바꾸셨습니까?"

"그건 그쪽 분들하고 상관없는 일일 텐데요."

"아, 네. 그건 그렇습니다."

상대편 남자는 꾸벅거리며 고개를 숙였다.

나루미가 그 광경을 바라보고 있는데 누군가 갑자기 어깨에 손을 얹었다. 깜짝 놀라 돌아보니 사와무라였다.

"가지."

"네."

두 사람은 그 자리를 떠났다. 계속해서 구와노의 안내로 각 연구실들을 견학한 일행은 갑판으로 올라가 조사선에 탑재된 관측 기기 등에 대한 설명을 들었다. 나루미는 너무 어려워 내용을 반도 이해할 수 없었지만 사와무라는 연이어 질문을 던졌다.

"프리 폴 그랩(Free Fall Grab. 자유 낙하식 시료 채취기-옮긴이)은 자체 무게로 바다 밑바닥까지 가라앉은 뒤 샘플을 채취하고는 자동으로 추를 버리고 상승합니다. 그런데 그 추는 어떻게 되는 겁니까. 그냥 그 자리에 버려지는 겁니까?"

"네. 뭐, 그렇긴 하지만 바다 밑에 버린다고 문제가 되는 건 아닙니다."

"아니, 그게 무슨 말씀입니까. 어떻게 그렇게 속단할 수 있죠? 생각해 보세요. 추란 것이 원래 거기 있던 게 아닙니다. 지금 여러 분야에서 해양 투기로 이어질 일은 하지 말자는 움직임이 일고 있는데 굳이 추를 버려야 하는 장치를 사용하는 건 문제 아닙니까."

"음……"

구와노는 얼굴에 곤혹스러운 빛을 떠올렸다.

"하지만 이 방법은 세계적으로도 문제가 없다고 인정받았고……"

"그런 건 관계없습니다. 이건 우리 바다 문제니까요."

"아……"

구와노는 목을 움츠렸다. 그 모습을 본 나루미는 그가 조금 불쌍해졌다.

전문적인 건 잘 모르겠지만 지금까지의 설명을 통해서 데스멕 연구자들이 과학 기술을 사용해 미지의 영역에 대한 개발에 힘쓰고 있다는 사실만은 알 수 있었다. '현대 과학으로 이런 것까지 가능하구나' 싶어 순수하게 감탄하는 부분도 적지 않았다. 유가와의 말이 맞을지도 몰랐다. 논의를 통해 무언가를 얻으려면 상대를 정확히 알 필요가 있다.

그 밖의 장비에 대해 대충 설명을 한 뒤 구와노가 시계를 봤다.

"견학하실 내용은 여기까지입니다. 이제 회의실에서 시험 채굴 모습을 기록한 영상을 보실 예정인데요, 준비에 시간이 필요하니 그때까지는 자유롭게 계시면 됩니다. 단, 이곳을 벗어날 경우 저에게 알려 주시기 바랍니다."

그리고 그는 꾸벅 경례를 했다.

자유롭게 있으라고 했지만 사실 갑판 위에서 딱히 할 일이란 없다. 그나마 사와무라는 바닥에 앉아 뭔가 열심히 메모라도 하고 있었지만 그 밖의 사람들은 무료한 모습이었다. 연인 사이인 남녀는 바다를 보며 담소를 나누기 시작했다. 딱히 할 일이 없었던 나루미는 좀 전에 설명을 들었던 관측 기기를 다시 둘러보기로 했다.

뒤에 큰 바퀴가 달린 어뢰 같은 것이 2대 놓여 있었다. 이미 설명을 들었지만 무슨 말인지 이해하기 힘들었다.

"양자 자력계야."

옆쪽에서 목소리가 들려 고개를 돌려 보니 유가와가 다가오고 있었다.

"배에서 수백 미터 떨어진 곳의 물체를 끌어당겨 해저 열수 광상 등에 기인하는 극소량의 자기 이상을 검출할 수 있지."

유가와는 나루미의 곁에 다가와 섰다.

"견학은 순조로웠나?"

"네. 그런데 아까 큰 소리로 뭐라고 말씀하시던데 무슨 문제라도 있었나요?"

유가와가 얼굴을 찌푸렸다.

"사양이 맞질 않아. 저쪽이 준비한 장치와 내가 만든 코일이. 뭘 하나 하려면 문제가 두세 개씩 튀어나온다니까. 물리 현상에 따른 폐해라면 이해할 수 있지만, 인위적인 실수로 연구가 지연되면 스트레스가 이만저만 쌓이는 게 아니야."

"그것참, 문제네요. 그렇게 실수투성이인 사람들한테 소중한 바다를 맡겨도 정말 괜찮은 걸까요?"

유가와는 순간적으로 화가 치밀었지만 마지못해 고개를 끄덕였다.

"유감이지만 그 의견에는 반론을 할 수가 없군. 그 사람들한테 전하지. 그건 그렇고 소중한 바다……라고? 나루미 양은 도쿄에서 나고 자랐다고 하던데, 왜 그렇게 이 바다를 지키는 데 열심이지?"

"잘못인가요, 아름다운 걸 지키려는 게?"

"그런 건 아니지만, 어떤 일에든 계기라는 것이 있지 않나?"

"계기라면 이 마을로 이사 온 게 계기죠. 여기 와서 이 바다를 보고 감탄했어요."

"그렇군."

하지만 유가와는 여전히 납득이 안 된다는 표정이었다.

"나루미 양은 열너덧 살까지 도쿄에서 살았지? 돌아가고 싶은 적은 없었어?"

"전혀요."

"그래? 십 대에게는 도시가 더 자극적일 텐데……. 도쿄 어디 살았지?"

"오지요."

"기타 구?"

"네. 자극적인 곳이라고 말하긴 힘들죠."

"그렇긴 하지만 전철만 타면 번화가인 시부야든 신주쿠든 금방 갈 수 있지."

나루미는 유가와의 얼굴을 바라보며 천천히 고개를 저었다.

"젊은 여자들이라고 다 그런 곳을 동경하진 않아요. 아름다운 바다가 있는 마을을 더 좋아하는 사람도 있어요."

그러자 유가와는 안경을 고쳐 쓰며 그녀를 뚫어지게 바라봤다.

"왜 그러세요?"

"내가 보기에……."

유가와는 유심히 관찰하는 눈빛을 한 채 차분한 목소리로 말을 이었다.

"나루미 양은 그런 타입이 아니야."

나루미가 눈을 크게 떴다.

"왜 그런 말씀을 하시는 거죠, 유가와 선생님이 저에 대해 얼마나 아신다고?"

흥분한 나루미의 목소리가 커졌다.

그때 저쪽에서 사와무라가 나루미를 부르며 달려왔다.

"왜 그래?"

그는 나루미와 유가와를 번갈아 봤다.

"미안해요."

나루미가 중얼거렸다.

"아무것도 아니에요."

사와무라가 의아해하는 표정으로 유가와를 봤다.

"나루미에게 뭐라고 하셨습니까?"

그러자 냉철한 표정으로 말없이 있던 유가와가 입을 열었다.

"이상한 말을 한 건 아니지만 마음이 상했다면 사과하지. 미안해요."

나루미는 반응하지 않고 고개를 숙였다.

"그럼 저는 이만."

그러고서 유가와는 그 자리를 벗어났다.

"뭐야, 저 녀석."

사와무라는 유가와를 바라보며 불쾌한 듯 내뱉은 후 다시 나루미를 봤다.

"괜찮아? 대체 뭐라고 했는데?"

언제까지고 굳은 표정을 지을 수 없었던 나루미는 그에게 웃음을 지어 보였다.

"별거 아니에요. 미안해요. 신경 쓰지 말아요."

"그렇다면 다행이지만……."

사와무라가 여전히 석연치 않다는 표정으로 말하는데 구와노의 활기찬 목소리가 들려왔다.

"오래 기다리셨습니다. 준비가 끝났습니다. 회의실로 와 주십시오. 음료수도 준비돼 있습니다."


## 31


그 빌딩은 아자부주방 역 바로 옆에 있었다. 'KONAMO'라
는 간판이 걸려 있는 건물 바깥쪽 계단을 올라가면 입구가 나
온다. 가게 이름이 곡식의 가루라는 뜻의 粉物(코나모노)에서 온
것인지는 확실치 않지만 몬쟈야키와 오코노미야키를 전문으
로 하는 가게였다.

구사나기가 가게를 올려다보고 있는데 안에서 젊은 남자가
나왔다. 빨간 앞치마를 걸치고 있는 걸로 보아 종업원인 듯하
다. 그는 입구에 내걸린 '영업 중'이라는 팻말을 휙 뒤집어 놓
고 다시 안으로 들어갔다.

시곗바늘이 2시 조금 지난 지점을 가리키고 있었다. 마지막
손님으로 보이는 여자 두 명이 가게에서 나왔다. 그녀들이 사
라지는 걸 보고 나서 구사나기가 계단을 올라갔다. 입구의 팻
말은 '준비 중'으로 되어 있었다.

문을 열자 머리 위에서 '땡, 땡' 하고 종소리가 가느다랗게
울렸다.

좀 전에 봤던 젊은 종업원이 카운터에서 고개를 들었다.

"아, 죄송합니다. 점심 영업은 끝났습니다."

"압니다. 손님이 아닙니다. 무로이 씨 계신가요?"

그러면서 구사나기는 가게 안을 훑어봤다. 가운데에 철판이 달린 테이블이 죽 늘어서 있었다.

바로 앞자리에서 머리가 허연 남자가 등을 돌리고 앉아 신문을 읽고 있다가 구사나기가 묻는 말에 뒤를 돌아봤다. 주름은 많지만 피부가 멋지게 그을어 젊어 보인다. 역시 빨간 앞치마 차림이었다.

"누구시죠?"

남자가 물었다.

구사나기는 경찰 배지와 신분증을 보여 주며 그에게 다가갔다.

"무로이 씨이신가요?"

남자의 얼굴에 당황하는 빛이 떠올랐다.

"그렇습니다만…… 무슨 일로?"

"'카루방'에 계셨을 때의 일에 관해 여쭤 볼 게 있어서 왔습니다."

"카루방? 오래전 얘긴데요. 제가 거기 있었던 건 10년도 더 전입니다."

"알고 있습니다. 어젯밤 그 가게에 가서 무로이 씨 얘기를 들었습니다."

카루방은 긴자 8번가 외곽에 자리한 건물에 있었다. 실내 장식이 화려하고 플로어에는 고급스러운 가죽 소파가 죽 놓인, 경기가 좋았을 때의 분위기가 고스란히 남아 있는 가게였다. 거기가 바로 16년 전 센바 히데토시와 미야케 노부코가 함께 술을 마셨다는 곳이다. 그다음 날 센바는 살인 사건 가해자가 됐고, 미야케 노부코는 피해자가 됐다. 당시 카루방 점장이었던 무로이 마사오의 증언이 센바를 체포하는 데 결정적인 단서가 됐다. 무로이는 두 사람과 낯익은 사이로 센바의 이름도 알고 있었다.

구사나기가 당시의 사건에 대해 듣고 싶다고 하자 무로이는 황당하다는 듯 두 눈을 동그랗게 떴다.

"그것 역시 굉장히 오래전 얘깁니다. 대체 지금 와서 왜……, 아, 혹시……."

무로이는 소리를 내며 신문을 거칠게 접더니 자세를 고쳐 앉았다.

"그 사람, 센바 씨가 출소했나요? 그 사람이 나한테 원한을 품고 있답니까?"

구사나기가 쓴웃음을 지었다.

"그런 게 아닙니다. 센바 히데토시는 한참 전에 형기를 마치고 출소했어요. 무로이 씨 앞에 나타난 적 없지요?"

"네. ……그렇군요. 벌써 나왔군요."

"그 두 사람을 잘 알고 계셨지요?"

"잘 아는 정도까지는 아닙니다. 그날 밤 두 사람이 찾아온 것도 오랜만이었어요. 설마 다음 날 그런 일이 벌어질 줄이야."

"자료를 보니 사건 전날 밤부터 이미 두 사람의 분위기가 험악했다고 하던데요."

"험악한 정도까지는 아니었습니다. 물론 평소 같은 분위기도 아니었지만……."

그리고 무로이는 잠시 주저하는 기색을 보이다가 다시 입을 열었다.

"센바 씨가…… 울었어요."


점심은 드셨냐고 물어보기에 구사나기는 무심코 "아직."이라고 대답해 버렸다. 그러자 무로이는 오코노미야키를 만들어 드리겠노라고 했다. 괜찮다고 했지만 무로이는 막무가내였다. 하는 수 없이 그가 권하는 대로 테이블에 앉았다.

"저는 도쿄에서 태어났지만 중학 시절은 집안 사정으로 오사카에서 보냈습니다. 당시 집 근처에 아주 맛있는 오코노미야키 집이 있었어요. 그때부터 저는 언젠가 그런 식당을 운영하겠다는 꿈을 가지게 됐죠. 그런데 여기서는 역시 몬쟈야키도 하지 않으면 안 될 것 같더라고요. 그래서 카루방을 그만둔 뒤 몬쟈야키로 유명한 쓰키시마에서 일하면서 기술을 배웠어요. 오코노미야키는 어렸을 때부터 연구해 온 터라 자신이 있었고요."

무로이는 즐거운 듯 얘기하며 손을 놀렸다. 반죽을 섞는 솜씨가 예사롭지 않았다.

"카루방에는 몇 년 정도 계셨나요?"

"딱 20년요. 서른다섯에 바텐더로 취직했어요. 그 전까지는 이 가게 저 가게 전전했는데, 카루방에 가고 나서는 마음이 참 편했어요. 하지만 언제까지나 남의 가게에서만 일할 수도 없고 해서 10년 전 이 가게를 차렸죠. 이래 봬도 견실해서 큰 빚 없이 꾸려 가고 있습니다."

무로이가 오코노미야키 반죽을 철판에 부었다. 치익, 하는 큰 소리와 함께 작은 기름방울들이 튀어 올랐다.

"센바 히데토시가 그 가게에 자주 왔던 건 언제쯤이었습니까?"

무로이는 팔짱을 끼고 고개를 갸웃했다.

"그게 언제였더라……, 제가 카루방에서 일하기 시작한 지 채 10년이 안 됐을 때니까 지금부터 22, 23년 전쯤이 아닐까요."

"그렇다면……,"

구사나기가 머릿속에서 재빨리 계산을 했다.

"사건 발생 6, 7년 전이겠군요."

"네, 아마 그 즈음일 겁니다. 그때는 센바 씨도 형편이 좋았어요. 작지만 회사를 경영하기도 했고요."

무로이는 센바를 부를 때 항상 '씨'라고 호칭을 붙였다. 한때 는 상당히 중요한 고객이었을 것이다.

"그런데 언제부턴지 발길을 딱 끊었어요. 그러다가 사건 전 날 밤 찾아왔을 때, 이런 말 하면 좀 뭐하지만 완전히 망가진 느낌이었어요. 입은 옷도 아주 싸구려더라고요."

회사가 도산하고, 얼마 남지 않은 저축은 모두 아내의 치료 비로 써 버린 뒤였을 것이다. 망가져 보이는 게 당연했다.

"미야케 노부코 씨는 어땠나요. 그녀 역시 오랜만에 간 거라 고 하던데."

"네, 2, 3년 만에 온 거였어요. 리에 짱은 일하던 업소를 그 만둔 뒤부터 오지 않았어요."

"리에 짱?"

"아, 본명이에요. 정식으로는 리에코였던가……. 호스티스 로 일할 때는 술집에서 나와 한잔 더 하려는 손님들을 곧잘 데 리고 왔어요. 센바 씨도 그런 손님 중 하나였고요."

"리에 짱, 그러니까 노부코 씨가 가게를 그만둔 이유는 아십 니까?"

구사나기가 묻자 무로이는 오코노미야키를 굽던 손을 놓고 몸을 구사나기 쪽으로 가까이 기울였다.

"소문이 있긴 했어요."

"어떤 소문이었죠?"

"본인이 가게를 그만둔 게 아니라 문제를 일으켜서 잘렸다는 소문요."

"무슨 문제요?"

무로이는 어깨를 으쓱하더니 씁쓸하게 웃었다.

"제가 듣기로는 이 사람 저 사람한테 푼돈을 빌린 뒤 안 갚는 짓을 계속해 왔다고 그러더라고요."

"질이 좋지 못하군요."

"수금하고 오던 길에 소매치기를 당했다느니, 단골손님이 외상값을 갚지 않고 사라져서 대신 갚아야 할 처지에 놓였다느니 하면서 단골들한테 10만 엔, 20만 엔씩 빌렸나 봐요. 지금으로 말하면 낯익은 사람들한테 보이스 피싱 같은 짓을 한 거죠. 결국 손님들의 항의가 잇따르자 잘리게 됐답니다."

"그럼 가게를 그만둔 뒤엔 어떻게 살았답니까?"

"글쎄요, 잘은 모르지만 나이도 나이니만큼 돈벌이가 쉽지는 않았을 거예요."

미야케 노부코는 살해됐을 당시 40세였다. 무로이의 얘기가 사실이라면 가게에서 잘린 것은 37, 38세 때라는 얘기다. 단골이 아주 많았다면 모를까, 그렇지 않으면 호스티스 생활을 계속하기는 어려웠을 것이다.

"전부터 돈 관계가 깔끔하지 못했다고 하더라고요. 그래서 사건에 대해서 들었을 때 의외라는 생각은 없었어요. 센바 씨가 상황이 좋았을 때니까 리에 쨩에게 돈을 빌려 줬대도 이상할 게 없죠."

"그런데, 아까 센바가 울었다고 했는데……."

그리고 구사나기는 목소리를 낮췄다.

"확실합니까?"

그러자 무로이는 오코노미야키의 상태를 확인하면서 "저만 본 게 아니에요."라고 대답했다.

"다른 종업원들도 '저 남자 손님 울고 있어. 둘이 무슨 얘기를 하는 걸까', 어쩌고 하면서 뒤에서 수군댔어요. 그래서 더 기억에 남아요."

"그럼 무슨 얘기를 했었는지도 생각납니까?"

무로이는 쓴웃음을 지으며 손을 내저었다.

"젊은 여자 손님이 울었다면야 좀 더 호기심이 발동했겠지만, 중년 커플 중 남자가 울었으니 별로 알고 싶지도 않았죠. 그저 취해서 우나 보다 정도로 생각하고 말았어요."

구사나기는 고개를 끄덕이며 당시 상황을 머릿속으로 그려 봤다. 오랜만에 만난 중년 남녀. 한쪽은 한때 사업에 성공했지만 결국 모든 것을 잃어버린 남자. 또 한쪽은 문제를 일으키고 쫓겨나 빈털터리가 된 전직 호스티스. 그들 사이에 대체 무슨 일이 있었을까. 어떤 대화가 오고 가면 함께 술을 마시다가 남자는 눈물을 흘리고 다음 날 남자가 여자를 찔러 죽이는 사건으로 전개될 수 있을까.

"아는 분들 중에 센바 씨나 노부코 씨와 친했던 사람은 혹시 없나요? 아니면 카루방 외에 두 사람이 자주 다녔던 가게라든가."

"글쎄요……."

무로이가 고개를 갸웃했다.

"하도 오래된 일이어서 말이죠. 저도 단골이라 친숙하긴 해도 개인적으로 깊이 대화를 나눈 적은 없어서……."

"그렇군요."

구사나기는 메모하던 수첩을 접어 주머니에 집어넣었다. 20년 이상 지난 일을 물어보는데 기억이 바로 되살아나는 게 더 이상한 일일 것이다.

"아, 다 구워졌네요. 식기 전에 드세요."

무로이는 오코노미야키에 소스와 파래, 가쓰오부시를 뿌린 뒤 철판 위에서 잘라 줬다.

"아, 맞다. 생맥주!"

"아니요, 맥주는 됐습니다. 그럼 잘 먹겠습니다."

구사나기는 젓가락으로 오코노미야키 한 조각을 집어 입에 넣었다. 표면은 바삭바삭한데 속은 폭신하고 부드럽다. 재료의 맛도 제대로 느껴졌다.

"야, 이거 맛있네."

자신도 모르게 그런 말이 나왔다. 인사치레로 들리지 않았는지 무로이가 기쁜 표정을 지었다.

"우리 집에는 간사이 지방 출신들도 자주 옵니다. 본토 맛이 살아 있다며 칭찬해 주시곤 하죠. 역시 고향의 맛은 못 잊나 봐요."

그러다 그는 갑자기 심각한 얼굴을 하더니 "아, 그래!"라고 외치며 무언가를 떠올리려고 애쓰는 듯한 표정을 지었다.

"왜 그러시죠?"

"아니, 그게 말이죠……."

그는 마치 두통을 억누르려는 사람처럼 집게손가락으로 자신의 관자놀이를 눌렀다. 그리고 곧이어 생각났다는 듯 입을 열었다.

"그 두 사람도 그런 얘기를 한 적이 있는 것 같아요."

"그런 얘기라면?"

"고향 음식 얘기를 자주 했어요. 뭔가 선물을 받은 적도 있는데……."

"선물요?"

"네, 어느 지방의 특산물이라고 했는데, 뭘 받았더라……."

무로이는 팔짱을 끼고 끙끙거리다가 잠시 후 포기했다는 듯 머리를 흔들었다.

"안 되겠어요. 전혀 기억이 안 나요. 뭔가 받았다는 건 희미하게 기억나는데."

"혹시 생각나면 이쪽으로 연락해 주시겠습니까?"

구사나기가 메모지에 휴대 전화 번호를 적어 철판 옆에 놓았다.

"알았습니다. 하지만 너무 기대하지는 마세요. 기억해 낼 자신도 없고, 기억나더라도 아마 별건 아닐 거예요."

"괜찮습니다. 부탁드리겠습니다."

그리고 구사나기는 다시 젓가락을 들었다. 막 오코노미야키에 젓가락을 대려는 순간 주머니에 들어 있던 휴대 전화에서 메시지 착신 음이 들렸다. 꺼내어 확인해 보니 예상대로 우쓰미 가오루가 보낸 것이었다.

KONAMO를 나온 그는 메시지를 확인했다.

'아리마 발동기 사원 명부 확인. 분명 가와하타 시게하루가 있었습니다.'

구사나기는 우쓰미에게 전화를 걸었다.

"네, 우쓰미입니다."

"잘했어. 어떻게 확인했어?"

"신주쿠 본사의 인사부를 찾아가서 사원 명부를 보여 달라고 했어요."

"그랬더니 그냥 보여 줘?"

사원 명부를 극비로 취급하는 기업이 적지 않다. 개인 정보라는 이유로 보여 주려 하지 않는 것이다.

"수사 이외의 목적으로 사용하지 않을 것, 외부에 누설하지 않을 것. 그런 내용이 적힌 서약서에 서명하라고 하던데요. 상사의 이름도 적으라고 해서 구사나기 선배 이름을 썼어요."

"상관없어. 그 정도로 끝났으면 행운이야."

"그리고 무슨 사건을 수사하는지 꼬치꼬치 캐묻더군요."

"아니, 이봐."

구사나기가 다급하게 외쳤다.

"설마 얘기한 건 아니겠지?"

"당연하죠. 저를 너무 초짜 취급하시네."

"그렇다면 다행이고. 그래서, 가와하타 시게하루의 이름이 있다고?"

"있었어요. 15년 전 퇴사할 때까지 나고야 지사 영업 기술부 기술 서비스과에 소속되어 있던 걸로 돼 있었어요. 직함은 과장이고요."

"나고야? 도쿄에 있었던 적은 없어?"

"네, 명부상으로는요. 하지만 주소지는 도쿄였어요."

"그래? 어떻게 된 거야?"

"모르겠어요. 주소가 기타 구 오지로 돼 있었어요. 집에서 가장 가까운 전철역은 오지 역. 그리고 주소 뒤에 괄호로 '사택'

이라고 적혀 있었고요. 아리마 발동기 사택 같았어요."

'주소는 도쿄인데 직장은 나고야라……. 단신 부임이었나?'

"명부에 주소랑 근무지 말고 또 뭐가 있던가?"

"사원 번호요. 그 번호는 입사 연도에 따라 정해진다더군요. 명부도 사원 번호순으로 돼 있었어요. 그 밖에 출신 학교, 자택 전화번호가 있었고요. 명부는 매년 갱신되는 거라, 당연한 일이지만, 다음 해 명부에 가와하타 시게하루의 이름은 삭제되고 없더라고요."

"가와하타의 입사 동기 중에 출신 학교가 같은 사람은 없어?"

만약 있다면 가와하타와 친했을 것이라는 기대로 물은 것인데 유감스럽게도 없다는 대답이 돌아왔다.

"그래도 일단은 입사 동기생 약 50명의 자료를 복사해 왔어요. 그리고 당시 가와하타 시게하루에게 부하 직원이 4명 있었는데 그 사람들 것도요. 단, 그 사람들은 모두 아이치 현에 거주하고 있어요."

"알았어. 그럼 우선은 그 사택부터 조사해 봐야겠네. 그런데 그 사택이 아직도 있나? 철거된 거 아니야?"

"아니요, 지금도 있나 봐요. 엄청 낡았다고 하더라고요."

"오케이. 제일 가까운 역이 오지 역이라고 했지? 그 앞에서 만나자고."

구사나기는 전화를 끊고 성큼성큼 걷기 시작했다. 아자부주방에서 오지 역까지는 지하철로 한 번에 갈 수 있다.

지하철역 계단을 내려가면서 그는 어젯밤 늦게 유가와로부터 전화가 걸려 온 사실을 떠올렸다. 유가와는 구사나기에게 로쿠간소 여관 주인과 그 가족에 대해 조사해 보라고 했다. 그의 추리에 따르면 여관 가족이 사건에 깊이 관여했을 가능성이 높다는 것이다. 그들을 용의자로 간주해도 되겠느냐는 질문에 그가 "그건 자네 자유"라고 말한 걸 보면 어지간히 자신이 있는 듯했다.

다만 물리학자는 늘 그랬던 것처럼 자신이 그렇게 추리한 이유를 가르쳐 주지는 않았다. 가와하타 시게하루를 조사해야 하는 근거조차 말하지 않았다. 게다가 이런 말까지 했다.

"자네들을 믿고 있고, 이 문제를 해결하려면 자네들 도움이 필요하니까 이 정도라도 얘기해 주는 거야. 경찰에 정보를 제공하는 것과는 다르다는 걸 이해해 주기 바라네."

너무 에둘러 말해서 무슨 말인지 모르겠다고 하자 유가와는 이렇게 덧붙였다.

"가와하타 일가가 사건에 관여한 건 거의 틀림없어. 하지만 그걸 아직 이쪽 경찰에겐 알리지 않았으면 해. 가능하면 우리들끼리 진상을 밝히고 싶어. 조잡한 방식으로 무리하게 진실을 드러낼 경우 돌이킬 수 없는 일이 벌어질 수도 있어."

점점 더 모를 소리였다. 구사나기는 뭘 어떻게 돌이킬 수 없다는 거냐고 물었다. 그러자 유가와는 "인생 말이야."라고 대답했다.

"이번 사건의 결말이 잘못되면 한 사람의 인생이 크게 뒤틀릴 우려가 있어. 그런 일만은 어떻게든 막아야 하네."

그 인물이 누구인지 유가와는 끝까지 밝히지 않았다. 대신 묘한 톤으로 이렇게 말했다.

"내가 하고 싶은 얘기만 해서 미안하네. 하지만 이것만은 약속하지. 진상을 밝혀내면 반드시 자네에게 제일 먼저 알려 주겠네. 그리고 그걸 어떻게 처리할지도 자네들에게 맡기겠어."

유가와가 그런 말을 한다는 건 뭔가 굉장히 특수한 사정이 있기 때문임이 틀림없었다. 이런 경우 아무리 물어봐야 소용없다는 것을 구사나기는 이미 알고 있었다. 그래서 더 묻지 않고 그저 알겠다고, 조사해 보겠노라고만 하고 전화를 끊었다.

하지만 구사나기는 하리 경찰서로부터 가와하타 시게하루에 관한 정보를 제공받은 것이 거의 없었다. 생각해 보면 당연한 일이다. 저쪽 경찰서로서는 그런 정보를 경시청에 제공할 이유가 없는 것이다. 그렇다고 구사나기 쪽에서 먼저 달라고 하기도 뭣했다. 그럴 경우 그런 걸 왜 알려고 하느냐고 물어 올 것이 뻔했다. 잘못하면 의심의 눈초리가 가와하타 가족에게 쏠리게 될지도 모를 일이다. 그렇게 되면 유가와와의 약속을 깨는 셈이 된다.

그렇다면 과연 어떻게 가와하타 가족의 과거에 대해 조사할 수 있을지 생각하고 있던 차에 오늘 아침 유가와에게서 유용한 정보가 날아왔다. 그가 가와하타의 딸에게 들은 바로는 가와하타가 예전에 '아리마 발동기'라는 엔진 제조업체에 근무했었다는 것이다. 그래서 서둘러 우쓰미를 아리마 발동기의 본사가 있는 신주쿠로 보낸 것이었다.

지하철 속에서 흔들리며 구사나기는 일이 재미있게 되어 간다고 생각했다. 사건은 하리가우라라는 시골에서 발생했다. 그런데 사건을 푸는 열쇠는 모두 도쿄에 있다. 더구나 그런 사실을 해당 수사본부는 전혀 눈치채지 못하고 있다.

도대체 그 친구는 하리가우라에서 어떤 사람들을 만나 뭘 하고 있는 걸까. 차창 밖으로 흘러가는 회색 벽을 바라보며 구사나기는 친구의 얼굴을 떠올렸다.


**32**


바위틈에서 갑자기 조그만 물고기가 나타났다. 교헤이는 물안경 속에서 눈을 크게 떴다. 길이 2, 3센티미터에 색깔은 선명한 푸른색. 저도 모르게 손을 뻗었지만 잡힐 리가 없다. 잽싸게 도망가는 물고기를 교헤이는 열심히 눈으로 쫓았다. 그러자 푸른 물고기는 다시 바위틈으로 숨어 버렸다. 나오기를 기다리는데 숨이 막혀 왔다. 스노클 끝 쪽이 완전히 물에 잠겨 있다. 견디다 못한 교헤이는 수면 위로 고개를 내밀었다. 그리고 물안경을 벗은 후 얼굴을 비볐다. 이번에는 배영 자세를 취하고 발장구만으로 해변을 향해 나아가기 시작했다. 수영에는 자신 있었다.

수심이 허리 근처에 오자 걷기 시작했다. 조금 전까지만 해도 주위가 소란스러웠는데 지금은 해변에 셀 수 있을 정도의 사람밖에 남아 있지 않다. 모래사장에 설치되어 있던 텐트와 파라솔들도 치워진 곳이 많다.

교헤이는 벗어던져 놓았던 비치 샌들을 다시 신고 뜨거운 모래 위를 걷기 시작했다.

시게하루는 파라솔 그늘 밑 비치 체어에서 자고 있었다. 큰 북처럼 보이는 배 위에 잡지가 펼쳐진 채 놓여 있다.

"고모부."

교헤이가 부르자 시게하루는 마치 잠들어 있지 않았다는 듯 바로 눈을 떴다.

"으응, 왜, 슬슬 돌아갈까?"

교헤이는 고개를 끄덕이고는 옆에 있던 아이스박스에서 페트병 생수를 꺼냈다.

"피곤해요, 배도 고프고."

"그래."

시게하루는 몸을 일으킨 후 손목시계를 들여다봤다.

"어디 보자. 아이고, 벌써 3시가 지났네. 그럼 돌아가서 수박이라도 먹을까."

"네. 그런데 고모부, 파란 물고기가 있었어요. 색깔이 되게 예쁘고 크기는 요 정도요."

교혜이는 손가락으로 2, 3센티미터 정도의 크기를 표현했다.

"그래. 뭐, 그런 것도 있겠지."

시게하루는 별 관심이 없는 듯했다.

"이름이 뭘까요?"

"글쎄다."

시게하루는 고개를 갸웃하며 비치 체어에서 일어났다.

"그런 건 나루미에게 물어보렴. 그 애는 이 부근에 사는 물고기라면 모르는 게 없으니까."

"고모부도 여기서 태어나셨죠? 그런데 바다나 물고기에 대해서는 잘 모르시나 봐요."

"그게, 여기 살았던 건 고등학교 때까지라서 말이지. 게다가 우리 아버지는 어부가 아니셨거든."

"고모부는 도쿄에서 대학을 다니셨죠? 엄마가 그러시더라고요. 시게하루 고모부는 일류 대학을 나온 엘리트 회사원이었다고."

"그렇지 않아. 그저 평범한 월급쟁이였을 뿐이지. 엄마가 농담한 거야. 자, 어서 옷 갈아입어라."

"네."

교헤이는 옷과 수건이 든 비닐 가방을 들고 가서 샤워를 한후 탈의실에서 옷을 갈아입고 고모부가 있던 곳으로 돌아갔다. 시계하루가 휴대 전화를 꺼내 버튼을 몇 번 누르더니 귀에 갖다 댔다.

"그래, 나야. 이제 돌아가. 응, 그러면 아까 거기서."

전화를 끊은 시계하루는 모래사장에 세워 둔 파라솔을 접었다.

모처럼 경찰이 오지 않은 오늘, 고모부는 드디어 교헤이를 해수욕장에 데려와 주었다. 하지만 다리가 불편한 시계하루는 바닷속에 들어가 함께 놀아 주지는 못하고 해변에서 교헤이의 짐을 봐 주는 게 다였다. 그래도 교헤이는 쉴 때 이야기할 상대가 있다는 게 좋았다.

찻길까지 나와 조그만 편의점 앞에서 기다리고 있자니 곧 흰색 왜건 한 대가 와서 섰다. 차 옆면에 '로쿠간소'라는 글자가 새겨져 있다. 운전하는 사람은 세쓰코. 올 때도 그녀가 데려다 줬다.

시계하루가 힘겹게 뒷좌석에 올라탔다. 교헤이는 올 때와 마찬가지로 조수석에 앉았다.

"재미있었니?"

세쓰코가 물었다.

"응, 이제 아무리 뻐겨도 상관없어요."

"뻐기다니, 누가?"

"우리 반이랑 학원 친구들. 해수욕 간 적 없다고 하면 녀석들이 엄청나게 뻐기거든. 얼마나 짜증 나는데. 그렇다고 거짓말하긴 찜찜하고. 한 번 갔다 오는 게 최고예요."

"아니, 그래서 바다에 가고 싶었던 거냐?"

뒷좌석에서 시게하루가 끼어들었다.

"수영하고 싶었던 게 아니고?"

"물론 수영도 하고 싶었어요. 하지만 중요한 건 어디서 수영을 했느냐죠. 동네 수영장 같은 데는 안 된다고요."

"음……."

시게하루는 이해가 안 되는 듯 애매하게 대답했다. 세쓰코는 운전하면서 웃고 있다.

차가 하리가우라 항구 앞을 지났다. 오늘 아침 왔을 때 봤던 커다란 배는 여전히 항구에 정박해 있다. 저게 아마도 데스멕의 배인가 보다.

배에서 시선을 돌리던 교헤이가 길을 걷고 있는 사람을 보더니 갑자기 "어?" 하고 소리쳤다. 그리고 "저기, 박사님이에요!"라며 손가락으로 누군가를 가리켰다.

옅은 색 상의를 어깨에 걸치고 서류 가방을 들고 걸어가는 뒷모습은 분명 유가와였다.

"아, 그러네."

세쓰코는 브레이크를 밟아 차의 속도를 늦추며 유가와에게 다가갔다. 그는 길 건너편에서 걸어가고 있었다.

세쓰코는 차창을 열고 유가와가 걷는 속도에 맞추어 차를 몰았다. 하지만 그는 깊은 생각에 빠진 듯 복잡한 표정으로 바닥을 보며 걸을 뿐 차가 있는 쪽은 쳐다볼 생각을 안 했다.

"유가와 씨!"

세쓰코가 그를 불렀다. 그제야 유가와의 얼굴이 이쪽을 향했다.

"아!"

마침내 그가 걸음을 멈췄다. 세쓰코도 그 자리에 차를 세웠다.

"일은 마치셨어요?"

"네, 뭐……."

유가와가 시선을 조수석 쪽으로 돌렸다. 교헤이가 안전벨트를 풀고 운전석 창 쪽으로 바짝 다가앉았다.

"저, 바다에 갔다 왔어요, 고모부랑."

"그래? 거참, 좋았겠네."

"유가와 선생님, 여관으로 돌아가는 길이면 타세요. 저희도 지금 여관으로 가는 길이에요."

세쓰코가 권하자 유가와는 "그래도 될까요?"라고 물었다.

"아이, 물론이죠."

유가와는 아주 잠깐 망설이다가 "그럼 그럴까요."라며 길을 건너와 슬라이드 도어를 열고 뒷좌석 시계하루 옆에 앉았다.

"감사합니다."

"박사님, 데스멕 사람들은 오늘도 멍청하던가요?"

교헤이가 뒤돌아보며 물었다.

"멍청한 정도는 아니지만 여전히 갈팡질팡이야. 조직이 너무 복잡한 것 같아. 사공이 많으면 배가 산으로 간다는데 데스멕이 그 전형이야."

"네? 그 배, 산에도 올라가요?"

"그런 게 아니라, 이래라저래라 하는 사람이 너무 많으면 일이 엉뚱한 방향으로 흘러간다는 뜻이야. 그런데 이거, 여관 차인가요? 옆에 여관 이름이 쓰여 있던데."

"그렇습니다."

시계하루가 대답했다.

"전에는 역까지 손님을 배웅하거나 마중 나가는 데 사용했지요. 하지만 요즘은 손님이 없어서 제가 어디 갈 때나 타는 정돕니다."

"주인어른께서는 운전을 안 하시나요?"

"전에는 했지만 지금은 무리예요. 이 몸으로는 브레이크 밟기도 힘들어요."

"그래요······."

유가와는 차 내부를 훑어봤다.

"경찰이 이 차에 대해 물어보지 않던가요?"

"네? 뭘······."

"오늘 데스멕 사람들이 그러더군요. 경찰이 사건 당일 밤에 이 부근에 주차해 있던 자동차를 조사하고 있다고요. 경우에 따라서는 차 주인뿐 아니라 차량 내부도 세밀하게 조사한다던데요."

"아하, 그 말이군요. 그저께 밤에 경찰 감식반이 여관에 왔었는데, 그때 차에 대해 조사해 간 모양입니다. 뭘 조사하는지는 잘 몰랐지만."

"일산화탄소가 발생한 곳을 찾는 것 같았습니다. 어제 낮에 현경에서 형사들이 여관으로 왔었는데 저한테도 알리바이를 묻더군요. 그때 제가 일산화탄소가 어디서 발생했는지 알아냈냐고 물었더니 책임자로 보이는 사람이 당황한 표정을 짓더라고요. 아무래도 바위에서 발견된 사체의 사망 원인은 일산화탄소 중독인 듯합니다. 하지만 언제 어디서 중독돼 사망했는지 밝혀지지 않았으니 닥치는 대로 차량을 조사하나 봅니다."

"박사님."

교헤이가 유가와를 불렀다.

"일산화탄소가 뭐예요? 이산화탄소와는 다른 건가요?"

의표를 찌른 질문이었는지 유가와가 움찔했다. 하지만 이내 침착한 표정으로 돌아와 고개를 끄덕이더니 시게하루를 봤다.

"그건 고모부가 설명을 더 잘하실 것 같은데. 아무래도 전에 그 분야 전문가셨으니까 말이야. ······아리마 발동기에 근무하셨다면서요? 오늘 아침 나루미 양한테 들었습니다."

그러자 시게하루는 "다 옛날 얘기지요."라며 어색하게 웃었다. 그리고 교헤이를 향해 "이산화탄소가 뭔지는 알지?"라고 물었다.

"그건 알아요. 지구 온난화의 원인이잖아요."

"맞아. 물건이 타면 나오는 가스야. 그런데 물건을 태우는 방법이 잘못되면 다른 가스가 나오거든. 그게 일산화탄소야."

"그걸 마시면 죽어요?"

"죽기도 하지."

"무섭네. 그런데 그게 자동차와는 무슨 관련이 있는데요?"

"그건······."

시게하루는 잠시 뜸을 들인 뒤 말했다.

"자동차에서는 배기가스가 나오잖아. 배기가스에도 일산화탄소가 들어 있거든."

"아, 그렇구나."

"역시 설명을 잘하시는군요."

옆에서 보고 있던 유가와가 칭찬하자 시게하루는 "아니, 이 정도로 뭘……."이라며 말끝을 흐렸다.

"다만, 보충 설명을 좀 하자면,"

유가와의 시선이 다시 교헤이에게 돌아왔다.

"경찰이 자동차를 조사하는 데에는 배기가스 외에 다른 이유도 있는 것 같아."

"어떤 이유요?"

"아까 고모부께서 물건을 태우는 방법이 잘못되면 일산화탄소가 나온다고 하셨잖아. 그러면 어떻게 잘못되면 일산화탄소가 나오는 걸까? 한마디로 산소가 부족한 경우야. 밀폐된 방에서 장시간 난로를 피우면 안 된다는 말 들은 적 있지? 마찬가지로 이렇게 좁은 차 안 같은 데서 연탄불을 피우면 결국 불완전 연소로 인해 일산화탄소가 발생하는 거야. 바위에서 발견된 사체도 그런 식으로 중독사한 것이 아닌지 경찰이 의심하는 거 아닐까? 그래서 이 마을 자동차들을 모조리 조사하고 있고."

고개를 끄덕이던 교헤이는 또 하나의 의문이 들었다.

"그런데요, 만약 그렇게 해서 죽었다 해도 왜 그 아저씨가 거기 쓰러져 있었을까요?"

순간 유가와가 진지한 눈빛으로 교헤이를 바라보다가 곧 원래의 표정으로 돌아왔다. 그리고 잠시 옆 자리의 시게하루에게 시선을 던졌다가 살짝 고개를 흔들었다.

"글쎄, 왜 그랬을까. 그건 나도 몰라."

시게하루는 두 사람이 이야기를 주고받는 동안 묵묵히 창밖만 바라보고 있었다. 그 옆얼굴에는 말 붙이기조차 어렵게 만드는 험악함이 깃들어 있었다. 교헤이는 지금까지 고모부의 그런 표정을 본 적이 없었다.

교헤이는 자세를 바로 한 후 운전 중인 세쓰코의 얼굴을 쳐다봤다. 그리고 또 흠칫했다. 그녀 역시 시게하루와 마찬가지로 어두운 얼굴을 하고 있었다.


## 33

피부가 까무잡잡하게 그을린 예쁜 소녀가 열대과일이 가득 든 바구니를 들고 미소 짓고 있다. 그 뒤로는 파란 바다가 펼쳐져 있고 야자수도 보인다. 그렇게 여름 이미지가 가득한 포스터 아래에 '올해 영업은 8월 31일까지입니다. 감사합니다. ―주인'이라는 문구가 붙어 있었다. '올해 영업'이라고는 하지만 실제로는 이대로 문을 닫는다는 사실을 이 고장 사람이라면 누구나 알고 있었다.

나루미 일행은 해수욕장 근처에 있는 피자 가게에 있었다. 데스맥 조사선을 견학한 뒤, 차라도 한 잔 하자는 얘기가 나왔다. 하지만 이 마을에는 찻집 같은 것이 거의 없다. 그래서 이곳으로 오게 된 것이다.

이 피자 가게가 문을 열 때의 일을 나루미는 생생히 기억한다. 컬러풀하게 칠해진 건물은 여태까지 마을에서 볼 수 없었던 것이었다. 외벽이 유리로 되어 있어 가게 밖이 훤하게 내다보이고 옥외 테라스에도 테이블이 놓여 있어 바다를 피부로 느끼며 피자와 맥주를 맛볼 수 있다는 것이 이 가게가 내세우는 포인트였다. 개점 초기에는 영업 기간이 해수욕장이 문을 여는 날로부터 9월 말까지로 되어 있었다. 그런데 그것이 매년 짧아져 갔다.

"영업 방식이 나빴던 거지."

나루미 맞은편에 앉은 사와무라가 말했다. 그 역시 포스터를 바라보고 있었다.

"화려한 가게 하나가 들어섰다고 손님이 오는 건 아니거든. 관광객들을 끌어들이려면 마을 전체가 힘을 모아야 해. 이러니저러니 해도 하리가우라에는 바다밖에 없어. 공무원 놈들은 그걸 모른다고. 데스맥 따위에 굽실거릴 시간이 있으면 관광 산업에 좀 더 힘을 쏟아야 하는데 말이야."

"힘을 쏟아 봐야 소용없는 일 아닐까요."

사회 교사를 하는 남자가 말했다.

"이곳의 최대 관광 자원이 바다라는 의견에는 찬성이지만,

그것만으로는 역부족이라고 생각해요. 비슷한 장소는 얼마든지 있으니까요."

"이 바다는 여느 곳과는 다르다고 생각하는데요."

나루미가 반박하고 나섰다.

"물론 저도 그렇게 생각하죠. 하지만 다른 지역 사람들도 분명 똑같은 생각을 할 겁니다. 그리고 도시 사람들이 보기에는 그 바다가 그 바다일 거예요. 중요한 건 지명이죠. 오키나와에 가는 사람이 많은 건 오키나와에 갔다는 실적을 원하기 때문입니다. 하리가우라에 갔다 왔다고 해 봐야 아무도 부러워하지 않습니다. 그러니 멋진 여행을 했다는 실감도 들지 않는 거죠."

사회 교사의 가차없는 얘기에 나루미가 눈썹을 찌푸렸다.

"자신이 나고 자란 고장을 꼭 그런 식으로 말씀하셔야겠어요?"

"냉정히 분석하는 것뿐입니다. 이번에 오랜만에 여기 돌아와 보니 참 놀랍더군요. 이건 뭐 관광지도 아니에요. 여관이고 식당이고 할 것 없이 낡고 초라하기 짝이 없어요. 오키나와에 가는 사람들은 자신이 부자라도 된 느낌이겠지만 여기 오는 사람은 그 반대일 겁니다. 모처럼의 휴가인데 이런 곳밖에 오지 못하는 자신이 한심하게 느껴질 거예요."

"이봐!"

사와무라가 일어서며 사회 교사의 멱살을 잡았다.

"말이 너무 심한 거 아니야!"

그러자 사회 교사는 곤혹스러운 표정을 지으면서도 "사실대로 이야기한 것뿐인데 뭐가 잘못됐습니까."라고 큰 소리로 대꾸했다.

"그만들 두세요."

나루미가 일어서며 사와무라의 손을 잡았다.

"사와무라 씨, 진정하세요. 폭력은 안 돼요. 가게에 피해를 주잖아요."

그 말이 효과를 발휘했는지 사와무라가 다소 이성을 찾은 표정으로 주위를 둘러봤다. 손님은 나루미 일행밖에 없지만 여종업원이 불안한 표정으로 바라보고 있었다.

사와무라는 멱살을 쥔 손을 놓으며 자리에 앉았다. 교사는 파랗게 질린 얼굴로 물을 마셨다.

"논쟁을 벌이는 건 좋지만 너무 흥분하지는 않도록 하세요."

나루미의 말에 두 사람은 고개를 살짝 끄덕였다.

"미안합니다."

사회 교사가 먼저 사과했다.

"제가 말이 좀 지나쳤던 것 같아요."

"아닙니다. 폭력을 쓰면 안 되는 거였는데."

사와무라도 고개를 숙였다.

가게 안에 안도의 분위기가 흘렀다. 종업원도 마음을 놓는 표정이었다.

"무슨 말을 하시는지 이해는 됩니다."

사와무라가 다시 입을 열었다.

"아닌 게 아니라 이 마을의 상점이나 여관은 하나같이 퇴락했어요. 이대로도 괜찮다고 생각하는 사람은 아무도 없죠. 모두들 고쳐 짓거나 새로 단장하고 싶어 해요. 하지만 돈이 없는걸요. 다들 그날 벌어 그날 먹고사는 형편이니. 나루미 씨네 여관만 해도……."

그러자 사회 교사는 멋쩍은 표정으로 나루미를 봤다.

"그렇군요. 집에서 여관을 운영하시는군요. 실례했습니다. 결코 누군가를 비난하려고 한 말은 아니었습니다."

"알아요. 실은 저희도 폐업 얘기가 나오고 있어요."

"그래요? 그것참, 큰일이군요."

사회 교사는 한숨을 내쉬었다.

험악한 분위기는 사라졌지만 그 자리를 침울한 분위기가 대신했다.

"그만 가죠."

사와무라의 말에 모두가 동의했다.

피자 가게를 나온 후 사와무라가 바래다주겠다고 해서 나루미는 그의 차 조수석에 탔다. 평소에 몰던 경트럭이 아니라 해치백이 달린 승용차였다.

"흉한 모습 보여서 미안해."

차를 출발시킨 직후 사와무라가 말했다.

"사와무라 씨도 그렇게 폭발할 때가 있군요."

"그 선생, 말이 너무 심하잖아. 내심으로는 해저 자원 개발을 기대하고 있을 거야. 마을에 아버지 땅이 꽤 있다고 하더라고. 하지만 조사선 장비를 봤잖아. 그런 기계로 바다 밑바닥을 휘 젓고 다녀서야 어떻게 환경이 유지되겠어. 게다가 제련 공장까지 들어서면 수질이 오염될 것은 불 보듯 뻔하다고. 난 상상만 해도 소름이 끼쳐."

"그렇죠."

대꾸를 하면서도 나루미는 왠지 전과는 다른 느낌으로 사와무라의 말을 듣고 있었다. 그런 식으로 트집만 잡을 것이 아니라 좀 더 중립적인 시각에서 서로에게 좋은 방향을 찾아보는 것도 의미 있는 일이 아닐까 하는 생각이 들기 시작한 것이다.

그런 변화에 나루미 자신도 놀라고 있었다. 그렇게 된 것은 그 물리학자 때문이 틀림없었다. 그를 만나지 않았다면 이런 식으로 생각하게 되지도 않았을 것이다.

'나루미 양은 그런 타입이 아니야.'

조사선에서 유가와가 했던 말이 불현듯 떠올랐다. 나루미가 "아름다운 바다가 있는 마을을 도시보다 더 좋아하는 사람도 있다"고 하자 그가 그렇게 말했었다. 그는 왜 그런 말을 한 것일까.

"그런데 내가 한 얘기, 생각은 해 봤어?"

사와무라가 말투를 조금 바꾸어 물었다.

"무슨 얘기요?"

무슨 얘긴지 알고는 있었지만 나루미는 짐짓 시치미를 뗐다.

"어시스턴트 건 말이야. 집에 사무실을 차릴 건데 나루미가 도와줬으면 좋겠다고 했잖아. 생각 좀 해 봤어?"

"아…… 미안해요. 이것저것 일이 많아서 차분히 생각할 시간이 없었어요. 조금만 더 기다려 주세요."

"알았어. 다른 사람한테 부탁할 생각은 없으니까. 나루미가 아니면 의미가 없어."

이번에도 사와무라는 듣기에 따라 여러 가지로 해석할 수 있는 표현을 썼다. 유가와처럼 명쾌하게 얘기해 주면 좀 좋을까, 하고 나루미는 생각했다.

사와무라가 운전하는 차가 급경사를 오르자 마침내 로쿠간소 여관이 보이기 시작했다.

"어, 저건……."

사와무라가 중얼거렸다.

여관 앞에 유가와와 교헤이가 서 있었다. 두 사람은 땅바닥에 막대기로 뭔가를 그리는 중이었다. 차가 다가오는 소리를 들었는지 교헤이가 고개를 들어 이쪽을 바라봤다.

"어, 나루미 짱."

교헤이가 큰 소리로 부르자 유가와도 나루미 쪽으로 시선을 향했다. 그런데 그 눈길이 어쩐지 평소와는 달리 차갑게 느껴졌다.

사와무라는 두 사람 가까이 차를 세우고 운전석 창문을 열었다.

"안녕하세요. 아까는 실례가 많았습니다."

배에서 만났을 때의 일을 말하는 것이었다.

"견학은 성과가 좀 있었어요?"

유가와가 물었다.

"네, 여러 가지로. 앞으로 더욱 철저하게 감시해야겠다는 생각이 들었습니다."

"그렇군요. 그런데 이거 사와무라 씨 차인가요?"

"그런데요. 왜 그러시죠?"

"경트럭을 몰고 있다고 들어서요."

"아아!"

사와무라는 고개를 끄덕였다.

"그건 가게 차예요. 저희 집이 전자 제품 가게를 하고 있거든요."

"그랬군요. 쓰카하라 씨를 찾으러 갔을 때 탔던 건 그 경트럭이죠?"

"네……."

사와무라가 무거운 음성으로 대답했다. 그의 표정에 경계의
빛이 어렸다.

"그런데 그건 왜요?"

"그러니까……, 쓰카하라 씨를 발견하면 어떻게 할 작정이
었는지 궁금해서요."

"그야 물어보나 마나죠. 모시고 여관으로 돌아왔겠지요."

"어떻게요? 경트럭에는 좌석이 두 개밖에 없지 않나요? 조
수석에는 로쿠간소 주인이 타고 계셨을 텐데."

옆에서 듣고 있던 나루미가 속으로 '앗!' 하고 외쳤다. 유가
와의 말대로다.

"그건, 그러니까…… 어쩔 수 없었어요. 그때는 경트럭밖에
없었고, 제가 손님 얼굴을 모르니까 주인을 태우지 않을 수 없
었거든요."

사와무라의 말투가 거칠어졌다.

"하지만 이 여관에 왜건이 있잖아요. 아까 저도 그걸 타고 여
관으로 돌아왔어요. 그건 왜 사용하지 않았을까요?"

유가와가 고개를 과장되게 갸웃했다.

"지금이야 그런 생각이 금세 떠오르겠지만 그때는 거기까지
생각이 미칠 여유가 없었죠. 하지만 만약 쓰카하라 씨를 발견
했다면 어떻게든 했을 겁니다. 여차하면 여관 주인을 그 자리

에 내리게 하고 쓰카하라 씨를 여관까지 데려다 준 다음 다시 가서 주인을 태우고 온다든가……."

유가와는 그다지 납득이 가지 않는다는 표정을 지으면서도 고개를 끄덕였다.

"물론 방법이야 많지요. 누군가를 짐칸에 태우는 것도 방법 중 하나고."

그 말에 사와무라가 유가와를 매섭게 노려봤다.

"대체 하고 싶은 말이 뭡니까?"

"아니, 됐습니다. 그럼 저는 이만. 꼬마 조수에게 수학을 가르치는 중이라서요."

그리고 유가와는 교헤이 쪽으로 돌아갔다. 그런 그의 뒷모습을 사와무라가 험악한 표정을 지은 채 눈으로 뒤쫓았다.

"사와무라 씨, 왜 그러세요?"

나루미가 물었다.

"응? 아니, 아무것도 아니야. 저 인간이 하도 이상한 말을 해서 말이지."

"저 사람 좀 별나요. 신경 쓰지 않는 게 좋아요."

"그런 것 같네. 오늘 수고했어. 견학 리포트에 대해서는 다시 협의하기로 하지."

"네. 바래다주셔서 고마워요."

나루미는 사와무라에게 고개 숙여 인사한 뒤 차에서 내렸다.

유가와와 교헤이는 땅에 도형을 그려 놓고 뭔가 얘기를 나누고 있었다. 나루미는 사와무라의 차가 사라질 때까지 눈으로 좇다가 두 사람에게 다가갔다.

"유가와 선생님, 하고 싶은 말이 있으시면 빙빙 돌리지 말고 확실히 해 주세요."

"밟지 말아요."

"네?"

"교재를 밟지 말라고. 지금 원의 면적이 왜 반지름×반지름×원주율인지 가르치고 있어요."

유가와가 나루미의 발을 가리켰다. 땅에 그려져 있는 건 원을 여러 개의 가는 부채꼴로 분할한 그림이었다.

"이런 것까지는 안 가르쳐 주셔도 되는데……."

교헤이가 힘들다는 듯 투덜거렸다.

"공식에 숫자를 대입하는 건 그저 계산 문제일 뿐이야. 우리들이 도전하고 있는 건 도형 문제라는 걸 잊지 마."

"왜 그런 말씀을 하셨죠?"

나루미가 물었다.

"사와무라 씨가 사건과 관련이라도 있다는 건가요?"

"그런 말 한 적 없어요. 그저 소박한 의문을 가져 본 것뿐이야."

"하지만……."

"걱정 말아요. 그 사람…… 사와무라라고 했던가? 그는 쓰카하라 씨의 죽음과 아무 관련도 없어요. 알리바이가 있으니까. 쓰카하라 씨가 여관에서 사라졌을 때 저 사람은 나루미 양과 같이 있었다고 했잖아."

"그야 그렇지만……."

그러자 유가와는 갑자기 무언가가 생각났다는 듯 시계를 들여다보더니 교헤이에게 말했다.

"지금 해야 될 일이 있어. 이건 저녁 먹은 다음에 계속하자."

"해야 될 일이 뭔데요?"

"어둡기 전에 가 보고 싶은 곳이 있어. 택시가 잡히면 좋겠는데."

유가와는 자전거 핸들에 걸쳐 두었던 웃옷을 집어 들었다.

"저녁은 6시 반으로 부탁해요."

그리고 그는 언덕길을 내려갔다.


34


"가와하라 씨요? ……아아, 가와히타 씨요. 그런 사람이 있었나……."

40대 중반 정도 돼 보이는 주부가 뺨에 손을 대고 고개를 갸우뚱거렸다.

"십오륙 년 전 얘깁니다. 당시 여기 살고 계셨다고 들었습니다만."

구사나기가 말했다.

"네, 그래요. 여기로 이사한 지 17년 됐어요. 아마 저희가 제일 오래 산 집일 거예요. 그런데 죄송하지만 가와하타라는 사람은 모르겠는데요."

"305호에 살았을 텐데……."

"305호요? 그럼 저희가 몰라요. 저희와는 사용하는 계단이 다르거든요. 거의 마주칠 일이 없으니 인사를 나누게 되는 일도 별로 없죠."

형사라는 말에 처음에는 호기심을 보였던 주부도 대화를 빨리 끝내고 싶은 기색이 역력했다.

"그렇군요. 알겠습니다. 실례했습니다."

구사나기가 머리를 숙였다 들었을 때 현관문은 이미 닫혀 있었다.

아리마 발동기 사택은 교통량이 적은 도로에 면한 낡은 맨션이었다. 4층 건물에 엘리베이터는 없었다. 총 30가구 정도 될까.

구사나기와 우쓰미는 각자 헤어져 한 집 한 집 방문하면서 가와하타 시게하루와 그의 가족에 대해 조금이라도 기억하는 사람이 있는지 찾아보았지만 별 성과가 없었다. 당시 살던 주민 대부분이 이미 다른 곳으로 이사해 버렸기 때문이다.

볼펜으로 머리를 긁으며 계단을 내려가는데 밑에서 "구사나기 선배!" 하고 부르는 소리가 들렸다. 우쓰미가 밖에서 올려다보고 있었다.

"뭐 좀 알아냈어?"

구사나기는 별 기대 없이 물었다.

"전에 206호에 살던 사람이 지금 어디 사는지 알아냈어요. 106호 부인이 알고 있었어요. 8년 전쯤 집을 지어 이사 갔대요. 이름은 가지모토, 현주소는 네리마의 고타케. 전철 세이부 선 에고타 역 근처예요."

"206호라면 305호와 같은 계단을 사용했겠군. 그 가지모토라는 사람, 언제부터 이 사택에 살았대?"

"정확한 건 모르겠지만 이사 가면서 20년 가까이 살았다고 그러더래요."

"그러면 틀림없이 가와하타 가족과 알고 지냈을 거야!"

구사나기가 딱, 하고 손가락을 튕겼다.

"좋아, 빨리 에고타 역으로 가자."

때마침 빈 택시가 다가왔다. 구사나기는 손을 크게 흔들었다.

두 사람이 탄 택시가 출발하자마자 우쓰미의 휴대 전화가 울렸다. 착신 표시를 본 우쓰미는 "아!" 하는 소리를 내고는 전화를 받았다.

"네, 우쓰미입니다. 아침에는 감사…… 네, 찾았다고요?

"……네 ……네. 죄송하지만 그분 좀 바꿔 주세요. 아, 그래요. 알겠습니다. 그럼 다시 연락드리겠습니다. 협조해 주셔서 감사합니다. 네."

전화를 끊은 우쓰미가 구사나기를 바라봤다. 얼굴에 홍조를 띠고 있었다.

"누군데 그래?"

"신주쿠에 사무실이 있는 자원 봉사 단체예요. 노숙자 무료 급식 제공 활동을 하고 있어요. 아리마 발동기에 가기 전에 들러 봤거든요. 주요 멤버들이 없어서 센바 히데토시의 사진을 복사해서 두고 왔었는데……."

"그래서?"

구사나기가 다음 말을 재촉했다. 어쩐지 예감이 좋았다.

"방금 사무실에 들어온 여성 멤버가 센바를 본 적이 있다고 한대요. 그것도 여러 번요. 역시 무료 급식소에 나타났어요."

"언제 얘기야?"

"마지막으로 본 게 1년쯤 됐대요. 그 여자 분이 볼일이 있어서 나갔는데 1시간 정도 있으면 돌아온다는군요."

"기사님, 차 좀 세워 주세요."

구사나기가 외치자 운전사가 서둘러 브레이크를 밟았다.

"왜요?"

우쓰미가 물었다.

"왜는 무슨 왜야. 그렇게 귀중한 정보가 들어왔는데 그걸 나중으로 미루겠다는 거야? 바로 가서 기다려야지. 저, 기사님! 문 좀 열어 주세요. 한 사람은 여기서 내릴게요."

## 35

오후 5시가 지났지만 선선해질 기미는 보이지 않았다. 노면에 반사되는 열은 사뭇 덜해졌지만 낮 동안 한껏 달구어진 아스팔트가 여전히 수증기와 열기를 내뿜고 있었다.

니시구치는 현경 본부의 노노가키 경사와 함께 히가시하리에 와 있었다. 쓰카하라가 점심을 먹은 가게를 찾기 위해서다. 사체 검안서에 따르면 쓰카하라의 위장에는 소화가 덜 된 면이 남아 있었다고 한다. 그날 밤 로쿠간소의 저녁 메뉴에는 면종류가 없었고, 소화 상태를 고려할 때 점심에 먹었을 가능성이 높다고 했다.

쓰카하라의 사건 당일 행적에 관해서 아직 자세히는 밝혀지지 않았지만, 시민 회관 설명회에 참석하기 전에 히가시하리에 간 건 확실했다. 시간적으로 따져 봐도 히가시하리에서 점심을 먹었다고 보는 게 타당했다.

자세한 성분 분석을 한 결과 면에는 특징이 있었다. 소맥분과 식염 외에 김과 미역, 다시마 분말이 섞여 있었다. 하리가우라 특산품 중 하나인 '해조 우동'이었다.

미리 전화를 걸어 히가시하리에서 해조 우동을 파는 곳을 알아봤다. 세 개의 식당은 모두 규모가 작은 곳이었다. 첫 번째 식당에서 허탕을 친 니시구치 일행은 지금 두 번째 식당으로 가고 있었다. 차를 타야 할 정도의 거리는 아니어서 걷고 있는데 땀이 비 오듯 흘렀다. 게다가 일행은 여기 오기 전에 하리가우라 주변의 창고와 차고를 수색하는 데도 참여했었다. 일산화탄소 발생 장소를 찾기 위해서였다. 그 작업을 하던 중에 쓰카하라가 점심을 먹은 식당을 찾으라는 지시가 떨어진 것이다. 요는, 현경 본부 수사 1과 사람들을 위해 길을 안내하라는 것이다.

두 번째 식당은 약간 높은 언덕의 중턱을 달리는 도로변에 있었다. 가게 밖에서는 특산물을 팔고 안쪽이 식당으로 되어 있다. 길 건너편에 벤치가 놓여 있는데, 거기서는 바다를 바라볼 수 있었다.

손님은 없고 중년 여자 혼자 가게를 지키고 있었다. 니시구치는 신분을 밝힌 뒤 그녀에게 쓰카하라의 사진을 보여 줬다.

"네, 오신 적 있어요."

여자는 시원스럽게 대답했다.

순간 현경 본부 경사의 눈빛이 변했다. 니시구치를 밀어젖히고 나서서 연달아 질문을 퍼부었다. 느낌이 어땠는지, 누구와 통화를 하지는 않았는지, 누군가를 기다리는 모습은 아니었는지, 기분은 좋아 보였는지…….

하지만 여자는 곤혹스러운 표정을 지을 뿐 어느 것 하나 제대로 대답하지 못했다. 다른 손님이 있어서 그다지 유심히 보지 못했다는 것이다. 무리도 아니었다.

"그러면 뭔가 인상에 남는 것도 없었습니까?"

노노가키가 거의 체념한 말투로 물었다.

"글쎄요……, 식사 후에 가게 건너편에 있는 벤치에 앉아 계셨어요."

"벤치? 그래서요?"

"아니, 그것뿐이에요. 벤치에 앉아 바다를 바라보다 가셨어요. 아마도 역 쪽이었던 걸로 기억해요."

"그게 대략 몇 시쯤이었습니까?"

"확실히 기억은 안 나지만 1시 좀 넘어서였을 거예요."

옆에서 두 사람의 대화를 들으며 니시구치는 생각했다. 쓰카하라는 1시 반경에 히가시하리 역 앞에서 택시를 타고 하리가우라 시민 회관으로 향했다. 그러니까 마린힐스를 둘러본 뒤이 식당에서 점심을 먹고 역으로 돌아간 것이다.

니시구치와 노노가키는 주인에게 인사하고 식당을 나왔다.

"수확이 없네. 점심에 해조 우동을 먹었다는 것밖에."

노노가키가 큰 소리로 혀를 차더니 그렇게 말했다.

"이제 어떡하죠? 이 주변을 더 돌아다녀 볼까요?"

"음⋯⋯."

노노가키는 떨떠름한 표정으로 신음 비슷한 소리를 냈다.

"시간적으로 볼 때 피해자는 여기를 나온 후 곧바로 역으로 갔을 것 같은데. 헛수고 아닐까 싶어."

그러면서 그는 휴대 전화를 꺼냈다. 이소베 계장의 의견을 구하려는 듯했다.

노노가키가 통화하는 동안 니시구치는 쓰카하라가 앉아 있었다는 벤치 옆에 서서 주변을 둘러봤다. 눈 아래 낡은 집 지붕들이 늘어서 있었다. 그 집들 사이를 메운 나무들은 짙은 푸른색을 띠고 있었다. 하리가우라에서 나고 자란 니시구치는 이 부근에도 자주 왔었다. 그는 마을 분위기가 몇십 년 전이나 다름없다고 느꼈다. 자연환경이 잘 보전되고 있기 때문일지도 모른다. 그 대신 눈에 띄는 발전도 없다. 그게 좋은 건지 어떤지는 그도 판단이 서지 않는다.

니시구치가 있는 장소에서 10미터 정도 아래에도 길이 나 있는데 거기서 한 남자가 바다를 바라보고 서 있었다. 그가 어깨에 둘러맨 웃옷을 다른 쪽으로 고쳐 매는 순간 그의 옆얼굴이 보였다. 본 기억이 있는 얼굴이다.

그때 노노가키가 니시구치의 이름을 부르며 다가왔다.

"니시구치, 나는 지금 일단 수사본부로 돌아갈 거야. 계장 등과 회의가 있어. 자네는 어떡할 건가?"

그의 말투로 보건대 그 회의에는 관할 서의 애송이 따위는 부르지 않을 듯했다.

"저는 여기서 사람들 얘기를 더 들어 보겠습니다. 아는 사람도 좀 있고 하니."

"그래, 여긴 자네 고향이니까. 그럼 여긴 자네에게 맡기겠네."

노노가키 경사는 휴대 전화를 집어넣고 니시구치의 얼굴도 제대로 쳐다보지 않은 채 서둘러 가 버렸다.

현경 본부 경사의 모습이 사라지기를 기다렸다가 니시구치는 길 옆으로 난 계단을 내려갔다. 아까 그 남자는 아직 그곳에 있었다. 깊은 생각에 잠겨 있는 듯했다.

"저……."

뒤에서 말을 걸었다. 하지만 듣지 못했는지 반응이 없다.

"실례합니다만."

이번에는 목소리를 조금 높였다.

남자가 천천히 고개를 돌렸다. 미간에 주름이 잡혀 있다. '생각 좀 하고 있는데 어떤 녀석이 방해하는 거야'라고 쓰여 있는 듯한 얼굴이었다.

"저……, 유가와 선생님이시죠?"

"그런데요?"

잠시 니시구치의 얼굴을 바라보던 남자가 갑자기 생각났다는 듯 눈을 껌벅거렸다.

"아, 어제 낮에 로쿠간소에서 만났던 형사?"

"네, 니시구치라고 합니다."

유가와는 크게 고개를 끄덕이더니 손가락으로 니시구치의 가슴께를 가리켰다.

"그냥 형사가 아니지. 로쿠간소의 나루미 양 동창생. 맞지요?"

"맞습니다. 나루미가 선생님께 제 얘길 했습니까?"

"우연히 얘기가 나왔어요."

나루미가 어떤 식으로 얘기했는지 신경이 쓰였다. 물을까 말까 망설이고 있는데 "걱정 말아요."라고 유가와가 먼저 말을 꺼냈다.

"별거 없었으니까. 경찰서에 동창생이 있다, 그 한마디뿐이었지."

"아, 그렇습니까."

어쩐지 약간 실망스러운 느낌이었다.

"유가와 선생님도 경시청에 친구 분이 계시다던데요."

"있긴 있지. 덕분에 이번 사건과 관련해서 여러 가지로 시달리고 있다네. 피살자와 같은 여관에 묵었다는 이유 하나로 말이야."

"저…… 경시청에서는 어떻게 보고 있습니까? 혹시 들으신 얘기 없습니까?"

그러자 유가와는 장난스럽게 어깨를 으쓱한 뒤 쓴웃음을 지었다.

"나는 민간인이야."

"하지만 친구 분이……."

"자네도 잘 알겠지만 형사라는 건 정말 제멋대로 구는 족속이야. 친구건 가족이건 가리지 않고 이용하면서 수사 내용은 일절 가르쳐 주지 않거든. 물론 자세히 가르쳐 줘 봐야 귀찮을 게 뻔하지만 말이야."

막힘없이 나오는 그의 말을 들으면서, 과연 곧이곧대로 받아들여도 되는지 니시구치는 판단이 서지 않았다. 친구일지라도 수사 내용을 알려 줘선 안 된다는 것이 경찰의 상식인 건 맞다.

"그건 그렇고, 여기서 뭘 하고 계셨나요?"

질문을 바꾸기로 했다.

"딱히 뭘 한 건 아니고, 그저 멍하니 바다를 보고 있었지."

"왜 여기까지 오셨습니까, 하리가우라에서 꽤 떨어진 곳인데요?"

"응, 여기 와서 처음으로 택시를 탔지. 택시로도 20분 넘게 걸리더군."

"질문에 대답해 주세요. 여기는 왜 오셨습니까?"

니시구치가 재차 물었다. 얕보여서는 안 된다고 생각해 눈에 힘을 주며 유가와를 노려보았다.

하지만 유가와는 어물쩍 넘어가려는 듯 안경을 벗고 주머니에서 천을 꺼내 렌즈를 닦았다.

"여기서 보는 풍경이 좋다고 해서. 하리가우라의 바다는 히가시하리에서 보는 게 제일이라더군. 인터넷에서 봤지."

그리고 다시 안경을 썼다.

"어떤 사이트에서 보셨죠?"

니시구치는 주머니에서 수첩과 볼펜을 꺼냈다.

"알려 주세요. 나중에 확인해 보겠습니다."

"사이트 이름이 아마도 'My crystal sea'였을걸. 나루미 양이 운영하는 사이트."

"아⋯⋯."

의표를 찌르는 대답에 니시구치는 메모하는 것도 잊고 멍하니 서 있었다.

"니시구치 형사⋯⋯ 라고 불러도 되겠나?"

유가와가 니시구치를 똑바로 보며 물었다.

"나루미 양은 예전부터 그런 식이었나? 하리가우라의 바다를 지킬 수만 있다면 모든 걸 내던질 각오가 돼 있는 것처럼 느껴지던데."

니시구치는 일순 안경 너머 유가와의 눈에서 날카로운 빛이 뿜어져 나오는 것을 본 듯한 착각이 들었다.

"처음에는 그 정도는 아니었어요, 이 마을에 처음 왔을 때는."

니시구치가 대답했다.

"환경 보호 활동에 활발히 참여하기 시작한 건 여름부터였습니다. 하지만 그 전에도 바다에 대한 애정은 남달랐던 것 같아요. 학교 옆 전망대에서 바다를 바라보는 모습을 종종 봤거든요."

"전망대에서 말이지."

유가와는 뭔가를 골똘히 생각하는 표정이 됐다.

"그런데 왜 그러시는 거죠? 그녀가 바다를 지키려고 하는 게 문제라도 됩니까?"

"그런 건 아니야. 훌륭하다고 생각해. 쉽게 할 수 있는 일이 아니지."

"유가와 선생님 같은 분들에게는 귀찮은 존재일지 모르지만 저는 그녀를 응원할 겁니다. 그녀가 하는 일이 옳다고 생각하거든요."

유가와는 고개를 끄덕이며 빙글 웃었다.

"그럼 된 거지, 뭐. 다른 질문 없으면 난 이만 실례하겠네."

유가와가 멀어져 가는 걸 지켜보면서 니시구치는 자신이 유가와의 말에 넘어가 그만 입을 열고 말았다는 사실을 깨달았다. 그는 헛기침을 하며 수첩과 볼펜을 주머니에 넣었다.

## 36

어린이용 휴대 전화의 알람이 울렸다. 교헤이는 시각을 확인한 뒤 알람을 껐다. 저녁 여섯 시 반 정각이다. 펼쳐진 노트를 보자 한숨이 나왔다. 국어 숙제를 하나도 하지 않았다. 한자 쓰기만 조금 했을 뿐이다.

수학은 유가와가 도와주기로 돼 있지만 국어는 어떻게든 스스로 해야 한다. 그런 생각에 마지못해 숙제에 달려들었지만 전혀 집중이 되지 않았다. 이내 게임기에 손이 가려고 했다. 그 유혹은 간신히 떨쳐냈지만 결국 TV를 켜고 말았다. 마침 만화가 방영되고 있었다. 한 번도 본 적이 없는 것이었다. 별 재미는 없었지만 끝까지 보고야 말았다. 그걸로 30분이 훌쩍 지나갔다. 만화가 끝나자 TV는 껐지만 숙제할 마음은 들지 않았다. 그래서 식사 시간을 알리는 알람이 울리길 이제나저제나 하며 기다리고 있었다.

교헤이는 방을 나와 1층으로 내려갔다. 연회장으로 가면서 로비를 들여다보니 유가와의 모습이 보였다. 팔짱을 낀 채 벽을 향해 서서 뚫어져라 그림을 바라보고 있었다. 언젠가 함께 보면서 애기를 나눴던 그 바다 그림이다.

"박사님, 또 그 그림 보고 계세요?"

"이 그림은 언제부터 여기 걸려 있었을까?"

"글쎄요, 그게······."

교헤이가 잠시 머뭇거리다가 다시 말했다.

"한참 전부터 있지 않았을까요? 제가 2년 전에 왔을 때도 있었던 것 같은데."

"그렇겠지?"

유가와는 뜻 모를 미소를 지으며 손목시계를 내려다봤다.

"자, 저녁 먹으러 갈까."

연회장에서는 나루미가 식사 준비를 하고 있었다. 평소와 마찬가지로 식탁에는 해산물이 풍성했다.

유가와의 맞은편에는 교헤이를 위한 메뉴가 놓여 있었다. 오늘 저녁은 햄버거다.

"언제 봐도 맛있어 보인단 말이야."

그러면서 유가와는 책상다리를 하고 자리에 앉았다.

"죄송해요, 늘 그 음식이 그 음식이라서."

"그렇진 않지. 매일 다른 생선이 나오는데. 정말이지 이 지역은 해산물의 보고야."

"아, 맞다!"

그때 교헤이가 갑자기 생각난 듯 끼어들었다.

"나루미 누나한테 물어보고 싶은 게 있었어. 오늘 바다에 갔는데 굉장히 예쁜 물고기를 봤어. 작고 파란 물고기. 고모부한테 이름을 물어봤더니 나루미 누나한테 가르쳐 달라고 하라던데?"

"작고 파란 물고기? 2센티미터 정도 되던?"

"맞아, 맞아."

교헤이가 고개를 끄덕였다.

"열대어처럼 예뻤어."

"그럼 혹시 파랑돔 아닐까? 하리가우라에서 자주 볼 수 있는 물고기야. 여기서 다이빙하는 사람들에게 첫 감동을 안겨 주는 것도 파랑돔을 발견했을 때일 거야. 나도 처음 봤을 때는 움직이는 보석 같다고 생각했단다."

"나도 깜짝 놀랐어. 잡으려고 했는데 안 잡히더라고."

"그런데 그 아름다운 물고기가 겨울이 되면 까맣게 변해 버려."

"그래? 그래도 상관없어. 겨울엔 바다에 잠수할 일이 없으니까."

그리고 교헤이는 "잘 먹겠습니다."라고 외친 뒤 손에 나이프와 포크를 들었다. 표면이 먹음직스럽게 그은 햄버거를 나이프로 자르자 흘러나온 육즙과 데미그라스 소스가 섞이며 김이 모락모락 났다.

"그게 더 맛있어 보이는데."

유가와가 말했다.

"한 조각 드릴까요? 생선회랑 교환하는 조건으로."

"나쁘지 않은 거래인데? 생각해 보지. 그건 그렇고……."

유가와는 젓가락을 손에 쥔 채 나루미를 봤다.

"나도 물어볼 게 있는데."

"뭔데요?"

그녀는 마치 마음의 준비라도 하듯 허리를 곧게 폈다.

"로비에 걸린 그림 말이야. 그거 누가 그린 거지?"

나루미의 가슴께가 살짝 오르내렸다. 교헤이에게는 심호흡을 하는 것처럼 보였다.

그녀는 고개를 저었다.

"모르겠어요. 왜 그러시는데요?"

"아니, 신경이 좀 쓰여서. 전에 교헤이하고도 얘기한 적이 있지만, 저 그림은 도대체 어느 쪽 바다를 그린 걸까 궁금하더라고. 적어도 이 여관 주변에서는 바다가 저런 식으로 보이지 않거든."

나루미는 머리카락을 귀 뒤로 쓸어 넘기며 고개를 갸우뚱했다.

"글쎄요, 전 잘 모르겠어요. 오래전부터 걸려 있던 거라서 생각해 본 적이 없는데."

"오래전부터? 나루미 양이 여기로 이사 오기 전부터란 뜻인가?"

"네. 아버지 얘기로는 할아버지가 누구한테 빌려서 걸어 놓았다가 돌려주지 않고 그대로 두었다던데요. 그러니까 아버지도 잘은 모를 거예요."

나루미는 쟁반 위에 놓여 있던 점화봉을 유가와 앞에 놓여 있는 식탁용 화로에 갖다 댔다.

"아니, 내가 붙일게"

유가와가 말했다.

"점화봉을 놔두고 가."

나루미의 얼굴에 당황하는 표정이 잠깐 스쳤다. 그러나 그녀는 이내 "네."라고 대답하고 점화봉을 쟁반에 도로 올려놓았다. 그리고 "맛있게 드세요."라고 인사한 뒤 일어서서 문 쪽으로 향했다.

"그 그림의 바다는……,"

유가와가 걸어가는 나루미의 등에 대고 말했다.

"히가시하리의 언덕에서 바라본 거야. 아까 확인하고 왔지."

나루미가 걸음을 멈췄다. 걷는 것뿐 아니라 온몸의 움직임을 일순 정지시켰다가 고개만 서서히 유가와 쪽으로 돌렸다. 녹슨 로봇처럼 어색한 움직임이었다.

"네……."

힘없는 소리가 나루미의 입에서 흘러나왔다. 얼굴에는 부자연스러운 미소가 떠올라 있다.

"히가시하리라고요. 그랬군요……."

"정말 몰랐나?"

"생각해 본 적이 없어요."

"생각하지 않아도 나루미 양이라면 한눈에 알아볼 수 있을 텐데. 하리가우라의 바다에 대해 누구보다도 자세히 알잖아. 인터넷 사이트를 운영할 정도로."

"히가시하리에는 잘 가지 않아요."

"그래? 하리가우라의 바다는 히가시하리 쪽에서 바라보는 것이 가장 아름답다는 말을 블로그에 써 놓지 않았던가?"

나루미의 눈매가 날카로워졌다.

"그런 거 쓴 적 없는데요."

말투마저 날카로웠다.

유가와가 쓴웃음을 지었다.

"화낼 것까지야 없지 않나?"

"화내지 않았어요."

"나루미 양이 쓴 게 아니라면…… 내가 착각한 거겠지. 사과해야겠군."

"아니, 그러실 것까진 없어요. 더 하실 말씀 있으세요?"

"아니, 됐어요."

유가와는 유리잔에 맥주를 따랐다.

"그럼 전 이만."

나루미가 방에서 나갔다. 그 뒷모습이 어쩐지 풀이 죽어 보었다.

"그 얘기 정말이세요?"

교헤이가 물었다.

"그 그림의 바다가 어딘지 박사님이 알아내셨어요?"

"뭐……, 그렇게 됐어."

유가와는 짧게 대답한 뒤 간장을 종지에 따랐다. 그리고 젓가락으로 고추냉이를 집어 간장에 풀었다.

"일부러 갔다 오셨어요? 굉장히 신경 쓰이셨나 봐요."

"신경 쓰인다는 건 지적 호기심이 자극받았다는 의미지. 호기심을 방치해 두는 건 죄악이야. 인간을 성장시키는 가장 큰 에너지원이 호기심이니까."

교헤이는 '참 어렵게도 이야기한다.'고 생각하면서도 고개를 끄덕였다.

유가와가 쟁반 위에 놓인 점화봉을 집어 들었다. 찰칵, 스위치를 누르자 앞부분에서 불꽃이 피어올랐다. 교헤이네 집에도 점화봉이 있다. 바비큐용으로 산 것이다. 하지만 실제로 바비큐에 사용한 적은 한 번뿐이었다. 부모님이 바빠서 그럴 만한 시간적 여유가 없었다.

유가와는 그걸로 화로 밑 부분에 들어 있는 고체 연료에 불을 붙였다.

"지금 이 불로 데울 그릇이 무엇으로 만들어졌는지 아니?"

탁상 곤로 위에는 하얀 그릇이 얹혀 있었다. 하지만 일반적인 그릇이 아니다.

"종이처럼 보이는데요."

"그래, 종이야. 그래서 이걸 종이 냄비라고 부르지. 하지만 이상하다고 생각하지 않니? 종이가 어떻게 불에 타지 않을까?"

"특별히 가공된 거 아닐까요?"

그러자 유가와는 종이 냄비 가장자리를 찢어 젓가락으로 집은 다음 왼손으로 점화봉 스위치를 눌러 불을 붙였다. 종이는 금세 불이 붙지는 않았지만 차츰 검은 재로 변해 갔다. 불이 젓가락으로 옮겨 붙으려는 찰나 유가와는 젓가락을 내려놓았다.

"보통 종이였다면 눈 깜짝할 새에 타 버렸겠지. 쉽게 타지 않도록 가공된 건 사실이야. 하지만 전혀 타지 않는 건 아니지. 그러니 네 대답은 완전한 설명이 아니야."

교헤이는 포크와 나이프를 놓고 기어서 유가와 옆까지 다가갔다.

"그럼 왜 안 타는데요?"

"종이 냄비 안을 봐. 야채랑 생선뿐 아니라 국물도 들어 있잖아. 국물도 물이야. 물은 몇 도에서 끓지? 5학년이면 알 텐데."

"100도요. 4학년 때 실험했어요."

"비커에 물을 넣고 가열하면서 온도를 측정했지?"

"네. 100도 가까이 되니까 보글보글 거품이 올라왔어요."

"그런 다음 온도계 수치는 어떻게 됐지? 계속 올라가던?"

교혜이는 고개를 저었다.

"아뇨, 안 올라갔어요."

"그렇지? 물은 100도에서 기체로 변해. 거꾸로 말하면, 액체 상태로 있는 한 100도 이상으로 올라가지 않아. 마찬가지로 이 종이 냄비 안에 국물이 남아 있는 한 아무리 열을 가해도 타지 않지. 종이는 300도 가까이 돼야 타기 시작하거든."

"아하, 그런 거구나."

교혜이는 팔짱을 낀 채 화로의 불꽃을 바라보았다.

"자, 그럼 다음 실험!"

유가와는 맥주잔을 들어 올리고 그 밑에 깔려 있던 둥그런 종이 받침을 집어 들었다.

"이걸 고체 연료 위에 놓으면 어떻게 될까?"

교혜이는 받침과 유가와의 얼굴을 번갈아 보다가 타겠죠, 라고 자신 없는 목소리로 대답했다. 아무래도 무슨 함정이 있는 질문 같았다.

"아마 그렇겠지."

유가와의 대답에 교혜이는 그만 맥이 빠져 버렸다.

"무슨 그런 시시한 실험이 다 있어요."

"이게 다가 아니야. 자, 그럼 이렇게 하면 어떨까?"

유가와는 옆에 놓여 있던 주전자를 들어 컵 받침에 물을 부었다. 받침이 흠뻑 물을 빨아들였다. 물이 바닥으로 흘러내렸지만 물리학자는 전혀 신경 쓰지 않았다.

"이걸 불이 붙은 고체 연료 위에 놓으면 어떻게 될까?"

교헤이는 생각을 해 보았다. 단순한 답을 요구하는 건 아닐 것이다. 종이 냄비가 힌트인지도 모른다. 유가와의 말을 머릿속에서 되새겨 보았다.

"알았다! 역시 타요. 하지만 바로 불이 붙지는 않을 거예요."

"왜지?"

"종이가 물에 젖어 있으니까. 완전히 마를 때까지 타지 않아요. 마르고 나서 타죠."

"그래?"

그러는 유가와의 얼굴에는 표정이 없었다.

"그게 결론이야?"

교헤이는 그렇다고 대답했다.

"좋아."

유가와는 젖은 컵 받침을 불이 붙은 고체 연료 위에 올려놓았다. 연료는 조그만 그릇 안에 들어 있어서 그 그릇에 뚜껑을 덮은 모양이 되었다.

교헤이는 컵 받침에 시선을 고정시켰다. 이번에도 가운데가 검게 그을리고 잠시 후 불꽃이 올라올 것이라고 예상했다. 하지만 어느 정도 시간이 흘렀는데도 변화가 없었다.

유가와가 컵 받침을 집었다. 고체 연료의 불이 꺼져 있었다.

"어?"

교혜이가 나지막이 외쳤다.

"왜 이런 거죠?"

"고체 연료가 그릇에 들어 있다는 것이 포인트야. 고체 연료건 종이건 타는 데는 산소가 필요해. 그런데 그릇에 컵 받침을 덮어 놓으면 산소가 들어가기 어렵잖아. 그래도 만약 컵 받침이 젖어 있지 않았다면 불이 꺼지기 전에 타서 다시 산소가 들어갔을 수도 있겠지. 하지만 젖어 있기 때문에 네가 말했던 것처럼 바로 불에 타지 않았어. 더구나 젖은 종이는 마른 종이보다 공기를 더 잘 차단하지."

유가와는 점화봉으로 고체 연료에 다시 불을 붙였다. 그리고 다시 한 번 젖은 컵 받침을 위에 올려놓았다가 이번에는 좀 더 빨리 들어 올렸다. 불은 이미 꺼져 있었다.

"마술 같아요."

교혜이가 놀라워했다.

"프라이팬의 기름에 불이 붙었을 때 당황해서 물을 부으면 안 된다고 배우지 않았니? 그럴 때도 젖은 천으로 덮어서 공기를 차단하는 게 좋아. 물건이 타려면 산소가 필요하고, 산소가 없으면 불은 꺼져. 그리고 산소가 부족한 상태라면 불완전 연소되고."

"불완전 연소요? 그거 낮에 얘기했던 거잖아요."

"그래."

유가와가 또 한 번 고체 연료에 불을 붙였다.

"일산화탄소를 발생시키는 건 불완전 연소야."

교헤이는 낮에 왜건을 타고 돌아왔을 때의 일이 생각났다. 시게하루는 왜 그렇게 무서운 표정을 지었던 것일까. 시게하루뿐이 아니다. 세쓰코의 얼굴도 어둡긴 마찬가지였다.

"뭐해, 안 먹어?"

유가와가 물었다.

"그러다 다 식겠다."

"네? 아, 먹을게요."

교헤이는 햄버거를 마저 먹기 시작했다.


**37**


구사나기는 에고타 역 북쪽 출입구 근처에 있는 셀프 커피숍에 있었다. 아주 작은 가게로, 그는 3명밖에 앉을 수 없는 카운터의 가운데 자리에 앉아 물을 마시며 시간을 보내고 있었다. 커피 잔은 이미 10여 분 전부터 비어 있다.

손목시계의 바늘이 저녁 7시 정각을 가리키는 걸 본 그는 자리에서 일어나 잔과 쟁반을 치우고 가게를 나왔다. 가게 앞 도로도 가게와 마찬가지로 좁고, 게다가 구불구불하기까지 했다. 그러니 당연히 일방통행이다. 그런 길을 따라 작은 가게들이 늘어서 있다. 라면 가게와 선술집, 스낵바의 간판도 보인다.

조금 넓은 거리로 나섰지만 중앙선조차 그려져 있지 않았다. 제한 속도 20킬로미터.

상점가를 빠져나가자 맨션과 아파트 밀집 지역이 나왔다. 구사나기는 두 시간 전에도 이 길을 지나왔었다. 갈림길을 착각하지 않도록 주의하며 나아갔다. 아까 올 때는 모퉁이를 하나 착각하는 바람에 목적지를 찾기까지 우왕좌왕했다.

몇 가지 이정표에 의지해 길을 걸었다. 주택가에 들어서면서 길은 한층 복잡해졌다. 직각으로 된 모서리는 거의 없고 하나같이 좁고 뒤엉켜 있었다. 네리마 경찰서에 근무하는 녀석들은 참 힘들겠네, 라며 만난 적도 없는 사람들을 구사나기는 동정했다.

가로등에 비친 흰 타일 집이 보였을 때에야 안도했다. 가지모토 오사무의 집이다.

초인종을 누르자 부인이 대답하는 소리가 들렸다. 구사나기가 신분을 밝혔다. 아까 왔을 때 저녁에 다시 오겠다고 말해뒀었다. 그때는 남편 가지모토가 없다는 걸 알면서도 왔었다. 그만큼 중요한 용건이라는 걸 각인시키기 위해서였다.

현관문이 열리고 반팔 폴로셔츠 차림의 야윈 남자가 나타났다. 얼굴이 길고 눈은 동그래서 어쩐지 말을 연상시켰다.

"가지모토 씨? 피곤하실 텐데 죄송합니다."

구사나기는 공손히 머리를 숙였다.

"아닙니다. 들어오시죠."

가지모토가 집 안으로 그를 안내했다. 형사가 대체 무슨 일로 찾아왔는지 의아해하고 있을 것이 틀림없었다. 부인에게는 '오지'에 있는 사택에 살던 시절 얘기를 듣고 싶다고만 말해두었다.

30평 가까이 돼 보이는 널찍한 거실로 안내됐다. 장식장 위가 잡다한 물건들로 가득하고 바닥에도 물건들이 쌓여 있었다. 8년 전 이사 올 때는 분명 더 깔끔하게 사용할 생각이었겠지만, 시간이 흐르면서 애착도 긴장감도 옅어졌을 것이다. 그래도 구사나기는 집이 멋지다며 입에 발린 칭찬을 했다.

"아닙니다. 많이 망가졌어요. 슬슬 손을 봐야 하는데."

말은 그렇게 하면서도 가지모토는 싫지 않은 표정이었다.

구사나기는 곧장 본론으로 들어갔다.

"여기로 이사 오기 전에 오지의 사택에 사셨다고요?"

"네, 18년…… 아니, 19년이던가. 꽤 오래 살았지요. 일찍결혼해서 말이죠."

24세에 결혼해서 바로 사택에 들어갔다고 한다.

"가지모토 씨네 집은 206호였지요? 그런데 그때 305호에 살던 분 혹시 기억나십니까? 가와하타라는 분인데."

"가와하타 씨 말씀입니까?"

가지모토는 입을 반쯤 열고 고개를 위아래로 천천히 흔들었다.

"계셨지요, 분명. ……기억나지?"

그는 소파에 앉아 있는 부인을 바라보며 동의를 구했다.

"네. 저희도 거기 오래 살았지만 그분들도 상당히 오래 사셨지요."

"맞아요. 우리가 입주했을 때 가와하타 씨는 이미 4, 5년쯤 된 것 같더라고요. 게다가 그분은 우리와는 반대로 결혼이 늦어서, 상당히 고참인 사원이 살고 있는 데에 놀랐던 기억이 있습니다. 늦게 결혼한 사람은 사택에 잘 들어오지 않거든요."

"저희가 조사한 바로는 가지모토 씨와 가와하타 씨가 10년 이상 그 사택에서 같이 사셨던데, 그사이에 서로 왕래는 있었습니까?"

"음……."

가지모토가 팔짱을 꼈다.

"대청소나 야간 경비 등 사택 일 관계로 어느 정도 교류는 있었습니다만 그다지 친하진 않았어요. 워낙 나이 차가 많았거든요."

그리고 그는 무언가 살피는 듯한 눈초리로 구사나기를 보았다.

"그런데 왜 이제 와서 가와하타 씨 얘기를 묻는 건가요. 그분에게 무슨 일이 있습니까?"

언제 나와도 나올 질문이었다. 구사나기는 가볍게 미소를 지었다.

"자세한 건 말씀드릴 수 없지만, 특정 시기에 그 사택에서 살다가 다른 지역으로 이사 간 분들을 조사하고 있습니다. 그런데 가와하타 씨가 사택에 살았던 시기가 거기에 해당돼서요."

"아아, 그럼 가와하타 씨만 조사하는 게 아니군요."

"네. 지금까지 저 혼자 조사한 것만 해도……."

구사나기는 손가락을 꼽으며 숫자를 셌다.

"스무 명 정도?"

가지모토는 눈을 크게 뜨며 윗몸을 뒤로 젖혔다.

"보통 일이 아니군요."

"네, 죽어라 돌아다니고 있어요. 그런데……, 어떻습니까. 가와하타 씨에 대해 뭔가 기억에 남는 일은 없습니까? 트러블이 있었다거나, 누구와 다퉜다거나."

"아니요."

가지모토는 고개를 크게 저었다.

"문제를 일으키는 타입이 아니었던 것 같습니다."

그때 부인이 미간을 살짝 찡그리며 남편에게 말했다.

"저…… 그런데 이사 가기 얼마 전부터는 거의 사택에 안 계셨어요."

"어, 그래?"

"네. 근무지가 바뀌는 바람에 가족과 떨어져 지낸다고 하더라고요."

"아, 맞다. 그랬어요. 나고야 어디로 갔다던가……."

"네. 퇴직 전 근무지가 나고야 지사로 되어 있더군요."

"역시……. 그 말씀을 해 주셨다면 좀 더 빨리 기억해 냈을 텐데."

"죄송합니다. 깜빡했습니다."

가능하면 이쪽 카드를 보여 주지 않고 알아내고 싶었다는 말은 차마 하지 못했다.

"그럼 평소 사택에는 부인과 딸만 있고 가와하타 씨는 주말에만 돌아오는 것 같던가요?"

"아마 그랬던 것 같아요."

가지모토가 가벼운 말투로 그렇게 대답하자 이번에도 부인이 옆에서 끼어들었다.

"아니에요."

"뭐가요?"

구사나기가 물었다. 아무래도 부인 쪽의 기억이 정확한 듯했다.

"남편뿐 아니라 부인과 딸도 사택에 안 살았어요. 마지막 1, 2년은 내내 그랬던 것 같아요."

구사나기가 가지모토의 집에서 나온 건 저녁 8시를 조금 지날 무렵이었다. 에고타 역까지의 구불구불 복잡한 길을 생각에 빠져 걸었다. 가지모토 부부에게 이것저것 질문을 던져 본 결과 가장 큰 수확은 가와하타 본인뿐 아니라 부인과 딸도 사택에 살지 않았다는 부인의 증언이었다.

"항상 비워 둔 건 아니고, 부인이 가끔 오는 적은 있었어요. 환기를 시킨다거나 짐을 가지러 오는 것 같았죠. 한번은 부인과 얘기를 나눈 적도 있는데 아는 사람 집에 있다고 하더라고요. 일 때문에 잠시 해외로 나가게 된 부부가 있는데, 그들이 없는 동안 집을 관리해 달라는 부탁을 받았다고요. 딸이 다니는 사립 중학교가 그쪽에서 더 가깝기 때문에 일단 졸업할 때까지만이라도 거기서 살기로 했다, 뭐 대강 그런 내용이었어요."

그 아는 사람이 가와하타 가족과 어떤 관계인지, 그 집이 어디 있는지 물었지만 가지모토의 부인은 그것까지는 기억하지 못했다. 아마 들은 적도 없을 거라고 했다. 하지만 가와하타의 외동딸이 다니던 사립 중학교의 이름은 기억하고 있었다. 구사나기도 잘 아는 유명 여자 중학교였다.

구사나기는 내일 아침 그 중학교에 가서 졸업생 명부를 봐야 겠다고 생각했다. 가와하타의 딸 이름이 나루미라는 건 유가 와한테 들었다. 가와하타 나루미의 동급생을 찾으면 당시 가 와하타 일가가 살았던 집을 찾을 수 있을지도 몰랐다.

그런 생각을 골똘히 하면서 걸었는데도 다행히 길을 잃지 않 고 에고타 역에 도착했다. 우쓰미 가오루에게서는 연락이 없 었다. 그녀가 있는 곳을 확인하고 다음 행동을 결정하려고 휴 대 전화를 꺼내는데 때마침 벨이 울렸다. 하지만 액정 화면에 표시된 이름은 우쓰미 가오루가 아니었다. 서둘러 통화 버튼 을 누르고 전화기를 귀에 댔다.

"네, 구사나기입니다."

"다타라야. 지금 통화 가능한가?"

낮은 목소리가 귀 안쪽을 울렸다.

"네. 무슨 일이십니까?"

"조금 전에 지역부에 있는 지인을 만났어. 알고 있겠지만 지 역부는 쓰카하라 씨가 정년 퇴직 전에 마지막으로 근무했던 부서야."

"아, 네!"

"오늘 저쪽 현경 본부 수사관이 지역부를 찾아왔대. 용건은 짐작이 가지?"

"쓰카하라 씨에 대해 알아보러 왔겠지요. 원한 살 만한 사람은 없었는가, 라든지."

"하리가우라라는 지명을 입에 올린 적이 있었느냐고 물었다는군. 피해자와 관계있는 사람들을 하나하나 찾아가 단서가 될 만한 게 없는지 찾고 있는 거지."

"그런데 그게 무슨……."

"그건 상관없어. 그런데 묘한 게 있어. 센바 히데토시에 대해서는 아무것도 묻지 않은 모양이야. 현경은 센바 사건이 중요하다고는 생각하지 않는 건가? 내가 말한 건 저쪽에 알려 줬겠지?"

구사나기는 대답할 말이 궁했다. 이렇게 빨리 다타라에게 지적을 당하리라고는 예상하지 못했다. 변명거리를 생각해 봤지만 떠오르지 않았다.

"왜, 안 전해 줬어?"

별도리가 없었다. 심호흡을 한 차례 한 뒤 대답했다.

"네, 아직……."

"왜?"

"제 나름대로 생각이 좀 있어서요."

"생각?"

"네."

불호령이 떨어질 걸 각오했다. 전화기를 쥔 손에 땀이 뱄다.

하지만 휴대 전화 너머로 들려온 건 후, 하는 한숨 소리였다.

"그 생각이란 건 현지 정보에 근거한 건가?"

역시 다타라는 직감이 예리하다. 여기서 말하는 현지란 유가와를 가리키는 것이리라.

"그렇습니다. 꽤 의미 있는 정보입니다."

"어느 정도지? 용의자를 특정할 수 있을 정도인가?"

"그렇게 생각하셔도 좋습니다. 다만 최종 결론을 내리기까지는 아직 해야 할 일이 많습니다. 이쪽에서요."

"이쪽에서라……. 그러니까 현경 본부의 방해를 안 받았으면 한다는 거군."

"저희들끼리 하는 게 좋을 거라고 생각합니다."

다타라는 아무 말이 없었다. 구사나기의 이마에 땀이 흘렀다. 이번에야말로 고함이 들려올 것이라고 생각하며 긴장했다. 다타라는 수사관 시절 '순간온수기'라는 별명을 달고 있었던 인물이다.

"우쓰미는 뭘 하고 있지?"

예상과 달리 관리관은 침착한 말투로 물었다.

"지금 같이 있나?"

"아닙니다. 센바의 행방을 좇고 있습니다."

"찾을 만한 단서라도 있어?"

"목격 정보가 있었습니다."

구사나기는 신주쿠의 자원 봉사 단체가 센바를 본 듯하다고
보고했다.

"알았어. 이번 사건은 자네에게 맡겼으니 자네 생각을 존중
하지. 단, 이것만은 약속해 주게. 용의자를 특정하는 데 필요
한 요건이 모두 갖춰지면 반드시 나에게 알릴 것. 지체해서는
안 돼. 알겠나?"

"네, 약속하겠습니다."

"그래, 그럼 계속 수고해."

전화를 끊고 크게 한숨을 내쉬고 난 구사나기는 식은땀으로
셔츠가 축축한 것을 느끼며 휴대 전화 버튼을 눌렀다.

"아, 선배. 고생 많으시죠? 안 그래도 전화 드리려고 했는데."

수화기 저편에서 우쓰미 가오루의 목소리가 들려왔다. 어딘
지 모르게 활기가 느껴져 혹시 수확이 있는 걸까 기대하게 만
들었다.

"지금 어디 있어, 아직 신주쿠야?"

"아니요, 쿠라마에에 있어요."

"쿠라마에, 거긴 왜? 신주쿠의 자원 봉사 여성한테서는 얘기
좀 들었어?"

"네, 들었어요. 그 자원 봉사 단체는 토요일마다 신주쿠 중
앙공원에서 무료 급식 활동을 하는데, 작년 말까지는 센바가
매주 모습을 나타냈답니다. 다른 노숙자에 비해 어딘가 품위

가 있어 보여 인상에 남았대요."

"그럼 올해 들어서는 나타나지 않았다는 거야?"

"그런 것 같아요. 사망했을지도 모르겠다고 그러더라고요."

"사망, 왜?"

"마지막으로 봤을 때 무척 야위어 있었고 고통스러워 보였대요. 그 자원 봉사자가 지인 중에 노숙자를 무료로 치료해 주는 의사가 있어서 거기 가 보라고 권했다는데……."

"안 갔나?"

"그 진료소에 확인해 봤지만 센바라는 인물을 진찰한 기록이 없었어요. 가명을 사용했을 가능성도 있어서 내일 의사에게 가서 사진을 보여 줄 생각이에요."

"그래. 그런데 쿠라마에는 왜 갔어?"

"그 자원 봉사자 얘기가, 센바 씨를 아는 사람이 또 한 명 있다는 거예요. 지난해까지는 자신들과 함께 활동했고, 올해 들어 다른 자원 봉사 단체로 옮겨 무료 급식을 하고 있대요. 사무실이 쿠라마에에 있고 무료 급식은 토요일 우에노 공원에서 한다고요."

"다시 말해 센바가 신주쿠 중앙 공원에는 나타나지 않아도 우에노 공원에는 갔을 수도 있다, 이건가?"

"네. 그래서 그분 연락처를 받아 전화를 했죠. 하지만 유감스럽게도 그분 역시 그 후로 센바를 본 적은 없다고 했어요."

"뭐야, 그럼 쿠라마에에는 뭐하러 갔어?"

"그게 말이죠, 그분이 센바는 보지 못했지만, 센바를 찾는 사람은 만난 적이 있다고 하더라고요."

"뭐, 그게 언제 일이래?"

휴대 전화를 쥔 손에 힘이 들어갔다.

"금년 3월요. '이런 사람을 본 적이 있느냐'며 센바의 사진을 보여 주더래요."

구사나기는 안주머니에서 메모장과 볼펜을 꺼낸 다음 그 자리에 쭈그리고 앉았다. 그리고 휴대 전화를 어깨와 턱 사이에 끼우고 무릎 위에 메모장을 펼쳤다.

"사무실 위치 좀 말해 봐. 지금 갈게."

전화를 끊은 그는 큰길로 나와 택시를 탔다. 쿠라마에에 도착한 건 30분쯤 뒤였다. 에도 거리에서 스미다가와 방향으로 한 블록 들어간 곳에 작은 갈색 건물이 있고, 그 2층에 자원 봉사 단체 사무실이 있었다.

인터폰을 누르자 안에서 인기척이 들리더니 문이 열렸다. 마흔쯤 돼 보이는 체구가 작은 남자가 얼굴을 내밀었다.

"경시청에서?"

"네."

구사나기는 대답과 동시에 눈길을 사무실 안으로 돌렸다. 사무기기와 팩스 등이 어지럽게 놓여 있는 책상 앞에 우쓰미가 앉아 있었다. 구사나기를 본 그녀는 가볍게 고개를 끄덕했다.

남자는 다나카라고 했다.

"자, 들어오시죠."

"그럼, 실례합니다."

안으로 들어가자 바닥에도 종이 박스 등이 어지럽게 놓여 있었다.

"얘기는 좀 나눴어?"

구사나기가 우쓰미에게 물었다.

"대충요. 쓰카하라 씨의 사진을 보여 드렸더니 센바를 찾던 사람이 확실하다고 하셨어요."

"왜 찾는지는 말하지 않던가요?"

구사나기가 이번에는 다나카에게 물었다.

"네. 아마 제가 묻지 않았을 겁니다. 사채업자들이 찾아오는 경우가 종종 있거든요. 그런 종류 아닐까 생각했습니다. 노숙자 중에는 빚을 지고 도망 다니는 사람도 많습니다."

"다나카 씨에 따르면,"

우쓰미가 말했다.

"쓰카하라 씨가 처음 찾아온 건 3월 말경이고, 그 후 두세 번 더 왔었대요. 항상 조금 떨어져 서서, 무료 급식을 받으려고 줄 서 있는 사람들을 지그시 보고 있더랍니다. 하지만 5월 이후로는 나타나지 않았다고요. 그렇죠?"

다나카가 고개를 끄덕였다.

"그 사람에 대해 다들 왠지 기분이 안 좋다고 했어요. 보이지 않게 되자 안심하는 분위기였죠. 그런데 저……, 도대체 무슨 일인가요, 뭘 수사하시는 겁니까?"

구사나기가 쓴웃음을 지으며 손을 내저었다.

"별거 아닙니다. 신경 쓰지 마세요."

그리고 그는 우쓰미가 일어나는 것을 곁눈으로 보며 계속했다.

"또 여쭤 볼 것이 생길지도 모르겠습니다. 그때도 잘 부탁드립니다. 오늘 감사했습니다. 그럼 이만 실례합니다."

단숨에 거기까지 말한 뒤 입구로 향했다.

건물을 나온 후에도 거리를 따라 조금 걷자 셀프 커피숍이 나왔다. 에고타 역 근처에 있던 것과 같은 체인이다. 다른 가게가 눈에 띄지 않아 별수 없이 그곳으로 들어갔다.

거기서 두 사람은 서로의 정보를 교환했다. 구사나기는 다타라가 전화한 이야기를 우쓰미에게 해 주었다.

"그런데, 유가와 교수가 한 말은 안 전하셨어요? 결말이 잘 못되면 한 사람의 인생이 크게 뒤틀릴 수 있다는 얘기요."

"안 했어. 그 미묘한 뉘앙스를 이해할 수 있는 사람이 나나 자네 정도밖에 더 있겠어? 그리고, 그러지 않아도 관리관은 어느 정도 알고 있어. 유가와가 나섰다면 하고 싶은 대로 내버려

뒤도 괜찮다는 걸. 자, 그건 그렇고, 이번엔 뭘 하지? 나는 나루미 양의 가족이 실제로 살았던 곳을 찾아가 볼까 생각하고 있는데."

그는 지겹도록 마신 커피를 또 한 모금 마셨다.

"저, 다나카 씨 얘기를 듣다가 생각난 게 있는데요."

"뭐지?"

"지금까지 드러난 사실로 볼 때 쓰카하라 씨가 센바를 찾아다닌 건 확실해요. 시기와 장소는 달라도 두 사람 모두 무료 급식소에서 목격된 것만 봐도. 쓰카하라 씨는 명형사였어요. 좀 더 다양한 장소를 찾아다녔을 거예요."

그리고 우쓰미는 길게 찢어진 눈으로 구사나기를 똑바로 봤다.

"쓰카하라 씨가 결국 센바를 찾아낸 거 아닐까요? 다나카 씨는 5월 이후 쓰카하라 씨를 보지 못했다고 했어요. 그건 목적을 달성했기 때문 아닐까요?"

구사나기는 커피 잔을 내려놓고 후배 여형사 얼굴을 빤히 바라보다가 입을 열었다.

"그렇다면, 뭘 어떻게 하지?"

"아까 말씀드린 대로 신주쿠 중앙 공원에서 목격된 센바는 매우 쇠약해져 있었대요. 무슨 병을 앓고 있다는 걸 한눈에 봐도 알 수 있을 정도로. 설사 쓰카하라 씨가 4월경에 센바를 찾아냈다 하더라도 센바가 건강한 상태였을 거라고는 생각하기 힘들죠."

"더 악화되든지, 최악의 경우 죽었을 수도?"

"어젯밤, 올 들어 도내에서 발견된 신원 미상의 시체에 대한 데이터를 찾아봤어요. 센바로 보이는 인물은 없었는데, 다시 한 번 확인해 봐야겠어요. 문제는 죽지 않았을 경우예요. 겨우 찾아낸 상대가 노숙자로 중병에 걸렸다면 쓰카하라 씨는 어떻게 했을까요?"

구사나기는 의자에 몸을 기대며 시선을 천장으로 향했다. 나라면 어떻게 했을까.

"우선은 병원에 데려갔겠지. 진료를 받게 하고, 필요하다면 입원도 시키고. 그게 상식 아닐까? 노숙자들을 치료해 주는 특수한 병원도 있잖아."

"물론 있죠. 하지만 그런 곳에서 치료를 받으려면 주민표가 필요한데, 센바는 출소 이후 줄곧 주거 부정이었어요. 병원비를 쓰카하라 씨가 내준 것 아닐까요?"

"그럴 수도 있지. 하지만 한두 번 병원에 갔다고 상태가 좋아졌을까? 들어 보니 상당히 안 좋았던 것 같던데."

"저도 같은 생각이에요. 입원해야 했을 수도 있지요."

"주거 부정인 노숙자가 입원한다면 얘기가 더 복잡해지는데."

"그런 환자를 입원시키게 되면 병원 측은 대개 생활 보호 대상자로 등록을 하죠. 그럴 경우 환자는 실제로 사는 곳, 이 경우는 병원을 거주지로 해서 주민표를 만들어야 해요. 하지만 호적표를 조사해 보니 그런 흔적이 없더라고요."

"그게 어떻다는 거지?"

"생활 보호 대상자가 아니어도 센바를 치료해 준 병원, 또는 모종의 이유로 쓰카하라 씨에게 선처를 베풀어 준 병원이 있었다는 얘기 아니겠어요?"

우쓰미는 별 표정의 변화 없이, 그러나 자신감 넘치는 투로 얘기했다.

## 38

수사관들의 보고가 이어지는 동안 회의실 분위기는 점점 무거워져만 갔다. 도대체 성과라고 할 만한 것이 하나도 없었던 것이다. 현경 본부 수사 1과장 호즈미는 불만스러운 표정으로 손에 든 자료를 내려다보고 있었다. 거기에도 이렇다 할 만한 내용은 없었다. 광범위하게 탐문 수사가 이루어지고 있지만 아직 유력한 정보는 얻지 못했다는 것이 구체적이고 객관적으로 기록되어 있을 뿐이었다. 그중에는 어제 니시구치 등이 히가시하리에서 알아낸, 쓰카하라 마사쓰구가 해조 우동을 먹었던 가게에 대한 내용도 담겨 있었다. 유감스럽게도 그 역시 사건 해결에는 아무런 도움도 안 될 것 같았지만.

니시구치는 뒷자리에 앉아 히가시하리에서 유가와와 나눈 대화를 곰곰이 되새기고 있었다. 그 학자는 도대체 왜 거기에 갔을까.

'하리가우라의 바다는 히가시하리에서 바라보는 것이 최고다.'

유가와는 나루미가 운영하는 사이트에 그렇게 쓰여 있다고 했다. 그래서 니시구치는 어젯밤 늦게 그 사이트에 들어가 봤다. 나루미가 만든 '마이 크리스털 시'라는 사이트는 분명 존재했다. 하지만 아무리 뒤져도 유가와가 말한 내용은 없었다. 아니, 히가시하리라는 지명 자체가 아예 나오지 않았다.

그 학자가 거짓말을 한 것일까. 그렇다면 대체 왜……

회의는 계속됐다. 살해 방법과 살해 장소에 관한 보고가 시작됐다.

피살자가 일산화탄소 중독사한 장소는 여전히 오리무중이었다. 우선 목격 정보가 거의 없다시피 했다.

피살자를 차 안으로 유도해 수면제를 먹여 잠들게 한 뒤 연탄 등을 사용해 중독사 시킨다. 그리고 사체를 방파제 아래 바위에 떨어뜨린 후 차를 몰고 도주한다. 이 방법이라면 차를 세운 장소에 따라서는 남의 눈에 띄지 않고도 일을 처리할 수 있다. 밤이면 돌아다니는 사람이 없는 해변 마을이기 때문이다.

차가 아니라 평소 사용하지 않는 창고나 빈집을 이용했을 가능성도 있기 때문에 사건 현장 주변의 그런 건물들도 조사하는 중이다. 하지만 아직까지 이번 사건과 관련이 있을 만한 곳은 발견되지 않았다. 수년 전까지 영업하다가 지금은 폐허가 된 여관의 방에서 뭔가가 불에 탄 흔적이 발견되기는 했다. 하지만 쌓여 있는 먼지의 상태로 미뤄 볼 때 적어도 최근 한 달 간은 아무도 발을 들이지 않은 것으로 판명됐다. 뭔가를 태운 흔적은 아마도 빈 건물을 탐험하러 왔던 녀석들 짓일 것이다.

"인간관계는 어때, 뭐 나온 것 좀 없어?"

수확 없는 얘기가 계속되자 더는 못 참겠다는 듯 호즈미 과장이 입을 열었다.

"도쿄 팀으로부터 들어온 정보를 보고하겠습니다."

이소베 계장이 서류를 들고 일어섰다. 도쿄 팀이란 쓰카하라 마사쓰구의 주변을 조사하기 위해 도쿄에 파견된 수사관들을 말한다.

이소베는 헛기침을 한 번 한 뒤 입을 열었다.

"피살자 쓰카하라 마사쓰구 씨가 지난해 경시청을 퇴직할 당시 근무했던 부서는 지역부 지역 지도과였습니다. 근무 당시 쓰카하라 씨의 모습에 대해 동료 3명에게서 얘기를 들어 봤습니다. 우선 첫 번째 사람은……"

이소베는 기세 좋게 말했지만 그 내용에는 호즈미를 만족시켜 줄 만한 것이 없었다. 생전의 쓰카하라 마사쓰구는 업무에 충실했고 특히 범죄 예방에 큰 관심을 갖고 있었으며 아무리 사소한 일이라도 소홀히 처리하는 법이 없었다. 대인 관계에 능한 편은 아니었지만 한번 마음을 열면 상대를 위해 모든 것을 희생할 정도의 열정이 있는 사람이었다. 즉 남에게 원한을 살 만한 사람은 아니었다는 것이다.

업무 면에서도 눈에 뜨이는 트러블이 없었고 퇴직 시의 인수인계도 순조롭게 끝났다. 풍파를 일으키지 않고 조용히 떠났다는 것이 옛 동료들의 공통된 인상인 듯했다.

이소베의 보고를 다 들은 호즈미는 얼굴을 찌푸리며 기지개를 켜더니 그대로 두 손을 머리 뒤로 돌렸다.

"아무래도 그쪽 팀에서는 뭐가 나올 것 같지 않군. 저쪽은 어때. 센바라고 했지? 여전히 목격자 증언은 없나?"

"네, 아직까지는. 오늘은 히가시하리에서 더 동쪽으로 탐문 수사 범위를 확대할 생각입니다만……."

이소베가 말끝을 흐렸다.

"센바라는 자가 살았는지 죽었는지조차 모른다는 얘기야?"

"네, 경시청이 행방을 좇고 있고, 단서가 잡히는 대로 이쪽에 알려 주기로 되어 있습니다."

즉, 경시청에서 아무 연락이 없으니 아무 단서도 없다는 얘기였다.

"피살자와 하리가우라의 접점에 관해서는 어때, 센바 외에 는 없는 거야?"

호즈미의 말투에 노기가 서려 갔다.

"도쿄에서 보고한 바에 따르면, 지금까지의 조사 결과로는 피살자와 하리가우라 사이에 연결 고리가 될 만한 것이 전혀 없다고 합니다. 피살자가 이곳을 찾은 이유는 역시 해저 자원 개발 설명회 때문이라는 것이 현재까지 파악된 상황입니다. 그리고 그와 관련해서 보고할 게 하나 있는데요…… 이봐, 노 노가키!"

이소베가 부하 이름을 불렀다.

앞자리에 앉아 있던 남자가 일어섰다. 어제 오후 니시구치와 함께 탐문 수사를 벌였던 현경 소속 수사관이다. 수사본부로 돌아가겠다고 했으나 사실은 별도의 지시를 받았던 모양이다.

"그 설명회는 참가표가 없으면 입장할 수 없습니다. 정식 명 칭은 '해저 열수광상 개발 계획에 관한 설명회 및 토론회 참가 표'라고 합니다. 피살자가 갖고 있던 것은 위조된 것이 아닌 진 짜였습니다. 이 참가표를 받으려면 해저 금속 광물 자원 기구 에 우편으로 신청해야 합니다. 신청서와 함께 반신용 봉투도 같이 보내야 하고요. 하지만 신청했다고 반드시 참가할 수 있 는 건 아니고 신청자가 많은 경우 추첨을 하게 되어 있다고 합니다. 이번에도 2배 가까이 신청이 몰렸는데, 해저 금속 광물 자원 기구에 문의한 결과 당첨자 명단에 피살자의 이름이 있었습니다."

"그래서?"

호즈미의 눈이 날카롭게 빛났다. 그게 전부라면 용서하지 않겠다고 위협하는 듯한 눈빛이었다.

"설명회와 토론회의 개최가 결정된 것이 6월이고 정식으로 모집이 시작된 건 7월 들어서였습니다. 요미우리, 아사히, 마이니치 등 3개 일간지와 해저 금속 광물 자원 기구의 인터넷 사이트에서 모집 요강이 발표됐습니다. 그리고 피살자가 응모한 건 7월 15일입니다. 당첨자들의 응모 봉투가 기구 사무실에 아직 보관되어 있어서 거기 찍힌 소인으로 확인한 것입니다. 문제는 우편물을 발송한 장소인데……, 조후 역 앞 우체국 관내였습니다."

"조후?"

호즈미가 의아한 듯 눈썹을 찌푸렸다.

"조후라면 도쿄잖아. 위치가……."

"누가 도쿄 지도 좀 가져와!"

이소베가 소리쳤다. 젊은 형사 하나가 재빨리 자동차용 지도를 호즈미 앞에 펼쳤다. 그사이 니시구치는 휴대 전화로 조후 역의 위치를 확인했다. 신주쿠에서 서쪽으로 약 15킬로미터 떨어진 곳에 있었다.

"피살자의 자택은 사이타마 현 하토가야입니다."

노노가키가 다시 말을 이었다.

"봉투에 적힌 주소나 해저 금속 광물 자원 기구가 작성한 당첨자 리스트 주소 모두 그렇게 되어 있었습니다. 그런데 응모 봉투를 우편함에 넣은 곳은 조후 역 앞이었던 것입니다. 그 이유는 아직 밝혀내지 못했습니다. 이상입니다."

호즈미는 지도를 들여다보며 신경질적인 표정으로 고개를 갸우뚱했다.

"별 이유 없는 거 아니야? 볼일이 있어서 조후에 갔다가 우연히 우편함이 눈에 뜨여 편지를 넣었다, 뭐 그런 거 아니냐고."

"그럴 가능성도 없는 건 아닙니다만,"

이소베가 평소의 그답지 않게 과장에게 반론을 시도했다.

"피살자 부인에게 전화로 물어봤더니 피살자가 조후에 간 이유에 대해 전혀 짐작 가는 바가 없답니다. 조후에는 친척도 지인도 없다고요. 또 사이타마 현 하토가야에서 조후 시까지는 거리가 상당히 멉니다. 피살자는 자동차가 없으니 전철로 이동했을 것이라고 생각됩니다. 그 사이에 우편함이 한두 개 있는 게 아닙니다. 그런데도 왜 굳이 조후 역 앞에서 넣었을까…… 물론 우편함을 발견하지 못했을 수도 있습니다만."

호즈미는 말없이 듣고만 있었다. 이소베의 의견에 어느 정도 타당성이 있다고 생각하는 표정이었다. 잠시 후 호즈미는 참석자 모두를 둘러봤다.

"이 건에 대해 의견이 있는 사람?"

몇 초간의 침묵이 흐른 뒤 "네."라고 대답하는 낮은 음성이 들렸다. 모토야마가 조심스럽게 손을 들었다.

"말해 봐."

"피살자가 왜 조후에 갔는지는 불분명하지만, 거기서 데스 멕 설명회에 대해 알게 된 것 아닐까요? 어쩌면 누군가가 가르쳐 줬을 수도 있고요. 피살자는 그 얘기를 듣고 설명회에 꼭 참석하고 싶어서 잊어버리기 전에 그 자리에서 신청서를 작성했고 조후 역에서 전철로 돌아가는 길에 역 앞 우체국에서 우편함에 넣었다. 그렇게 생각하는 게 자연스러운 것 같습니다."

듣고 있던 니시구치도 그의 말에 공감했다. 그럴 수 있겠다 싶었다.

호즈미도 같은 생각인지 고개를 끄덕였다.

"그렇다면 설명이 되지. 피살자가 조후에 간 이유가 한층 더 궁금해지는군."

"도쿄 팀에 연락할까요?"

이소베가 얼굴을 들이밀며 물었다.

"그렇게 하지. 피살자가 어디서 설명회 얘기를 들었는지, 왜 그런 설명회에 참가하려고 했는지, 그걸 밝히는 게 사건 해결의 열쇠가 될지도 몰라. 부인을 만나서 다시 한 번 물어보라고 지시해."

"알겠습니다."

상사의 기분이 좋아지는 걸 눈치챘는지 이소베의 목소리에 힘이 실렸다.


**39**


반짝반짝 빛이 날 정도로 잘 닦인 짙은 감색 차체를 보니 휘파람이 절로 나왔다. 구동 방식은 2WD, 연비는 15.8km/ $l$ , 배기량 3.5L, 엔진 타입은 하이브리드. 하지만 가격을 보자 저도 모르게 쓴웃음이 나왔다.

'600만 엔짜리 차를 살 돈이 있으면 먼저 좋은 집으로 이사부터 가겠다.'

운전석 쪽 문손잡이를 당겨 문을 살짝 열어 봤다. 어느 정도 무게를 느낀 후 다시 닫았다. 문 닫는 소리마저 중량감 있게 느껴진다.

"한번 타 보시죠."

뒤에서 누군가 말하는 소리가 들렸다. 돌아보니 옅은 회색 정장을 입고 쇼트커트 머리를 한 여성이 상냥하게 미소 짓고 있다.

"아, 아닙니다. 차를 보러 온 게 아니에요."

구사나기는 손을 내저었다. 동시에 그녀의 가슴에 달린 명찰을 보니 '오제키'라고 쓰여 있다.

"오제키 씨?"

"네."

그녀가 미소 지으며 대답했다.

"저…… 경시청에서 온 구사나기입니다."

그는 재빨리 경찰 신분증을 보여 준 뒤 도로 집어넣었다.

그녀, 오제키 레이코는 순간적으로 눈을 동그랗게 뜨더니 "이쪽으로……"라며 응접용 테이블로 안내했다.

"마실 건 뭘 드릴까요?"

"아니, 됐습니다. 신경 쓰지 마세요. 손님이 아니니까요."

"사양하실 것 없어요. 커피로 드릴까요, 아니면 차가운 우롱차로?"

"그럼 우롱차로……."

"알겠습니다."

레이코는 고개를 한 번 꾸벅하고 물러갔다.

업무에 크게 방해되지는 않을 듯했다. 구사나기는 한숨을 내쉬며 테이블을 내려다봤다. 신차 카탈로그가 놓여 있다.

오후 1시를 조금 지난 시각. 구사나기가 와 있는 곳은 고토 구에 있는 자동차 영업소. 목적은 물론 오제키 레이코를 만나기 위해서다.

오늘 아침 일찍 가와하타 나루미가 다녔던 사립 중학교를 찾아가 졸업 앨범과 졸업생 명부를 조사했다. 중학 시절의 그녀는 다소 강인한 인상이었다. 또한 성인이 되면 분명 미인일 거라 예상되는 타입이었다.

나루미는 테니스부 소속이었다. 같은 학년에 그녀 외에 3명의 여자 부원이 있었다. 구사나기는 그 3명 모두를 명부에 있는 집 주소로 찾아가 보기로 했다. 첫 번째 여성은 집에 없었다. 두 번째는 집에 부모가 살고 있었지만 본인은 결혼해 센다이에 산다고 했다. 세 번째로 방문한 것이 레이코의 집이었다. 그 어머니 말이, 딸이 고토 구에 있는 자동차 영업소에서 일한다고 했다. 급히 만나고 싶다고 하자 그 자리에서 딸에게 전화를 걸었다.

"오후 1시 이후에는 괜찮다는데요."

친절한 어머니는 그렇게 말한 뒤 다소 불안한 얼굴로 뭘 조사하느냐고 물었다.

"걱정 마세요. 따님과는 전혀 관계없는 일입니다."

구사나기는 웃는 얼굴로 대답하고 감사 인사를 한 후 그 집을 나왔다.

오제키 레이코가 쟁반에 우롱차 잔을 받쳐 들고 돌아왔다.

"드세요."

그녀는 구사나기 앞에 잔을 놓고 테이블 건너편 쪽에 가서 앉았다.

"바쁘신데 죄송합니다."

"어머니가 또 전화하셨어요. 무슨 사건을 수사하는 건지 물어봐 줬으면 좋겠다고요. 어머니가 추리 극이나 서스펜스 드라마를 엄청 좋아하시거든요."

"하하, 그러시군요."

"진짜 형사를 만난 건 처음이라며 흥분하셨어요. 뭐, 이러는 저도 조금은 기대되는데요!"

오제키 레이코가 우롱차를 한 모금 마셨다.

"그런데…… 어떤 사건인가요?"

"죄송하지만, 그건 알려 드릴 수 없습니다."

"역시 비밀인가요? 아, 아쉬워라."

말은 그렇게 하면서도 그녀는 즐거워 보였다.

"여쭤 보고 싶은 건 중학 시절의 일입니다. 오제키 레이코 씨는 테니스부 소속이셨지요?"

"어머, 그렇게 옛날 일을요…… 네, 맞아요. 테니스부였어요."

"그럼 가와하타라는 분을 기억합니까? 가와하타 나루미."

레이코의 얼굴이 순간 밝아지면서 눈이 빛났다.

"나루미요? 물론 기억하죠. 아아, 하지만 만난 지 정말 오래됐어요."

"중학교 졸업 후에도 연락하고 지냈나요?"

"네. 저는 중학교와 같은 재단의 고등학교로 진학했는데 그 아이는 집안 사정 때문에 먼 곳으로 이사 갔어요. 그래도 통화는 종종 했죠. 하지만 10년 전부터는 그마저 끊어졌어요."

고개를 비스듬히 하고 생각에 잠겼던 레이코는 퍼뜩 놀란 듯 고개를 바로 하고 구사나기를 보았다.

"혹시 나루미가 사건에 관련됐나요?"

"아니요, 아니에요."

구사나기는 손을 휘휘 내저었다. 얼굴에 미소를 떠올리는 것도 잊지 않았다.

"가와하타 씨 본인은 관계없어요. 알고자 하는 건, 가와하타 씨가 살았던 동네입니다."

"동네요?"

"당시 가와하타 씨의 주소는 기타 구 오지로 되어 있더군요. 하지만 실제로는 다른 집에서 통학했지요. 알고 있었습니까?"

레이코는 미간에 주름을 잡으며 생각에 잠겼다. 10여 년 전 일이다. 생각나지 않는대도 이상할 건 없다. 그리고 같은 테니스부 소속이라고 반드시 집까지 알아야 하는 것은 아니다.

무리인가 싶어 구사나기가 단념하려고 했을 때 갑자기 그녀가 고개를 들었다.

"맞다!"

"기억났습니까?"

"몇 번 그 집에 간 적이 있어요. 오지는 아니었어요."

"그럼 어디였죠?"

"정확한 장소는 모르겠어요. 하지만 내린 역은 기억나요."

"무슨 역이었습니까?"

"오기쿠보 역요."

구사나기의 심장이 빠르게 뛰기 시작했다. 하지만 얼굴에 감정이 드러나지 않도록 안간힘을 썼다.

"오기쿠보 역이라……, 좀 더 자세한 건 생각 안 납니까? 역에서 어느 쪽으로 걸어갔다든가."

"글쎄요……, 역에서 꽤 걸어갔던 건 기억나요. 나루미가 역까지 자전거를 타고 다녔던가……?"

자신 없는 말투였다.

"단독 주택이었나요?"

"네. 그다지 큰 집은 아니었던 것 같아요."

"여기 혹시 지도 없습니까? 운전자용 지도라든가……."

"있을 거예요. 잠깐 기다려 주세요."

레이코가 자리에서 일어섰다.

그녀가 안쪽으로 사라지는 걸 보면서 구사나기는 우롱차를 마셨다. 넥타이를 느슨하게 한 것은 몸에서 열기가 피어오르는 듯한 느낌 때문이었다.

잠시 후 돌아온 레이코는 노트북 컴퓨터를 안고 있었다.

"이게 찾기 편해서요."

그녀는 인터넷 창을 열고 오기쿠보 역 주변 지도를 불러왔다.

"어때요, 기억나는 게 있습니까?"

구사나기가 물었다.

잠시 화면을 들여다보던 레이코는 그러나 결국 힘없이 고개를 저었다.

"죄송해요. 역시 생각이 안 나네요. 복잡한 길을 걸었던 기억은 나는데, 나루미 뒤만 쫓아가느라 주변을 제대로 보지 못했나 봐요."

"그랬군요."

무리도 아니라고 생각했다. 여기까지 떠올려 준 것만으로도 큰 수확이었다.

"저……, 나루미한테 직접 물어보면 안 되나요? 제가 연락처를 아는데."

"아, 아니, 그건……."

구사나기가 당황해하며 고개를 저었다.

"물론 나루미 씨한테도 물어볼 겁니다. 하지만 가능하면 많은 분께 얘기를 듣고 싶어서요. 연락처도 알고 있습니다. 지금은 하리가우라에 있죠?"

"맞아요. 아버지가 그쪽 출신이고, 아마 여관을 물려받게 될 거라 그러죠?"

레이코의 기억은 정확했다.

"나루미 씨가 이사를 간 건 갑자기 그렇게 된 건가요, 아니면 전부터 얘기가 있었나요?"

"자세한 사정은 모르지만 제가 보기엔 급히 서두른다는 느낌이었어요. 나루미도 저와 같은 고등학교로 진학할 거라고 생각하고 있었거든요. 본인도 그런 식으로 얘기했고요. 언젠간 아버지가 고향의 여관을 물려받겠지만 솔직히 자기는 별로 가고 싶지 않고 여기 남고 싶다고 그랬어요. 그리고 고등학교를 졸업한 후에는 혼자 사는 한이 있더라도 도쿄에서 대학을 다닐 거라고도요. 그래서 그녀가 하리가우라로 내려가 버렸을 때 얼마나 놀랐는지 몰라요."

"중학교 졸업 후에도 연락하고 지냈다고 했지요? 그때 물어본 적 없습니까?"

"자세히 묻지는 않았어요. 뭔가 사정이 있으니 얘기를 안 하겠지 생각했었죠."

차분한 어조로 이야기하던 레이코는 갑자기 미심쩍은 눈초리를 구사나기에게 보냈다.

"나루미 본인은 사건과 관계없다고 하셨는데, 그럼 그 친구

집이 이사 간 것과 관련이 있는 건가요?"

"아니요, 그런 것도 아닙니다."

"왠지 마음에 걸리네요. 15, 16년도 더 된 일을 캐물으시니 말이죠. 어떤 종류의 사건인지만이라도 알려 주실 수 없나요? 이대로는 신경이 쓰여 잠을 못 잘 것 같아요."

"죄송합니다. 규칙상 알려 드릴 수 없게 돼 있어서요."

그리고 구사나기는 자리에서 일어났다.

"바쁘신데 실례가 많았습니다. 협조해 주셔서 고맙습니다."

"수사에 도움이 됐나요?"

"큰 도움이 됐습니다."

고개를 숙인 후 출입문을 향해 걸어 나가던 구사나기가 걸음을 멈추고 다시 돌아봤다.

"말씀드렸다시피 가와하타 나루미 씨 본인에게도 직접 얘기를 들을 예정입니다. 그때 나루미 씨가 아무런 선입견 없이 저희와 만났으면 합니다. 그래서 부탁드리는데, 모쪼록 오늘 저와 만난 사실은 얘기하지 않으셨으면 합니다. 다른 사람을 통해서 전해질 수도 있으니 나루미 씨 본인은 물론 다른 사람들에게도 발설하지 않으셨으면 합니다."

그러자 레이코는 일순 낙심한 듯한 표정을 지었다가 곧 장난기 어린 미소를 떠올렸다.

"어머니는 괜찮겠죠? 제가 형사님과 만나는 것도 알고 계시니까."

"가능하다면 그것도 삼가 주시면 좋겠는데요."

"아, 어쩌나……, 집에 돌아가면 분명 꼬치꼬치 캐물으실 텐데."

"부탁드립니다."

구사나기가 머리를 숙였다.

"정 그러시다면 뭐, 하는 수 없죠."

레이코가 그리 믿음이 가지 않는 말투로 대답했다.

그녀는 고객을 대하듯 구사나기를 입구까지 배웅했다.

자동차 영업소를 나와 다음 할 일을 생각하며 걸음을 옮기기 시작했을 때였다. 레이코가 "형사님!" 하고 부르며 뒤에서 쫓아왔다.

"한 가지 생각났어요. 4월 초에 나루미네 집에 놀러 갔던 적이 있어요. 집 근처에 공원이 있었는데 벚꽃이 굉장히 예뻤어요. 벚꽃 놀이 하러 모였던 것 같아요."

"공원, 벚꽃? 확실합니까?"

"틀림없을 거예요. 중학 시절에 벚꽃 놀이를 한 건 그때뿐이었으니까요."

구사나기는 잠시 뭔가 생각하더니 고개를 끄덕이며 미소 지었다.

"감사합니다. 참고하겠습니다."

"그런데 이것도 비밀로 해야겠지요?"

그러면서 그녀는 검지를 입술에 댔다.

"네, 부탁드립니다."

"알겠어요. 그럼 수고하세요."

그렇게 말한 뒤 그녀는 뒤돌아 갔다. 그녀의 모습이 사라지자 구사나기는 다시 걸음을 옮기기 시작했다. 흥분으로 발걸음이 절로 빨라졌다.

'오기쿠보, 공원 옆……'

미야케 노부코가 살해된 장소와 키워드가 일치했다. 확실하다. 가와하타 가족은 센바 사건과 어떤 형태로든 관련이 있다.

이 사실을 유가와에게 알리는 게 좋을까 생각하고 있는데 휴대 전화가 울렸다. 우쓰미였다. 그녀는 쓰카하라 마사쓰구의 부인을 만나러 가 있을 것이다. 주거 부정 노숙자를 받아 줄 만한 병원을 쓰카하라가 알고 있었는지 확인하기 위해서였다.

"나야. 뭐 좀 건졌어?"

전화를 받자마자 물었다.

"아직 뭐라 말하긴 그렇지만 흥미로운 정보를 얻었어요."

"부인이 얘기해 준 거야?"

"아니요. 그게 아니라 현경 수사관한테서요."

"현경?"

"그 집에 가 보니까 수사관 2명이 부인과 얘기하고 있더라고요. 둘 다 현경 수사 1과 소속이라고. 동석해도 좋다기에 옆에 앉아서 오가는 얘기를 들었어요."

"그 녀석들은 뭘 알아보러 온 거야?"

"쓰카하라 씨와 조후 역의 연관성에 대해서요."

"조후 역? 그런 장소는 왜 튀어나온 거지?"

"쓰카하라 씨가 조후 역 근처에서 우편물을 보냈나 봐요."

우쓰미에 따르면 그 우편물은 하리가우라에서 개최된 해저 자원 관련 설명회 참가 신청서라고 했다.

"그래서, 부인은 뭐래?"

"한참 생각하더니 짚이는 게 전혀 없다고 하더라고요. 경시청 재직 당시에 갔었는지는 모르지만 남편은 집에서 일 얘기를 일절 하지 않아서 모르겠다고요."

쓰카하라 사나에의 의연한 얼굴이 떠올랐다. 남편의 일에 무관심했던 것이 아니라 자신의 직분은 남편이 안심하고 일에 몰두할 수 있도록 가정을 지키는 것이라고 다짐하고 살았을 것이다.

"현경 녀석들이 다른 건 안 물었어?"

"네, 별거 없었어요. 쓰카하라 씨와 하리가우라의 관계에 대해 생각나는 게 없느냐, 뭐 그 정도요. 물론 부인의 대답은 '없다.'였고요."

"우쓰미는 어땠어, 그자들이 자꾸 이것저것 캐묻지 않아?"

"부인은 왜 만나러 왔냐고 묻던데요."

"그래서 사실대로 대답했어, 병원에 관해 물어보러 왔다고?"

"그럴 걸 그랬나……."

우쓰미의 능청스러운 대답에 구사나기는 저도 모르게 히죽 웃었다.

"그럼 뭐라고 그랬는데?"

"앨범 빌리러 왔다고 했죠. 쓰카하라 씨가 전에 하리가우라에 간 적이 있다면 사진이 남아 있을지도 모른다고 하면서요."

"하하, 그래 현경 놈들이 납득하는 것 같아?"

"납득한다기보다 좀 맥이 빠지는 모양이던데요. 경시청에서도 지원해 준다던데 아직도 수사가 그 수준이냐고요. 앨범은 지난번 현경 수사관이 왔을 때 가져갔다고 하더군요. 그 사람들, 젊은 여자 형사가 혼자 돌아다니는 데에 실망하는 것 같았어요."

통화 내내 우쓰미의 담담한 말투는 변함이 없었지만, 마지막 부분에서 살짝 불만이 배어 나왔다.

"신경 쓸 거 없어. 이쪽은 확실하고도 귀중한 정보를 가졌잖아."

"신경 안 써요. 선배도 그게 귀중한 정보라고 생각해요?"

"당연하지. 하리가우라 설명회 참가 신청서를 조후 역 근처

우체통에 넣었다. 그건 누구와 만나고 돌아가는 길이었을 게 틀림없어. 그리고 그 누군가가 바로 하리가우라와 깊은 관계가 있어."

"저도 같은 생각이에요. 그래서 바로 움직이려고요. 그걸 말씀드리려고 전화한 거예요."

구사나기가 전화를 다잡았다.

"조후로 가고 있는 거야?"

"네. 집에 가서 차를 가지고 나왔어요. 지금 편의점 주차장이에요."

운전 중은 아니라는 얘기 같았다.

"조후 역 주변 병원을 샅샅이 훑어보려고요."

"잘해 봐. 현경 녀석들도 결국은 조후에서 탐문 수사에 나설 거야. 병원이라는 단서를 쥔 우리가 압도적으로 유리하겠지만. 파이팅!"

"알겠어요. 구사나기 선배 쪽은 어때요?"

"나?"

구사나기는 입술에 침을 묻혔다.

"여러모로 수확이 있었지. 그건 그쪽 일 마치면 가르쳐 줄게. 정신 집중이 안 되면 곤란하니까."

"기대되는데요."

"기대해도 좋아. 그럼."

실은 제대로 설명할 수 있을 정도로 생각이 정리돼 있지 않았다. 서둘러 전화를 끊었다.

## 40

테이블에 삼각형 모양으로 자른 종이가 석 장 놓여 있다. 종이 석 장을 겹쳐 잘랐기 때문에 모두 모양이 같다. 유가와는 삼각형 두 개를 붙여 평행 사변형을 만든 뒤 나머지 하나를 마저 붙여 사다리꼴로 만들었다.

"이제 알겠지? 삼각형 3개의 내각을 합하면 일직선이 돼. 즉 180도지. 이게 모든 것의 기본이야. 사각형은 2개의 삼각형으로 나눌 수 있으니까 내각이 180도의 2배, 즉 360도가 되는 거고. 마찬가지로 오각형의 경우……."

유가와는 정성껏 설명해 주었지만 교헤이의 머릿속에는 다른 영상이 돌아가고 있었다.

어젯밤 일이었다. 교헤이는 자기 전에 고모부 방을 찾았다. 들어가려고 하는데, 방에서 소곤소곤 얘기 나누는 소리가 복도까지 새어 나왔다. 무슨 내용인지는 알 수 없었지만 한마디만은 확실히 귀에 들어왔다.

"그 박사, 눈치챘어."

시게하루의 목소리였다.

그 소리를 들은 순간 교헤이는 다리가 후들거리기 시작했다. 무릎이 떨려서 서 있기조차 힘들었다. 간신히 몸을 돌려 복도를 되돌아가기 시작했지만 발소리를 내지 않으려 안간힘을 쓰느라 빨리 걸을 수가 없었다.

방으로 돌아와 이불을 뒤집어썼다. 엄청난 불안감이 밀려와 심장이 빠르게 뛰었다. 자세한 사정은 모른다. 어른들은 늘 그렇다. 아이들에게는 진실을 알려 주지 않는다. 하지만 무슨 일인가 일어나려 한다는 것만은 알 수 있었다. 그건 결코 좋은 일이 아니다. 좋은 일이라면 고모부가 저렇게 불길한 목소리로 말하지 않을 것이다.

퍼뜩 정신을 차려 보니 유가와가 말없이 턱을 괴고 관찰하는 눈초리로 바라보고 있었다. 교헤이는 머리를 긁적이며 테이블을 내려다봤다. 펼쳐진 노트에 몇 개의 도형이 그려져 있었다. 제일 나중 것은 9각형인 것 같았다.

"9각형은 몇 개의 삼각형으로 나눌 수 있느냐고 물었는데 네 꼬락서니를 보니 대답할 것 같지 않구나."

"어, 그러니까⋯⋯."

허둥지둥 샤프펜슬은 들었지만 푸는 방법이 떠오르지 않는다.

"하나의 각에서 다른 모든 각에 선을 그어 봐. 인접한 각으로는 그을 수 없지. 그러니까 선은 6개밖에 긋지 못하고, 삼각형은 7개가 나와. 내각의 합계는 180 곱하기 7, 그러니까 1,260

도야."

맞은편에 앉은 유가와는 노트를 자기 쪽으로 돌리지 않은 채 거꾸로 수식을 쓰는 묘기를 보여 줬다.

"오늘은 전혀 집중을 못하는구나. 왜 그래? 이러다간 영원히 숙제를 못 끝내고 말겠다. 신경 쓰이는 일이라도 있는 거야?"

"그게 아니라……."

적당한 변명거리가 떠오르지 않아 얼버무리려 했을 때 옆에 놓아두었던 어린이용 휴대 전화가 울렸다. 교헤이는 살았다고 생각하며 손을 뻗었다. 하지만 표시된 건 알 수 없는 번호였다.

"안 받아?"

유가와가 물었다.

"모르는 번호는 받지 말라던데요."

"혹시 번호가 090……,"

유가와가 거침없이 숫자를 불렀다.

"……번 아니니?"

교헤이는 깜짝 놀랐다

"맞아요. 빙고!"

그러면서 화면을 유가와에게 보여 줬다.

"나한테 걸려 온 거야."

유가와는 교헤어의 손에서 휴대 전화를 빼앗아 정색한 표정으로 받았다.

"여보세요. 그래, 유가와야. ……괜찮아. 그 뒤에 알아낸 거라도 있어?"

유가와는 전화기를 귀에 댄 채 일어서더니 방을 나가 버렸다.

'뭐야! 남의 휴대 전화를 마음대로 쓰고.'

교헤이는 입술을 쑥 내밀며 일어섰다. 입구로 가서 문을 조금 열어 봤다. 유가와의 등이 보였다. 여전히 전화기를 귀에 대고 있다.

"……그렇게 된 거로군. 오기쿠보에서 말이지? ……응, 아마 그럴 거야. 생각했던 대로야. 역시 그 가족에게 뭔가 있어. ……그래, 그렇게 해 줘."

교헤이는 문을 닫고 발소리를 죽이며 원래 있던 자리로 돌아갔다. 어젯밤처럼 몸이 떨리기 시작했다.

'그 박사, 눈치챘어.'

시게하루의 목소리가 머릿속에 되살아났다.


41


손님이 투숙한 지 6일쯤 되면 저녁 식단 짜는 데 고민이 시작된다. 나루미가 찜찜한 마음으로 어젯밤과 거의 비슷한 메뉴로 상을 차리고 있는데 유가와가 들어왔다.

"이거, 수고가 많아."

"오셨어요. 오늘도 조사선에 가셨나요?"

유가와는 고개를 끄덕이며 방석 위에 책상다리를 하고 앉았다.

"이제야 겨우 실험다운 실험을 할 수 있는 환경이 갖춰졌어. 대체 언제쯤에나 도쿄로 돌아갈 수 있을지."

"며칠 더 묵으실 건가요?"

"글쎄, 데스멕 녀석들이 빠릿빠릿하게 일을 해 주면 며칠 안 걸릴 것 같기도 하고."

그때 입구에서 소리가 났다. 교헤이가 들어오고 있었다. 언제나처럼 유가와 맞은편에 와서 앉았다. 두 손으로 든 쟁반에 포크커틀릿이 얹혀 있었다.

"이번에도 그쪽이 더 맛있어 보이는데."

"그러니까, 언제든 바꿔 드릴 수 있다니까요."

유가와는 흥, 코웃음을 웃으며 나루미를 봤다.

"부탁이 있어. 내일부터 나도 저 친구랑 같은 걸 먹을 수 있을까?"

"네? 하지만 저건 저희 가족이나 먹는……."

"그게 먹고 싶어. 물론 숙박비 깎자고 하지는 않을게."

그러자 나루미가 무릎에 양손을 얹고 고개를 숙였다.

"죄송해요. 매일 똑같은 음식만 나오니까 지겨우시죠? 좀 바꿔 보려고 했지만……."

유가와는 겸연쩍게 웃으며 젓가락을 들었다.

"그래서 한 말이 아니야. 이쪽 바다에서 난 거라면 얼마든지 먹어도 좋아. 하지만 슬슬 집 밥이 그리워져서 말이지."

나루미가 유가와의 얼굴을 쳐다봤다.

"부인께서 하신 음식을 말씀하시는 건가요?"

그 물음에 유가와는 어깨를 으쓱했다.

"유감스럽게도 나는 아직 독신이야. 그러니까 내가 말한 집 밥이란 말이지, 자기가 먹으려고 한 밥을 말하는 거야. 물론 여기 주방에서 만들면 단순한 가정 요리는 아니겠지. 그런데 음식은 나루미 양이 만드나?"

"저도 돕긴 하지만 주로 엄마가 만들어요. 예전에 손님이 많았을 때는 요리사도 있었고요."

"어머니는 단순히 솜씨가 좋은 차원을 넘으시던데. 어디서 요리 수업이라도 받으셨나?"

"젊었을 때 조그만 요릿집에서 일한 적이 있다고 하셨어요. 그때 본격적으로 배우셨나 봐요."

"그래? 혹시 그 가게가 도쿄에 있었나?"

"그렇다고 들은 것 같아요."

"아, 나도 그 얘기 들은 적 있어."

교헤이가 자랑스럽게 말했다.

"고모부도 거기서 만나셨다던데요?"

"그래?"

"네. 그리고 여기 음식을 내놓으셨대요."

"여기 음식?"

"이쪽 바다에서 잡은 생선을 사들여서 요리했대요. 아버지한테 들었어요."

"맞아?"

유가와가 나루미를 보며 확인했다. 나루미는 그 질문에 아니라고 대답하지 못했다.

"그런 것 같아요."

그렇게 말하고 나니 공연히 가슴이 뛰기 시작했다.

"그렇군. 향토 요리라는 말이군. 고향을 떠나 도시에서 일하는 사람들에겐 고마운 집이었겠어. 시게하루 씨도 그런 향수에 끌렸을 거고. 운명적인 만남이었군."

"그렇게 거창한 이야기는 아니었을 거예요."

"나루미 양 아버지 외에도 그 가게에 자주 드나드는 사람이 많았겠네. 그런 얘기는 못 들었나?"

"글쎄요, 그건 저도……."

나루미가 자리에서 일어섰다.

"옛날 일이고, 그때 얘기는 들은 적이 별로 없어서요."

웃으려 했지만 뺨이 굳어 미세하게 경련이 일었다.

"그럼 천천히 드세요."

그렇게 말하고 도망치듯 방을 나왔다.

로비를 지나는데 벽에 걸린 그림이 눈에 들어오자 저도 모르게 발걸음이 멈춰졌다. 어젯밤 유가와가 한 말이 생각났다. 그 물리학자는 이 그림이 히가시하리에서 그려진 것이라는 사실을 눈치채고 있다. 그리고 좀 전의 질문들은…… . 그녀는 후회했다. 어머니 세쓰코가 요릿집에서 일했다는 얘기는 하지 말았어야 하는 건데.

유가와는 뭘 알고 있는 걸까. 어디까지 눈치챈 것일까. 경시청의 구사나기라는 친구와 도대체 무슨 얘기를 주고받는 걸까.

무거운 마음으로 주방에 돌아가려는데 프런트 위의 전화가 울렸다. 가슴이 덜컹하면서 불길한 예감이 몰려들었다. 구사나기가 전화를 걸었을 때의 일이 떠올랐다.

목에 무언가 걸리는 느낌이 들어 헛기침을 한 번 하고 전화를 받았다.

"네, 로쿠간소입니다."

"여보세요, 말씀 좀 묻겠는데요. 거기가 가와하타 씨 댁인가요?"

젊은 여성이 공손한 말투로 물었다.

"그런데요. 누구시죠?"

상대 여성은 한 박자 쉬었다가 "오제키라고 합니다. 오제키 레이코요. 가와하타 나루미 씨 계신가요?"라고 물었다.

자신을 찾는다는 것을 안 나루미는 재빨리 머릿속의 주소록을 뒤졌다. 오제키 레이코의 얼굴이 떠오르기까지는 3초도 걸리지 않았다.

"레이코? 아니, 어떻게…… 나야, 나루미."

"아!"

짧은 탄성이 들렸다.

"역시 그랬구나. 처음 목소리를 들었을 때부터 그런 줄 알았어. 정말 오랜만이야. 잘 지냈니?"

"응, 그럭저럭."

중학 동창생의 갑작스러운 전화에 나루미는 일순 기분이 좋아졌다. 그러나 다음 순간, 불길한 생각이 가슴을 스쳤다. 도대체 왜 이때 전화를 한 것일까.

"한 10년 됐나? 연락하고 싶었는데 딱히 계기가 없었어. 일이 바쁘기도 했고. 나 자동차 딜러로 일하고 있어."

"그래? 잘됐다."

대답을 하면서 나루미는 초조함을 느꼈다. 계기가 없어서 연락을 못했다고 했다. 그럼 오늘은 계기가 있다는 말인가.

"나루미는 요즘 뭐해? 거기 있다는 건 아직 싱글이라는 얘기지?"

"응, 집 일을 돕고 있어."

"그렇구나. 참, 너 알아? 나오미 말이야, 벌써 애가 둘이야. 근데 남편이란 작자가 말도 못하게 한심한 사람이야."

중학 시절 함께 클럽 활동을 했던 친구들에 관한 이야기가 시작됐다. 일종의 근황 보고랄까. 듣고 있자니 나름 재미있는 내용도 있었지만 역시 집중할 수 없었다. 왜 전화를 걸었는지 빨리 알고 싶어 미칠 지경이었다.

적당히 맞장구쳐 주고 있는데 갑자기 "너는 어때?"라고 물어 왔다.

"뭐, 달라진 거 없어?"

"달라진 거라니?"

"뭐든. 주변에 놀랄 만한 일이 있다든지."

질문이 이상하다는 생각이 들었다.

"별로. 그저 평범하게 살아."

"그래? 그럼 나랑 똑같네. 아! 시간이 벌써 이렇게 됐구나. 바쁜데 전화한 거 아니니? 일하는 데 방해된 거 아니야?"

"아니, 괜찮아. 오늘 일은 대충 마무리됐어."

"그럼 다행이고. 내가 다시 연락할게. 아 참, 휴대 전화 번호 가르쳐 줘."

서로의 번호를 교환했다. 그리고 이대로 전화를 끊으려나 보다 생각한 순간이었다.

"저, 있잖아……."

레이코가 주저하며 얘기를 꺼냈다.

"오기쿠보가 맞지?"

가슴이 쿵 내려앉았다.

"뭐가?"

"너희 집. 그때 오기쿠보 역 근처에 살았지?"

"그래. 그런데 그게 왜?"

"응, 아무것도 아니야. 갑자기 생각나서 확인해 보고 싶었어. 그럼 또 연락할게."

"그래, 전화해 줘서 고마워."

상대방 전화가 끊기는 소리를 듣고 수화기를 놓는데 손이 떨렸다.

틀림없다. 누군가 레이코에게 물은 것이다. 가와하타 나루미가 중학생 때 어디 살았느냐고. 그 누군가가 보통 사람이었다면 레이코도 신경 쓰지 않았을 것이다. 그렇지 않기 때문에 굳이 전화해 확인한 것이다. 그녀는 중학 시절부터 호기심이 많은 소녀였다.

'경찰이 움직이고 있다.'

가와하타 나루미가 오기쿠보에 살던 시절의 일을 조사하고 있다. 발밑이 흔들리는 느낌이었다. 서 있기도 힘들어 카운터 옆에 주저앉아 버렸다.

## 42

아자부주방 역에 도착했을 때는 밤 9시가 지나 있었다. 지금쯤이면 손님이 별로 없지 않을까 싶었다. 'KONAMO'의 폐점 시간은 밤 10시다.

건물 가까이로 가서 바깥쪽으로 난 계단을 올려다봤다. 연인으로 보이는 남녀가 나오고 있었다. 그들이 다 내려오기를 기다렸다가 구사나기는 계단을 올라갔다.

문을 열고 안을 들여다봤다. 카운터에 있던 젊은 종업원이 뭐라고 하려다 말을 삼켰다. 구사나기의 얼굴을 기억하나 보다.

"이거 자꾸 죄송합니다."

"아닙니다."

젊은 종업원은 가게 안쪽으로 시선을 돌렸다. 빨간 앞치마를 두른 무로이 마사오가 다가오고 있었다.

"금방 끝나니 조금만 기다려 주시겠습니까?"

"네, 천천히 하세요."

구사나기는 빈자리에 앉았다.

가게에는 아직 손님이 3팀 남아 있었다. 다들 회사원으로 보인다. 생맥주와 사와 잔이 비좁은 테이블에 놓여 있다.

구사나기는 유가와와의 통화 내용을 곱씹어 봤다. 오늘은 두번 그와 통화했다. 첫 번째는 자신이 먼저 걸었다. 저녁때쯤이었다. 지난번 통화했을 때 유가와는 '연락할 일이 있으면 이리로 하라'며 전화번호를 가르쳐 줬었다. 함께 있을 가능성이 높은 사람의 휴대 전화 번호인 듯했다. 시험 삼아 걸어 봤더니 신호음이 몇 번 울린 뒤 유가와가 받았다.

구사나기는 그에게 가와하타 시게하루가 가족과 떨어져 홀로 나고야에 근무할 당시 세쓰코와 나루미는 오기쿠보의 단독주택에 살았던 것 같다고 했다. 오기쿠보는 센바 히데토시가 살인을 저지른 장소다.

"정말 흥미롭군. 시간적으로나 공간적으로나 가와하타 부녀와 센바 사건은 거의 같은 좌표 위에 있어."

유가와는 이번에도 특유의 돌려 말하기를 했다.

"가와하타 가족의 현재 상황은 이쪽에서는 알 수가 없어. 자네가 센바와의 연관성을 찾아 줄 수 있겠어?"

"장담은 못하지만 해 보지. 센바의 부인과 가와하타 시게하루의 고향이 같으니까, 단순히 생각하면 그 두 사람이 어디선가 알게 됐을 가능성이 큰 것 같아. 하지만 지금 자네 얘기대로라면 센바 사건이 일어났을 때 가와하타 시게하루는 도쿄에 없었으니 의외로 가와하타 세쓰코와 센바가 관련이 있는지도 모르지."

"그럴 수도 있어. 가와하타의 부인은 어떤 여자야?"

구사나기의 질문에 유가와는 이렇게 대답했다.

"혹시 자네가 시골 아줌마를 상상한다면 완전히 잘못 짚은 거야. 화장도 안 하는데 세련됐어. 나이보다 상당히 젊어 보이고. 어려서 집을 떠나 결혼 전까지 도쿄에서 혼자 살았다는군."

아닌 게 아니라 유가와의 설명은 구사나기의 머릿속에 있던 가와하타 세쓰코의 이미지를 완전히 뒤집는 것이었다. 그가 뭘 말하려는지도 어렴풋이 알 것 같았다.

"도쿄에서 젊은 여자가 혼자 살았다면…… 물장사를 했을 수도 있다는 말이지?"

"꼭 술집이 아니더라도 접객업소에서 일했을 가능성은 있어."

"오케이. 잘 부탁해."

그러고서 전화를 끊었었다.

두 번째 전화는 2시간 전쯤 유가와 쪽에서 먼저 걸었다.

"조그만 요릿집에서 일했다더군."

전화를 받자마자 그는 그렇게 말했다.

"조그만 요릿집?"

"결혼 전에 세쓰코가 도쿄의 작은 요릿집에서 일했는데, 거기서 가와하타 시게하루를 만난 모양이야. 그것도 하리 지방의 향토 요리를 하는 집인가 봐. 시게하루가 고향의 맛을 찾아 그 가게를 드나든 거겠지."

"고향의 맛?"

그 순간 구사나기의 뇌리를 스치는 것이 있었다.

"아!"

"왜 그래?"

유가와의 물음에 구사나기는 입맛을 쩝 다시더니 대답했다.

"자네 정도는 아니지만 나도 뭔가 번뜩이는 순간이 있다고."

"듣고 싶군."

구사나기는 확인되면 알려 주겠다고만 말하고 전화를 끊었다. 곧장 KONAMO로 달려가고 싶었지만 손님이 붐빌 시간대여서 지금까지 기다렸던 것이다.

무로이 마사오가 앞치마를 벗으며 다가왔다.

"오래 기다리셨죠."

"자꾸 찾아와서 죄송합니다. 어제 들은 얘기 중에 확인하고 싶은 게 있어서요."

"네……, 무슨 얘기죠?"

"살해당한 노부코 씨와 센바 히데토시가 고향 음식 얘기를 자주 했다고 하셨죠? 그게 혹시 하리 요리 아니었습니까?"

"하리요?"

손으로 턱을 받치고 생각에 잠겼던 무로이가 조금 후 무릎을 탁 쳤다.

"맞아요. 긴자에 하리 요릿집이 있다고…… 둘이 갔다 왔다고 들은 것 같아요. 그러면서 선물로 무슨 국수 같은 걸 준 것 같기도 하고."

"국수? 혹시 해조 우동 아니었나요?"

"아, 맞아요. 그런 걸 받은 적이 있어요."

무로이의 표정이 밝아졌다.

틀림없다. 센바 히데토시도 가와하타 세쓰코가 일했던 음식점을 자주 찾았던 것이다. 센바뿐 아니라 살해된 미야케 노부코도 세쓰코와 잘 알고 지냈을 가능성이 높다.

그때 구사나기의 휴대 전화에 메시지가 들어왔다. 우쓰미 가오루였다. 내용을 열어 본 구사나기의 눈이 휘둥그레졌다.

'센바가 입원한 병원을 찾아냈어요. 지금 바로 돌아가겠습니다.'


**43**


주저하면서도 걸음은 자신도 모르게 그쪽으로 향하고 있었다. 어떻게 말을 꺼내면 좋을까. 그걸 미처 결정하지 못한 채 나루미는 주방 안을 들여다봤다. 세쓰코가 혼자 식칼을 갈고 있었다. 시곗바늘이 밤 10시를 가리키고 있었다.

"엄마."

용기를 내어 불렀다. 집중해 있어서 나루미가 들어온 걸 알아차리지 못했는지 세쓰코는 흠칫 놀라며 얼굴을 들었다.

"어머, 깜짝이야."

"아버지는?"

"목욕하시겠지."

예상대로였다. 그럴 줄 알고 이 시간에 찾아온 것이다.

"엄마한테 물어보고 싶은 게 있는데……."

나루미의 말에 세쓰코는 식칼을 놓았다. 당황하는 기색은 없었다. 오히려 어딘지 모르게 차가운 표정이다. 딸이 무슨 말인가 할 거라고 각오하고 있던 것처럼 느껴졌다.

"뭔데?"

세쓰코가 소곤거리는 듯한 음성으로 물었다.

"아까 중학교 때 친구한테 전화가 왔어. 특별한 용건은 없는 것 같았는데 마지막에 오기쿠보에 대해 물어보더라고."

"오기쿠보?"

세쓰코가 눈살을 찌푸렸다.

"중학교 때 집이 오기쿠보에 있었잖아. 왜 그걸 묻는지는 얘기 안 하더라고. 하지만 나 말이지, 문득 짚이는 게 있어. 그 아이가 왜 그런 전화를 했는지."

"그게 뭔데?"

세쓰코의 자포자기한 듯한 표정을 보고 나루미는 가슴이 무너져 내리는 것을 느꼈다. 역시 자신이 잘못 넘겨짚은 게 아니었다는 확신에 절망감이 엄습했다. 울음이 배어 나오려는 것을 있는 힘을 다해 참으며 입을 열었다.

"내 상상에 불과하지만, 누군가 그 애를 찾아온 것 같아. 가와하타 나루미가 중학교 때 어디 살았냐고 물으러. 그 누군가란 건 아마도 경찰이겠지. 그 애는 신경이 쓰여서 나한테 전화한 거고."

"왜 그런 생각을 했어?"

세쓰코가 어색한 미소를 떠올렸다.

"그냥 갑자기 네 생각이 나서 전화한 건지도 모르잖아."

나루미는 고개를 저었다.

"아닌 것 같아. 타이밍이 너무 절묘해."

"타이밍?"

"나, 니시구치한테 들었어. 살해된 쓰카하라 씨 말이야, 전에 도쿄에서 형사였대. 더구나 살인 사건을 담당하는 수사 1과에 있었대."

세쓰코의 얼굴에서 부자연스러운 웃음이 사라졌다.

"그게 어쨌다는 건데?"

"그리고 유가와 박사님한테 또 다른 얘기도 들었어. 쓰카하라 씨가 히가시하리의 별장 단지에 있는 걸 목격한 사람이 있대. 그런데 거기에 쓰카하라 씨가 체포했던 범인의 집이 있었대. 유가와 박사가 경시청 수사 1과에 있는 친구한테 들었다나 봐. 그 살인범이…… 그 사람이지?"

"나루미!"

세쓰코가 험상궂은 표정을 지었다.

"그 얘기는 하지 않기로 약속했잖아."

"지금 그런 걸 따질 때가 아니야. 이유는 잘 모르겠지만 경시청이 움직이고 있는 건 확실해. 우리를 조사하고 있다고. 그러니 사실대로 말해 줘. 엄마는 알고 있지? 쓰카하라 씨가 우리한테 온 이유를 말이야. 그날 밤에 대체 무슨 일이 있었던 거야? 아버지는 그 시간에 뭘 했지?"

세쓰코는 고통스러운 얼굴로 입술을 깨물며 고개를 숙였다. 그 모습을 보며 나루미는 "말해 줘."라고 반복했다.

이윽고 결심이 선 듯 세쓰코가 고개를 들었다. 그러나 입을 열려다 말고 세쓰코는 눈을 둥그렇게 떴다. 그녀 시선은 나루미의 등 뒤를 향해 있었다. 나루미가 두려움을 느끼며 뒤를 돌아봤다. 러닝셔츠 차림의 시게하루가 목에 수건을 걸친 채 오른손에 지팡이를 짚고 서 있었다.

"그렇게 큰 소리로 이야기하면 밖에서도 들리잖아."

시게하루는 태평스러운 말투로 그렇게 말하고서 지팡이를 짚으며 들어왔다. 그리고 냉장고에서 우롱차 페트병을 꺼내 컵에 따른 뒤 맛있게 마셨다. 그 모습을 보며 나루미는 아버지가 우리 얘기를 듣지 못한 걸까 하고 생각했다.

세쓰코는 고개를 숙인 채 말이 없었다. 나루미도 무슨 말을 해야 할지 도무지 알 수가 없었다.

시계하루는 우롱차를 다 마신 뒤 "후." 하고 크게 숨을 내쉬었다. 그러더니 "너는 무리인 것 같군."이라고 말했다.

나루미는 아버지를 바라보았다.

"무리라니요?"

"여보, 당신……."

"당신은 가만있어."

시계하루가 낮은 목소리로 세쓰코를 제지한 뒤 나루미에게 부드러운 미소를 지어 보였다.

"할 얘기가 있다. 아주 중요한 얘기야."

## 44

약속 장소인 패밀리 레스토랑에 들어서자 맨 구석 자리에 우쓰미 가오루가 보였다. 다가오는 종업원에게 손을 들어 괜찮다는 표시를 한 뒤 구사나기는 안으로 들어갔다.

휴대 전화를 만지작거리던 우쓰미는 그를 발견하고는 전화를 내려놓더니 주위를 둘러보고는 아차 하는 표정으로 입을 열었다.

"죄송해요. 깜박하고 금연석에 앉아 버렸네요. 자리를 옮길까요?"

"아니야, 됐어. 오늘 밤은 우쓰미가 우선이야. 이리저리 돌아다녀서 피곤할 텐데."

여종업원이 다가왔다. 구사나기는 메뉴도 보지 않고 '음료 무제한' 메뉴를 주문했다.

우쓰미 앞에는 이미 커피 잔이 놓여 있었다. 구사나기는 음료 코너에서 커피를 가져와 우쓰미의 맞은편에 앉았다.

"그럼 들어 볼까. 어떻게 찾은 거야?"

"정공법이죠. 조후 역 주변 병원을 하나하나 뒤졌어요. 입원 시설이 있는 병원만 찾으니 그다지 많지는 않았어요. 다섯 번째 병원에서 접수창구 여직원에게 쓰카하라 씨 사진을 보여 줬더니 몇 번 온 적이 있다고 하더라고요."

"해냈군. 어느 병원이야?"

그러자 우쓰미는 병원 팸플릿을 내밀었다. '시바모토 종합 병원' 것이었다.

"중간 규모의 종합 병원이에요. 특징은 호스피스가 있다는 거."

"호스피스?"

우쓰미는 팸플릿의 한 부분을 손가락으로 짚었다.

"완화 치료 병동이죠. 뭘 완화시켜 주느냐 하면, 통증요. 사실상 이 병동에 들어오는 사람은 말기 암 환자들뿐이에요."

구사나기가 입으로 가져가던 커피 잔을 도로 내려놓았다.

"암이야, 센바가?"

"원장이나 담당 의사를 만나지 못해 자세한 건 모르겠지만 센바가 호스피스 병동에 있다는 건 간호사한테 확인했어요. 말기 암이나 그 비슷한 상태인 것 같아요. 무슨 암인지는 안 가르쳐 주더군요."

"센바는 만났어?"

우쓰미는 고개를 저었다.

"저녁 6시 이후에는 가족밖에 면회가 안 된대요. 다만 쓰카하라 씨는 센바와 가족 같은 관계라서 6시 이후에도 면회가 허락됐다는군요. 접수창구 여직원 말로는 쓰카하라 씨가 입원비를 지불해 왔다고 해요."

"쓰카하라 씨와 그 병원은 어떤 관계지?"

"모르겠어요. 다만 원장과 쓰카하라 씨가 친밀하게 얘기하는 걸 간호사들이 몇 번 봤대요."

구사나기는 커피를 한 모금 마시고서 "음." 하고 잠시 생각하는 표정을 짓더니 입을 열었다.

"아마도 거긴 쓰카하라 씨가 개인적으로 안면이 있는 병원이었을 거야. 문제는 왜 쓰카하라 씨가 그렇게 하면서까지 센바를 도와주려고 했느냐는 거야. 주소 불명인 사람을 찾아내고, 병이 있다는 걸 알자 입원시켜 치료비까지 내줬어. 어지간한 이유 없이는 그렇게까지 하지 않아."

"맞아요."

우쓰미는 진지한 눈빛으로 구사나기와 눈을 마주치며 고개를 끄덕였다. 구사나기는 팔짱을 낀 채 의자에 기대어 그녀를 바라봤다.

"짚이는 거 있지? 쓰카하라 씨가 왜 그렇게까지 했는지 짐작이 간다는 얼굴이야."

"그러는 선배는 어떻게 생각하시는데요?"

구사나기는 흥, 코웃음을 쳤다.

"아직 거드름 피울 만한 군번이 아니잖아. 시간 끌지 말고 빨리 털어봐."

"거드름은요, 무슨. 다타라 관리관 말대로예요. 쓰카하라 씨는 센바 사건이 내내 마음에 걸렸나 봐요. 센바가 체포되면서 사건은 종결됐지만 실은 뭔가 매우 중요한 사실이 감춰져 있다는 걸 느낀 거 아닐까요?"

구사나기는 팔짱을 낀 두 팔을 그대로 테이블 위에 얹더니 후배 여형사를 올려다봤다.

"뭔데, 그 중요한 사실이라는 게? 이왕 입을 연 김에 다 말해봐."

그러자 우쓰미는 잠시 망설이는 듯하더니 이내 새침한 표정으로 고개를 저었다.

"근거도 없는 상상을 경솔하게 말할 수는 없어요."

구사나기는 쓴웃음을 지으며 손가락으로 코 밑을 비볐다.

"물론 경시청에 소속된 사람으로서 경솔한 언행을 하면 안 되겠지. 그런데 말이야, 이런 정보가 있다면 어떨까?"

구사나기는 주위를 둘러본 뒤 소리를 낮춰 계속했다.

"가와하타 시게하루의 부인과 딸이 전에 어디 살았는지 알아냈어. 정확한 주소는 모르지만 제일 가까운 역이 오기쿠보 역이야."

길게 찢어진 우쓰미의 눈이 순간 커지며 눈동자가 반짝 빛난 듯 보였다.

"16년 전 사건에는 가와하타 가족이 관련돼 있다. 이게 중요한 그 사실 아니야? 그렇다면 과연 어떻게 관련된 걸까?"

그러고서 구사나기가 싱긋 웃었다.

"자, 그다음은 아직 말하지 않는 게 좋을 것 같군."


## 45


교헤이는 진흙 더미를 무너뜨리고 있었다. 온 힘을 다해 두 손을 움직였다. 하지만 무너뜨리고 또 무너뜨려도 진흙은 다시 슬금슬금 부풀어 올랐다. 그리고 그 속도는 점점 빨라져 갔다.

어느덧 진흙의 높이가 교헤이의 키를 넘어섰다. 그러더니 이번에는 모양이 변하기 시작한다. 사람 형태였다. 교헤이는 도망쳤다. 진흙 인형이 쫓아오기 시작했기 때문이다. 그런데 발이·조금도 앞으로 나아가지 않는다. 하는 수 없이 그 자리에 주저앉아 버렸다. 그러자 진흙 인형은 얼굴을 들이대며 교헤이를 노려봤다. 그 얼굴이 너무 무서워 교헤이는 눈을 꽉 감았다. 진흙 인형이 자신의 얼굴로 교헤이의 얼굴을 누르기 시작했다. 금세 호흡이 가빠졌다. 그래도 눈을 뜨지 않았다. 절대로 뜨면 안 된다.

하지만 견디다 못한 교헤이는 결국 숨을 토해 내고 말았다. 그러자 얼굴을 누르던 감촉이 달라졌다. 한결 부드러운 느낌이다.

살며시 눈을 떴다. 교헤이는 방석 위에 있었다. 머리를 방석에 파묻고 자고 있었다.

'살았다. 꿈이다.'

천천히 몸을 일으켰다. 잠옷이 땀범벅이다.

멍한 머리로 상 위에 놓아두었던 휴대 전화를 집어 들었다. 시각을 본 교헤이는 조금 놀랐다. 오전 11시가 거의 다 되었다. 이렇게 늦게까지 잔 것은 여기 와서는 처음이다.

옷을 갈아입고 방에서 나왔다. 배가 고팠다. 엘리베이터를 타고 1층으로 내려가 연회장으로 향하던 교헤이는 문득 발걸음을 멈췄다. 유가와는 진즉 아침을 먹었을 것이다.

그대로 로비를 가로질러 고모부 방으로 갔다. 그런데 방 가까이에 이르자 누군가 이야기하는 소리가 들렸다. 깜짝 놀란 교혜이는 그 자리에 멈춰 섰다. 그저께 밤의 일이 머릿속에 되살아났다. 그 박사, 눈치챘어, 라고 하던 시게하루의 말이 아직도 귓가에 남아 있다.

교혜이는 발소리를 죽이며 문으로 다가갔다. 문에 귀를 대려는 순간, "도대체 왜 그런 짓을……."이라고 말하는 소리가 들렸다. 교혜이는 깜짝 놀랐다. 아주 잘 아는 목소리였기 때문이다. 그가 지금 여기 있을 리 없는데.

"귀찮게 해서 정말 미안하네."

이번에는 시게하루의 목소리다.

"아니, 저한테 사과한들 무슨 소용입니까."

틀림없었다. 교혜이는 문을 열었다.

시게하루와 세쓰코가 이쪽을 향해 앉아 있었다. 둘 다 교혜이를 보고 놀란 표정이었다. 그리고 그들과 마주 앉아 있는 사람이 뒤돌아봤다. 교혜이의 아버지, 게이이치였다. 청바지에 티셔츠 차림으로, 옆에는 여행 가방이 놓여 있다.

"교혜이 너……, 언제부터 거기 있었니?"

"지금 막 왔어. 아빠, 여기는 왜 왔어?"

"왜냐니, 그야 널 데리러 왔지."

"벌써? 오사카 일은 끝났어? 엄마는?"

"일은 아직 안 끝났어. 엄마가 거기 남아 있어서 너랑 같이 오사카로 가야 해."

"오사카로, 나도?"

교헤이는 당황했다.

"그래. 이제 그다지 바쁘진 않으니까 혼자 호텔 방을 지키는 일은 없을 거야. 그리고 너도 슬슬 숙제에 집중해야지. 그러니까 아빠가 옆에 있는 게 좋지 않겠어?"

교헤이는 아버지 얼굴을 빤히 바라보았다. 어쩐지 이상했다. 일부러 데리러 왔을 때는 그럴 만한 이유가 있을 것이다. 그게 뭘까. 하지만 교헤이는 물어보지 않았다. 대답을 듣는 게 두려웠다.

"지금 바로 가는 거야?"

"아니, 그건……."

아버지는 시게하루와 세쓰코를 번갈아 쳐다본 뒤 교헤이에게 시선을 되돌렸다.

"지금 바로는 아니고 밤까지는 여기 있을 거야. 어쩌면 내일 아침에 떠날 수도 있어."

"내일?"

"몇 가지 할 일이 있어서. 다른 여관을 예약했으니까 교헤이도 그쪽으로 옮기자."

"왜, 여기 있으면 안 돼?"

"미안해, 교헤이."

세쓰코가 미소를 지으며 말했다.

"여긴 사정이 좀 있어."

그러자 시게하루도 미안하다고 했다.

"네……."

교혜이는 고개를 끄덕이고는 방문을 닫았다. 그리고 복도를
걸어 로비로 나갔다. 로비에 걸려 있는 벽시계로 눈길이 갔다.
시곗바늘을 본 교혜이는 그 자리에 멈춰 섰다. 문득 한 가지
의문이 들었다.

이 시간에 하리가우라에 도착하려면 오사카를 몇 시에 떠났
을까. 아마도 상당히 이른 시간에 신칸센을 타야 했을 것이다.
아빠는 왜 그렇게 서둘러야 했을까.

46

우쓰미 가오루의 애마는 빨강 파제로다. 수사에 되도록 자가
용을 사용하지 말라는 지침이 있었지만 그녀는 별로 개의치
않았다. 그 자신도 마찬가지여서인지 구사나기도 주의를 줄
생각이 없는 듯했다. 그러기는커녕 오늘은 아예 우쓰미의 차
조수석에 타고 있다.

조후 IC를 빠져나와 10분 정도 달리자 예의 병원이 나왔다.
크림색 네모난 건물과 회색 가늘고 긴 건물이 나란히 있었다.

회색 쪽이 호스피스 병동이라고 우쓰미가 말해 주었다.

주차장에 차를 세우고 정면 현관을 통해 병원에 들어갔다. 에어컨으로 서늘해진 공기가 상쾌했다. 대합실에 나란히 놓인 긴 의자에 10여 명쯤 돼 보이는 사람들이 앉아 있었다. 모두 환자인지는 알 수 없다.

우쓰미가 안내 카운터로 갔다. 오늘 원장이 병원에 있다는 건 사전에 전화로 확인했다. 문제는 만나 줄지 여부다.

어디론가 전화를 건 안내 카운터 여직원이 몇 마디 얘기를 나누더니 수화기를 우쓰미에게 건넸다. 우쓰미는 구사나기 쪽으로 몸을 돌린 후 전화를 받았다.

얌전한 표정으로 뭔가 얘기를 주고받던 우쓰미는 잠시 후 전화를 끊고서 여직원과 한두 마디 더 주고받은 후 돌아왔다. 그녀의 표정에 안도감이 어려 있었다.

"원장이 만나 주겠대요. 2층으로 가시죠."

"전화로 뭔가 얘기를 나누는 것 같던데?"

"오늘은 바쁘니까 급한 용건이 아니면 다음에 다시 와 달라고 하더라고요."

"그래서?"

"쓰카하라 마사쓰구 씨 일 때문에 왔다고 했죠. 역시 원장은 개인적으로 쓰카하라 씨를 잘 아는 것 같았어요. 쓰카하라 씨에게 무슨 일이 있느냐고 묻더라고요."

"살해당한 걸 몰랐나 보군."

"네. 돌아가셨다고 하니까 자세한 얘기를 듣고 싶다고 하더군요. 상당히 놀란 모양이에요."

"몰랐다면 그랬겠지. 그럼 빨리 올라가자고."

계단을 통해 2층에 오른 후 복도를 걸어갔다. 사무국이라는 팻말이 붙은 방 옆에 원장실이 있었다.

구사나기가 노크하자 "들어오세요." 하는 남자의 목소리가 들렸다.

문을 여니 안경 낀 초로의 남성이 흰 가운 차림으로 서 있었다. 큰 체구에, 백발이 드문드문 섞인 머리를 짧게 깎은 모습이었다. 안경 너머 보이는 눈은 약간 사시처럼 보인다.

구사나기는 경찰 신분증을 보여 준 뒤 명함을 건네며 인사했다. 원장도 명함을 건넸다. 거기에는 '시바모토 종합 병원 원장 시바모토 이쿠오'라고 쓰여 있었다.

구사나기와 우쓰미는 원장의 권유대로 소파에 앉았다.

"쓰카하라 씨가 돌아가셨다고요? 놀랐습니다. 언제 그렇게 되셨습니까?"

시바모토 원장은 두 형사를 번갈아 바라봤다.

"시신이 발견된 건 닷새 전쯤입니다. 하리가우라라는 곳에서요."

"하리가우라? 왜 그런 데서……."

"도쿄 쪽 신문에는 보도되지 않았을 겁니다. 바닷가 바위에 쓰러진 채 발견됐습니다. 살인 사건인지 아닌지는 아직 확실치 않습니다."

필요 이상의 경계심을 가지는 건 좋지 않다고 생각한 구사나기는 그렇게 대답했다.

"그렇군요. 그러면 이거 좀 곤란해지는데."

원장은 마치 혼잣말하듯 중얼거렸다.

"곤란하다니, 뭐가 말입니까?"

"아, 아니요. 저희 쪽 문제입니다. 그런데, 저한테 묻고 싶은 게 있으시다고……."

구사나기는 가슴을 펴고서 시바모토의 눈을 똑바로 바라봤다.

"여기 센바 히데토시라는 분이 입원해 계시죠? 그리고 그가 입원할 수 있도록 주선한 분이 쓰카하라 씨고요. 저희는 그렇게 알고 있습니다만, 맞습니까?"

시바모토는 다소 곤혹스러운 표정이었지만 동요하는 기색은 없었다. 이내 고개를 끄덕였다.

"네, 맞습니다. 틀림없습니다."

"그게 언제 일입니까?"

"4월 말경일 겁니다."

구사나기는 고개를 끄덕였다. 5월 이후로 우에노 공원 무료 급식소에서 쓰카하라 씨의 모습을 볼 수 없었다는 증언과 일치했다.

"실례지만 원장님과 쓰카하라 씨는 어떤 관계입니까?"

시바모토는 생각을 정리하는 듯 잠시 침묵했다가 천천히 입을 열었다.

"20년 전쯤 병원에서 의료 사고가 일어났습니다. 의사의 실수로 환자가 죽었는데 병원 측에서 이를 은폐했다는 내부 고발이 터져 나왔습니다. 통상적으로 의료 사고는 과실을 증명하기 힘든 법인데, 그때는 오히려 그 반대였습니다. 병원에 불리한 증거만 나왔지요. 병원의 과실이 아니라고 주장해 봤지만 증거가 될 만한 자료를 찾을 수 없어 병원은 궁지에 몰렸습니다. 당시 원장이 제 아버지였는데, 연일 계속되는 취조로 하루하루 야위어 가는 모습이 눈에 뜨일 정도였습니다."

그때 궁지에 몰린 병원을 구해 준 사람이 쓰카하라 마사쓰구였다. 그는 끈질긴 탐문 수사를 통해 내부 고발자를 찾아냈다. 바로 수술에 참여했던 고참 간호사였다. 그녀는 평소 자신이 부당한 대우를 받고 있다며 불만을 품고 있었고, 퇴직하기 전에 병원에 복수하려고 그런 일을 꾸몄다는 것이다.

"말할 수 없이 유치한 동기였지만 그로 인해 병원은 큰 어려움을 겪었습니다. 진상이 밝혀지지 않았다면 설사 의료 과실 사건이 불기소 처분으로 마무리된다 하더라도 병원 이미지에 큰 타격을 입었을 겁니다."

"그렇게 큰 은혜를 입었던 쓰카하라 씨의 부탁이었기 때문에 주거 부정 노숙자를 데려왔을 때도 거절할 수 없었다는 겁니까?"

"부탁한 사람이 쓰카하라 씨가 아니었다면 사무국 직원들을 설득하기 어려웠을 겁니다."

"쓰카하라 씨는 센바 씨에 대해 뭐라고 설명하던가요?"

"자세히는 설명하지 않았습니다. 옛날부터 알던 사람이라고만 했어요."

"병원비는 모두 쓰카하라 씨가 냈습니까?"

"네, 센바 씨는 무일푼이었으니까요."

"아까 좀 곤란해진다고 한 말씀은 그래서인가요?"

"그렇습니다."

"센바 씨의 상태는 어떻습니까? 호스피스 병동에 있다고 들었는데요."

시바모토는 미간에 주름을 잡으며 입술을 여덟팔자로 만들었다.

"환자의 상태를 발설하는 건 금기입니다만, 이런 경우는 어쩔 수 없겠지요. 말씀대로 완화 치료 병동에 있습니다. 병명은 뇌종양입니다."

"뇌종양……."

의외였다. 말기 암이라고 해서 췌장암이나 위암을 상상했었다.

시바모토는 심각한 표정으로 설명했다.

"쓰카하라 씨가 데려왔을 때 이미 상당히 진행된 상태였습니다. 지팡이에 의지해 겨우 걸을 수 있는 정도였지요. 영양상태도 나쁘고 몹시 쇠약했습니다. 쓰카하라 씨 말로는 노숙자 동료들이 간호해 줬다고 하던데, 만약 쓰카하라 씨가 일주일만 늦게 찾아냈어도 위험했을지 모릅니다."

듣고만 있어도 마음이 무거워지는 이야기였다.

"생존 가능성은?"

시바모토는 어깨를 으쓱했다.

"가능성이 있다면 그 병동에 있지 않지요. 수술도 불가능, 아니 수술할 의미가 없는 상태입니다."

구사나기는 한숨을 내쉰 뒤 원장에게 바짝 다가갔다.

"의사소통은 가능합니까?"

"컨디션에 따라 다릅니다. 한번 만나 보시겠습니까?"

그게 오늘 찾아온 목적이었다. 구사나기는 "가능하다면."이라고 대답했다.

"잠시만 기다리십시오."

시바모토가 자리에서 일어나 소파 뒤에 있는 책상에서 전화를 걸었다. 나직한 소리로 몇 마디 이야기를 주고받은 그는 수화기를 쥔 채 구사나기를 바라봤다.

"간호사 말이 오늘은 컨디션이 괜찮다는군요. 지금 면회하실 수 있답니다."

"그럼 부탁드립니다."

시바모토는 고개를 끄덕이고 다시 전화로 짧게 대화한 후 수화기를 내려놓았다.

"호스피스 병동 3층에 담화실이라는 방이 있습니다. 거기서 기다려 주세요."

"알겠습니다."

구사나기와 우쓰미가 함께 자리에서 일어섰다.

원장실을 나온 후 일단 1층으로 내려가서 호스피스 병동으로 향했다. 호스피스 병동이 좀 더 새 건물인 것 같았다. 자동 유리문을 통해 1층으로 들어간 두 사람은 곧 깊은 정적에 휩싸였다. 그곳엔 대합실도 안내 데스크도 없었다. 나무 모양의 금속 조각 작품만 덩그러니 놓여 있을 뿐이었다. 작품 설명에 따르면 윤회를 모티브로 한 것이라고 한다.

엘리베이터로 3층에 오른 후 벽에 붙은 배치도를 확인하고 복도를 따라 걸었다. 담화실이라는 표지가 붙은 문 앞에 옅은 분홍색 가운을 입은 간호사가 서 있었다.

"원장실에서 오신 분들이시죠?"

간호사가 물었다. 가슴에 붙은 명찰에 '안자이'라고 쓰여 있었다.

"그렇습니다. 수고스럽게 해 드려 죄송합니다."

구사나기는 신분증을 꺼내려 했지만 안자이 간호사는 입가에 미소를 띠며 필요 없다는 듯 손을 내저었다.

"이 방에서 기다려 주세요. 지금 모셔 오겠습니다."

"아, 네."

그녀가 멀어져 가는 것을 잠시 바라보다가 두 사람은 담화실로 들어갔다. 작은 테이블이 2개 놓여 있고, 그것을 둘러싸듯 파이프 의자가 놓여 있었다. 다른 사람은 아무도 없었다.

구사나기는 가까운 의자에 앉아 실내를 둘러봤다. 장식이라고는 일절 없었다. 살풍경한 방이다. 유일하게 벽에 걸려 있는 것은 둥근 벽시계. 초침 소리가 들렸다.

"조용하군. 여기는 시간이 흐르는 방식이 다른 것 같아."

"일부러 그렇게 만든 게 아닐까요."

우쓰미가 말했다.

"일부러, 왜?"

"그거야……."

우쓰미가 잠시 주저하다가 말을 이었다.

"여기 있는 사람들은 모두 남겨진 시간이 그다지 많지 않으니까요."

"아아……."

구사나기는 고개를 끄덕이고서 의자에 등을 기댔다. 할 말이 떠오르지 않았다.

두 사람이 침묵에 잠긴 채 기다리는데 어디서 무언가를 끄는 듯한 소리가 들려왔다. 귀를 기울여 보니 바퀴가 구르는 소리였다.

이윽고 소리가 멈추고 출입문이 열렸다. 안자이 간호사가 휠체어를 밀고 들어왔다.

휠체어에 탄 사람은 매우 야윈 노인이었다. 주름투성이 피부가 뼈에 달라붙어 있어 두개골의 형태가 확연히 드러나 보였다. 목이 가느다랗고, 헐렁한 파자마 소매에서 삐져나온 손은 마른 나뭇가지 같다.

구사나기와 우쓰미는 자리에서 일어섰다. 안자이 간호사가 휠체어를 두 사람 앞까지 밀고 와서 브레이크를 채웠다.

노인은 정면을 향한 채 거의 움직이지 않았다. 하지만 움푹 파인 눈두덩이 속 눈동자는 희미하게 흔들리고 있었다. 구사나기는 허리를 숙여 그와 눈을 맞췄다.

"센바 히데토시 씨입니까?"

그러자 노인의 가냘픈 턱이 움직였다.

"네."

쉰 목소리였지만 생각보다는 발음이 또렷했다.

구사나기는 경찰 배지를 노인의 얼굴 앞에 내보였다.

"저희는 경시청 수사 1과 사람들입니다. 쓰카하라 마사쓰구 씨를 아시지요?"

센바는 눈을 몇 번 깜빡이더니 "네."라고 대답하며 고개를
끄덕였다. 그 얼굴을 보며 구사나기가 말했다.

"쓰카하라 씨가 돌아가셨습니다."

내리떴던 눈꺼풀이 치켜 올라갔다. 검은자위가 허공을 응시
했다. 얼굴은 흙빛이었지만 눈언저리가 갑자기 붉어졌다. 입
이 살짝 열렸다.

"언제, 어디서?"

필사적으로 물었다.

"며칠 전입니다. 장소는 하리가우라라는 곳이고요."

"하리……."

센바는 몇 차례 눈을 떴다 감았다 했다. 그때마다 얼굴의 주
름이 미묘하게 변했다. 마침내 그의 입에서 "오오오." 하는, 신
음 같기도 하고 절규 같기도 한 소리가 흘러나왔다. 하지만 자
세는 조금도 변하지 않았다. 그대로 앞을 향한 채였다.

"아직 결론이 확실하게 나온 건 아니지만, 쓰카하라 씨는 살
해됐을 가능성이 있습니다. 그와 관련해 뭔가 짚이는 점 없으
십니까?"

센바의 눈은 구사나기 쪽을 향해 있었지만 초점은 허공에 맞
춰져 있었다. 쓰카하라의 죽음을 알고 크게 동요하고 있는 게
분명했다.

"센바 씨, 쓰카하라 씨가 왜 하리가우라에 갔는지 아십니까? 하리가우라는 센바 씨 부인 친정과 가깝지요. 그것과 뭔가 관련이 있습니까?"

센바의 입가가 미세하게 떨렸다. 뭔가 말을 할까 말까 망설이는 눈치였다.

구사나기가 다시 물으려 했을 때 센바가 살짝 고개를 돌렸다. 그리고 왼손을 보일 듯 말 듯 하게 들어 올렸다. 그것이 모종의 신호였던 듯, 안자이 간호사가 그의 입에 자신의 귀를 갖다 댔다. 잠시 후 그녀는 두세 번 고개를 끄덕이더니 "잠시만 기다리세요."라고 말하고 방을 나갔다.

그 후로 센바는 눈을 감고 있었다. 그 자세가 마치 더는 질문을 거부하는 듯 느껴져 구사나기는 입을 다물고 있을 수밖에 없었다.

안자이 간호사가 돌아왔다. 손에 종잇조각을 들고 있었다. 센바와 다시 몇 마디 주고받은 뒤 그걸 구사나기에게 내밀었다.

그것은 신문 기사를 오려 낸 것이었다. 날짜는 7월 3일. 내용은 해저 열수광상 개발 계획에 관한 설명회 및 토론회의 참가자를 모집한다는 것이었다.

"하리의 바다는,"

돌연 센바가 말을 시작했다.

"나에게는…… 보물입니다. 그래서…… 그 바다가 어떻게

될 건지…… 알고 싶어서…… 쓰카하라 씨에게…… 부탁했
습니다."

그는 온 힘을 쥐어짜 한 마디 한 마디를 이어 나갔다.

"그러자…… 한번 가 보겠다고…… 하더군요. 자기가……
애기를…… 듣고 오겠다고. 그래서……  쓰카하라 씨는…
하리가우라에 간 거였습니다."

"그것뿐인가요? 다른 이유는 없습니까?"

센바는 얼굴을 떨며 고개를 가로저었다.

"없어요. 다른 건…… 아무것도."

그는 다시 고개를 살짝 비틀며 오른손을 들었다. 그러자 안
자이 간호사가 휠체어의 브레이크를 풀었다.

"잠깐만요. 이야기를 조금만 더……."

"죄송해요. 환자가 피곤해해서요."

안자이 간호사는 휠체어를 밀기 시작했다.

구사나기와 우쓰미는 서로 얼굴을 마주 보며 한숨을 내쉬
었다.

병동을 나와 주차장으로 가고 있을 때 구사나기의 휴대 전화
가 울렸다. 공중전화에서 걸려 온 번호였다. 전화를 받으니
"유가와야."라는 소리가 들렸다.

"어쩐 일이야, 범인이 확실해졌어?"

"어떤 의미에서는."

"어떤 의미?"

"조금 전에 여관에서 나가 달라고 하더군. 가와하타 부부가 오랫동안 여관을 비우게 될 거라고."

"이봐, 그럼 혹시……."

"그래. 그 부부, 경찰에 출두할 생각이야."


## 47


동물원의 곰처럼 어슬렁대다가 걸음을 멈추고 손목시계를 봤다. 겨우 2분밖에 지나지 않았다. 니시구치는 머리를 긁적이고는 바지 주머니에서 손수건을 꺼내 이마의 땀을 닦았다. 넥타이는 풀어헤친 지 오래다. 웃옷은 로쿠간소 여관의 로비에 놓아두었다.

오후 1시 반을 조금 넘어선 시각. 태양은 머리 꼭대기에 와 있었다. 구름 한 점 없는 맑은 하늘에서 직사광선이 가차없이 내리쬐고 있다. 에어컨이 시원하게 나오는 실내로 들어가고 싶지만 그러면 가와하타 가족과 함께 있어야 한다. 그 어색한 분위기 속에서 그들과 어떤 얼굴로 마주 앉아 있어야 한단 말인가.

잠시 후 아래쪽에서 자동차 엔진 소리가 들렸다. 경찰차 몇 대가 줄지어 언덕길을 올라오고 있었다. 그중 한 대는 왜건이다. 모두 적색 경광등을 켜고 있지만 사이렌은 울리지 않았다. 그럴 필요가 없기 때문일 것이다.

선두 차 한 대만 여관 마당으로 들어오고 다른 차들은 길가에 멈춰 섰다.

멈춰 선 선두 차에서 이소베 계장과 두 명의 부하가 내렸다. 니시구치가 경례했다.

"피의자는?"

이소베가 물었다.

"안에 있습니다."

"자신이 했다고 말했다면서?"

"했다기보다…… 죽게 만들었다고."

이소베는 불만스러운 표정으로 얼굴을 찡그렸다.

"공범은?"

"부인이 사체 처리를 거들었다고 합니다."

"딸은?"

"그녀는…… 아니, 딸은 아무것도 몰랐던 것 같습니다."

이소베는 한쪽 입 끝을 일그러뜨리더니 흥, 콧방귀를 뀌었다. 그걸 어떻게 믿느냐는 표정이었다.

"가지."

이소베가 부하들에게 말하고 앞장서 현관으로 걸어갔다. 니시구치도 그의 뒤를 따라갔다.

니시구치에게 나루미의 전화가 걸려 온 것은 약 1시간 전의 일이다. 그때 니시구치는 히가시리보다 조금 더 동쪽에 있는 조그만 역에서 혼자 달걀덮밥을 먹고 있었다. 센바나 쓰카하라를 목격했다는 사람을 찾기 위해 아침부터 돌아다니고 있었지만 아무런 성과도 없이 배만 고파 왔다. 탐문 수사에서 놓친 지역이 있을 수 있다는 한 가지 이유만으로 이렇게 돌아다니게 된 것이다. 어차피 헛걸음으로 끝날 일이라 관할 서의 애송이에게 맡기는 것이겠지.

그렇기 때문에 전화를 건 사람이 나루미라는 걸 알았을 때 그는 가슴이 뛰었다. 그녀와 얘기할 수 있다는 것만으로도 기뻤다. 그런데 전화에서 들려오는 나루미의 목소리는 예상외로 어두웠다. 상의하고 싶은 게 있으니 집으로 와 달라는 것인데 말투로 보아 즐거운 얘기는 기대할 수 없었다. 뭔가 심각한 사태가 발생한 건지도 몰랐다. 바로 가겠다고 대답하고 전화를 끊었다.

그리고 좀 전에 로쿠간소에 도착했다. 나루미와 가와하타 부부가 기다리고 있었다. 모두들 바위처럼 굳은 표정이었다.

무슨 일이냐고 묻는 니시구치에게 가와하타 시게하루가 결심한 듯 입을 열었다.

"자수하겠습니다. 쓰카하라 마사쓰구 씨를 죽게 한 건 나예요. 그걸 감추기 위해 시신을 갖다 버렸어요."

상상도 못한 자백에 니시구치는 혼란스러웠다. 황급히 필기구를 꺼내 메모하려 했지만 손이 떨려 글씨가 써지지 않았다. 날짜 하나를 적어 넣는 데만도 한참 걸렸다.

가와하타 시게하루는 시종일관 차분했다. 이야기는 논리 정연해서 이해하기 쉬웠다. 머릿속이 혼란한 가운데 사건의 전말을 파악했다. 얘기가 끝난 뒤 상사인 모토야마에게 전화로 보고하고 여관에서 대기하고 있었던 것이다.

이소베 일행이 나타나자 로비에 있던 가와하타 가족이 일어났다. 시게하루가 맨 먼저 고개를 숙였다.

"이렇게 큰 폐를 끼치게 돼서 죄송합니다."

"아아, 앉아서 말씀하십시오. 부인과 따님도 앉으세요."

니시구치는 주저하다가 그냥 그 자리에 서 있기로 했다. 어느새 모토야마와 하시가미가 옆에 와 있었다.

"자세한 건 나중에 경찰서에 가서 천천히 듣기로 하고, 우선은 개략적으로 얘기해 주세요."

등나무 소파에 앉은 가와하타 가족을 보며 이소베가 말했다. 옆에서 노노가키가 메모할 준비를 했다.

시게하루가 고개를 들었다.

"전부 제 잘못입니다. 게으름을 피운 데 대한 벌을 받은 거죠."

"게으름이라면……."

이소베가 물었다.

"보일러나 건물이 낡은 걸 알면서도 방치해 뒀어요. 그게 잘 못이었습니다. 그래서 이런 사고가 일어나고 말았어요."

"사고요? 그게 사고였단 말입니까?"

"네, 사고입니다. 바로 경찰에 알렸어야 했는데 그만 그런 짓을……. 정말 죄송합니다."

시게하루는 깊이 머리를 숙였다.

이소베의 무뚝뚝한 얼굴에 당황하는 빛이 스쳤다. 그는 머리를 긁적였다.

"자세히 설명 좀 해 보세요. 대체 무슨 일이 있었던 겁니까?"

"네. 전에도 말씀드렸듯이 그날 밤 저는 조카와 둘이 뒷마당에서 불꽃놀이를 했습니다."

암울한 말투로 가와하타 시게하루가 들려준 이야기는 다음과 같은 것이었다.

불꽃놀이를 하러 가려는데 쓰카하라가 주방으로 찾아와서 독한 술이 없냐고 물었다. 이유를 묻자 여행 오면 잠을 잘 못 자서 그런다고 했다. 시게하루는, "술은 없지만 아는 의사가 준 수면제가 있다."며 한 알을 줬다. 쓰카하라는 고맙다며 방으로 돌아갔다. 시게하루가 교헤이에게 전화를 걸어 불꽃놀이를 하자고 한 것은 그 직후다.

저녁 8시 반쯤 되어 시계하루는 쓰카하라의 아침 식사 시간을 확인하기 위해 일단 여관으로 돌아가 쓰카하라의 방으로 전화를 걸었다. 하지만 받지 않았다. 뒷마당으로 돌아가 9시 조금 전까지 조카와 불꽃놀이를 계속했다. 다시 쓰카하라에게 전화했지만 역시 받지 않았다. 그래서 공동 목욕탕을 살펴본 뒤 쓰카하라가 묵고 있는 4층 '무지개실'로 가 봤다. 문이 잠겨 있지 않아 들여다보니 쓰카하라가 없었다. 잠시 후 세쓰코가 사와무라의 차를 타고 돌아왔기에 두 사람에게 쓰카하라가 안 보인다고 얘기했다. 사와무라는 같이 찾아보자며 시계하루를 경트럭 조수석에 태우고 여관 주변을 돌아다녔다. 하지만 결국 쓰카하라는 찾을 수 없었다.

여기까지는 지난번에 진술한 그대로다.

사와무라가 돌아간 뒤 세쓰코는 다시 한 번 여관 내부를 돌아봤다. 그런데 4층에 있는 한 객실 문틈으로 불빛이 새어 나오고 있었다. '해원실'이라는 방이었다. 문을 열었더니 희미하게 탄내가 났다. 그래서 방으로 들어가 본 세쓰코는 쓰러져 있는 쓰카하라를 발견했다. 깜짝 놀란 세쓰코는 시계하루를 불렀다. 시계하루는 사태를 파악한 후 급히 지하실로 내려갔다. 보일러가 꺼져 있었다.

지하 보일러실에서 옥상의 굴뚝까지는 한 개의 관으로 연결되어 있다. 연기는 그 관을 통해 옥외로 배출된다. 당연한 일이지만 관은 벽 사이를 통과한다. 객실 중에는 그 벽과 접해 있는 방도 있다. 4층의 경우 '해원실'이 거기에 해당한다. 벽장 뒷벽 쪽을 그 관이 통과하고 있다. 보통의 경우 그래도 아무 문제는 없지만 해원실은 그렇지 못했다. 건물의 노후와 수년 전 발생한 지진의 영향으로 벽에 균열이 생겨 있었기 때문이다. 방에서 종종 연기 냄새가 나는 것으로 보아 벽 안에 있는 관도 새고 있었던 것 같다. 그래서 그 방은 가능한 한 사용하지 않아 왔다.

유카타 차림으로 쓰러져 있던 쓰카하라는 이미 숨을 쉬지 않았다. 그럼에도 혈색은 좋아 보였다. 시게하루는 엔진 업체에 근무한 경험으로 즉시 일산화탄소 중독이라는 것을 알았다. 원인은 잘 모르지만 보일러가 불완전 연소를 일으켜 그 연기가 해원실로 유입됐고 마침 그 방에 있던 쓰카하라가 중독사한 것이다.

그렇다면 쓰카하라는 왜 해원실에 있었을까. 이제 와서는 추측밖에 할 수 없지만, 시게하루가 뒷마당에서 불꽃놀이를 한다는 것을 알고 구경하려 했던 것이 아닐까. 로쿠간소에서는 청소할 때마다 문을 열고 잠그는 수고를 덜기 위해 빈방은 잠그지 않는 경우가 많다.

시게하루가 준 수면제를 먹은 쓰카하라는 그 방에서 불꽃놀이를 구경하다가 잠들어 버리는 바람에 연기가 스며드는 것을 알아차리지 못했을 것이다.

바로 경찰에 알려야 했지만 결심이 서지 않았다. 아버지로부터 물려받은 '로쿠간소'라는 이름에 먹칠하고 싶지 않았던 것이다.

가와하타 시게하루는 '마가 끼었다'고 표현했다. 시신을 다른 장소로 옮기자고 세쓰코에게 제안한 것이다. 일산화탄소 중독사는 외견상 사망 원인을 알기 어렵다. 따라서 다른 뚜렷한 외상이 있다면 그걸 사망 원인으로 판정할 가능성도 크다.

"해변의 바위에 버리자고 제안한 건 저였습니다. 아내는 주저했어요. 경찰에 신고하는 게 좋겠다고 했습니다. 그런 걸 제가 억지로 협조하도록 했어요."

꼭 쥔 두 손을 무릎 위에 올려놓고 말하는 시게하루 옆에서 부인 세쓰코가 뭔가 말하고 싶은 표정을 지었다. 그러나 이소베가 그녀를 제지했다.

"일단은 가만 계십시오. 부인 말씀은 나중에 천천히 듣겠습니다. 지금은 남편 얘기를 듣고 싶군요. 자, 계속하시죠."

시게하루는 헛기침을 한 뒤 다시 입을 열었다.

"아내와 둘이서 시신을 운반했습니다. 보시다시피 제 몸이 이러니 상당히 고생스럽긴 했지만 그럭저럭 왜건에 실을 수 있었습니다. 그리고 예의 사건 현장으로 가서 주위에 사람이 없는 걸 확인하고 제방에서 시신을 떨어뜨렸습니다. 그러기 전에 시신에 먼저 외투를 입히고요. 산책하러 나온 것처럼 보이게 하려고 그랬던 거죠. 같은 이유로 여관의 게다도 함께 떨어뜨렸습니다. 그리고 둘이서 여관으로 돌아왔죠. 딸과 유가와라는 손님이 여관으로 돌아온 건 그 직후였습니다. 여기까지가 제가 저지른 일입니다."

이야기를 마친 시게하루는 다시 한 번 천천히 고개를 숙였다.

이소베는 고개를 끄덕거리고는 주먹으로 자신의 뒷목을 툭툭 치며 부하들을 바라봤다.

"요점은 다 메모했겠지?"

"네."

노노가키가 즉시 대답했다.

"형사님."

시게하루가 고개를 들었다.

"들으셔서 아시겠지만, 모두 제 잘못입니다. 제 아내는 제가 시키는 대로 했을 뿐이에요. 그러니 제발……."

그러자 이소베가 손을 휘휘 내저었다.

"쓸데없는 말씀은 안 하시는 게 좋습니다."

그는 낮고 차가운 목소리로 그렇게 말했다.

"대충 알겠습니다. 나머지는 경찰서에서 개별적으로 진술을 듣겠습니다. 따님은 관계없다고 하셨지만 일단은 경찰서로 가 주세요."

나루미는 말없이 고개를 끄덕였다.

"지금 이 시각부터 이 여관은 관계자 외에는 출입을 금합니다."

이소베가 큰 소리로 선언했다.

"열쇠는 저희가 맡아 두겠습니다. 그리고 친척 아이가 있다고 들었는데요."

"오늘 아침에 아이 아버지가 데려갔습니다."

"아이 아버지요?"

뭔가 마음에 들지 않는다는 듯 이소베의 얼굴이 흐려졌다.

"그럼 이미 마을을 떠났나요?"

"아니요. 아직은 근처에 있습니다만……."

"다행이네요. 그럼 연락처를 알려 주세요. 그 아이에게도 이야기를 들어 봐야 합니다. 그리고 유가와인가 하는 손님은 어디 있습니까?"

"유가와 씨에게도 다른 여관으로 가 달라고 했습니다. 우리 부부가 급히 어디를 좀 갈 일이 생겼다고 하고요."

"어느 여관으로 옮겼는지는 아시죠? 그것도 가르쳐 주세요."

이소베는 부하들에게 가와하타 가족을 경찰서로 연행하라고 지시했다. 또 현장 보존 절차와 각각의 임무를 정해 주고 감식반에도 연락하도록 했다.

니시구치는 가와하타 가족이 각각 다른 경찰차를 타고 연행

되어 가는 것을 그저 지켜볼 수밖에 없었다. 나루미에게 '괜찮아. 형량이 그리 무겁지는 않을 거야.'라고 말해 주고 싶었지만, 수사관들에 둘러싸여 있는 그녀에게 접근조차 할 수 없었다.

## 48

테이블에 놓인 아버지의 휴대 전화가 또 울렸다. 교헤이는 노트에서 머리를 들었다. 아버지가 혀를 차며 착신 번호를 확인하고 전화를 받았다. 1시간 사이에 벌써 4번째다. 이번에도 틀림없이 엄마일 것이다.

"……뭐라고? 그건 나도 모른다고 했잖아. ……호텔에 있다고, 호텔에. 체크인 하고 기다리고 있어, 기다린다고! 아까 말했잖아. 상황을 생각해 보면 경찰이……."

거기까지 말하고 아버지는 주위를 둘러보더니 갑자기 목소리를 낮췄다.

"경찰이 교헤이를 찾아오는 거야 당연하지. ……당신이 여기로 와서 어쩌겠다는 거야. 얘기만 복잡해진다고. ……아니, 오픈 예정일을 이제 와서 미룰 수는 없지."

그러더니 휴대 전화를 귀에 댄 채 일어나서 저쪽으로 걸어 갔다.

교헤이는 빨대로 오렌지 주스를 마셨다. 그들은 호텔 라운지에 있었다. 탁 트인 공간에 바로 옆에는 수영할 수 있는 풀도 있다. 그런데도 손님이라고는 물놀이용 튜브를 든 5살 정도의 아이와 그 엄마로 보이는 사람뿐이었다.

아버지는 라운지 구석으로 가서 통화를 계속했다. 아무래도 오사카 쪽 일을 엄마에게 모두 맡기고 온 모양이다. 새 점포를 여는 게 보통 일이 아니라는 건 교헤이도 쉽게 상상할 수 있었다. 엄마가 안달복달하는 모습이 눈에 선했다. 이 바쁜 때에 시누이 부부가 엉뚱한 짓을 저질렀다며 화를 내고 있겠지.

아버지는 갑자기 교헤이를 데리러 온 이유를 처음에는 숨겼지만, 로쿠간소를 떠나 이 리조트 호텔에 체크인 하기 전에 사실대로 얘기해 줬다. 쓰카하라라는 투숙객이 죽은 건 보일러 고장으로 인한 사고였다고 했다. 그걸 숨기기 위해 고모와 고모부가 시신을 제방 아래 바위로 던졌다는 것이다.

"곧장 경찰에 신고했더라면 좋았을 것을 엉뚱한 짓을 하는 바람에 일이 귀찮게 됐어. 아마 감옥에 가야 할 거다."

아버지 게이이치는 어두운 얼굴로 그렇게 말했다.

교헤이는 사건이 일어난 뒤에 고모와 고모부가 어땠는지 생각해 봤다. 분명 두 사람 모두 행동이 수상했다. 아버지 말이 사실이라면 그러는 것도 당연했다.

주스를 마시고 있는데 옆에서 사람 기척이 느껴졌다. 고개를 들어 보니 유가와가 서 있었다.

"어, 박사님!"

"너도 이 호텔에 있었구나!"

"아까 아빠랑 왔어요. 박사님도 여기 계셨어요?"

"애초에 데스멕 측에서 준비한 게 이 호텔이야. 설마 이런 일로 여기 오게 될 줄이야……."

교헤이는 유가와를 빤히 올려다봤다.

"박사님은 알고 계셨죠?"

그러자 물리학자는 손가락 끝으로 안경을 살짝 밀어 올렸다.

"뭘?"

"그러니까…… 고모부가 사고를 일으킨 거요."

그러자 유가와는 "사고였나……."라고 중얼거리며 고개를 살짝 기울였다.

"뭐, 이런저런 상상은 했지. 그건 그렇고, 너는 언제까지 여기 있을 거니?"

"모르겠어요. 빠르면 오늘 밤 늦게라도 출발할지 몰라요."

"그렇구나."

유가와는 고개를 끄덕였다.

"그러는 게 좋겠다. 넌 여기 있으면 안 될 거야."

신경 쓰이는 말이었다. 교헤이는 "왜요?"라고 물었다.

"그건 네가 제일 잘 알고 있지 않을까."

유가와의 말에 교헤이는 저도 모르게 몸을 움츠리며 유가와
를 올려다봤다.

그때 교헤이의 아버지가 다가오는 것이 보였다. 유가와가 서
둘러 자리를 떴다.

"누구니, 저 사람?"

아버지가 물었다. 교헤이는 대답 대신 걸어가는 유가와의 등
만 물끄러미 바라봤다.


## 49


아무리 질문이 바뀌어도 나루미는 같은 대답을 반복할 수밖
에 없었다. 그날 밤 동료들과 선술집에 있었다. 거기서 쓰카하
라 씨가 행방불명됐다는 이야기를 들었다. 집에 돌아간 후에
는 방에 들어가 다음 날 아침까지 나오지 않았다. 보일러가 고
장 났다는 건 전혀 몰랐다…….

"그러니까 사정을 알게 된 게 어젯밤이었다는 건가?"

노노가키라는 형사가 물었다.

"그래요. 몇 번이나 말씀드렸잖아요."

"음……."

노노가키가 팔짱을 끼었다.

"그 점이 아무래도 이해가 안 가. 한지붕 아래 살고 있는데

413

말이야. 뭔가 좀 이상하다는 눈치를 채야 정상 아닌가?"

"글쎄요……."

나루미는 고개를 숙였다.

하리 경찰서의 어느 방에서 그녀는 형사와 마주 앉아 있었다. 취조실이 아니라 회의실로 사용되는 방이었다. 아마도 시게하루와 세쓰코는 좁은 취조실에서 좀 더 험한 말을 들으며 조사를 받고 있을 것이다. 그 모습을 상상하니 가슴이 아팠다.

어젯밤 늦게 아버지가 고백을 시작했을 때의 광경이 떠올랐다.

"할 얘기가 있다. 아주 중요한 얘기야."

그는 그렇게 시작했다.

"내일 나 자수한다."

그 소리를 듣는 순간 심장이 멎어 버릴 정도로 놀랐다. 혹시 부모가 사건에 관련된 건 아닌지 의심이 들긴 했지만, 실제로 고백을 들으니 엄청난 충격이었다.

"어떻게 된 건데?"

가슴이 답답해 오는 걸 느끼며 물어보는 나루미에게 시게하루는 체념한 표정으로 이야기했다.

"사고였다. 쓰카하라 씨가 죽은 건 사고였어. 하지만 사고 원인을 제공한 건 나다. 그나마 경찰에 바로 신고했더라면 좋았겠지만 난 어떻게든 사건을 덮으려고 했어. 시체를 다른 곳에 버리고 숨기려고 했지. 정말 멍청한 짓을 했어."

그러고서 그가 들려준 얘기는 조금 전 경찰이 로쿠간소 여관에 왔을 때 말한 내용과 같은 것이었다. 그에 앞서 니시구치가 왔을 때도 그는 같은 얘기를 했다.

"어차피 경찰이 진상을 밝혀낼 거야. 무엇보다 계속 거짓말을 한다는 게 몹시 양심에 찔렸다. 세쓰코가 함께 체포되는 건 가슴 아프지만 내가 강제로 돕게 했다고 말하면 정상 참작은 될 거다."

나루미는 몹시 동요했다. 동시에 혼란스러웠다. 사고로 사람이 죽은 걸 은폐하기 위해 시체를 갖다 버린다는 것은 너무나 무서운 일이라고 생각했다. 마치 악몽을 꾸는 느낌이었다.

하지만 절망 속에서 가슴 한편에 안도감이 깃드는 것도 사실이었다.

'단순한 사고라고? 쓰카하라의 죽음에 복잡한 사연은 없고 단지 노후 시설이 원인이었단 말인가? 그렇다면 괴롭긴 하지만 세상이 끝난 건 아니다.'

한편으로 다른 생각이 슬그머니 고개를 쳐들었다.

'정말일까? 정말 사고였을까? 이것 역시 하나의 은폐는 아닐까?'

그러나 나루미는 그런 의문을 입에 올릴 수 없었다. 시게하루의 고백을 사실로 받아들일 수밖에 없다고 생각했다. 아니,

시게하루의 고백이 사실이길 바라는 것이 그녀의 본심이었다.

그러는 내내 세쓰코는 아무 말이 없었다. 시게하루로부터 입을 다물고 있으라는 말을 들었기 때문만은 아닌 듯했다. 세쓰코에게는 나름의 생각이 있지만 일단 여기서는 남편의 결정을 따르자고 생각한 것 아닌가 싶었다.

시게하루의 고백을 들은 뒤에도 나루미는 별다른 질문을 하지 않았다. 이 여관을 어떻게 할 것인지, 교헤이는 어디로 보낼 것인지 따위의 사소한 일만 물었을 뿐이다. 시게하루는 이미 그런 것들까지 생각해 두고 있었다. 사고를 일으킨 여관이 영업을 계속할 수는 없지, 라며 서글프게 웃었다.

어젯밤에는 잠을 거의 자지 못했다. 내일이면 부모가 범죄자로서 체포된다고 생각하니 날이 밝는 게 두려웠다. 그리고 한편으로는 또 다른 불안감이 나루미의 마음을 헤집었다. 과연 이것으로 모든 게 마무리되는 것일까. 오제키 레이코의 전화가 마음에 걸렸다. 경시청은 지금도 우리 가족에 대해 조사하고 있는 것 아닐까.

"……했었나?"

노노가키의 질문에 나루미는 퍼뜩 정신을 차렸다.

"네, 뭐라고 하셨죠?"

"그러니까, 운동 같은 거 했었냐고."

"아…… 저, 중학교 때 연식 테니스를 좀……."

"테니스라."

노노가키는 나루미의 몸을 유심히 바라봤다.

"스쿠버 강사도 하고 있던데, 여자치고는 힘이 센 편이겠네."

"글쎄요, 어떨지……."

그러자 노노가키는 손가락 끝으로 테이블을 천천히 두드렸다.

"아무리 생각해도 그 두 사람만으론 무리일 것 같은데. 아버지는 다리가 불편하고 어머니는 몸집이 작아서 힘이 약할 것 같고. 시체를 4층에서부터 끌고 내려와 차에 싣고 제방까지 운반해서 떨어뜨린다……, 그게 가능할까? 그게 가능하다고 생각하나?"

"부모님께서 그렇게 말씀하시니 그런가 보다 생각했어요."

"과연 그럴까?"

노노가키는 고개를 휘휘 저었다.

"그 두 사람으로는 무리지. 누가 봐도 분명한 사실이야."

하지만 나루미로서는 뭐라 대꾸할 말이 없었다. 노노가키는 책상에 양 팔꿈치를 괴고 나루미의 얼굴을 빤히 바라봤다.

"부모라면 자식을 지키려 드는 게 당연하지. 본인들은 체포된다 하더라도 자식만은 그런 일을 당하지 않도록 하고 싶은 게 부모 마음이니까."

"그게 무슨 말씀이죠?"

417

"몰라서 물어? 그건 아니지. 나이 든 부모는 교도소에 들어
가는데 자기만 편히 살겠다, 그건 아니잖아?"

그제야 나루미는 형사의 말이 무슨 뜻인지 이해했다. 뺨에
경련이 일었다.

"저도…… 거들었다는 건가요?"

노노가키가 입술을 일그러뜨렸다.

"경찰을 우습게 보지 말라고. 그 두 사람에게 범행을 재현시
켜 보면 앞뒤가 맞지 않는다는 게 금방 드러나. 누군가를 비호
하려 한다는 것도 알 수 있지. 그럼 대체 누굴 비호하려 한 것
일까, 그야 생각할 것도 없지 않겠어?"

나루미가 고개를 저었다. 얼굴이 달아오르는 것이 느껴졌다.

"전 아무 짓도 안 했어요. 정말입니다. 만약 저도 도왔다면
솔직히 얘기했을 거예요. 자식이 부모에게 죄를 떠넘기다니,
그런 짓 절대 안 해요, 절대로."

하지만 노노가키는 그 말을 비웃기라도 하듯 손가락으로 귓
구멍을 후볐다. 아무리 그럴듯하게 연기해도 안 속는다는 걸
보여 주려는 듯한 태도였다.

그때 노크 소리가 나더니 문이 살짝 열렸다.

"노노가키 씨, 잠깐만요."

누군가 밖에서 그를 불러냈다.

노노가키가 의자를 거칠게 밀며 일어나 불쾌한 표정으로 방

에서 나갔다. 그리고 다시 거칠게 문을 닫았다.

나루미는 손으로 이마를 짚었다. 이런저런 질문을 받을 건 알았지만 자신까지 의심받으리라고는 생각지도 못했다. 아마 부모님도 지금쯤 딸이 범행에 가담하지 않았느냐는 추궁을 받고 있을 게 분명하다.

하지만 형사의 말도 이해는 됐다. 두 분이서 시체를 운반한 다는 건 어려운 일일 것이다.

다시 문이 열리고 노노가키가 들어왔다. 그런데 표정이 좀 전과는 사뭇 달랐다. 미간에 주름이 잡혀 있는 것은 변함없지만 시선에 왠지 불안감이 스며 있었다.

노노가키는 의자에 앉더니 좀 전처럼 책상을 손가락으로 두드렸다. 그 리듬이 아까보다 상당히 빨라져 있었다. 이윽고 그는 움직임을 멈추고 나루미를 봤다.

"선술집에 들어간 게 밤 9시경이라고 했지?"

"네."

나루미도 형사의 얼굴을 바라봤다.

"쓰카하라 씨가 사망했을 무렵 나루미 씨는 선술집에 있었던 거지? 그 가게에 들어간 게 9시쯤이었다고 했는데, 틀림없나?"

노노가키가 짜증 난 목소리로 물었다.

"네, 틀림없을 거예요."

나루미가 당황해하며 대답했다. 왜 얘기가 거기까지 되돌아갔는지 알 수 없었다.

"그러고 나서 사와무라라는 사람이 나루미 씨 어머니를 집까지 모셔다 줬다고 했는데, 그 사람이 선술집으로 돌아온 건 몇 시쯤이었지?"

"사와무라 씨가 돌아온 시각요? 아마 10시 조금 전이었을 거예요. 생각보다 늦었다고 했더니 여관에서 없어진 투숙객을 찾아다니다 왔다고 하더라고요. 그런데 그건 왜 물어보시는 거죠?"

그러자 노노가키가 다소 주저하는 표정을 짓더니 "그만합시다. 진실은 어차피 밝혀질 테니까."라고 대답했다.

"부모님에게 무슨 일이 있나요?"

"아니야. 그게 아니라, 다른 형사가 사와무라 모토야 씨를 만났는데, 그 사람이 자신이 시체 처리를 도왔다고 자백했다는 군."

"네에?"

나루미는 자신도 모르게 허리를 곧추세웠다.

"사와무라 씨에 대한 정식 취조는 지금부터지만, 여태까지 들은 얘기만으로도 나루미 씨 부모님의 얘기보다는 설득력이 있다고 하더군. 이제야 종착역이 보이는 것 같아."

그렇게 말하는 노노가키는 나루미를 더는 심문할 마음이 없어 보였다.

## 50

이소베 계장은 자신이 직접 사와무라를 취조하겠다고 나섰다. 사와무라가 사건의 열쇠를 쥐고 있다는 느낌을 받았기 때문일 것이다. 당연히 수사 1과 소속 부하를 동석시킬 것이라고 예상했는데 그 예상을 깨고 니시구치를 기록자로 지명했다. 왜 자신인지 의아해하며 조사실로 들어간 그는 곧 이소베의 진의를 알 수 있었다. 취조를 시작하기에 앞서 그가 이렇게 말했던 것이다.

"여기 있는 니시구치 형사는 이 마을 출신으로 사와무라 씨네 전자 제품 가게나 로쿠간소 여관에 대해 잘 알고 있네. 특히 로쿠간소의 딸과는 고등학교 동창이어서 부모와도 아는 사이고. 따라서 그 사람들이라면 이런 일을 할 수 있다, 할 수 없다 하는 것을 어느 정도 짐작할 거야. 그 점을 염두에 두고 사건 당일 무슨 일이 있었는지 숨김없이 말해 주기 바라네."

요컨대 마을 사정에 훤한 사람이 옆에 있으니까 어설픈 거짓말은 하지 말라고 못 박고 싶었던 것이다. 하지만 니시구치는 그런 견제가 필요 없을 것이라고 생각했다. 사와무라가 이 방에 들어올 때 이미 모든 것을 각오한 표정을 짓고 있었기 때문이다.

"감출 생각 전혀 없습니다. 로쿠간소 주인어른께서 저와 상의 없이 자수해 버리셨기 때문에 일이 이렇게 됐지, 함께 경찰서에 가자고 하셨다면 저도 주저 없이 자수했을 겁니다."

사와무라가 말했다. 그의 강한 어조에는 프라이드가 깃들어 있었다.

"그래? 그럼 어디 얘기 좀 들어 볼까. 가능한 한 자세히."

사와무라는 마음을 정리하듯 심호흡을 한 번 한 뒤 입을 열었다.

"이미 알고 계시겠지만, 그날 밤 저는 가와하타 나루미 씨와 선술집에 갔습니다. 가게 앞에서 나루미 씨의 어머니를 만났고, 역 앞에 세워 뒀던 경트럭으로 여관까지 모셔다 드렸습니다."

"그 시점까지는 로쿠간소에서 무슨 일이 일어났는지 몰랐다는 거군."

"물론입니다. 그때까지는 함께 환경 보호 운동을 하는 동료들과 같이 있었으니까요."

"알았어. 계속해 봐."

"로쿠간소에 갔더니 나루미 아버지가 로비에 넋을 놓고 앉아 계셨어요. 그걸 본 나루미 어머니가 왜 그러느냐고 물었더니 큰일 났다고, 손님이 죽었다고 그러시더군요."

니시구치는 키보드를 두드리던 손을 멈추고 사와무라의 얼굴을 봤다. 하지만 그런 그를 이소베가 노려보자 얼른 키보드로 눈길을 되돌렸다.

"그러니까 자네가 여관에 갔을 때는 이미 사고가 난 후란 말이지?"

"그렇습니다. 4층 해원실이라고 했나? 아무튼 그 방에 사람이 쓰러져 있는 걸 시게하루 씨가 발견했다고요. 그리고 그게 보일러 고장에 의한 사고사라는 것도 알았던 것 같습니다."

"그래서, 시게하루가 어떻게 하겠다고 하던가?"

"경찰에 알려야겠다고 했어요."

"그래? 그런데 그렇게 하지 않았잖아. 왜지?"

사와무라는 침통한 표정으로 한숨을 내쉬었다.

"제가 말렸습니다."

"말려, 왜?"

"저……."

사와무라는 입술을 깨물며 잠시 말을 멈췄다가 다시 시작했다.

"그런 사고가 일어났다는 게 세간에 알려지면 하리가우라의 이미지는 단숨에 나빠지거든요. 마치 시설이 죄다 낡은 곳처럼 비쳐져 관광객들이 발길을 끊게 될 겁니다."

"그렇군. 그리고 보니 자네는 해저 자원 개발에 반대하는 입장이더군. 관광 사업을 마을의 주요 산업으로 만들자고 주장하는 사람이니 로쿠간소의 불미스러운 일이 알려지는 걸 원치 않았겠지."

"저는 하리가우라를 지키고 싶었을 뿐입니다."

"그래, 좋아. 그럼 가와하타는 자네 말을 듣고 바로 생각을 바꿨나?"

"처음에는 주저했습니다. 하지만 제가 '이건 로쿠간소만의 문제가 아니다. 이 일이 알려지면 하리가우라 사람 모두가 곤란해진다'고 하자 그럼 어떻게 했으면 좋겠느냐고 물으시더군요. 그래서 제가 그랬습니다. 시체를 어디 다른 데 갖다 버리자고."

"자네가 그랬군. 자네가 시체를 버리자고 제안했어."

마치 이 부분이 중요하다고 강조하기라도 하듯 이소베가 중얼거렸다.

"그렇습니다. 제가 제안했어요. 제방 아래로 떨어뜨리자고 제안한 것도 저였습니다."

사와무라가 자포자기한 태도로 말했다.

"그럼 안주인은, 안주인은 즉시 동의했나?"

"아닙니다. 두 사람 모두 머리만 감싸 쥐고 있었습니다. 하지만 우물쭈물하다가는 사고로 위장할 기회를 놓치게 된다고 하자 두 분 다 각오하는 듯싶었습니다."

사와무라는 자기 혼자 힘으로 시체를 운반했다고 주장했다. 경트럭 짐칸에 싣고 시게하루와 둘이 제방까지 갔다는 것이다. 시신을 제방 아래로 떨어뜨릴 때도 다리가 불편한 시게하루는 도움이 되지 못했다고 했다.

시게하루를 다시 여관으로 데려다 준 뒤 사와무라는 집으로 가 경트럭을 놓고 선술집으로 갔다. 시치미를 떼고 나루미 일행과 술을 마셨지만 대화 내용은 하나도 기억나지 않는다고 했다.

"여기까지가 그날 밤 일어났던 일의 전부입니다. 사체 유기죄에 해당하겠죠? 혐의를 부인할 생각은 없습니다. 그러니까……"

사와무라는 한 호흡을 쉰 뒤 말을 이었다.

"나루미 씨는 돌려보내 주십시오. 그녀는 아무것도 모릅니다. 사건과 아무 관계가 없어요."

사와무라가 애원하는 것을 들은 니시구치는 이 남자가 왜 깨끗이 자백했는지 이유를 알 것 같았다. 아마도 그는 나루미까지 의심받고 있다는 얘기를 형사에게 들었을 것이다. 어차피 진상은 언젠가 밝혀지게 마련이다. 그렇다면 자신이 일찌감치 자백해서 나루미에게 피해가 가지 않도록 하자고 생각했던 것 아닐까?

그녀를 만나 본 남자라면 누구라도 그녀를 좋아하지 않을 수 없다. 키보드를 두드리며 니시구치는 곁눈으로 사와무라를 봤다.

## 51

'이거 고모가 훨씬 잘하는데.'

교헤이는 가리비 튀김을 먹으며 생각했다. 재료나 장식은 호화롭지만 맛은 동네 패밀리 레스토랑이나 별반 다를 게 없다. 이런 걸 굳이 바닷가 리조트 호텔에서 먹을 필요가 있을까.

교헤이는 아버지와 함께 호텔 레스토랑에 있었다. 아무래도 오늘 밤은 여기서 잘 것 같다. 내일 오사카로 가는가 했는데 아버지는 아직 잘 모르겠다고 했다.

"고모랑 고모부가 저렇게 되었으니 아빠가 도와야 할 일이 있을지도 몰라. 조금만 참아."

교헤이는 잠자코 고개를 끄덕였지만 여기 있는 것이 참는 것이라고 생각되지는 않았다. 오히려 이쪽 상황이 어떻게 전개될지도 모르는 채 여기를 떠나는 게 싫었다.

저녁 식사가 끝나 갈 무렵 아버지의 휴대 전화가 울렸다. 전화기를 들여다본 아버지의 표정이 어두워졌다. 입을 손으로 가리고 낮은 목소리로 통화한 아버지는 찜찜한 표정으로 전화를 끊었다.

"왜요?"

아버지는 콧잔등에 주름을 잡고 입술을 일그러뜨리더니 대답했다.

"경찰이 네 얘기를 듣고 싶다는구나. 호텔 라운지에서 기다릴 테니 식사 끝나고 와 달라는데, 괜찮겠니?"

"전 괜찮아요."

교헤이는 남은 가리비 튀김을 해치운 뒤 토마토 샐러드를 입에 넣었다. 별로 많이 먹은 것 같지 않은데 금방 배가 불렀다.

라운지에서 기다리고 있는 사람은 노노가키와 니시구치라는 형사였다. 두 사람 다 본 적이 있는 것 같은데 얘기를 나눠 본 적은 없었다.

테이블을 사이에 두고 그들과 마주 앉았다. 교헤이 옆에는 아버지가 있었다. 노노가키 형사가 뭐 좀 마시겠냐고 묻자 아버지가 됐다고 하기에 교헤이도 고개를 저었다.

"그런데…… 지금 어떤 상황입니까?"

아버지가 먼저 그렇게 물었다.

"취조는 끝났나요?"

그러자 노노가키가 으스대듯 가슴을 쫙 폈다.

"그렇게 간단히 끝날 일이 아니죠. 사람이 죽었지 않습니까. 그리고 가와하타 부부의 진술 내용에 사실과 다른 부분이 있는 것 같아요. 동생 분 입장에선 괴롭겠지만, 좀 더 시간을 들여서 철저히 조사할 필요가 있습니다."

"사실과 다르다니, 뭐가요?"

"그건 말씀드릴 수 없습니다. 수사상의 기밀입니다. 다만, 사건에 연루된 사람이 그 부부 외에 더 있다는 것만은 말씀드리 겠습니다."

"공범이 더 있다고요? 설마 나루미가……."

"아니요, 나루미 씨는 관계없습니다."

느닷없이 니시구치가 끼어들었다. 하지만 노노가키가 쏘아 보자 바로 고개를 숙이고 메모할 준비를 했다. 노노가키는 그를 보며 빈정거리는 듯한 미소를 지었다.

"아드님에게 질문을 좀 해도 괜찮겠습니까? 저희가 선생의 의문에 답해 드리러 여기 온 게 아니라서."

"아…… 네."

아버지가 교헤이 쪽으로 고개를 돌렸다. '괜찮겠어?'라고 묻는 표정이었다. 교헤이도 '괜찮아.'라고 눈으로 대답했다.

"고모부랑 불꽃놀이 했을 때의 일, 기억해? 엿새 전인데."

노노가키가 물었다. 정면에서 보니 여우같이 생겼다.

"기억해요."

"네가 불꽃놀이를 하고 싶다고 했니?"

"아니요. 방에서 TV를 보고 있는데 고모부가 전화해서 불꽃 놀이를 하자고 했어요."

"그게 몇 시쯤이지?"

"8시쯤……인 것 같아요."

형사의 질문은 대충 예상했던 것들이었다. 요컨대 그날 밤

시게하루의 행동을 확인하려는 것이다. 고모부가 불꽃놀이를 하다가 몇 시쯤 여관에 들어갔고, 몇 시쯤 돌아와 불꽃놀이를 계속했는지, 불꽃놀이는 몇 시에 끝났는지.

시계를 보면서 논 것도 아니어서 교헤이로서는 적당히 대답할 수밖에 없었다. 불꽃놀이 중에 뭔가 이상한 점은 없었냐는 질문에도 보통의 불꽃놀이였다고만 말했다. 그런데도 형사는 만족스러운 것처럼 보였다.

불꽃놀이가 끝난 다음 시게하루의 방으로 가서 수박을 먹고 TV를 보다가 그대로 잠들었다는 데까지 말했을 때 노노가키가 옆에 있는 니시구치에게 눈짓을 했다. 이 정도면 됐다는 표시인 듯했다.

"협조해 주셔서 감사합니다. 더 조사할 게 있을지도 모르겠는데 그때도 잘 부탁드립니다."

노노가키는 일어서면서 마치 책을 읽듯 그렇게 말하고서 가볍게 고개를 숙인 뒤 출구로 향했다. 니시구치가 황급히 그의 뒤를 쫓아갔다.

게이이치는 한숨을 한 번 쉬고서 "갈까?"라고 말하며 자리에서 일어섰다.

"아빠."

교헤이가 그를 불렀다.

"그거…… 사고 맞죠?"

아들의 말에 게이이치는 화가 난다는 듯 눈썹을 치켜세웠다.

"당연하지. 사고가 아니면 뭔데?"

"그야 잘 모르겠지만……."

"형사들도 방금 말했지만 사람이 죽으면 설사 단순 사고라도 경찰로서는 철저히 조사해야 하는 거야. 걱정 마라. 고모랑 고모부가 처벌은 받겠지만 그리 대단한 건 아닐 거야."

교헤이는 고개를 떨어뜨렸다. 그걸 끄덕이는 걸로 해석했는지 아버지는 "자, 가자."라며 앞장서 걷기 시작했다. 그 뒤를 쫓아가며 교헤이는 유가와가 했던 말을 떠올렸다.

넌 여기 있으면 안 될 거야. 그 이유는 네가 제일 잘 알고 있지 않을까…….


52


"말이 제대로 통하는 아이여서 다행이었어. 요즘 일본어도 제대로 못하는 아이가 많아."

라운지를 나서며 노노가키가 말했다.

"사와무라의 도움을 받았다는 것 빼고는 시게하루의 진술에 거짓말은 없는 것 같아. 이제 남은 건 유가와라는 투숙객뿐이군. 같은 호텔에 머물고 있는 건 잘된 일인데, 휴대 전화가 안 돼서 귀찮게 됐어."

"프런트에 가서 몇 호실인지 물어보겠습니다."

"응, 그러지."

건방진 대답을 뒤로하며 니시구치는 빠른 걸음으로 프런트로 향했다. 요 며칠간 수사 1과 녀석들에게 '턱'으로 지시받는 데는 아주 익숙해져 있었다.

유가와의 방은 금방 알아냈다. 하지만 프런트에서 방으로 전화해 보아도 안 받긴 마찬가지였다. 그 모습을 보고 있던 젊은 남자 직원이 말했다.

"유가와 씨라면……, 혹시 전화가 걸려 오면 10층에 있는 바로 연결해 달라고 하셨습니다만……."

"아, 그래요?"

'그런 건 진작 말했어야지, 이 자식아.'라는 말이 튀어나오려는 걸 꾹꾹 누르며 니시구치는 노노가키가 있는 곳으로 돌아갔다.

"그 학자라는 인간 말이야, 해저 자원 연구 때문에 왔다는 놈이 호텔 바에나 죽치고 앉아 있고 말이지."

엘리베이터로 걸어가면서 노노가키는 인상을 썼다. 니시구치는 개인적으로야 뭘 하건 무슨 상관이냐고 생각했지만 입 밖에 내지는 않았다.

넓은 스탠드바에는 손님이 손가락으로 꼽을 정도밖에 없었다. 바다에 면한 쪽은 전면이 유리로 되어 있지만 애석하게도 날이 저문 뒤라 거의 아무것도 보이지 않았다. 이 바가 흥청거리는 건 불꽃 축제가 열릴 때뿐일 거라고 니시구치는 생각했다.

유가와는 창가 쪽 자리에 혼자 앉아 있었다. 그가 벗어 놓은 안경이 테이블에 놓여 있고 그 옆에는 레드 와인 병과 잔이 있었다. 음악이라도 듣고 있는지 양쪽 귀에는 이어폰이 꽂혀 있다.

노노가키와 니시구치가 다가가자 유가와는 천천히 고개를 들었다. 니시구치를 알아본 그는 한쪽 귀의 이어폰을 뺐다.

"이분도 경찰이신가?"

그러고서 유가와는 노노가키를 쳐다봤다. 노노가키는 자기소개를 한 뒤 유가와의 허락도 없이 맞은편에 앉았다.

"시간 좀 내 주실 수 있습니까?"

"안 된다면?"

노노가키가 불끈하는 것을 보고서야 유가와는 슬그머니 미소 지었다.

"농담이오. 자네는 계속 서 있을 건가?"

그 말에 니시구치도 노노가키 옆에 앉았다.

"댁들도 뭘 좀 시키는 게 어떻겠소. 나만 마시면 아무래도 미안하니까."

유가와가 다른 쪽 귀의 이어폰을 마저 빼며 말했다.

"저희들은 괜찮습니다. 신경 쓰지 마세요."

"그래요? 그럼 실례."

유가와는 와인 잔을 들더니 천천히 입으로 가져갔다.

노노가키가 헛기침을 한 번 한 뒤 말을 꺼냈다.

"가와하타 부부를 체포했습니다."

유가와는 와인 잔을 내려놓더니 "그렇습니까."라고 담담히 대답했다.

"놀라지 않으셨나요?"

"오늘 아침 로쿠간소의 주인이 숙박비는 안 내도 되니 다른 곳으로 옮겨 달라고 할 때 뭔가 심각한 사정이 있는 모양이라고 생각했어요. 그 후에 여관에 경찰차가 여러 대 왔었다는 얘기를 듣고 혹시나 싶었지요. 그랬군요. 혐의가 뭡니까?"

"현재로선 업무상 과실 치사에 사체 유기죄입니다."

유가와는 테이블에 놓여 있던 안경을 집어 종이 냅킨으로 렌즈를 닦기 시작했다.

"현재로선, 이라니 그게 무슨 뜻이지요? 바뀔 가능성도 있다는 건가?"

"그건 모릅니다. 아직은 이것저것 조사하고 있습니다. 또 이렇게 선생께 얘기를 들으러 오기도 했고요."

"그렇군요. 그래서, 내가 무슨 얘기를 해 드려야 하지요?"

유가와는 안경을 썼다.

"있는 그대로만 얘기해 주시면 됩니다. 벌써 몇 번이나 같은 얘기를 되풀이해서 지겨우시겠지만, 로쿠간소에 도착하신 첫날 선술집에 가신 얘기부터 부탁드립니다."

그러자 물리학자는 흥, 콧방귀를 뀌었다.

"물론 지겹지만, 하는 수 없지."

그리고 그는 얘기를 시작했다. 내용은 지금까지 그가 한 진술과 똑같았다. 가와하타 세쓰코가 선술집까지 안내해 줬고, 거기서 잠시 그녀와 잔을 주고받았다. 그 뒤 나루미 일행과 합석하게 됐고, 나중에는 사와무라도 왔다. 투숙객이 행방불명 됐다는 건 사와무라에게 들었다. 로쿠간소에 돌아왔을 때 행방불명된 투숙객은 아직 돌아오지 않은 상태였다…….

시신 유기에 관해 사와무라가 진술한 내용과도 모순이 없었다. 니시구치는 내심 안도했다. 유가와의 진술이 거짓이 아니라면 나루미에게 혐의가 없다는 사실이 굳어진다.

"선술집에 도착했을 때 사와무라는 어떤 상태였습니까?"

노노가키가 물었다.

"어떤 상태라니……."

"그러니까."

노노가키는 사와무라가 불안해했다는 대답을 기대하고 있는 것 같았으나, 불안해했느냐고 대놓고 물으면 유도 신문이 되고 만다.

"뭐라도 좋으니 느낀 대로 말씀해 주시면 됩니다."

그러자 유가와가 어깨를 으쓱했다.

"그렇다면, 아무것도 느끼지 않았다고 해 둡시다. 그와는 초면이었고."

"그럼 여관으로 돌아갔을 때나, 그 이후에 가와하타 부부의 모습에서 이상한 기미는 없었습니까?"

"특별히 이상한 건 없었어요."

유가와의 대답은 여전히 무뚝뚝했다

"그 부부와 그다지 가까이 지내지 않았어요. 식사를 차려 준 것도 나루미 양이었고. 나루미 양은 사건과는 관계없죠?"

그건 물론입니다, 라고 대답하고 싶었던 니시구치는 간신히 말을 삼켰다.

노노가키는 아무런 대답 없이 자리에서 일어섰다.

"감사합니다. 쉬시는 데 폐가 많았습니다."

"다 된 건가?"

"네, 그럼 이만."

노노가키가 출구로 향하자 니시구치도 자리에서 일어섰다. 그때 유가와가 그들을 향해 물었다.

"실험은 했어요?"

노노가키가 걸음을 멈추고 뒤돌아봤다.

"실험이라뇨?"

"아까 업무상 과실 치사라고 했는데, 그건 로쿠간소에서 모종의 사고, 아마도 제 생각에는 일산화탄소 중독일 것 같은데, 하여간 그런 사고가 일어났을 거라고 추정하기 때문에 그런 거 아닌가요? 그렇다면 감식반이 재현 실험을 하는 게 순서라고 보는데."

"일산화탄소라니요?"

노노가키가 짐짓 시치미를 떼며 되물었다.

"아닌가……. 그럼 업무상 과실 치사라는 건 뭐지……."

유가와가 과장되게 고개를 갸웃했다.

노노가키는 눈에 힘을 주며 콧방울을 부풀렸다. 그리고 가슴이 들썩거릴 정도로 숨을 크게 쉬더니 "협조해 주셔서 감사합니다."라고만 하고 재빨리 출구로 걸음을 옮겼다.

니시구치도 유가와에게 인사하고 노노가키를 따라나서려는데 다시 유가와가 말을 걸었다.

"재현하기 어려울걸."

니시구치가 걸음을 멈췄다.

"왜죠?"

그러나 유가와는 대답하는 대신 거드름을 피우듯 천천히 잔에 와인을 채웠다. 그리고 와인 잔의 다리 부분을 손가락으로 쥐고서 잔을 빙빙 돌렸다. 조바심이 난 니시구치가 다시 물으려 했을 때였다.

"자네들에게 형사의 감이라는 게 있듯이,"

유가와가 입을 열었다.

"우리한테도 있는 거야, 물리학자의 감이라는 것이."

그리고 와인 잔을 입으로 가져갔다.

그가 무슨 말을 하려는 것인지 알 수 없어 니시구치는 당황스러웠다. 자신을 놀리는 것으로는 느껴지지 않았다. 할 말이 생각나지 않은 그는 그대로 출입구를 향해 걸음을 옮겼다.

바 밖으로 나오자 노노가키가 누군가와 휴대 전화로 이야기를 나누고 있다가 불쾌한 표정으로 전화를 끊더니 엘리베이터 버튼을 눌렀다.

"마음에 안 들어. 학자라는 놈들은 다 저런가."

"저 사람은 좀 유별난 것 같아요."

"뭐, 상관없어. 또 만날 것도 아니고. 사건이 일단락됐어."

"정보가 들어왔나요?"

노노가키가 고개를 끄덕였다.

"경시청 녀석들이 센바를 찾아낸 모양이야. 조후의 병원에서 요양 중이었다더군. 그래서 피해자가 종종 병문안을 갔던 모양이야. 어차피 혐의는 벗었지만 말이야."

엘리베이터 문이 열리자 두 사람은 안으로 들어갔다.

가와하타 부부의 최초 진술에는 이해가 안 되는 점이 많았지만 사와무라의 자백 덕분에 모순점은 거의 해결됐다. 남은 일은 쓰카하라가 왜 여기까지 왔는지 밝혀내는 것이었는데 방금 노노가키가 한 말에 따르면 그것도 해결될 모양이었다. 이대로 사건이 해결되는 건가 싶었다.

하지만 니시구치는 유가와의 말이 마음에 걸렸다.

가와하타 부부에 대한 취조와 병행해 오늘 낮부터는 감식반이 로쿠간소 여관에서 재현 실험을 하고 있다. 수사본부에 들어온 중간보고에 따르면 역시 사고가 난 방인 '해원실' 벽에 균열이 있었고 그곳으로 보일러에서 배출되는 연기의 일부가 새어 들어온다는 것이었다. 이제 남은 일은 보일러가 불완전 연소됐을 때 방의 일산화탄소 농도가 얼마나 올라가는지를 확인하는 것뿐이었다.

그러나 실험을 시작한 지 이미 몇 시간이나 지났지만 아직까지 사건을 재현했다는 보고는 없었다. 책임자의 답변은 '원인 불명'이라는 것이었다.

**53**

창문을 열자 바다 냄새 섞인 미지근한 바람이 밀려들었다. 제방과 도로가 가로등 불빛에 비쳐 어슴푸레하게 보이고, 그 너머에 있을 바다는 어둠에 묻혀 보이지 않았다.

휴대 전화를 들어 시각을 확인했다. 밤 9시가 되려는 참이었다.

계단을 경쾌하게 뛰어 올라오는 소리가 들리더니 문이 벌컥 열렸다. 편의점 봉투와 아이스박스를 양손에 든 나가야마 와카나가 들어왔다.

"많이 기다렸죠? 그런데 변변한 게 없더라고요. 일단 샌드위치랑 주먹밥 정도만 사 왔어요. 아, 그리고 인스턴트 된장국이랑 술안주도."

와카나는 봉투 속에 든 것들을 바닥에 쏟아 놓았다.

"번거롭게 해서 미안해."

그러자 와카나는 "별 말씀을."이라며 검게 그을린 얼굴 앞에서 손을 가로저었다. 그 팔 역시 거무스름하게 그을려 있었다.

"어려울 때는 서로 돕고 살아야지요. 아니, 그보다 이 와카나를 믿어 주셔서 기쁜걸요. 좁긴 하지만 얼마든지 계셔도 괜찮아요."

"고마워."

"어떻게 할까요? 된장국을 드시겠다면 밑에 내려가서 뜨거운 물을 가져오고요."

그러면서 와카나는 인스턴트 용기 된장국을 집었다.

"아니, 지금은 됐어. 그보다, 마실 것 좀 있니?"

"그야 물론이죠."

와카나는 아이스박스를 열었다.

"맥주, 츄하이(소주에 과즙과 탄산을 첨가한 음료-옮긴이)……, 여러 가지 있어요. 뭐가 좋으세요?"

"녹차도 있어?"

"오케이, 녹차 당첨!"

와카나는 녹차 페트병을 꺼냈다.

창밖을 바라보며 나루미는 차가운 녹차로 목을 축였다. 오늘 하루 일을 되돌아보니 도저히 현실 같지 않다. 악몽을 꾸고 있는 듯하다.

하리 경찰서에서 풀려난 것이 저녁 8시를 넘어서였다. 사와무라가 자백했으니 나루미의 혐의는 풀려야 마땅했지만 끝도 없이 같은 질문을 해 대고 이유 없이 기다리게 하면서 시간만 흘려보냈다. 그래서 경찰서를 나설 무렵에는 주저앉고 싶을 만큼 지쳐 있었다.

그렇다고 그길로 집으로 돌아갈 수도 없었다. 로쿠간소에 출입 금지 조치가 내려져 있었기 때문이다. 그런데도 형사들은 거처가 정해지는 대로 곧장 연락하라고 협박하듯 말했다. 물론 부모님에 대해서는 일절 얘기해 주지 않았다.

고민 끝에 나루미가 연락한 사람은 해양 스포츠용품점에서 아르바이트를 하고 있는 나가야마 와카나였다. 그녀는 도쿄에 있는 대학을 다니면서 여름에만 이곳에 내려와 가게에서 먹고 자며 일하고 있다. 스쿠버 다이빙 지도자 자격증도 있는데, 그녀가 자격증을 취득할 당시 지도했던 사람이 바로 나루미였다. 2년 전의 일이다.

와카나에게는 부모님이 체포됐다는 얘기를 포함해 모든 상황을 전화로 설명했다. 그러자 그녀는 "지금 곧 가겠다."고 했고, 실제로 약 30분 뒤에는 가게 왜건을 몰고 경찰서까지 데리러 와 주었다. 차 안에서는 이것저것 묻지 않고 오로지 나루미의 상태만 염려했다. 나루미는 그녀에게 신세 지기로 한 것이 정답이었다고 생각했다.

문득 정신을 차려 보니 와카나도 녹차 페트병을 들고 있었다.

"와카나, 술 안 마셔?"

그녀는 상당한 애주가다.

"아니, 그게……."

"나 때문이라면 그러지 마. 그럼 나도 불편해지니까."

"그럴까요, 그럼."

와카나는 녹차 페트병을 아이스박스에 도로 넣고 대신 캔 맥주를 꺼냈다.

그녀는 잘 마시겠습니다, 라고 말한 뒤 캔을 따 솟아나오는 거품을 입으로 훅, 빨아들이고서 단숨에 들이켰다. 그리고 "아, 시원해."라고 조그맣게 중얼거렸다.

그 모습을 바라보던 나루미는 언젠가 유가와가 했던 말이 떠올랐다.

'나루미 양은 화려한 도시보다 바다를 더 좋아하는 타입이

아니야.'

와카나에게라면 그런 말은 하지 않았을 거라는 생각이 들었다.

그나저나 이제부터 어떻게 해야 하나. 시게하루는 로쿠간소를 처분하면 된다고 했지만 사망 사건이 일어난 낡은 여관을 살 사람이 있을 것 같지 않다. 그렇다고 철거하자니 그것도 돈이 꽤 든다. 그보다 급한 것이 나루미 자신이 머물 곳을 찾는 일이다. 와카나는 얼마든지 있어도 좋다고 하지만 그럴 수는 없다. 그녀 역시 방학이 끝나면 도쿄로 돌아가야 한다.

"와카나, 차 좀 빌릴 수 있을까?"

"자동차요? 빌려 드리는 건 상관없지만, 가실 데가 있으면 운전은 제가 해 드릴게요."

"안 돼, 맥주 마셨잖아. 내가 해도 돼. 집에만 잠깐 다녀올 거야."

"아, 로쿠간소요……."

"갈아입을 옷이랑 화장품 좀 가져오려고. 그리고 돈도 좀."

"하긴 여기는 빌려 드릴 만한 게 아무것도 없어요."

와카나는 맥주 캔을 놓고 일어섰다.

그녀의 방은 가게 건물 2층에 있었다. 계단을 내려가 불 꺼진 가게 안을 가로질러 두 사람은 밖으로 나갔다. 차는 가게 앞에 세워져 있었다. 나루미는 와카나에게 키를 받아 차에 올라탔다. 나루미도 왜건을 운전하는 것은 익숙하다.

"조심해서 다녀오세요."

와카나의 인사를 뒤로하고 나루미는 인적이라고는 없는 해안 도로를 달렸다. 역 앞에 이르자 언덕길이 시작됐다. 그리고 이내 로쿠간소가 눈에 들어왔다. 현관 앞에는 공사 현장에서 흔히 볼 수 있는 빨간 고깔 모양 조명 기구가 여러 개 놓여 있었다. 제복을 입은 젊은 경찰이 파이프 의자에 앉아 있다가 나루미의 차를 보고 일어섰다.

나루미는 차를 세우고 내려 경찰에게 사정을 이야기했다. 경찰은 현관문을 열고 안에 있는 사람과 몇 마디 주고받은 뒤 그녀를 들여보내 줬다.

로비에는 뚱뚱한 중년의 경찰이 있었다. 그의 앞에 켜져 있는 TV에서 코미디언이 큰 소리로 뭐라고 떠드는 모습이 비쳤다.

"내가 따라가도 되겠지? 아무거나 마음대로 만지게 했다가는 나중에 질책받거든."

경찰은 다짜고짜 반말로 말했다.

나루미가 고개를 끄덕이고서 안으로 들어가자 경찰도 TV를 끄고 따라왔다.

방에 들어간 나루미는 벽장에서 큼직한 여행 가방을 꺼내 닥치는 대로 옷을 채워 넣었다. 속옷을 넣을 때는 경찰에게 보이지 않도록 몸으로 가렸다.

"거참, 큰일이네. 지금부터 어떻게 할 거야?"

그 말투에 걱정해 주는 기색이라고는 없었다. 나루미가 말없이 고개를 기울이자 "하긴 이런 걸 묻는 것도 그러네."라면서도 계속해서 지껄여 댔다.

"오래전에 역 앞 파출소에 근무한 적이 있지. 한 20년 됐나. 그 당시에는 하리가우라도 시끌벅적했었어. 이 여관도 꽤 번성했고. 그런데 그 불경기라는 놈 때문에 말이지. 돈 없는 놈들은 여행 같은 거 하지도 않고, 돈 있는 놈들은 외국으로 나가거나 더 멋진 곳에 가지. 정말 어려워졌어. 건물이 낡았다고 쉽게 수리할 수 있는 것도 아니고. 나는 말이지, 내심 참 안됐다고 생각하고 있어. 재수가 없었지. 다만 시체를 버린 건 안 좋았어. 그런 짓만 안 했어도……."

나루미는 이야기 중간부터 그의 말을 무시한 채 짐을 챙기는 데에만 집중했다. 그녀가 아무 반응을 안 보이는데도 경찰은 계속 떠들어 댔다.

짐을 다 꾸리자 나루미는 방에서 나왔다. 로비에 돌아온 뚱뚱한 경찰은 다시 TV를 켜고 그대로 소파에 앉아 그녀가 나가든 말든 신경도 쓰지 않았다.

현관문을 열려 하는데 밖에서 말소리가 들렸다. 뭔가 실랑이를 벌이는 것 같았다.

"글쎄, 안 된다니까 그러시네. 관계자 외에는 출입 금지예요."

"몇 번이나 말했잖소. 내가 관계자라니까. 오늘 아침까지 여기 묵었다니까 그러네."

"그건…… 그 정도 관계로는 안 돼요."

"그럼 어느 정도 관계라야 된다는 거요? 설명을 해 봐요."

밖으로 나와 본 나루미는 깜짝 놀라고 말았다. 유가와가 젊은 경관과 말다툼을 벌이고 있었던 것이다.

"유가와 선생님!"

그녀가 부르자 유가와는 "마침 잘됐어. 나루미 양이 얘기 좀 해 줘. 여관 안을 좀 보겠다는데 이 경찰이 말도 안 되는 소리를 하면서 못 들어가게 하잖아."

"말도 안 되는 소리를 한 건 댁이죠. 하여간 안 됩니다. 어서 돌아가세요."

그리고 경관은 여관 안으로 들어가 버렸다.

유가와는 양손을 허리춤에 얹고 씩씩거렸다.

"이거야 원."

"여관 안은 왜 보려고 하시는데요?"

"감식반이 재현 실험을 했다기에 어떻게 했는지 확인해 보려고. 내 생각으론 실험이 제대로 안 됐을 거야."

"왜죠?"

그러나 유가와는 손가락으로 안경을 밀어 올렸을 뿐 나루미의 질문에 대답하지 않은 채 딴소리를 했다.

"내 참, 이럴 줄 알았으면 걸어서 여기까지 오는 게 아니었는데."

그러고서 유가와는 되돌아섰다.

"잠깐만요. 제가 차 갖고 왔으니까 모셔다 드릴게요."

나루미가 왜건으로 달려갔다. 유가와를 태운 그녀는 그가 묵고 있는 리조트 호텔을 향해 출발했다. 호텔까지는 불과 몇 분 거리다.

차에서 두 사람은 말이 없었다. 나루미는 아까 유가와에게 했던 질문이 내내 마음에 남아 있었지만 다시 물어도 대답해 주지 않을 것이라고 생각하고 체념했다.

잠시 후 호텔이 보이기 시작했다. 그런데 호텔에 도착하기 직전에 유가와가 차를 세워 달라고 하는 것이었다.

"왜요? 현관까지 가시죠."

"아니야, 이 호텔에는 교헤이랑 그 아버지도 묵고 있어. 만일 마주치면 서로 어색할 거야."

"아……."

나루미는 브레이크를 밟으며 차를 길가에 세웠다.

"고맙습니다, 그런 것까지 신경 써 주셔서."

"그런데 말이지…… 나루미 양한테 몇 가지 묻고 싶은 게 있어. 대답하기 싫으면 안 해도 돼요."

나루미는 고개를 돌려 유가와의 얼굴을 봤다. 그녀의 가슴이 뛰기 시작했다.

"뭔데요?"

"이번 사건 말인데, 나루미 양도 단순한 사고라고 생각하나?"

나루미는 움찔했다. 동시에 뺨이 굳어져 왔다.

"단순한 사고가 아니면…… 뭐라는 말씀인가요?"

"질문한 사람은 나야. 그럼 이렇게 물을까. 나루미 양도 부모님한테 사고라고 들었나?"

"네, 아버지한테요. 아버지가 그렇게 말씀하셨어요."

"그걸 믿는 건가?"

"그럼 안 되나요? 대체 왜 그러시는 거죠?"

"참 이상해. 조금은 의문을 품을 만도 한데 말이지. 납득이 안 가는 부분이 많지 않아? 그런데도 믿는다면 두 가지 이유를 생각해 볼 수 있지. 하나는 그 정도로 아버지를 신뢰하기 때문에. 또 하나는 나루미 양 자신이 그렇게 믿고 싶기 때문에. 어쩌면 양쪽 다일지도 모르지."

유가와의 말 한 마디 한 마디가 나루미의 가슴속에 있는 뭔가를 미묘하게 자극했다. 하지만 결코 급소를 직접 찌르지는 않았다. 그것이 그의 계산에 의한 것인지는 알 수 없었다.

"사실 아버지 말에 부자연스러운 점이 좀 있긴 했어요. 하지만 그건 아버지 본인이 잘 생각이 안 나서일 수도 있고, 또 사소한 모순은 큰 문제가 아니라고 생각했어요. 그리고 부모가 자수하겠다고 나선 상황에서 그런 소소한 일에 신경 쓸 여유나 있었겠어요?"

나루미가 다소 격앙된 목소리로 말했다. 한편으로 그녀는 '거짓말이 아닐 거야'라며 스스로를 타일렀다.

"그래, 그럴지도 모르지. 그런데 말이야, 나루미 양은 불행하게 죽음을 맞은 피해자, 그러니까 쓰카하라 씨에 대해 어느 정도 알고 있지?"

"아는 건 거의 없어요. 전에 도쿄에서 형사 생활을 했다는 것 정도밖에는요."

"그렇군. 내가 전에 말한 적이 있지? 친구가 경시청 수사 1과에 있어. 그 녀석에게 부탁하면 쓰카하라 씨의 유족과 연락이 닿을 거야. 만약 나루미 양이 부모님 대신 사죄하고 싶다면 내가 다리를 놓아 줄 수 있는데, 어떻게 생각하나?"

나루미는 등골에 한기가 흐르는 걸 느꼈다. 그렇다. 자신은 사죄를 해야 할 입장인 것이다.

"지금은 취조가 시작된 단계니까 모든 게 확실해지면 그때 가서 생각해 보겠어요."

그녀는 가까스로 그렇게 대답했다.

"알겠어. 그럼 그 친구한테도 그렇게 말해 두지. 바래다줘서 고마워."

유가와는 조수석 문을 열었다. 하지만 잠시 멈칫하더니 다시 뒤를 돌아봤다.

"나루미 양은 이제 어떻게 할 거지? 앞으로도 계속 여기 있을 건가?"

나루미는 머리가 어지러워졌다. 왜 그런 걸 묻는 거지.

"아직 생각해 보지 않았어요. 내일 일도 알 수 없는 상황인지라……."

"그래도 바다는 계속 지키고 싶겠지?"

"물론 그러고 싶어요."

"언제까지 계속할 건가?"

"네?"

나루미는 유가와의 얼굴을 바라봤다.

"언제까지……요?"

"죽을 때까지 여기 살면서 죽을 때까지 바다를 지킬 생각인가? 결혼도 안 하고? 만일 애인이 생겨서 그 애인이 여기를 떠나자고 하면 어떻게 할 거지?"

"……그런 건 왜 물으시죠?"

유가와는 안경 너머로 그녀의 눈을 지그시 바라봤다.

"나루미 양이 마치 누군가를 기다리는 듯한 느낌이어서 말이지. 누군가가 돌아올 때까지 하리가우라의 바다를 지키고 있으려는 것 같아서."

나루미는 얼굴에서 핏기가 사라지는 걸 느꼈다. 무슨 말이라도 하고 싶었지만 입이 열리지 않았다.

유가와가 주머니에서 메모지 같은 걸 끄집어냈다.

"'수정의 바다에 오신 걸 환영합니다. 바다는 하리가우라의 보물입니다. 저는 스스로를 그 보물의 파수꾼이라고 여깁니다. 부디 바다의 빛깔을 확인하러 와 주세요. 언제까지고 당신을 기다리겠습니다.' 이건 나루미가 운영하는 사이트의 맨 첫 페이지에 쓰여 있는 문장이야. 마치 누군가를 부르는 느낌이라면, 지나친 생각일까?"

나루미는 고개를 흔들었다

"그렇게 깊은 의미가 있는 게 아니에요."

목소리가 떨렸다.

"그래? 그럼 됐고. 마지막으로 부탁이 하나 있는데."

"또 뭐죠?"

"별건 아니야."

유가와는 주머니에서 디지털 카메라를 꺼냈다.

"나도 슬슬 여기를 떠날 때가 된 것 같아. 그래서 기념으로 사진이라도 찍어 두려고."

"저를요? 아니, 그건……."

"괜찮아. 인터넷에 유출되거나 하는 일은 없을 거야."

그러면서 유가와는 셔터를 눌러 버렸다. 카메라 플래시가 일순 차 안을 빛으로 가득 채웠다. 그는 액정 화면을 확인한 뒤 "음, 잘 나왔어."라며 나루미에게 내밀었다. 깜짝 놀라 눈을 동그랗게 뜨고 있는 나루미가 찍혀 있었다.

유가와는 "잘 자요."라고 인사하고 차에서 내리더니 뒤도 돌아보지 않고 호텔 쪽으로 걸어갔다. 나루미는 그 등을 잠시 동안 멍하니 바라보다가 차를 출발시켰다.

### 54

구사나기가 자신의 방으로 돌아왔을 때는 이미 날짜가 바뀌어 있었다. 방 안이 몹시 무더웠다. 그는 웃옷을 벗어 침대에 던진 후 에어컨을 켰다. 그리고 넥타이를 풀고서 냉장고에서 캔 맥주를 꺼내 꿀꺽꿀꺽 들이켰다. 목에서 시작된 시원함이 온몸으로 퍼져 나갔다. 후우, 한숨을 내쉰 뒤 소파에 털썩 앉았다.

셔츠 단추를 푼 다음 침대 위에 놓았던 웃옷을 끌어당겼다. 안주머니에서 휴대 전화를 꺼내 전화번호를 검색했다.

'하리가우라 리조트 호텔.'

오늘 밤 유가와가 묵고 있는 곳이다. 낮에 그가 가와하타가 출두할 것 같다는 전화를 했을 때 번호를 물어 뒀다.

실제로 그 직후 가와하타 부부는 자수했다고 한다. 구사나기는 저녁 무렵이 돼서야 그 소식을 들었다. 다타라가 연락을 해 주었다.

"본인들은 사고라고 주장하고 있나 봐. 보일러가 불완전 연소를 일으키는 바람에 그 연기가 실내로 흘러들었다나. 그걸 감추기 위해 사체를 유기했다는 건데, 아직 앞뒤가 맞지 않는 점이 좀 있는 것 같아."

다타라의 목소리는 경계심에 차 있었다.

"새로운 내용이 나오는 대로 연락해 주기로 했는데, 이쪽에서도 정보를 좀 줘야 할 것 같아. 거긴 어떤가?"

구사나기는 센바를 찾아내 쓰카하라의 사망 소식을 전했지만 센바는 짚이는 데가 없다고 말했다고 보고했다.

"알았네. 그럼 그 내용을 하리 경찰서에 알려 주게."

"알겠습니다."

전화를 끊으며 구사나기는 왠지 뒤가 켕겼다. 가와하타 가족이 센바 사건과 관련됐을 가능성이 있다는 걸 다타라에게 굳이 보고하지 않았던 것이다. 그것이 앞으로 어떤 영향을 미칠지는 불분명하지만 지금은 입을 다물고 있는 게 낫겠다고 판단했기 때문이다.

구사나기는 하리 경찰서에 전화해 모토야마 계장에게 센바를 찾았다고 말했다. 자세한 것은 팩스로 보내겠다고 하자 모토야마는 감사 인사를 했지만 그다지 고마워하는 것 같지는 않았다. 그게 구사나기의 착각만이 아니라는 걸 알게 된 것은 모토야마가 이렇게 덧붙였을 때였다.

"수고가 많으셨습니다만, 아무래도 이미 결말은 난 것 같습니다. 가와하타 부부의 공범자를 찾았거든요. 딸의 친구가 사체 처리를 도왔답니다. 진술 내용에 모순도 없고요. 뭐, 이걸로 해결된 거 아닐까 싶습니다."

모토야마는 경쾌한 말투로 말했다. 그러나 구사나기는 석연치 않았다. 지금까지 자신들이 밝혀낸 사실에 비추어 볼 때 도저히 단순한 사고로 결론지을 수는 없었기 때문이다.

우쓰미 가오루와 얘기를 나눠 보니 그녀 역시 구사나기와 같은 생각이었다.

"모든 걸 출발점으로 되돌아가서 생각할 필요가 있어요."

"동감이야."

구사나기는 그렇게 대답했다.

두 사람은 긴자로 향했다. 약 30년 전 가와하타 시게하루와 세쓰코가 만났다는 하리 요리 전문점을 찾는 게 목적이었다.

그 목적은 달성됐다. 하도 돌아다닌 탓에 발바닥이 아프고 속옷도 땀으로 젖어 불쾌했지만 이제 모든 것이 밝혀지려 하고 있었다. 그런데 이상하게도 성취감이 느껴지지 않고 지친 몸만큼이나 마음도 무거웠다.

구사나기는 한숨을 내쉬며 휴대 전화를 꺼냈다. 하리가우라 리조트 호텔은 벨이 한참 울린 후에야 전화를 받았다. 교환원에게 유가와라는 사람이 묵고 있는 방으로 연결해 달라고 하자 다시 1분 가까이 지난 후 "유가와입니다."라는 목소리가 들렸다.

"구사나기야. 잤어?"

"아니, 자네 전화를 기다리고 있었어. 틀림없이 연락할 거라고 생각했거든."

"그쪽 상황은? 내가 파악하는 한, 공범자의 등장으로 사건을 종결할 것 같은 분위기던데."

"맞아. 이대로라면 경찰은 한 걸음도 더 나아가지 않을 거야. 아니, 나아갈 수 없다는 게 더 정확한 표현이겠지. 그들에게는 아무것도 보이지 않을 테니 말이야."

"자네에겐 뭔가 보인다는 얘기야?"

"나는 추리할 뿐이야. 그게 옳은지 그른지는 자네들이 확인해야지. 그래서 나한테 전화한 거 아닌가."

구사나기는 입술을 비죽거리며 수첩을 열었다.

"가와하타 세쓰코가 일했던 음식점을 찾아냈어. 장소는 옮겼지만 여전히 영업은 하고 있어. 점주도 건재하고."

"당시의 이야기를 들었겠군."

"물론."


그 음식점은 긴자 8번가의 좁은 골목 안에 있었다. 흰 나무

격자문 옆에 수줍게 걸려 있는 '하루히'라는 조그만 간판이 마치 '알아차리지 못한 분들은 그냥 지나치셔도 됩니다.'라고 말하는 듯한 가게였다. 아마도 단골들 덕분에 겨우 지탱해 나가고 있을 것이다.

"그렇죠. 손님의 7, 8할이 단골일 겁니다. 그분들이 모시고 온 손님이 다시 단골이 돼 주셔서 그럭저럭 꾸려 가는 형편이에요. 감사한 일이죠."

가게 주인 우카이 쓰기오는 그렇게 말했다. 단정하게 다듬은 백발이 멋진 남자였다. 70세라고는 믿기지 않을 만큼 몸에 군살 하나 없었다. 말랐다기보다 단단한 느낌이랄까. 지금도 식재료 구입은 직접 한다고 했다.

폐점 시각인 11시가 되어 가고 있었다. 구사나기는 우쓰미와 함께 구석 자리에서 우롱차를 마시며 끝나기를 기다렸다. 마지막으로 가게 문을 나선 손님도 단골인 듯, 카운터의 우카이와 친근하게 얘기를 나누다 갔다.

가게는 테이블 3개와 카운터가 전부여서 한번에 30명 이상은 받지 못할 것 같았다. 우카이 외에 요리사 두 명과 여자 종업원 한 명이 있었다.

우카이 역시 하리 출신이었다. 요리사가 되려고 10대 때 상경했다고 한다. 유명 식당 몇 군데서 경험을 쌓은 뒤 34세에 하리 음식 전문점인 '하루히'를 열었다. 처음에는 사람을 두지 않고 부인과 둘이서 운영했다고 한다.

"전에는 가게가 긴자 7번가에 있었어요. 소니 거리라고, 아시지요? 당시에는 10명이 들어오면 가게가 꽉 찼죠. 단골이 늘어난 덕분에 큰맘 먹고 이쪽으로 옮기게 됐습니다."

그게 20년 전의 일이라고 했다.

"그러면 에사키 세쓰코 씨가 일했던 곳은 옮기기 이전 가게였겠군요."

구사나기의 질문에 우카이는 그렇다며 고개를 끄덕였다. 세쓰코에 대한 얘기를 듣고 싶다고 하자 무슨 사건인지 궁금하다고 하기에 어떤 사람의 인간관계를 조사하는 중이라고만 설명해 줬다. 그게 누구냐고까지는 우카이도 묻지 않았다.

"세쓰코가 우리 가게에 온 건 가게를 연 지 2, 3년 정도 지나서였을 겁니다. 일손이 부족해져서 직원을 채용하기로 했지요. 어디 좋은 사람이 없을까 하던 차에 단골손님이, 요리를 좋아하는 호스티스가 하나 있는데 그 생활을 그만두고 싶어 하니 한번 만나 보겠냐고 하더군요. 그러자고 했지요. 그렇게 해서 만나게 됐습니다. 저도 마음에 들어 했지만 저희 집사람이 더 좋아했어요. 꼭 와 달라고 부탁했죠. 본인도 물장사에서 발을 빼고 싶었던 터라 그 자리에서 승낙했어요. 참 잘된 일이었습니다. 눈썰미가 있어서 웬만한 요리는 안심하고 맡길 수 있었거든요."

에사키 세쓰코가 가게에서 일한 기간은 3년 정도였다. 그만둔 이유는 결혼하게 되었기 때문이다. 상대는 단골 중 한 사람이었다.

우카이는 가와하타 시게하루를 또렷이 기억하고 있었다.

"부모님이 하리가우라에서 여관을 하고 있다고 했어요. 아주 활동적인 사업가였지요. 고향의 맛이 그립다면서 자주 찾아왔어요. 결혼한 뒤에도 둘이서 몇 번인가 왔던 걸로 기억합니다. 곧 아이가 생겼고, 행복해 보였어요. 지금은 어떻게 지내는지……. 그 후로도 10년 정도는 연하장을 보내왔어요."

"가와하타 씨 외에 에사키 세쓰코와 친했던 손님은 없었나요?"

구사나기가 지나가는 말처럼 물었다.

"있었죠. 젊고, 호스티스를 했을 만큼 미인에다 손님 접대도 잘했으니까요. 그녀를 보러 오는 손님도 많았을 겁니다."

"혹시 이런 사람은 본 적 없습니까?"

구사나기는 센바가 체포되었을 당시의 사진을 보여 줬다.

"당시에는 좀 더 젊었을지도 모릅니다."

"아, 이 사람!"

우카이가 눈을 크게 떴다.

"물론 알죠. 센바 씨잖아요. 좀 전에 제가 말했던 사람이에요."

"좀 전에 말했던 사람요?"

"세쓰코 양을 소개해 준 단골 말입니다. 부인이 하리 출신인 인연으로 우리 가게에 자주 왔던 것 같아요."

구사나기와 우쓰미가 서로 얼굴을 마주 보았다.

"그럼 세쓰코 씨가 이 가게에서 일하기 전에는 센바 씨랑 호스티스와 손님 관계였습니까?"

"그렇죠. 처음에는 월급쟁이였는데 수완이 좋아서 사업을 일으켰대요. 샐러리맨이었을 때부터 꽤 화려하게 놀았다고 하더라고요. 세쓰코를 소개해 준 뒤에도 호스티스들을 데리고 저희 가게에 온 적이 있었습니다. 그때는 저희도 새벽 1시까지 영업했으니까요."

구사나기는 그에게 미야케 노부코의 사진도 보여 줬다. 우카이는 심각한 표정으로 바라보다가 퍼뜩 뭔가 떠올랐다는 듯 입을 열었다.

"어, 이거 혹시 리에코 아닌가?"

"맞아요."

'KONAMO'의 사장 무로이는 미야케 노부코가 술집에서 '리에코'로 불렸다고 했다.

"리에코가 이렇게 됐구나. 그땐 참 예뻤는데⋯⋯. 역시 세월은 못 속이는군요."

그러면서 우카이는 고개를 흔들었다.

"하긴 그게 벌써 30년 전이니까 안 늙으면 이상한 거겠죠. 리에코도 세쓰코와 같은 술집에 있었어요. 아, 옛날 생각 나네."

커다란 수확이었다. 세쓰코와 미야케 노부코가 같은 술집에서 일했다면 세쓰코가 결혼한 뒤에도 두 사람은 연락을 주고받았을 가능성이 있다.

"그런데 센바 씨도 리에코도 언제부턴가 발길을 뚝 끊었어요. 다들 뭘 하고 사는지. 형사님은 혹시 알고 계십니까?"

"아뇨, 그걸 몰라서 저희도 이 고생입니다."

"센바 씨가 무슨 일이라도 저질렀나요?"

"아니 뭐, 그런 건……."

구사나기는 말꼬리를 흐렸다. 아무래도 우카이는 미야케 노부코가 살해당한 사실을 모르는 듯했다. 그렇다면 굳이 알려줄 필요는 없을 것 같아 입을 다문 것이다.

그런데 혹시 센바와 노부코 사이에 남녀 관계가 있었던 것은 아닐까.

"그렇지는 않았을 겁니다."

우카이는 선뜻 그렇게 대답했다.

"아마도 센바 씨는 세쓰코를 마음에 품었을걸요. 좀 전에도 말씀드렸지만 센바는 부인이 하리 출신이라 우리 가게에 관심을 가지고 드나들기 시작했죠. 하지만 정작 부인은 한 번도 데

려오지 않았어요. 세쓰코와 부인을 마주치게 하고 싶지 않아서
였을 겁니다. 제 생각일지 모르지만요."

우카이가 당시 사진이 있다고 하자 구사나기가 보여 달라
고 부탁했다. 깔끔하게 정리된 앨범 앞쪽 페이지에 그 사진이
붙어 있었다. 조그만 카운터를 배경으로 한 남자를 사이에 두
고 두 여성이 서 있었다. 남자가 30여 년 전의 우카이라는 건
한눈에 알 수 있었다. 체격도 머리 모양도 지금과 별다르지
않았다.

"오른쪽이 세쓰코입니다."

길게 찢어진 눈이 인상적인 젊은 여성이었다. 콧날도 길게
뻗어 말없이 있으면 다소 강한 인상을 풍길 수도 있지만 둥근
얼굴 윤곽과 웃는 인상이 그걸 막아 주고 있었다. 단풍무늬 기
모노에 앞치마 차림이었다.

"미인이군요."

저도 모르게 구사나기의 입에서 그런 말이 나왔다. 우카이가
금세 벙글거렸다.

"그렇죠? 세쓰코 보러 오는 손님이 많았어요. 이 단풍무늬
기모노는 우리가 세쓰코한테 사 준 건데 그녀의 트레이드 마
크가 됐지요."

다른 한 여성도 얼굴이 가느다란 미인이었다. 다만 나이가
세쓰코보다 훨씬 많아 보였다.

"집사람입니다."

우카이가 설명했다.

"저보다 세 살 연상이죠. 부지런한 사람이었어요. 그 사람이 없었다면 지금의 '하루히'도 없었을 거예요. 아니, 애초에 가게를 열 수 있었을지조차 의문입니다."

그 부지런한 아내는 지난해 말 췌장암으로 죽었다고 한다.


구사나기의 설명이 끝났지만 유가와는 아무 반응이 없었다.

"이봐, 어떻게 생각해?"

그러자 한숨 쉬는 소리가 들리더니 그가 "역시 그랬군." 하고 중얼거렸다.

"그랬다니, 뭐가?"

"자네도 눈치채고 있었을 거 아닌가. 쓰카하라 씨가 센바 사건의 무엇을 마음에 걸려 했는지, 그리고 가와하타 가족과는 어떤 관련이 있는지. 방금 내게 해 준 그 얘기를 듣고도 눈치 못 챘을 리 없어. 그렇지?"

"그야 막연히 상상한 건 있지."

잠시 미묘한 침묵이 흘렀다. 구사나기는 유가와가 쓴웃음을 짓는 모습이 보이는 듯 느껴졌다.

"경시청에 몸담은 입장에서야 그런 식으로 애매하게 표현할 수밖에 없겠지. 그럼 내가 대신 말할까. 센바 사건은 원죄였어. 센바는 진범이 아니고 누군가를 대신해 복역한 거지. 이게 자네가 상상하고 있는 것 맞지?"

구사나기의 얼굴이 일그러졌다.

'이 녀석에게는 도무지 속임수가 안 통하는군.'

사랑하는 사람을 위해서라면 죄를 뒤집어쓰는 것도 주저하지 않는다, 그런 헌신이 존재한다는 것을 유가와는 누구보다 잘 알고 있다.

"그래, 근거는 빈약하지만 말이야."

"그렇지도 않을걸. 쓰카하라 씨는 센바가 자백한 뒤에도 사건 정황에 납득이 가지 않아 혼자서 수사를 계속했어. 범인을 체포했으면 쓸데없는 사실을 들춰내고 싶어 하지 않는 게 보통일 텐데, 쓰카하라 씨는 그냥 있을 수가 없었어. 왜일까? 자신이 체포했음에도 너무나 석연치 않은 점이 있었던 거야. 결국 진상을 밝히지 못한 채 사건이 마무리되고 센바는 유죄 판결을 받았지만 쓰카하라는 포기할 수 없었지. 그래서 형기를 마치고 출소한 센바를 찾아내 병원에 입원시키면서까지 진실을 알아내려 했던 거야. 그건 일종의 속죄 행위였다고 봐. 아무리 센바 자신이 원해서 그렇게 된 거라도 원죄를 낳게 만든 것에 대한 책임을 지려고 한 거지."

전화기를 쥔 채 구사나기는 침묵했다. 부인할 말이 떠오르지 않았다. 유가와가 말한 내용은 구사나기 자신이 생각하고 있던 것과 똑같았다.

"구사나기."

유가와가 침묵하고 있는 그를 다시 불렀다.

"부탁이 있어."

## 55

눈을 뜨자 아버지 목소리가 들렸다. 누군가와 통화하고 있는
것 같았다. 교혜이는 눈을 비볐다. 아버지의 넓은 등이 보인
다. 살짝 열린 커튼 사이로 눈부신 햇빛이 새어 들고 있었다.
오늘도 날씨 하나는 좋을 것 같다.

"……그러니까 거래처에는 자세한 얘기 하지 말고…… 아,
그래. 그게 좋겠어. ……응, 그건 나도 알아. 몇 번 정도 여기
더 오게 될 거야. ……아니, 재판이 열릴 거라고 각오해 두는
게 좋아. ……그래. 그럼 변호사는 그렇게 하고. ……응, 나중
에 다시 통화하지."

이야기를 마친 아버지가 전화를 끊었다. 그 등에 대고 교혜
이는 "안녕히 주무셨어요."라고 아침 인사를 건넸다. 아버지가
미소 띤 얼굴로 돌아봤다.

"일어났네."

"엄마 전화?"

463

"그래. 오후에 여길 떠날 거야. 저녁은 엄마랑 같이 먹게 될 거다."

"벌써 가도 돼요? 경찰이 또 뭔가 물으러 오는 거 아니야?"

아버지가 웃으며 고개를 저었다.

"괜찮아. 아까 경찰서에 전화해서 확인했어. 교헤이 얘기를 들을 일은 이제 없을 거래. 있다 해도 전화로 하기로 했고. 우리 연락처만 알려 두면 아무 문제 없어."

교헤이는 침대를 빠져나왔다.

"고모랑 고모부는 진짜로 감옥에 가게 돼요? 우리가 할 수 있는 건 없어요?"

아버지의 얼굴에서 갑자기 웃음기가 사라졌다. 아버지는 "음." 하고 신음 같은 소리를 내며 머리를 긁적였다.

"할 수 있는 건 뭐든지 해야지. 최대한 좋은 변호사를 선임하고. 그래도 감옥에 가는 건 피할 수 없을 거야, 특히 고모부는."

"그렇게 큰 죄를 지었어요?"

교헤이의 질문에 아버지는 한층 더 떨떠름한 표정을 지었다.

"어제도 말했지만, 사고가 나자마자 경찰에 신고했다면 사태가 이렇게 심각해지지는 않았을 거야. 섣불리 감추려고 하다가 죄가 더 무거워진 거지. 세상일이 다 그런 거야. 누구나 잘못을 저지를 수는 있어. 문제는 그다음이지. 정말이지 말도 안 되는 짓을 했어. 앞일을 생각하면 머리가 아프다."

아버지는 고모부의 경솔한 행동도 행동이지만 그 때문에 자신이 겪게 될 성가신 일들을 상상하면 더 화가 나는 듯했다. 그게 교헤이를 움츠리게 만들었다.

"그런데 만일 고의로 사고를 냈다면 죄가 한층 무거워지겠죠?"

"물론이지. 일부러 그랬다면 그건 사고가 아니라 살인이야. 감옥이 문제가 아니라 잘못하면 사형이지. 그런 무거운 죄와 비교하는 건 의미가 없어."

그리고 아버지는 손목시계를 내려다봤다.

"시간이 벌써 이렇게 됐네. 식욕은 별로 없지만 그래도 아침은 먹어야지?"

교헤이도 자명종을 봤다. 오전 9시가 돼 가고 있었다.

아침은 형사와 만났던 1층 라운지에서 먹었다. 큰 테이블에 차려진 여러 가지 음식을 먹고 싶은 만큼 먹어도 된다고 했다.

"먹을 수 있을 만큼만 가져와야 해. 부족하면 또 가져오면 되니까."

아버지의 말에 교헤이는 속으로 '어린애도 아닌데 못 먹을 정도로 가져올 리 있겠어.'라고 투덜거렸다. 게다가 맛있어 보이는 음식도 없다.

베이컨을 먹고 주스를 마시면서 주위를 둘러봤다. 라운지가 텅 비어 있다. 유가와의 모습도 보이지 않았다.

식사를 마치고 라운지를 나왔을 때 교헤이는 앞서 가던 아버지를 불렀다.

"바다 좀 보고 와도 돼요?"

"그래. 하지만 너무 멀리 가지는 마라."

"알았어요."

교헤이는 라운지로 돌아가 풀장을 가로질렀다. 거기서 곧장 바닷가로 나갈 수 있게 되어 있다. 말하자면 '프라이빗 해변'이다. 이것이 호텔의 매출을 올리는 데 한몫하는 듯했다. 하지만 여기에도 사람은 별로 없었다.

해변에 유가와가 없다는 걸 확인한 교헤이는 다시 호텔 프런트로 가서 여종업원에게 유가와가 묵고 있는 방이 몇 호실인지 가르쳐 달라고 했다.

"그분에게 무슨 볼일이라도 있니?"

"네, 할 얘기가 있어요."

"그래? 그럼 잠깐 기다려 봐."

방으로 전화를 걸었지만 받지 않는 듯, 여종업원은 가만히 수화기를 내려놨다.

"방에는 안 계신 것 같은데."

그리고 컴퓨터 키보드를 두드리더니, "아!" 하며 알았다는 표정을 지었다.

"외출 중이시네. 밤에나 돌아오실 것 같은데."

"밤에요……."

교헤이는 낙심했다. 그때쯤이면 자신은 여기에 없을 것이다.

"전하고 싶은 말이 있으면 메모를 남겨. 내가 보관했다가 유가와 씨가 돌아오시면 전해 드릴게."

그러나 교헤이는 힘없이 고개를 저었다.

"아니에요. 그럼 너무 늦어요."

### 56

"……그렇다면 사와무라의 진술에 모순은 없습니다. 범행 후 선술집으로 돌아갔다는 시각도 함께 있던 사람들의 증언과 일치합니다. 로쿠간소에서 사체 유기 현장까지, 그리고 거기서 다시 로쿠간소로 돌아가는 루트까지 검증했는데 부자연스러운 점은 없었습니다. 목격자가 한 사람도 없다는 것도 범행 시간대와 사건 현장 주변 상황을 감안하면 당연한 것으로 보입니다. 이상입니다."

노노가키가 거드름이 가득 밴 투로 이야기를 마무리하고 자리에 앉았다.

하리 경찰서 회의실에서는 수사 회의가 열리고 있었다. 높으신 분들의 표정이 며칠 전과는 확연히 달랐다. 특히 서장 도미타와 형사 과장 오카모토가 그랬다. 사건 해결을 눈앞에 두고 있고, 따라서 현경 본부 녀석들과 함께 지내는 불편함에서 드디어 해방된다는 사실에 가슴을 쓸어내리고 있는 것이리라.

그에 비해 현경 본부 수사 1과 사람들의 표정은 다소 복잡해 보였다. 사건을 무사히 해결한 건 좋지만, 사체 유기 사건의 귀결점이 살인이 아니라 과실 치사였다는 점에 다소 아쉬움을 느끼고 있는 것이 분명했다.

그래도 사체 발견으로부터 일주일도 지나지 않은 시점에 사건이 조기 해결된 점은 누가 봐도 환영할 만한 일이어서 회의 분위기는 비교적 화기애애하게 흘러가고 있었다.

가와하타 부부의 최초 진술에는 분명 의심스러운 부분이 많았다. 그런데 사와무라의 자백으로 의문이 모두 풀렸다고 봐도 좋았다. 그리고 시게하루와 세쓰코도 사와무라가 이야기한 내용이 사실이라고 인정했다. 두 사람은 딸의 친구인 사와무라에게 피해를 주고 싶지 않아 거짓 진술을 했지만 사와무라 본인이 자백한 이상 진실을 숨길 이유가 없어졌다고 했다.

그들의 말이 사실임을 입증하는 과학적 물증도 착착 맞아떨어지고 있었다. 사와무라의 집에 있던 경트럭 짐칸에서 머리카락 몇 개가 발견됐는데, 확실한 건 DNA 감정이 끝나 봐야 알겠지만 그 형태나 성질 등으로 미루어 쓰카하라 마사쓰구의 것이 거의 확실하다고 한다.

또한 시게하루가 쓰카하라에게 줬다는 수면 유도제와 똑같은 약이 거실 서랍에서 발견됐다. 그 성분이 쓰카하라의 혈액에서 검출된 것과 같았다. 그리고 시게하루에게 약을 처방해 준 의사의 증언도 확보됐다. 시게하루가 5년 전 가벼운 수면 장애로 찾아왔을 때 처방해 준 것이라고 했다.

하지만 석연치 않은 문제도 아직 남아 있다. 그중 첫 번째가 사고 원인이다.

감식반 현장 책임자가 자리에서 일어나 설명을 시작했다. 그에 따르면 감식반은 오늘도 아침부터 로쿠간소에서 재현 실험을 하고 있는 모양이다.

"……그러니까 지하 보일러 자체에는 별 이상이 없더라도 어떤 원인으로든 환기구가 막힐 경우 불완전 연소가 발생할 수 있습니다. 그 원인에 대해서는 피의자의 기억이 애매해서 특정하기 어렵지만, 주변에 놓아둔 종이 박스 같은 것이 원인이 아닐까 추측하고 있습니다. 쌓아 두었던 종이 박스가 넘어지면서 환기구를 막은 것이죠. 만약 그렇게 해서 불완전 연소가 발생할 경우 문제의 해원실의 일산화탄소 농도는 과연 얼마나 될까. 어제 실험에서는 최대 100ppm, 평균치는 50에서 60ppm 정도였습니다. 또한 보일러에는 연소 상태 감시 장치가 있어서 불완전 연소 상태가 30분 이상 지속될 경우 자동으로 정지하도록 되어 있었습니다. 이런 조건에서라면 사체의 일산화탄소 헤모글로빈 농도는 나올 수 없는 것으로 보입니다."

"그럼 어떻게 된 건가, 얘기가 안 맞는 거 아니야."

수사 1과장 호즈미가 불만스러운 듯 미간을 찌푸렸다.

"그러니까 다른 요인들도 영향을 미친 것으로 생각됩니다."

"다른 요인이라면?"

"예를 들어 사고 당일 날씨입니다. 바람이 강하게 불거나 해서 연통 내부의 공기가 역류할 경우 일산화탄소 농도가 급격히 상승하게 됩니다. 실내에서라면 1,000ppm 이상으로 올라갈 가능성도 있습니다."

"그렇군."

얼마나 이해했는지는 모르겠지만 호즈미 과장은 고개를 끄덕였다.

"그러니까 이런 얘기잖아. 근본적인 원인은 본인 과실이지만, 사망 사고로까지 이어진 것은 다양한 우연들이 겹쳐진 결과가 아니겠느냐."

"맞습니다. 확실한 건 좀 더 실험을 해 봐야 알겠습니다만."

"알겠네. 그렇게 하도록."

호즈미는 가볍게 손을 들었다. 표정을 보아하니 기분이 다시 좋아진 모양이다.

'아무래도 수사가 곧 막을 내리겠군.'

회의를 지켜보던 니시구치는 그렇게 생각했다. 감식반이 재현하기 힘들 정도로 사고 발생 조건을 갖추기가 어렵다면 가와하타 시계하루가 고의로 사고를 일으켰을 가능성도 극히 낮다는 얘기다. 업무상 과실 치사와 사체 유기로 결말이 날 것이다.

그러나 니시구치는 여전히 마음이 개운치 않았다. 물론 어제 유가와와 나눈 대화 때문이다. 그 물리학자는 재현 실험이 제대로 되지 않을 것이라고 예견했다. 그것은 어쩌면 그가 재현할 방법을 알고 있다는 뜻이 아닐까.

모토야마가 일어나 보고를 시작했다. 경시청에서 보내온 센바 히데토시의 근황에 관한 정보였다. 그러자 호즈미 과장이 옆 자리의 이소베 계장과 담소를 나누기 시작했다. 다른 높은 양반들도 듣고 있지 않았다. 수사관 모두가 센바에 대해선 흥미를 완전히 잃은 듯했다.

'사건이 다 해결되고 시간이 좀 지나면 나루미를 위로하러 가야지.'

니시구치는 그렇게 생각했다. 경찰관인 자신이 힘이 되어 줄 일이 있을 것이다. 재판이 열리는 동안은 내내 함께 있어 줄 수도 있다.

그런 상상을 하자 가슴속 안개가 조금은 걷히는 듯했다.


**57**


도쿄 시나가와 역 다카나와 출구.

자동 개찰구를 향해 걸어가는 유가와의 모습을 발견한 건 그
가 탄 전철이 도착한 지 약 5분 후의 일이었다. 유가와는 셔츠
위에 옅은 색 웃옷을 걸치고 옆구리에는 서류 가방을 끼고 있
었다. 구사나기가 살짝 손을 들자 그가 의젓하게 고개를 끄덕
였다. 구사나기는 개찰구 밖에서 그가 나오기를 기다렸다.

　"많이 탔군."

　친구의 거무스름한 얼굴을 보며 구사나기가 말했다.

　"예상외로 야외 작업이 많아서 말이지."

　"고생 좀 했겠네."

　구사나기가 건성으로 대꾸했다. 유가와가 하리가우라에 간
이유에 대해 구사나기는 해저 자원 연구 때문이라는 것 정도
밖에 몰랐다. 알 필요도 없다고 생각했다.

　전철역 밖으로 나오자 유가와는 걸음을 멈추고 택시가 늘어
서 있는 승강장을 물끄러미 바라봤다.

　"왜?"

　"아니, 겨우 일주일 사이에 역이라는 것에 대한 이미지가 상
당히 바뀌어서 말이지. 역시 도쿄는 넓어, 역도 크고."

　"시골 생활이 마음에 들었나 보지?"

　"전혀. 역시 내게는 시골 생활이 무리라는 걸 통감했어. 이렇
게 인파가 오고 가는 걸 보니 마음이 편해. 도시에는 택시도
많고. 그런데 차는 어디다 뒀어?"

유가와가 묻는 것과 동시에 오른쪽에서 짙은 빨강 파제로가 나타나더니 도로 한편에 멈춰 섰다. 두 사람은 재빨리 달려가 차에 올라탔다. 구사나기는 조수석, 유가와는 뒷좌석에 앉았다.

"오랜만이네요."

차를 출발시키며 우쓰미 가오루가 인사했다.

"구사나기한테 들었어. 이번에도 활약이 대단했다면서? 정식 수사도 아닌데 고생했다고."

"선생님이야말로 고생하신 거 아닌가요? 이상한 사건에 휘말려서."

그러자 유가와는 말을 고르려는 듯 잠시 침묵했다가 입을 열었다.

"휘말렸다……, 아니야, 이번 사건은 좀 다르지. 귀찮아서 싫었다면 얼마든지 피할 수도 있었으니까. 아무리 수사 협조를 요청받았다 해도 거절하면 그만이었거든."

"그래, 사실 우리도 그게 궁금했어. 이번에는 자네가 왜 그토록 협조적으로 나오는지 말이야. 특별한 이유라도 있어?"

"그건 이미 얘기했는데."

"한 사람의 인생이 뒤틀릴 우려가 있다는 거 말이지? 그 한 사람이라는 게 누군지는 안 가르쳐 줄 거고?"

그러자 유가와가 천천히 한숨을 내쉬었다.

"언젠가는 말할지도 모르겠지만, 아마 별 의미는 없을 거야.

가와하타 부부가 자수하는 바람에 사태가 더 귀찮은 방향으로 흘러 버렸어. 너무 쉽게 생각했었는지도 모르지."

"또 빙빙 돌려서 말하네!"

"그런가? 미안해."

유가와는 보기 드물게 솔직히 사과했다.

"내가 전에도 말했지만, 자네들에게는 다 얘기할 거야. 지금 당장은 아니지만."

"지금 가는 곳에서는 어떻게 하실 건가요?"

우쓰미가 물었다.

"선생님의 추리를 전부 다 들려주시는 게 아닌가요?"

유가와는 잠시 생각하더니 대답했다.

"이제부터 내가 하려는 건 수수께끼를 푼다거나 하는 게 아니야. 단지 확인하는 것뿐이지. 그걸로 어쩌면 여러 가지 사실이 밝혀질 수 있겠지만, 그걸로 모든 것이 해결될 거라고는 생각하지 마. 오히려 해결과는 거리가 먼 결과를 낳을 가능성이 높아요."

"한 사람의 인생이 뒤틀려 버리는 것도 막을 수 없다는 건가?"

구사나기의 질문에 유가와는 모르겠다고 대답했다.

잠시 동안 세 사람 사이에 침묵이 흘렀다. 우쓰미가 운전하는 파제로는 고속도로를 달려 조후 인터체인지로 빠져나왔다.

그리고 잠시 후 시바모토 종합 병원이 눈앞에 나타났다.

호스피스 병동에 들어서자 유가와는 걸음을 멈추더니 한산한 로비를 둘러본 후 "조용하네."라고 중얼거렸다.

"우쓰미 얘기로는,"

구사나기가 입을 열었다.

"환자들이 시간의 흐름을 느끼지 못하도록 배려하는 거래."

"아니, 그렇다는 게 아니라 그럴 수도 있지 않을까 생각한다는 거죠."

"아니야, 상당히 예리한 분석이야."

유가와가 그녀를 바라보며 고개를 끄덕였다.

세 사람은 엘리베이터를 타고 3층으로 올라갔다. 어제와 마찬가지로 담화실 앞에 엷은 분홍빛 간호사복을 입은 안자이 간호사가 서 있었다.

"이거, 연일 미안합니다."

구사나기가 말을 건네자 그녀는 미소를 지으며 고개를 꾸벅하더니 앞장서서 복도를 걷기 시작했다.

구사나기가 오늘 아침 일찍 병원에 전화해 센바와 만나게 해주고 싶은 사람이 있다고 하자 원장 시바모토는 잠시 망설이다가 결국은 승낙했다.

어젯밤 유가와가 전화를 해 센바와 만나고 싶다고 했을 때 구사나기는 이유를 묻지 않았다. 유가와가 자기 생각을 쉽사리 털어놓는 사람이 아니라는 걸 알기 때문이기도 했지만, 이제는 모든 걸 그에게 맡길 수밖에 없다고 마음을 고쳐먹었기 때문이라고 하는 편이 더 적절하다. 사건 해결의 열쇠는 아마도 하리가우라에 있을 것이다. 그리고 구사나기는 하리가우라에 대해서 무엇 하나 아는 게 없다.

휠체어 구르는 소리가 들려오자 구사나기는 몸이 굳었다. 미라 같은 용모의 센바가 휠체어를 타고 나타났다. 베이지색 잠옷 차림에 얼굴은 정면을 향해 있고, 움푹 파인 두 눈에는 강한 경계심이 깃들어 있었다. 쓰카하라에 대해 또 뭔가 물어볼지도 모른다는 생각에 긴장하고 있을 것이다.

구사나기는 유가와의 옆얼굴을 쳐다봤다. 인생의 종말을 맞이하고 있는 사람 앞에서 물리학자가 과연 어떤 표정을 지을지 궁금했다.

하지만 유가와는 관찰자의 눈으로 지그시 노인을 바라볼 뿐이었다. 그 단정한 옆얼굴에서는 그 어떤 감정도 읽히지 않았다. 말기 암 환자라면 육체가 이 정도로 침식당했을 것이라는 점은 충분히 상상하고도 남는다, 그렇게 느끼고 있는지도 모른다.

"내 소개를 하는 게 좋겠지?"

유가와가 물었다. 그것이 자신을 향한 질문이라는 것을 뒤늦게 깨달은 구사나기는 센바에게 말했다.

"어제는 대단히 감사했습니다. 실은 센바 씨를 만나고 싶어하는 사람이 있어서 데려왔습니다. 제 친구 유가와입니다. 경찰이 아니라 학자입니다. 물리학자요."

소개를 받은 유가와가 명함을 내밀었다. 하지만 센바의 팔은 움직이지 않았다. 안자이 간호사가 대신 받아 센바 얼굴 가까이로 가져갔다.

센바의 눈동자가 움직였다.

"물리……."

마른 입술에서 쉰 소리가 새어 나왔다. 물리학자가 왜 자신을 만나러 왔는지 어리둥절한 모양이었다.

"실은 제가 오늘 아침까지 하리가우라에 있었습니다."

유가와가 분명한 어조로 말했다. 낮은 음성이었지만 조용한 실내에 그 소리가 울려 퍼졌다.

센바의 얼굴에 변화가 일어났다. 눈꺼풀이 살짝 움직인 것이다. 관심을 품고 있는 것이 분명했다.

유가와는 서류 가방을 열어 파일 하나를 꺼냈다. 그리고 그 표지를 센바 쪽으로 향했다.

"하리가우라에서 해저 열수광상 탐사에 관한 연구를 하고 있습니다. 며칠 전 설명회와 토론회에도 참석했습니다. 해저 열수광상에 대해선 알고 계시지요? 설명회에는 쓰카하라 씨가 선생을 대신해 참석했다고 들었습니다만……."

센바가 힘겹게 고개를 한 번 끄덕했다.

"하리가우라의 바다는,"

유가와가 말을 이었다.

"아름답죠. 숨이 막힐 정도로 아름답습니다. 저는 해저의 수
정을 봤습니다. 그건 기적입니다. 기적이 만들어 낸 겁니다.
센바 씨, 아마 지난날 당신의 눈으로 본 바다 역시 그랬을 겁
니다. 당신의 바다는 지금도 지켜지고 있습니다."

센바의 몸이 미세하게 흔들리기 시작했다. 뺨에 경련이 일고
입술이 떨리고 있었다. 구사나기는 일순 그가 뭔가를 두려워
하고 있다고 생각했다. 그러나 그게 아니라는 것을 그는 이내
알아차렸다. 그는 웃으려고 한 것이다. 유가와 얘기를 듣고 기
뻐하고 있는 것이다.

"해저 열수광상 개발이 어떻게 되는지 아직은 모릅니다. 설
사 개발을 한다 하더라도 수십 년 후의 일입니다. 그때쯤이면
환경 보호 기술도 한층 발전되어 있을 것입니다. 무엇보다 과
학자들이 바다의 그와 같은 아름다움을 망가뜨리고 싶어 하지
않습니다. 부디 안심하세요. 우리들도 최대한 노력할 겁니다.
약속드립니다."

센바의 머리가 앞뒤로 움직였다. 끄덕이고 있는 것이다. 시
바모토 원장의 말에 따르면 최근 센바는 의식이 혼미해지는

경우가 많다고 하는데 지금 그의 의식 상태는 정상이었다. 유가와의 말을 알아듣고 만족해하고 있는 것이다.

"센바 씨, 당신께 보여 드리고 싶은 것이 있습니다."

유가와는 가방에서 A4 크기의 종이를 꺼냈다. 구사나기가 옆에서 들여다보니 그것은 한 폭의 그림이었다. 디지털 카메라로 그림을 찍어 프린트한 것 같았다. 바다 그림으로, 하늘은 파랗고 멀리 뜬 구름이 수면에 비쳐 있었다. 해안선은 완만히 굽어 있고, 널따란 바위 옆에서 작고 하얀 물보라가 일고 있다.

유가와는 그림을 센바 쪽으로 향하게 했다. 순간 센바에게서 좀 더 확연한 변화가 일어났다. 몸속 저 깊은 곳에 있던 무언가가 갑자기 치밀어 올라 온몸과 마음을 자극하고 있는 것처럼 보였다. 피부가 불그스레해지고 눈이 충혈되기 시작했다.

"오오오!"

그런 소리가 새어 나왔다. 무언가를 참는 소리 같았다.

"이 그림은 로쿠간소라는 여관에 걸려 있는 것입니다. 본 기억 없으십니까? 여기 그려진 풍경은 히가시하리에서 바다를 바라본 것입니다. 부인이 돌아가시기 직전에 함께 지내시던 집이 히가시하리에 있지요? 그 집에서는 하리가우라가 이런 식으로 보이지 않았습니까. 그뿐 아니라,"

유가와는 그림을 센바 쪽으로 좀 더 가까이 가져갔다..

"이 그림은 센바 씨, 혹은 센바 씨의 부인이 그린 것 아닙니까? 부인이 돌아가시고 당신이 히가시하리의 별장을 떠난 뒤에도 당신은 이 그림을 소중히 간직해 왔습니다. 이 그림은 당신의 보물이었습니다. 그렇기 때문에 가장 소중한 사람에게 맡겼지요. 제 말이 틀립니까?"

센바는 눈을 크게 뜨고 몸을 부들부들 떨었다. 호흡이 곤란해 보였다.

옆에서 안자이 간호사가 걱정스러운 눈길로 바라봤다. 그러나 그녀가 무슨 말인가 하려 하자 센바는 왼손을 살짝 들어 제지했다. 그리고 쥐어짜듯 심호흡을 했다. 무언가 하고 싶은 말이 있는 듯했다. '이것만은 내가 분명히 얘기해야 한다'는 결의마저 느껴졌다.

"아니…… 아닙……니다."

내리누르는 듯한 목소리로 그가 말했다.

"그런 그림, 본 적도 없습니다. 모르…… 모릅니다."

"정말입니까? 잘 보세요, 제발."

유가와가 그림을 더 가까이 가져갔다.

"모른다고!"

센바가 오른손을 휘둘렀다. 그림이 유가와의 손을 떠나 펄럭거리며 바닥에 떨어졌다.

잠시 무거운 침묵이 실내를 내리눌렀다.

이윽고 유가와가 그림을 집어 들며 입을 열었다.

"알았습니다. 그럼 사진 한 장을 더 보여 드리지요."

그는 가방에서 또 한 장의 종이를 꺼냈다.

구사나기가 옆에서 들여다보니 이번에는 젊은 여성의 사진이었다. 자동차 운전석에 앉아 있는 것 같은데, 셔터를 누르는 줄 몰랐는지 조금 놀란 표정을 짓고 있었다. 콧날이 오뚝한 미인형이지만 건강하게 그을린 피부가 강한 인상으로 보이는 것을 막아 주고 있었다.

"좀 전에 제가 센바 씨의 바다는 지켜지고 있다고 말씀드렸지요? 바로 이 여성이 바다를 지키고 있습니다. 저는 오늘 하리가우라로 돌아갑니다. 혹시 그녀에게 뭔가 전할 말은 없으십니까?"

유가와는 사진을 센바에게 보여 줬다.

센바의 얼굴이 울다 웃다 하는 것처럼 뒤틀렸다. 무수한 주름이 곡선을 그린 채 굳어 있고 입술이 바르르 떨렸다.

"어떻습니까?"

유가와가 물었다.

"그녀에게 무슨 말씀이라도 좋으니 한마디 해 주세요. 당신의 바다를 지키고 있는 그녀에게."

센바의 몸이 두어 번 움찔거리며 경련을 일으켰다. 하지만 무언가를 삼키듯이 목구멍을 움직이자 갑자기 경련이 그쳤다. 그는 등을 곧추세우고 가슴을 편 후 움푹 파인 눈으로 가만히 유가와를 바라보았다. 센바가 처음으로 보인 당당한 자세였다.

"그 사람이 누군지는 모르지만, 감사하다고…… 전해 주세요."

그가 힘주어 말했다. 유가와는 눈을 몇 차례 껌벅인 후 입술에 미소를 떠올렸다. 그리고 잠시 눈을 감았다가 센바를 바라봤다.

"꼭 전하겠습니다. 이 사진들은 여기 두고 가겠습니다."

그는 사진 두 장을 안자이 간호사에게 건넨 후 구사나기에게 "가자!"고 말했다.

"다 된 거야?"

"응."

유가와는 고개를 끄덕거렸다.

구사나기가 우쓰미에게 가자는 눈짓을 했다. 세 사람은 센바와 안자이 간호사에게 "감사했습니다."라며 고개를 숙인 뒤 담화실을 나왔다. 말없이 엘리베이터로 향하는 세 사람의 발소리가 몹시 크게 느껴졌다.

엘리베이터를 기다리는데 담화실의 문이 열리는 소리가 들렸다. 안자이 간호사가 휠체어를 탄 센바를 밀며 나오고 있었다. 간호사는 세 사람을 보고 가볍게 인사했지만 센바는 고개를 떨어뜨린 채 그대로 있었다. 그런 그의 손에 뭔가가 쥐여 있었다. 그것이 좀 전에 유가와가 건넨 사진 두 장이라는 것은 멀리서도 분명히 알아볼 수 있었다.


"미야케 노부코가 살해당하기 전날 센바를 만났다고 그랬지?"

호스피스 병동을 나와 주차장으로 향하면서 유가와가 물었다.

"그래. '카루방'이라고, 과거에 두 사람이 단골이었던 가게."

"그때 두 사람 사이에 어떤 말이 오갔을까?"

그러자 구사나기는 어깨를 으쓱했다.

"글쎄, 서로 화려했던 시절 얘기라도 한 것 아닐까. 당시의 지배인 얘기로는 센바가 울었다고 하더군."

"울었단 말이지……."

유가와는 뭔가 납득이 간다는 듯 고개를 끄덕거렸다.

"그랬군."

"뭐야, 거드름 피우지 말고 속 시원히 얘기 좀 해 봐."

하지만 유가와는 손목시계를 들여다본 뒤 파제로의 문을 툭툭 쳤다.

"일단 차에 타지. 이런 데 서서 오래 얘기하다가는 일사병 걸리기 딱 좋아. 그리고 아까 센바한테도 말했듯이 나는 이제 하리가우라로 돌아가야 해."

구사나기가 우쓰미에게 눈짓을 하자 그녀가 가방에서 차 키를 꺼냈다.

병원에 올 때와 마찬가지로 구사나기가 조수석, 유가와는 뒷좌석에 탔다. 길이 완전히 머릿속에 입력되었는지 우쓰미는 헤매는 일 없이 핸들을 이리저리 돌렸다.

"미야케 노부코가 오기쿠보에는 왜 갔다고 생각하나?"

유가와가 뒷좌석에서 물었다.

구사나기가 뒤돌아보며 말했다.

"그건 쓰카하라 씨가 센바를 체포한 뒤에도 내내 품고 있던 의문이었어. 당시 쓰카하라 씨는 이유를 밝혀내지 못한 것 같은데, 이제 와서 우리가 생각해 볼 수 있는 건 하나야. 미야케 노부코는 가와하타 세쓰코를 만나러 간 거 아닐까?"

"맞아, 틀림없이 그 때문일 거야. 그럼 무엇 때문에 만나러 간 걸까?"

"그거야 센바와 옛 이야기를 하다 보니 세쓰코가 생각나서 보고 싶은 마음에⋯⋯."

거기까지 말하던 구사나기는 갑자기 고개를 가로저었다.

"아니, 그건 아닐 거야."

"그래, 아닐 거야."

유가와도 바로 맞장구쳤다.

"일단 가와하타 세쓰코의 행방을 찾는 것 자체가 그리 쉽지 않았을 거야. 본래의 주소와는 다른 곳에 살고 있었으니까. 호스티스 시절 알고 지내던 사람들을 통해서 알아냈겠지만, 그렇다고 해도 상당한 노력이 필요했을 거야. 굳이 그런 수고를 한 데에는 그럴 만한 이유가 있었겠지."

"돈 때문 아닐까요?"

우쓰미가 끼어들었다.

"당시 미야케 노부코는 경제적으로 어려움을 겪고 있었어요. 가와하타 세쓰코를 찾아간 건 돈 때문이었다고 생각해요."

구사나기가 손가락을 딱, 튕겼다.

"그거야! 센바와 이야기를 나누다가 세쓰코한테 돈을 빌리자는 생각이 든 거지. 그렇지 않을까?"

그리고 그는 유가와를 돌아봤다.

"그렇게밖에 생각할 수 없겠지. 하지만 그렇다면 새로운 의문이 생겨. 왜 미야케 노부코는 가와하타 세쓰코를 찾아가면 돈을 빌릴 수 있을 거라고 생각했을까? 그 정도로 친한 사이였다면 진작 만나러 갔어야 하는 것 아닌가?"

"하긴 그래. 게다가 조사하는 동안 세쓰코와 미야케 노부코가 친했다는 얘기는 들은 적이 없어."

"친하지도 않은데 돈을 빌린다, 틀림없이 빌릴 수 있다고 생각한다, 이건 어떤 경우일까?"

유가와가 물었다.

이번에도 역시 젊은 여형사가 답을 말했다.

"상대의 약점을 잡은 경우라든가⋯⋯."

"약점? 그래."

구사나기가 고개를 끄덕였다.

"즉, 입을 다무는 대가라 이거지?"

"맞아. 미야케 노부코는 센바와 얘기하다가 가와하타 세쓰코에 관한 어떤 비밀을 알게 됐을 거야. 세쓰코 본인과 센바, 두 사람밖에 모르는 비밀을. 그래서 그 비밀을 폭로하겠다고 협박해서 세쓰코한테 돈을 뜯어내려 한 거지. 그렇게 생각하면 센바와 만난 다음 날 일부러 오기쿠보까지 간 것이 납득이 돼."

"그런데 미야케 노부코가 생각한 대로 일이 풀리지 않았던 거야. 비밀을 지키기 위해 세쓰코가 선택한 건 상대를 죽이는 거였겠지. 즉 그만큼 중요한 비밀이었던 거야. 그게 도대체 뭐였을까. 유가와, 자네는 그걸 알아낸 거지? 이제 다 털어봐봐."

그러자 유가와는 시트에 머리를 기댄 채 시선을 창밖으로 향했다.

"아까 센바에게 보여 줬던 사진의 여성 있지? 이름이 가와하타 나루미야."

"가와하타? 그렇다면⋯⋯."

"그래, 가와하타 세쓰코의 딸이야."

"교수님은 그 여성이 바다를 지키고 있다고 말씀하신 거군요?"

우쓰미가 물었다.

"그래. 바다를 지키는 일에 관한 그녀의 태도에 비장함마저 감돌았지. 내 입장에서 볼 땐 부자연스러울 정도였어. 애처로워 보이기도 하고. 하리가우라 출신도 아닌 그녀가 왜 그렇게까지 하는 걸까. 전에는 혼자 지내더라도 도쿄에 살겠다던 여자아이가 왜 시골로 이사하는 데에 동의했을까. 그런 수수께끼들은 하나의 가설에 의해 풀리게 되지. 그녀는 그것이 자신의 의무라고 생각한 것 아닐까. 누군가에 대한 속죄이자 은혜를 갚는 길이라 믿었던 거지."

"유가와, 혹시 자네는……."

"나도 처음에는 센바가 가와하타 세쓰코를 대신해서 죄를 뒤집어쓴 것이 아닐까 생각했어. 그러나 사건이 발생한 시점에 두 사람은 이미 10년 이상 만나지 않은 상태였어. 그렇다면 아무리 자신이 사랑했던 상대라 해도 살인죄를 대신 뒤집어쓰기는 어려운 법이지. 그걸 가능하게 하려면 남녀 간의 애정을 뛰어넘는 무엇이 있어야 해. 그렇게 생각하다가 완전히 다른 발상을 하게 됐어. 센바가 지키려고 한 것은 세쓰코가 아니라 세쓰코가 낳은 아이가 아니었을까 하는."

"가와하타 나루미가 센바의 딸이란 말이야?"

유가와는 정면만 응시한 채 크게 한숨을 내쉬었다.

"그게 센바와 세쓰코가 감춰야 했던 비밀이야. 그리고 그 비밀을 지키기 위해 딸 본인이 살인을 저지른 거고."

## 58

안자이 간호사의 부축을 받으며 센바는 침대에 몸을 눕혔다. 그러는 사이에도 오른손으로 쥔 사진은 놓지 않았다. 최근 들어 손가락 힘이 다 빠져나갔지만 오늘은 달랐다.

무슨 일이 있으면 부르세요, 라고 말하고 안자이 간호사는 방을 나갔다. 그녀는 아무것도 묻지 않았다. 센바는 그게 고마웠다.

기침 소리가 들렸다. 요시오카일 것이다. 그 역시 뇌종양인 듯했다. 센바가 있는 4인실에 지난주까지는 세 사람이 있었지만, 그저께부터 침대 하나가 또 비었다. 아마도 저세상 사람이 되었을 것이다.

둔탁한 두통과 함께 시야가 좁아지는 느낌이 들었다. 점차 어둠에 둘러싸이더니 이내 바로 눈앞만 보이게 됐다. 그 좁아진 시야 안으로 좀 전에 받은 사진을 가져왔다.

살짝 놀란 듯한 여성의 얼굴. 자동차 운전석인 듯하다. 건강하게 빛나는 다갈색 피부가 눈부셨다.

그리고……

그 옛날 세쓰코 그대로다, 라고 센바는 생각했다. 요즘은 꿈과 현실이 뒤범벅이 되거나 기억이 혼란스러운 경우도 자주 있지만, 그래도 기억에서 지워지지 않도록 애쓰는 추억이 몇 가지 있다. 세쓰코도 그중 하나다. 눈 감으면 홀연 그 시절로 돌아갈 수 있다.

센바는 아직 30대 전반이었다. 회사에 다니던 그는 주로 전기 제품을 담당했다. 양복 차림에 007가방을 들고 전국을 뛰어다녔다. 영업 실적은 톱클래스였다. 접대비도 남들보다 특별히 많은 액수가 허용됐다. 일주일에 몇 번은 룸살롱에 단골 고객을 데리고 갔다.

세쓰코를 만난 곳도 그런 업소 중 하나였다. 그녀는 예쁜 얼굴에 비해 수수한 느낌이었다. 적극적으로 나서서 얘기하려 하지도 않고 묵묵히 술만 따랐다.

그런 그녀에게 약간의 변화가 생기는 것은 센바가 전국 각지의 명물 요리에 대해 말할 때였다. 다른 얘기에는 흥미를 보이지 않다가도 그 얘기만 나오면 세쓰코는 눈을 빛내며 들었다. 마치 인형극을 보는 어린아이의 모습과도 같았다.

둘이서 얘기할 기회가 생기자 센바는 그녀에게 요리하는 걸 좋아하느냐고 물어봤다.

그녀의 대답은 명쾌했다.

"무척 좋아해요."

실은 호스티스 따위 그만두고 요릿집에서 일하고 싶다고, 그것도 종업원이 아니라 음식 만드는 일을 하고 싶다고 했다.

"하지만 그러려면 요리 공부도 해야 하고⋯⋯."

그런 세쓰코 얘기를 들은 센바의 머릿속에 음식점 하나가 떠올랐다. 하리 음식 전문점인 '하루히'였다. 아내가 하리 출신이라서 호기심에 가 봤는데 맛이 일품이어서 단골이 됐다. 체구가 작은 남편과 미인 아내, 둘이서 꾸려 나가는 작은 가게였다. 마침 그곳에서 일을 도와줄 사람을 찾고 있다는 게 생각났다.

그 이야기를 하자 세쓰코는 꼭 가 보고 싶다고 했다. 그래서 룸살롱 영업이 끝난 후 그녀를 하루히에 데려갔다.

하루히의 주인 부부는 세쓰코를 보자마자 마음에 들어 했다. 그다음 달부터 세쓰코는 카운터 안에 서서 음식을 만들게 됐고, 3개월 후에는 단골들로부터 '세쓰 짱'이라 불리게 되었다. 그리고 반년 뒤에는 가게에 없어서는 안 될 존재가 되었다. 여주인이 마련해 준 단풍무늬 기모노는 그녀의 트레이드 마크가 됐다. 센바가 보기에도 호스티스 생활을 할 때보다 훨씬 생기발랄해 보였다.

당시 하루히는 심야까지 영업을 했고, 센바는 거래처 고객과의 술자리가 끝나면 반드시, 라고 해도 좋을 만큼 하루히를 찾았다. 세쓰코의 미소 띤 얼굴을 보며 하리 음식을 안주로 따끈한 정종을 마시는 것이 긴자의 밤을 마무리하는 방식이 됐다.

하루히의 음식은 언제나 맛있었다. 하지만 자신이 하루히를 찾는 이유가 그것 때문만은 아니라는 사실을 센바 자신도 알고 있었다. 아무리 피곤해도, 아무리 시간이 없어도 하루히를 찾는 건 거기 가면 세쓰코를 만날 수 있기 때문이었다. 어느 사이엔가 그녀에게 푹 빠져 있었던 것이다.

그런 그의 마음을 세쓰코도 눈치채고 있는 듯했다. 문득 눈이라도 마주치면 마음과 마음이 미묘하게 반응하는 느낌을 받았다.

하지만 그녀와 어떻게 해 보겠다는 속셈은 없었다. 자신에게는 아내가 있었기 때문이다. 이렇게 마주 볼 수 있는 것만으로 만족해야 한다고 스스로를 타일렀다. 센바는 가끔 단골 호스티스들을 하루히에 데려갔다. 주위 사람들에게 자신의 마음을 들키지 않으려는 의도와 함께 자신의 마음을 억제하려는 목적도 있었다. 그런 호스티스들 중 한 명이 미야케 노부코, 즉 리에코였다.

세쓰코를 보러 오는 손님은 센바뿐이 아니었다. 개중에는 당당하게 구애하는 사람도 있었지만 세쓰코는 언제나 적당한 거리를 두고 대했다. 그래도 쉽게 물러나지 않는 손님이 있었는데 그게 바로 가와하타 시게하루였다.

센바도 가게에서 시게하루를 마주친 적이 몇 번 있었다. 보면 서로 인사하는 정도일 뿐 이야기를 나눈 적은 거의 없다.

그러나 아무래도 센바 자신보다 더 빈번히 하루히에 얼굴을 비치는 듯한 느낌을 받았다.

"좋은 분이에요."

가게 주인 부부는 입을 모아 말했다.

"착실하고 마음씨 좋은 독신이라 그런 사람과 맺어지면 반드시 행복하게 지낼 수 있을 거예요. 세쓰코도 싫어하는 것 같지 않고."

웃으며 흘려듣는 척했지만 센바는 갈수록 초조해졌다.

그러던 어느 밤의 일이다. 세쓰코가 먼저 일 끝나고 한잔하러 가자고 제안했다. 처음 있는 일이라 놀라긴 했지만 거절할 이유는 물론 없었다. 두 사람은 와인 바로 향했다.

세쓰코는 이상할 정도로 명랑했다. 샴페인을 마시자고 하더니, 한 병을 다 비우자 이번에는 와인을 주문했다. 마시는 속도가 빨라 병은 순식간에 비었다. 왜 그러느냐고 묻자 아무것도 아니라고, 오늘 밤은 그냥 마시고 싶을 뿐이라고만 대답했다.

몹시 취한 세쓰코를 집까지 데려다 주고 침대에 눕혔을 때 그녀가 양팔로 센바의 목을 휘감아 왔다. 그 눈에 눈물이 맺혀 있는 것을 보고 센바는 저항할 마음을 잃었다. 그 역시 그녀를 끌어안고 입술을 포갰다.

새벽녘, 센바는 그녀의 집을 나왔다. 세쓰코는 눈을 감고 있었지만 아마도 자고 있지는 않았을 것이다.

육체관계를 가진 건 그때가 전부였다. 후일 하루히에서 다시 만났을 때 세쓰코는 아무 일도 없었다는 듯 예전과 똑같은 태도로 그를 대했다. 그날 밤 일이 꿈이었나 싶을 정도였다.

세쓰코가 가와하타라는 남자의 프러포즈를 받아들였다는 애기를 들은 건 그로부터 얼마 지나지 않아서다. 센바는 그날 밤의 의미를 어렴풋이 알 것 같았다. 그녀 나름대로 무언가 정리하려 했던 것 아닐까.

그리고 얼마 안 있어 세쓰코는 하루히를 그만뒀다. 결혼식을 잘 마쳤다는 이야기를 듣고 센바는 그녀의 행복을 빌며 술잔을 기울였다. 그날 밤 일은 잊기로 했다.

그런데 어느 날, 세쓰코가 결혼할 때 이미 임신하고 있었다는 소문이 들렸다. 센바는 달력을 보며 그 일이 있었던 날짜를 확인했다.

'내 아이가 아닐까.'

그런 의심이 날로 커져 갔다. 세쓰코가 딸을 낳았다고 들었을 때는 병원으로 달려가고 싶은 마음을 억누르느라 안간힘을 썼다.

센바는 부인 에쓰코가 병약해서 아이를 낳지 못한다는 사실을 알고 결혼했기 때문에 아이에 대해서는 기대하지 않기로 한 터였다. 그러나 자신의 피를 이어받은 아이가 이 세상에 태어났을지도 모른다고 생각하자 도저히 모른 척할 수 없었다.

고민 끝에 세쓰코에게 연락했다. 일단 진실을 알고 싶었다.

오랜만에 만난 세쓰코는 전보다 피부색은 좋아 보였지만 표정은 완전히 '엄마의 것' 그 자체였다. 말투도 부드러워져 있었다. 아이는 다른 곳에 맡기고 왔다고 했다. 혹시 아이의 얼굴을 볼 수 있을지도 모른다는 센바의 은밀한 기대는 맥없이 무너졌다.

서로의 근황에 대해 잠시 이야기를 나눈 뒤 센바는 자신이 품고 있던 의문을 곧바로 털어놓았다. 아이 아버지가 정말 가와하타냐고. 세쓰코는 아무런 동요 없이 "네, 그래요."라고 대답했다. 너무도 태평한 모습이 오히려 부자연스러웠다. 그 진지한 눈빛을 보며 센바는 그녀가 거짓말을 하고 있다고 확신했다. 하지만 집요하게 묻지는 않기로 했다. 대신 한 가지 부탁을 했다. 아이 사진을 달라고 했다. 세쓰코는 주저했다. 남의 아이 사진을 가져서 뭐하겠느냐고도 했다. 하지만 센바는 물러서지 않았다. 사진만 주면 앞으로 다시는 이런 얘기를 꺼내지 않을 거라고 했다. 그제야 세쓰코는 센바의 제의를 받아들이기로 했다.

며칠 후 센바는 세쓰코를 다시 만나 사진을 받았다. 아기가 누군가에게 안겨 있는 사진이었다. 눈이 크고 피부는 도자기처럼 하였다. 눈물이 나오려 했다.

"고마워."

그러면서 세쓰코를 보니 그녀의 눈도 충혈되어 있었다. 하지만 그녀는 눈물을 흘리지 않으려고 안간힘을 썼다.

아무에게도 말하지 않겠다고, 죽을 때까지 비밀로 하겠다고 센바는 약속했다. 그리고 아이를 행복하게 해 달라고 부탁했다.

세쓰코는 미소 지으며 대답했다.

"당신이 그런 말 안 해도 그렇게 할 거예요."

센바도 미소 지었다.

"물론 그렇겠지."

사진은 센바에게 보물이 되었다. 다만, 누구에게도 보여 줄 수 없는 비밀스러운 보물이었다. 상자에 넣어 서랍 깊숙한 곳에 감춰 두었다.

세쓰코와는 이제 만나지 않을 생각이었다. 딸을 보고 싶다는 생각도 마음 저 깊은 곳에 묻어 버렸다. 다행히 사업을 일으킨 지 얼마 안 된 터라 일에 집중함으로써 다른 생각을 떨쳐 버릴 수 있었다.

그러나 사업에 성공해 승자의 기쁨을 맛본 기간은 불과 얼마 되지 않았다. 어느 날 정신을 차려 보니 자신에게 남은 것이라고는 불치의 병에 걸린 아내와 히가시하리에 있는 조그만 별장뿐이었다.

그래도 히가시하리에서 에쓰코와 지낸 나날은 뜻 깊은 것이었다. 모든 것을 잃고 보니 그간 자신이 걸어온 길을 냉정하게 돌아볼 수 있었다. 그러자 아내에 대한 감사의 마음이 솟구쳐 나왔다. 어려움 속에서도 불평 없이 따라와 준 그녀가 있었기에 지금의 자신이 있다고 생각되었다. 세쓰코와의 일에 대해 마음속으로 수없이 용서를 빌었다.

에쓰코에게 남겨진 시간은 짧았다. 센바는 항상 그녀의 곁에 있으면서 그녀가 바라는 것을 들어주려고 했다. 하지만 그녀는 많은 것을 바라지 않았다. 고향 바다를 바라보는 것만으로도 행복하다고 했다. 어느 날 바다를 그리고 싶다고 하기에 붓과 물감을 사다 주었다. 그녀는 베란다에 캔버스를 놓고 매일 조금씩 그림을 그렸다. 완성한 그림을 본 센바는 놀라고 말았다. 그녀가 그림에 재능이 있는 줄 전혀 몰랐기 때문이다. 그런데도 에쓰코는 부끄러우니 너무 유심히 보지 말라고 했다.

에쓰코가 숨을 거둔 뒤 센바는 도쿄로 돌아갔다. 다시 일어서겠다는 생각은 아니었다. 그저 먹고살 수만 있으면 된다고 생각했다. 아는 사람의 소개로 가전 양판점에서 일하게 됐다.

그때 생각지도 못했던 사람을 만났다. 리에코, 그러니까 미야케 노부코였다. 친하게 지내던 호스티스 중 한 명이었는데 회사가 도산한 이후로는 만난 적이 없었다. 그녀가 오랜만에 한잔하자고 했다.

별생각 없이 그러자고 했다. 화려했던 시절을 떠올리고 싶었는지도 모른다. 가볍게 식사를 한 후, 예전에 자주 갔던 '카루방'이라는 바로 갔다. 미야케 노부코는 상대가 쉽게 입을 열도록 만드는 여자였다. 한 잔 두 잔 기울이는 사이 센바는 자신에게 있었던 일들을 대충 털어놓게 되었다. 그녀는 센바의 옷차림을 보고 이미 그의 형편이 예전 같지 않다는 것을 어느 정도는 눈치채고 있었지만, 그의 이야기를 들으며 더욱 확신하게 된 듯, 이야기 중간부터 노골적으로 실망감을 드러내기 시작했다. 그에게서 돈을 받아 낼 생각이었기 때문일 것이다.

센바가 아무리 후회해도 돌이킬 수 없는 실수를 저지른 것은 그때였다. 담배를 사려고 지갑을 열었을 때 지갑에 끼워 놓은 사진이 떨어진 것이다. 그것을 집어 든 미야케 노부코가 누구의 아이냐고 물었다.

아는 사람의 아이라고 둘러댔지만, 자신이 생각해도 부자연스러웠다. 그러자 노부코는 "아기를 안고 있는 사람이 입은 단풍무늬 기모노를 본 기억이 있다."고 했다. 센바는 깜짝 놀라 입을 다물었다.

노부코가 눈치챈 게 분명했다. 그녀는 "아무에게도 말하지 않을 테니 사실대로 얘기해 달라."고 했다.

얘기하지 않았다가 오히려 질 나쁜 엉뚱한 소문이 나돌까 봐 두려웠다. 모든 걸 말해 버렸다. 노부코는 누나라도 된 듯, 모든 게 이해된다는 표정으로 들어 줬다. 아무한테도 얘기하지 않겠다는 그녀의 말도 믿을 수 있을 것 같았다.

얘기를 마치자 노부코는 잠깐 기다리라며 자리에서 일어났다. 돌아온 그녀는 뭔가가 적힌 종이를 센바에게 내밀었다. 거기에는 주소와 전화번호가 적혀 있었다. 세쓰코의 연락처라고 했다. 하루히에 전화를 걸어 알아냈다는 것이다. 세쓰코와 친했던 호스티스를 사칭해서 전화했던 모양이다.

만나 보지 그러냐고 노부코는 말했다. 한 번 정도 만나는 건 상관없지 않느냐고. 센바는 고개를 저었다. 그럴 필요 없다고, 모든 건 이미 가슴속에 묻어 버렸다고 잘라 말했다. 얘기하는 동안 눈물이 나왔다. 취해서였는지도 모른다.

하지만 노부코가 세쓰코의 연락처를 알아낸 목적은 다른 데 있었다. 그 사실을 알게 된 건 이틀 후 아침이다. 우연히 TV를 보는데 미야케 노부코가 살해됐다는 뉴스가 나왔다. 살해된 장소를 보고 피가 거꾸로 솟았다. 메모에 적힌 세쓰코의 주소와 가까웠던 것이다.

고민하던 센바는 세쓰코에게 전화를 걸었다. 연결되지 않을까 봐 불안했다. 그녀가 미야케 노부코를 찔렀으리라는 불길한 생각을 떨쳐 버릴 수 없었다. 전화가 연결됐다.

"가와하타입니다."

세쓰코의 밝고 침착한 목소리를 듣고 센바는 안도했다. 센바라고 자신을 밝히자 놀란 듯했지만 불쾌해지는 않는 것 같았다. 남편의 직장 때문에 주말 부부로 지낸다고 했다.

센바는 '어젯밤 일'을 물었다. 혹시 세쓰코가 사건과 관련된 것이 아닌지 걱정돼 전화했다고 말했다. 그러자 갑자기 세쓰코의 태도가 이상해졌다. 그녀는 어제 늦게 귀가해서 아직 딸의 얼굴을 보지 못했다고 했다. 방에 있는 건 확인했는데 아직 자고 있다고.

딸을 보고 오겠다고 해서 센바는 일단 전화를 끊었다. 그로부터 몇 시간이 무척 길게 느껴졌다. 너무나 불안해서 구토가 나올 지경이었다. 몸이 떨렸다.

마침내 세쓰코에게서 걸려 온 전화는 절망적인 사실을 전했다.

"딸이 노부코를 찔렀어요. 책상 위에 피 묻은 식칼이 있어요."

그녀는 울면서 말했다.

도대체 왜 그런 일이 일어났느냐고 물어볼 시간 따위는 없었다. 세쓰코의 전화를 기다리는 동안 센바는 이미 최악의 사태를 예상하고 뭔가를 각오했다. 이제 그걸 실행에 옮길 수밖에 없다.

자신이 어떻게든 할 테니 그 식칼을 가져오라고 했다. 세쓰코가 당황해했지만 설명할 시간이 없었다. 장소와 시간을 정하고 전화를 끊었다.

방 안을 둘러봤다. 없어져도 상관없는 물건들뿐이었지만 딱

하나 버릴 수 없는 게 있었다. 부인 에쓰코가 남긴 그림이었다. 그걸 보자기에 싸서 방을 나왔다.

센바는 약속 장소에서 세쓰코로부터 식칼을 받았다. 이미 세쓰코는 그가 뭘 하려는지 알고 있는 것 같았다. "정말 이래도 되느냐"며 망설였다. 그래서 "딸을 지키는 것이 어머니의 당연한 의무"라고 말해 줬다.

식칼을 받고 그는 그림을 건넸다. 언젠가 다시 만날 수 있을 때까지 보관해 달라고 부탁했다.

헤어질 때 세쓰코가 말했다.

"건너편 카페를 보세요."

그 카페 창문에 긴 머리의 홀쭉한 여자아이가 고개를 숙인 채 앉아 있었다. 깜짝 놀랐다. 어렸을 때 병으로 죽은 여동생과 꼭 닮아 있었기 때문이다. 이제 여한이 없다고 생각했다.

"고마워."

그는 세쓰코에게 그렇게 말했다.


센바는 베개 밑에서 봉투를 꺼냈다. 거기에는 사진이 몇 장 들어 있다. 그중 한 장을 꺼냈다. 그날 세쓰코가 준 갓난아기 사진이었다.

유가와라는 학자가 준 사진과 비교해 봤다. 아기 때 모습이 남아 있었다. 어떤 여성이 됐을까. 어떤 목소리로 얘기할까.

죽기 전에 한 번이라도 좋으니 만나 보고 싶다. 하지만 이루지 못할 꿈이다. 이루려 해서도 안 된다. 그런 짓을 했다간 지금까지 쌓아 온 모든 것이 무너지고 만다.

　기억은 다시 16년 전으로 되돌아간다. 그는 에도가와 구의 낡은 아파트에 있었다.

　곧 경찰이 찾아올 것이다. 피살자의 신원이 미야케 노부코로 판명되면 살해되기 전날 자신과 노부코가 카루방에서 만났다는 사실도 드러날 것이기 때문이다. 예상대로 형사가 왔다. 얼굴이 예리했다. 센바는 형사가 집에 들어오겠다는 걸 완강히 거부했다. 물론 일부러 수상하게 보이기 위해서였다.

　형사는 돌아갔지만 진짜 철수했을 리는 없다고 생각했다. 반드시 어딘가에 숨어서 지켜보고 있으리라는 확신이 있었다. 그래서 센바는 세쓰코에게 받은 식칼을 가방에 넣고 아파트를 나왔다.

　집 부근 개울까지 가서는 주변을 힐끗힐끗 둘러봤다. 미행하는 형사를 의식한 연기였다. 효과가 있었다. 아까 찾아왔던 형사가 달려왔다.

　센바는 달렸다. 최선을 다해 도망쳤다. 달리면서 '혹시 형사가 못 따라오면 어쩌나' 걱정까지 했다. 기우였다. 역시 형사의 체력은 대단했다. 곧바로 잡혔고 제압당했다.

체포되고, 기소되고, 유죄 판결을 받았다. 그 모든 단계에서 센바의 진술이 의심받는 일은 없었다. 다만 한 사람, 뭔가 이상한 것을 알아챘던 사람이 있었다. 그를 체포했던 형사, 쓰카하라였다.

그는 왜 가방을 개울에 던지지 않았느냐고 물었다. 개울을 수색하면 가방이야 결국 찾겠지만 적어도 도주할 시간을 벌 수 있지 않았겠느냐고 했다. 센바는 가방에서 식칼이 발견됐기 때문에 현행범으로 체포된 것이었다.

그런 생각을 못했다고 센바는 주장했다. 도망치느라 정신이 없어서 가방에 식칼을 집어넣은 것까지 잊어버렸다고.

쓰카하라는 믿지 못하는 것 같았다. 하지만 센바는 진술을 번복하지 않았다.

교도소 생활은 쉽지 않았다. 하지만 자신이 교도소 생활을 함으로써 그 소녀가 평온하게 살 수 있다고 생각하니 힘이 솟았다. 살아 있는 것 자체에 의미가 있다고 느꼈다.

출소 후에는 교도소 시절 알게 된 남자를 찾아갔다. 남자는 폐품 수집 업체를 소개해 줬다. 월급은 말도 안 될 정도로 적었고 좁고 더러운 방에서 자야 했다. 하지만 살아갈 수 있다는 것만으로 행복했다.

불행히도 그런 작은 행복마저 오래가지 못했다. 센바에게 직장을 소개해 준 남자가 회사 공금을 갖고 튄 것이다. 회사는

망했고 센바는 직장도 머물 곳도 잃었다.

노숙자 생활을 할 수밖에 없었다. 노숙자들이 어디에 모이는지 알고 있던 센바는 그들을 찾아가 도움을 청했다. 그들은 친절했다. 어떻게 해야 살아갈 수 있는지 가르쳐 줬다.

하지만 시련은 끊이지 않았다. 언제부턴가 몸이 마음대로 움직여지지 않았다. 게다가 두통이 너무 심해 잠을 못 자는 날이 잦아졌다. 때로는 말이 나오지 않았다. 결국 매주 열리는 무료 급식에도 못 가게 됐다.

심각한 병에 걸렸다는 건 스스로도 알 수 있었다. 노숙자 동료들이 간병해 줬지만 나아질 기색은 없었다. 의사의 치료를 받지 못하니 당연했다.

그때 생각지도 못했던 사람이 나타났다. 쓰카하라였다. 그는 오랫동안 자신을 찾아다녔다고 했다. 그의 몸 상태를 보고는, 어떤 수를 썼는지는 모르지만 입원까지 시켜 줬다.

그것도 그냥 병원이 아니었다. 말기 암 환자가 입원하는 호스피스였다. 원장은 치료가 불가능한 뇌종양이라고 통보했다.

슬프지는 않았다. 안도감마저 들었다. 이렇게 시설 좋은 곳에서 인생의 막을 내릴 수 있다면 나쁘지 않다고 생각했다. 모두 쓰카하라 덕분이었다.

그래서 진실을 말해 달라고 그가 부탁할 때마다 미안함에 가슴이 아팠다. 쓰카하라는 "당시 사건이 늘 마음에 걸려 당신을 찾아 헤맸다"고 했다. 사람들은 왜 그렇게까지 하느냐고 생각하겠지만, 그렇게밖에 할 수 없는 것이 쓰카하라라는 남자였다.

"알고 있어. 누군가를 보호하려고 그랬던 거잖아. 당신에게 매우 중요한 사람이겠지. 하지만 정말 이대로 끝낼 거야? 지금 당신 상황을 그 사람에게 알리지 않아도 괜찮을까? 그 사람을 만나고 싶지 않나? 말 좀 해 봐."

병문안 와서는 침대 옆에 앉아 같은 말을 되풀이했다. 센바는 차츰 거짓말하는 게 괴로워졌다. 쓰카하라는 "절대 말하지 않겠다. 모든 걸 가슴에 묻겠다."고 약속했고, 센바는 계속되는 쓰카하라의 설득에 흔들리기 시작했다.

마침내 털어놨다. 말기 암 상태여서 말하는 것조차 힘들었다. 모든 걸 자백하는 데 많은 시간이 필요했지만 쓰카하라는 아무 말 없이 들어 줬다.

"얘기해 줘서 고마워. 약속은 지키지."

얘기를 다 들은 쓰카하라는 그렇게 말했다.

실제로 쓰카하라는 사건의 진실을 아무에게도 말하지 않았다. 대신 세쓰코 가족이 지금 어디에 살고 있는지를 형사 시절의 수완으로 조사했다. 쓰카하라가 "세쓰코 모녀는 하리가우라에 있다"고 알려 줬을 때 센바는 가슴이 뜨거워졌다.

쓰카하라는 인터넷에서 흥미로운 정보를 발견했다. 하리가우라를 거점으로 환경 보호 활동을 하고 있는 사와무라 모토 야란 사람이 쓴 글에 가와하타 나루미라는 여자가 나온 것이다. 그들은 하리가우라의 해저 자원 개발에 반대하는 것 같았다. 개발 관련 설명회가 8월에 열리며 참석자를 모집하고 있다는 사실을 알았다. 쓰카하라는 센바에게 같이 가지 않겠느냐고 했다.

"만나라는 게 아니야. 멀리서 바라만 보자는 거지. 그렇게 하면서까지 지켜 준 딸을 한 번이라도 보고 싶지 않나. 괜찮아. 내가 같이 가 주지. 내가 휠체어를 밀어 줄게."

쓰카하라의 제안에 센바는 가슴이 떨렸다. 만약 정말로 그게 가능하다면 여한이 없을 것 같았다. 하지만 거부했다. 자기처럼 중환자가 간다면 분명 눈에 뜨일 것이다. 잘못해서 정체가 드러날 수도 있다. 그 때문에 세쓰코나 나루미가 피해를 봐서는 안 된다.

쓰카하라는 센바의 동의를 얻지 않고 참가 신청을 했다. 어느 날 병실을 찾아와 봉투를 보여 줬다. 내용물은 설명회 참가표였다. 두 사람분을 신청했는데 추첨에서 한 명만 당첨됐다고 했다.

"갑시다, 나는 설명회장 밖에서 기다릴 테니."

하지만 센바는 고개를 저었다. 마음은 고마웠지만 가지 않겠다는 생각은 바뀌지 않았다. 그리고 무엇보다 육체적으로 힘들었다. 병이 급격히 악화되고 있어 장시간 이동하는 건 불가능해 보였다.

"하는 수 없군."

쓰카하라가 설명회를 입에 담은 건 그날이 마지막이었다. 병문안을 온 것도 그날이 마지막이 됐다.

하지만 쓰카하라는 포기한 것이 아니었다. 그는 혼자서 하리가우라로 갔다. 아마도 세쓰코와 나루미를 만나려 했을 것이다. 아니, 분명 만났을 것이다.

그 결과 무슨 일이 일어났던가. 상상하기도 끔찍한 일이 일어나고야 말았다.

깊은 후회가 센바를 뒤흔들었다. 왜 쓰카하라를 막지 않았던가. 참가표를 보여 줬을 때 찢어 버렸으면 좋았을 것을.

갓난아기 사진을 바라보며 "미안해."라고 센바는 중얼거렸다.

"나 때문에 너희들이 또다시 큰 죄를 지었지? 하지만 입을 꼭 다물고 있을게. 죽을 때까지 입을 열지 않을 거야. 그러니 부디 바보 같은 나를 용서해 줘."

# 59

시나가와 역이 눈앞에 나타났다. 오가는 차가 많아 도로는 정체되어 있었다.

"세워 줘. 여기면 됐어."

유가와가 내릴 준비를 했다. 우쓰미 가오루가 파제로를 길옆에 세우자 유가와가 문을 열며 말했다.

"고마워. 덕분에 살았어."

"잠깐 기다려. 개찰구까지 배웅하지."

구사나기가 안전벨트를 풀었다.

"됐어. 역까지는 꽤 멀어."

"가자고."

구사나기는 우쓰미에게 먼저 돌아가라고 한 뒤 차에서 내렸다. 두 사람은 역으로 향했다. 8월도 끝나 가는데 햇볕은 한여름 그대로다. 땀이 뿜어져 나오고 먼지가 달라붙었다.

유가와가 입을 열었다.

"진실은 여전히 어둠 속에 있어. 내가 말한 건 가설에 불과해. 추리라고 하기에는 질이 떨어진다고. 어차피 상상일 뿐이야. 미야케 노부코를 찔러 죽인 게 나루미라는 가설도 그렇게 생각해야만 의문들이 풀린다는 것에 불과해. 구체적인 증거는 하나도 없어. 확실하지 않은 것도 많고. 나루미가 센바의 딸이라는 전제 자체가 과연 맞는 건지도 모르겠어. 만일 그게 사실이라 해도 그걸 가와하타 시게하루가 알았는지, 또 나루미가 살인을 저질렀다는 것을 알았는지, 알았다면 언제 알았는지 등등 모조리 의문투성이야. 그걸 밝혀내려면 본인들이 자백하는 수밖에 없는데 그건 절대 기대할 수 없어."

"그럼 쓰카하라 씨가 살해된 사건은 어떻게 설명해야 할까?"

"살해된 게 아니라 '의문사'한 사건이라고 해야겠지. 마찬가지야. 미야케 노부코가 살해된 사건은 이미 해결됐어. 그러니쓰카하라 씨가 살해될 이유도 존재하지 않는 거야."

"하지만 가와하타 가족과 쓰카하라를 연결시킬 수는 있지. 쓰카하라는 센바를 체포했고, 센바와 세쓰코는 관련이 있어."

"맞아. 하지만 30여 년 전에 작은 음식점의 점원과 손님으로 만났다는 '관계'가 과연 얼마나 큰 의미를 가질까."

"그래도 우연이라고만 볼 수는 없지."

"그럴까. 그 정도 우연은 세상에 널려 있을 것 같은데. 뭐, 하여간⋯⋯."

유가와가 한숨을 크게 쉬었다.

"센바가 입을 열지 않는 한 진실은 밝혀지지 않을 거야. 그리고 그는 절대로 입을 열지 않겠지. 죄를 뒤집어쓰고 형을 살면서까지 사랑하는 사람을 지켜 왔어. 그걸 수포로 돌리고 싶지 않을 거야. 비밀을 껴안은 채 인생을 마감하려고 하겠지. 그때가 멀지 않았다는 것도 알고 있고. 구사나기, 이번만은 자네가 졌어."

담담한 유가와의 말에 구사나기는 반론할 말이 떠오르지 않았다. 유가와가 말한 대로였다.

시나가와 역에 도착했다. "그럼."이라고 짧게 인사한 뒤 유가와가 개찰구를 향해 걷기 시작했다.

"유가와, 그런데 자네, 이대로 끝내도 상관없나?"

구사나기가 물었다.

"이렇게 결말지어져도 상관없어? 한 사람의 인생이 뒤틀려 버릴 수도 있다고 했잖아. 그걸 막지 못해도 상관없는 거야?"

유가와가 돌아봤다.

"상관없을 리 없지."

그러는 목소리에 힘이 들어가 있었다.

"그래서 하리가우라로 돌아가는 거야. 그럼."

유가와는 손에 들고 있던 웃옷을 입고 걸음을 재촉했다.


60


이소베 계장이 세쓰코의 맞은편에 앉았다. 옆에서 기록하는 사람은 나루미의 동창생인 니시구치가 아니라 다른 젊은 형사였다.

"에어컨 괜찮아요? 너무 추운 거 아닌가요?"

이소베가 물었다. 표정은 무뚝뚝했지만 두꺼운 눈꺼풀에 묻힌 가느다란 눈에 세쓰코에 대한 배려의 빛이 역력했다. 형사라는 입장 때문에 감정을 감추는 일이 많았고, 그게 버릇이 되어서 결국 저런 얼굴이 되고 말았을 거라고 세쓰코는 짐작했다. 전에 하루히에도 곧잘 저런 손님이 왔었다. 기분이 나쁘지도 않은데 부드러운 표정 짓는 걸 어색해하는 사람들이 있었다.

"괜찮습니다."

그녀가 대답하자 이소베는 가볍게 끄덕이고는 조서로 눈길을 돌렸다.

조사실 환경은 그리 나쁘지 않았다. 냉방이 잘돼 있고 형사들도 담배를 피우지 않아 공기가 탁하지 않다. 조사실이라고 하면 벽에 달린 매직미러를 통해 옆방에서 이쪽을 감시하는 모습이 연상되는데 그런 것도 없었다.

"그러면 자세히 물어보겠습니다."

그렇게 말하면서 이소베가 물어 온 것은 여관 경영 상태는 어떤지, 보일러 점검과 수리를 검토한 일이 있는지, 검토했다면 비용은 어느 정도 들 거라고 예상했는지 등이었다. 거짓말할 필요가 없었다. 세쓰코는 있는 그대로 대답했다.

모든 게 잘 풀릴 것 같았다. 경찰은 업무상 과실 치사와 사체 유기 선에서 사건을 매듭지으려 하고 있었다. 16년 전 그 사건을 영원히 감출 수만 있다면 이 정도 죄로 체포되는 것 따위 아무것도 아니다.

"역시 경영이 상당히 어려웠군요."

세쓰코의 진술을 듣고 이소베는 머리를 긁적이며 중얼거렸다.

"요즘 여관들이 대부분 그렇겠지……."

세쓰코는 말없이 고개를 끄덕였다. 조금 더 일찍 폐업했으면 좋았으련만 이제 와서 후회해도 소용없다.

"피살자가 왜 당신네 여관에 묵게 됐는지 물어본 적 없어요? 피살자에게 저녁 식사를 가져다 준 사람은 당신이었죠?"

"저는 음식 설명만 드렸지 그런 건 안 물어봤어요."

"그렇군요."

이소베는 석연치 않다는 표정이면서도 고개를 끄덕였다. 마음에 걸리긴 하지만 크게 문제 되는 건 아니기 때문일 것이다.

이소베는 기록을 담당한 형사와 몇 마디 나눈 뒤 함께 방을 나갔다. 세쓰코는 철창 밖을 내다봤다. 하늘이 어슴푸레 붉다. 어둠이 다가오고 있는 것이리라. 그날도 아침노을이 선명했다. 16년 전 보았던 하늘 풍경이 떠올랐다.

분명 일요일이었다. 세쓰코는 전날 옛 친구들을 만나느라 귀가가 늦어졌다. 술도 조금 마셨다. 집 근처에 경찰차가 여러 대 늘어서 있었다. 교통사고라도 났나 생각했다. 집에 도착했을 때는 밤 12시 가까이 돼 있었다.

시게하루는 회사 일 때문에 지방에서 혼자 지냈다. 그녀는 중학생인 나루미의 방을 들여다봤다. 불이 꺼져 있었지만 침대에 누워 있는 모습이 어렴풋이 보였다. 세쓰코는 안심하고 조용히 문을 닫았다.

다음 날 아침 일찍 의외의 인물에게서 전화가 왔다. 센바 히데토시였다. 놀라움과 더불어 어색함, 그리고 그리움이 동시에 일어났다. 당황스러웠지만 불쾌하지는 않았다.

하지만 달콤한 감정에 젖어 있을 틈이 없었다. 센바는 중요한 일이 있어서 아침 일찍 전화를 걸었던 것이다. 그의 말을 듣고 세쓰코는 경악했다. 리에코, 즉 미야케 노부코가 살해됐다는 것이다. 더구나 사건 현장은 세쓰코가 사는 집 부근이었다. 센바는 눈앞이 캄캄해질 만한 충격적인 말을 했다. 나루미의 출생의 비밀을 노부코가 알았다는 것이었다.

전화를 끊고 나루미 방으로 갔다. 나루미는 여전히 침대에 누워 있었다. 배 속의 태아처럼 손발을 웅크리고 둥그렇게 몸을 만 채. 그런데 잠에서 깨어 있었고 얼굴을 보니 눈물 자국이 있었다. 밤새 울었다는 걸 금방 알 수 있었다.

책상 위에 식칼이 있었다. 세쓰코가 늘 사용하던 그 식칼에 검붉은 핏자국이 있었다. 손잡이에도 피가 묻어 있었다.

말문이 막혀 선 채로 굳어 버렸다. 그런데 세쓰코의 눈은 어쩐 일인지 창밖을 보고 있었다. 아침노을이 멀리 있는 구름을 빨갛고도 기분 나쁘게 물들이고 있었다. 닥쳐올 운명을 암시하는 듯했다.

나루미에게 물었다. 도대체 무슨 일이 있었냐고. 솔직히 말하라고.

하지만 사람을 죽여 정신이 없는 여자 중학생에게 차분하게 설명하라는 건 무리였다. 나루미는 모르는 여자가 갑자기 찾아와 자신의 출생 비밀에 대해 주절주절 떠들었다고 겨우 얘기했다. 아마 부엌으로 가서 식칼을 찾아들고 쫓아가 찌른 듯했다.

이해되지 않는 것이 많았지만 패닉 상태의 나루미에게 물어봤자 소득이 없을 것 같았다. 어떻게 해야 하나. 시게하루에게 알릴 수는 없다. 믿을 건 센바뿐이다.

전화를 걸어 상황을 얘기하자 센바는 바로 식칼을 가져오라고 했다. 자신에게 생각이 있다면서.

혹시 딸을 보호해 주려는 것이 아닐까. 그럴 것 같았다. 센바는 나루미의 죄를 뒤집어쓰고 자수할 생각인 것 같았다. 그렇다면 거절해야 한다. 센바에게 절대 그런 일을 시킬 수는 없다.

하지만 나루미의 미래와 인생을 생각하면 어떻게 해서든 이 궁지를 벗어나야 했다. 자신이 대신 벌을 받을 수만 있다면 그렇게 하고 싶었다. 하지만 문제는, 친구들과 놀다가 밤늦게 돌아온 자신에게 알리바이가 있다는 것이었다. 게다가 살인 동기를 뭐라고 둘러대야 할지 생각나지 않았다. 딸의 출생 비밀을 지키기 위해 노부코를 죽였다고는 절대로 말할 수 없었다.

고민 끝에 센바의 지시대로 식칼을 갖고 집을 나섰다. 나루미도 함께.

센바에게 거짓 자수를 시킬 수는 없다고 생각하면서도, 다른 한편으로 그가 희생해 주길 바라고 있었다. 나루미를 구할 방법이 그것밖에 없는 것 같았다. 센바를 만나면 그의 제안을 받아들이게 될 것이 분명했다. 하지만 그럴 경우 최소한, 성장한 나루미를 그에게 보여 주고 싶었다. 그는 나루미의 진짜 아버지이기 때문이다.

약속 장소에서 만난 센바는 몹시도 수척했다. 그간의 삶이 평탄치 않았음을 알 수 있었다. 하지만 옛날 이야기를 할 여유는 없었다. 예상대로 센바는 나루미 대신 자수할 각오를 굳히고 있었다. 그는 사건 당시 상황을 자세히 물었다. 세쓰코는 나루미에게 들은 내용을 알려 주고 정말로 이래도 되느냐고 물었다.

"딸을 지키는 건 어머니로서 당연한 의무야. 주저할 것 없어."

센바의 말이 힘 있게 그녀의 등을 밀었다.

이틀 뒤, 센바가 체포됐다는 뉴스를 보게 되었다. 증거를 없애려다가 미행하는 경찰에 붙잡혔다는 내용이었다. 자수가 아닌 게 의외였다. 경찰을 속이려면 자수가 아니라 도주하는 게 유리하다고 판단했을 것이다. 형량이 무거워질 게 뻔한데도 일부러 도망친 것이다. 나루미를 지키려는 그의 사랑에 세쓰코는 가슴이 찢어지는 것처럼 아팠다.

체포되기 전에 치밀히 준비했을 것이다. TV와 신문 기사로 판단하건대 센바의 진술이 의심받는 것 같지는 않았다. 형사가 세쓰코를 찾아오는 일도 없었다.

세쓰코는 나루미에게 모든 것을 고백했다. 엄청난 충격을 받은 듯 나흘이나 학교에 가지 못했다. 하지만 사건과 관련된 보도가 줄어들면서 나루미도 침착함을 되찾아 갔다. 자신이 뭘 했는지, 누가 자신을 구해 줬는지 냉철히 바라볼 수 있게 된 건지도 모른다.

아버지에게는 비밀로 하자는 것이 엄마와 딸의 암묵적 약속이 됐다. 그 후 모녀가 당시 사건을 얘기하는 일은 없었다. 그러나 결코 잊어버린 건 아니었다. 그것은 두 사람의 가슴에 지울 수 없는 상처로 남았고, 때때로 둔탁한 아픔으로 되살아나 그녀들의 삶을 흔들었다. 하리가우라로 가자는 시게하루의 제안에 이전까지 소극적이던 나루미가 왜 찬성하게 됐는지 세쓰코는 절절히 이해했다.

하리가우라에서의 삶은 나름대로 평온하고 행복했다. 나루미가 불현듯 환경 운동에 눈을 떠 바다 지키기에 헌신하는 모습은 이상하게도 가슴을 아프게 했다. 하지만 그걸로 죄의식이 조금이나마 덜어졌으면 하는 마음에서 딸의 활동을 도와주기로 했다. 나루미가 센바의 부인이 그린 그림을 로쿠간소 여관 로비에 걸었을 때도 막지 않았다.

그런 식으로 하리가우라에서의 15년이 흘렀다. 센바를 잊지는 않았지만 안개처럼 가물가물 기억에서 사라져 갔다.

그렇게 희미해진 기억을 되살린 것이 쓰카하라 마사쓰구였다. 세쓰코가 저녁 식사를 준비하고 있는데 "……씨가 입원해 있습니다."라고 말을 걸어왔다. 이름을 잘 듣지 못한 그녀는 "네, 누구요?"라고 되물었다. 그러자 쓰카하라가 다소 딱딱한 미소를 지었다.

"센바 씨 말입니다. 센바 씨가 입원해 있어요."

세쓰코는 얼굴이 굳어지는 걸 느꼈다. 할 말이 생각나지 않고 입술이 떨렸다. 쓰카하라는 낮은 목소리로 말을 이었다.

"사실 저는 전직 경시청 형사로 오기쿠보 살인 사건을 담당했습니다."

심장이 정신없이 뛰었다. 쿵쿵 소리가 귀에까지 들렸다.

"걱정 마세요. 지난 일을 파헤칠 생각은 없습니다."

그러면서 쓰카하라는 부탁이 있어 여기까지 오게 됐다고 말했다.

"말씀하시죠."

세쓰코는 간신히 이 한 마디를 했다.

그러자 쓰카하라는 세쓰코의 눈을 뚫어져라 바라보며 "나루미가 센바의 병문안을 가게 해 주십시오."라고 말했다.

"그 사람, 얼마 안 남았습니다. 앞으로 한 달도 버티지 못할 겁니다. 숨을 거두기 전에 자신이 목숨을 걸고 지켰던 사람과 만나게 해 주세요. 그것만이 제가, 16년 전 엄청난 잘못을 저지른 제가 센바에게 할 수 있는 유일한 속죄입니다."

쓰카하라는 제발 부탁한다며 고개를 깊이 숙였다.

그런 쓰카하라를 보며 세쓰코의 동요는 서서히 진정되어 갔다. 이 사람은 나루미의 죄를 들추려는 게 아니다, 단지 센바를 동정하는 것뿐이다, 라는 생각이 들었다.

그렇다고 그의 제안을 받아들일 수는 없었다. 세쓰코는 온 힘을 다해 자세를 가다듬었다. 그리고 이렇게 말했다.

"센바 씨가 누구죠? 저희들과는 아무 관계도 없는 분 같은데요."

"그렇습니까. 유감이군요."

쓰카하라는 슬픈 표정을 짓더니 더는 아무 말도 하지 않았다.

음식을 차려 놓고 나오는데 복도에 시계하루가 서 있었다. 흠칫 놀라 뭘 하고 있었느냐고 물었지만 시계하루는 지나가던 길이라고만 했다. 얼굴에는 아무런 표정도 없었다.

얘기를 엿들은 게 아닌가 불안했지만 확인할 길이 없었다. 지팡이를 짚고 걸어가는 남편의 등만 바라봤다.

그 뒤 세쓰코는 유가와를 선술집으로 안내했고, 잠시 술을 마시다 가게를 나왔다. 하지만 여관으로 돌아가면 쓰카하라가 또다시 뭘 요구할까 봐 불안했다. 선술집 앞에서 머뭇거리고 있는데 나루미가 사와무라 일행과 함께 나타났다. 사와무라가 자동차로 데려다 준다고 해서 별수 없이 여관으로 돌아갔다.

그 뒤의 일은 경찰에서 진술한 대로다. 로쿠간소의 로비에 시게하루가 멍하니 앉아 있었다. 보일러 사고로 손님이 죽어 버렸다고 했다. 경찰에 신고할 거라고 해서 세쓰코도 그렇게 하는 게 좋겠다고 했다. 하지만 사와무라가 반대했다. 하리가 우라를 지키기 위해서는 보일러가 아닌 다른 사고로 위장해야 한다는 것이었다. 논쟁 끝에 결국 시게하루와 세쓰코는 사와무라의 의견을 따르기로 했다.

세쓰코는 쓰카하라가 여관이 아닌 다른 곳에서 죽은 걸로 위장하고 싶었다. 자신들과는 무관한 죽음으로 꾸미고 싶었다. 수사 단계에서 쓰카하라와 자신들의 관계가 드러나는 것이 걱정되었기 때문이다. 게다가…….

'정말 사고로 죽은 걸까.'

그런 의문이 들었다.

설사 남편이 쓰카하라와 자신이 나눈 대화를 엿들었더라도 무슨 말인지 알아차렸을 가능성은 적다. 하지만 만약 16년 전 사건의 내막을 눈치채고 있었다면…….

16년 전 미야케 노부코가 살해되는 사건이 발생했을 때 시게하루는 나고야에 있었다. 하지만 노부코가 살해되었다는 것과 센바가 체포된 사실을 알았을 가능성은 있다. 시게하루는 두 사람과도 아는 사이다. 사건이 세쓰코와 나루미가 살던 집 바로 옆에서 일어났다는 것을 알았을 때 그는 과연 무슨 생각

518

을 했을까. 게다가 그는 나루미가 자신의 딸이 아니란 사실을 눈치채고 있는 듯했다.

확인한 건 아니다. 하지만 세쓰코는 느낄 수 있었다. '이 사람은 알고 있다. 알면서도 나루미를 자신의 딸로 받아들였다'고.

머리 좋은 시게하루가 당시 사건과 세쓰코를 연관시켜 생각하지 않을 리 없었다. 하지만 그는 단 한 번도 사건에 대해 얘기한 적이 없다. 그것이 오히려 세쓰코의 확신을 굳혀 줬다.

서둘러 하리가우라로 이사 온 것도 사건과 무관하다고는 생각되지 않았다. 저주스러운 곳에서 하루라도 빨리 부인과 딸을 빼내고 싶었던 것 아닐까.

그 모든 것은 세쓰코의 상상에 불과했다. 하지만 만약 그 상상이 사실이라면 자신과 쓰카하라가 한 말을 엿듣고 남편은 무슨 생각을 했을까. 쓰카하라를, 묻어 버리고 싶은 과거로 향한 문을 열려는 저승사자라고 생각하지 않았을까. 이 사람을 살려 두면 파멸의 구렁텅이로 빠지고 말 거라고 생각하지 않았을까.

진실은 세쓰코도 모른다. 시게하루에게 한 번도 정말 사고였냐고 물은 적이 없다. 시게하루가 아무 말 하지 않는 한 그녀도 입을 다물고 있을 생각이었다. 평생 그럴 것이다.

자신들은 그렇게 할 수밖에 없다는 걸 세쓰코는 누구보다 잘 알고 있었다.

## 61

아버지는 전화를 하고 있다. 상대는 엄마인 유리. 엄마의 화난 얼굴이 눈앞에 아른거려 우울해진다.

"어쩔 수 없잖아, 교헤이가 하루 더 있고 싶다는데. 몰라. 숙제가 어쩌고저쩌고하던데. 모른다니까. ……그럼 직접 말해. 응, 바꿀게."

아버지가 휴대 전화를 건네줬다.

"엄마한테 직접 설명해."

짜증이 났지만 전화를 받았다. 제대로 설명해 주지 않는 아버지에게도 화가 났다.

"여보세요."

"도대체 왜 그래?"

엄마의 날카로운 목소리가 날아들었다.

"경찰하고는 얘기 다 끝났잖아. 그럼 빨리 돌아와야지 왜 안 온다는 거니?"

크고도 속사포 같은 목소리다. 교헤이는 잠깐 동안 휴대 전화에서 귀를 뗐다가 나지막이 말했다.

"숙제가 있어."

"숙제? 뭔데? 여기서 하면 되잖아."

"그게 안 그래. 여기서 도움을 받아야 해."

"누구한테?"

귀찮았다.

"고모부 여관에서 만난 사람. 대학교수."

"교수? 왜 그런 사람한테 도움을 받아야 하는데?"

"왜라니. 내가 숙제에 대해 얘기하니까 가르쳐 준다고 했어. 지금도 같은 호텔에 묵고 있고. 하지만 그 교수님 오늘 나가서 밤에야 돌아온대."

"홍."

엄마는 믿을 수 없다는 반응이다.

"그 사람 아니면 못해? 아빠 엄마도 있잖아. 지금까지 그래 왔잖아."

"그러면 안 된다고 교수님이 그랬어. 자신의 힘으로 해결하지 않으면 자기 것이 안 된다고."

엄마가 입을 닫았다. 아들 말이 맞아 반박할 말이 떠오르지 않아서일 것이다.

"됐어. 알았다고. 아빠 바꿔."

교헤이는 아버지에게 전화기를 돌려주고 베란다로 나갔다. 아래로 수영장이 보인다. 주변을 살폈지만 유가와는 없었다. 시간은 오후 3시를 조금 지났을 뿐이다.

유가와가 저녁때까지 돌아오지 않는다는 얘기를 듣고 호텔을 떠나려고 생각했었다. 그런데 짐을 챙기다 보니 아무래도 한 번 더 만나야 할 것 같았다. 만나서 얘기하고 싶었다. 그래서 아버지에게 하루만 더 있자고 부탁한 것이다.

이유를 모르면서도 아버지는 의외로 흔쾌히 받아 줬다. 아들이 이런 부탁을 하는 데에는 분명 그럴 만한 이유가 있을 거라고 생각했을 것이다.

아버지가 전화를 끊었다. 엄마가 양보한 모양이다.

"하지만 내일 오후에는 반드시 떠나야 해."

교헤이는 고개를 끄덕였다.

엄마한테 그렇게까지 얘기했는데 놀고 있을 수는 없다. 교헤이는 테이블에서 숙제를 시작했다. 사실 놀 기분도 아니었다. 지금은 뭘 해도 즐겁지 않다.

"아빠는 경찰서에 갈 거야. 고모와 고모부가 잘 있는지 보고 올게. 경찰이 알려 줄지는 모르지만."

그리고 아버지는 방을 나갔다.

저녁 6시쯤 돌아온 아버지는 성과가 없다고 말했다.

"아무리 부탁해도 가르쳐 주지 않네. 경찰서에서 버티다가 그냥 돌아왔어."

성과가 없는 건 교헤이도 마찬가지였다. 딴생각을 하느라 숙제에 하나도 집중하지 못했다.

1층 레스토랑에서 저녁을 먹기로 했다. 교헤이는 새우튀김을 주문했다. 좋아하는 새우튀김이 3개나 나왔다.

슉, 슉, 펑.

귀에 익은 소리가 들렸다. 교헤이는 바다 쪽을 바라봤다.

"불꽃놀이군."

아버지가 말했다.

"해변에서 폭죽을 쏘고 있는 것 같아."

'저건 로켓 폭죽이야'라고 말하려 했을 때 그날 밤 일이 생각 났다. 순간 목구멍 아래에 뭔가 묵직한 덩어리가 생겨나는 느 낌이 들었다. 그리고 그것은 납처럼 무거워져 교헤이의 가슴 을 짓누르기 시작했다.

교헤이는 머리를 흔들며 포크와 나이프를 내려놨다. 그 좋아 하는 새우튀김조차 먹기 싫어졌다.

"왜 그래, 기분이 안 좋니?"

교헤이는 고개를 저었다.

"아니, 배가 불러서."

"고작 그거 먹고 배가 부르다니……."

그때 유가와가 레스토랑 옆을 지나가는 게 보였다. 교헤이는 얼른 의자에서 일어나 달려갔다.

"박사님."

유가와가 돌아봤다. 의아한 표정을 짓다가 이내 부드러운 표 정으로 돌아왔다.

"너구나. 아직 여기 있었네."

"박사님, 저 어떻게 해야 할지 모르겠어요. 아빠나 엄마한테는 얘기 못하겠고. 사실은 박사님한테도 얘기해서는 안 되는 것인지도 모르겠고."

교헤이는 정신없이 지껄여 댔다. 그걸 제지하듯 유가와는 입술에 손가락을 갖다 댔다. 그러곤 그 손가락으로 교헤이를 가리켰다.

"말하려는 거, 불꽃놀이 한 날 밤 얘기지?"

교헤이는 고개를 끄덕거렸다. 역시 이 사람은 모르는 게 없다.

"그거라면 내일 얘기하자. 오늘 밤은 푹 자 둬."

그리고 유가와는 교헤이의 대답도 듣지 않고 가 버렸다.

**62**

인터넷을 뒤졌지만 사건에 대한 속보는 없었다.

'어제저녁 하리가우라 제방에서 추락사한 사건은 사실은 중독사. 여관 주인이 은폐한 듯'

이런 제목으로 짧은 기사가 실린 게 전부였다. 사회적으로 그리 큰 사건은 아닌 것이다.

하지만 당사자인 나루미에게는 큰 사건이다. 지금 부모님이 어떤 상황인지 알고 싶었지만 방법이 없었다. 니시구치에게 전화를 걸어 봤지만 "미안. 나도 자세한 건 몰라. 다만 두 분 모두 건강하실 거야."라는 대답만 들었다. 사건과 관련된 정보를 알려 줄 수 없는 것이리라.

니시구치는 사건이 일단락되면 한번 만나자고 했고, 나루미는 생각해 보겠다고 대답했다. 지금 그런 걸 생각할 여유는 없다.

멍하니 구인 정보를 보고 있는데 계단을 올라오는 발소리가 들리더니 문이 열렸다.

"나루미 선배, 손님이 오셨는데요."

와카나가 말했다.

"손님, 나한테?"

나루미는 손으로 가슴을 살며시 눌렀다.

"경찰?"

"아니요. 잠수하고 싶은데 가능하면 선배한테 레슨을 받고 싶다네요. 전에 약속했다고 하던데."

언제 그런 약속을 했었나 생각하다 보니 떠오르는 얼굴 하나가 있었다.

"키가 커?"

"네."

"알았어."

나루미는 고개를 끄덕이며 일어났다.

예상대로 계단 아래에 유가와가 있었다.

"안녕하세요."

나루미가 인사하자 유가와가 그녀를 돌아보고 미소를 지었다.

"어제는 고마웠어."

"아니요. 그런데 제가 여기 있는 건 어떻게 아셨어요?"

"하리 경찰서에 갔다 왔어. 숙박비에 대해 확인할 게 있으니 로쿠간소 책임자를 만나게 해 달라고 했더니 여기 있다고 가르쳐 주더군."

"경찰서에요?"

부모님 상황이 어떤지 물으려다 관뒀다. 그가 시게하루나 세쓰코의 상황을 알 리 없다.

"오늘 떠나."

"오늘요? 연구는 끝났어요?"

"나머지 일은 데스멕 친구들에게 맡길 거야. 이제 곧 개강하니까 준비도 해야 하고. 그래서 떠나기 전에 보려고 왔어, 나루미가 자랑하는 하리가우라의 바다를 말이지. 안내해 주겠다고 했었지?"

"그렇긴 하지만……."

그때였다. 뒤에서 목소리가 들렸다.

"저……."

돌아보니 와카나가 서 있었다.

"괜찮으시다면 제가 안내해 드려도 될까요? 나루미 씨는 요즘 복잡한 일이 있어서 피곤할 거예요. 갑자기 잠수하면 몸이 망가질 수도 있고."

유가와는 잠시 생각하다가 다시 나루미를 봤다.

"그러면 할 수 없지. 바다를 안내받으면서 얘기 좀 하고 싶었는데."

나루미는 주의 깊게 유가와의 얼굴을 살폈다. 안경을 통해 보이는 눈에 평소와는 다른 진지함이 깃들어 있었다. 지금까지 본 적이 없는 다정함도 느껴졌다. 뭔가를 알려 주고 싶은 것 같았다.

"스쿠버는 장비다 뭐다 해서 복잡해요. 스노클링 정도라면 제가 할게요. 그거로도 바다의 아름다움을 만끽할 수 있어요."

"스노클링이라…… 나쁘지 않겠어. 오히려 그게 좋을 것 같은데."

그리고 유가와는 선반에 놓여 있는 물안경을 집으며 말했다.

"전에 스쿠버 다이빙 자격증 있다고 했잖아. 그거 거짓말이야."

그로부터 약 1시간 뒤 나루미는 유가와와 함께 바닷속에 있었다. 두 사람이 헤엄치고 있는 지점은 나루미를 스노클링에 푹 빠지게 한 계기를 만들어 준 곳이었다. 사람이 많이 몰리는 다이빙 지점에서는 꽤 떨어져 있다. 그녀만의 숨겨진 바다 아지트인 셈이다. 조금만 바다 쪽으로 걸어가도 단번에 깊어지고 풍경이 확 바뀌어 버린다. 바닷속 색깔은 밝음에서 어둠으로 서서히 변하고, 다양한 물고기의 세상이 펼쳐진다.

이 바다가 자신을 구원해 줬다고 생각했다. 만약 이 바다가 없었다면 어떻게 됐을까. 생각만 해도 끔찍하다.

15년 전 이 마을에 왔을 때만 해도 계속 살아야 할 이유를 찾지 못했다. 아니, 자기 같은 인간이 세상에 있어도 좋은지 의문이었다. 사람을 죽이고 그 죄를 타인에게 뒤집어씌운 인간이 행복하게 살 자격은 없다고 생각했다.

그 감촉.

여자 몸에 식칼을 찔렀을 때의 감촉이 지금도 손에 남아 있다. 평생 지워지지 않을 것이다. 왜 그런 짓을 했는지 아무리 생각해도 알 수가 없다. 정신을 차려 보니 이미 일을 저지른 후였다고밖에 설명할 말이 없다.

하지만 찌르기 직전의 상황은 또렷이 기억난다. 이대로는 무너져 버릴 것 같았다. 평화롭던 생활이 엉망이 돼 버릴 것 같아 두려웠다.

그 여자, 미야케 노부코의 말이 다시금 뇌리에 되살아났다.

세쓰코가 없다고 하자 아쉬운 표정을 지었다. 나루미의 얼굴을 힐끔힐끔 볼 때 새빨간 립스틱을 바른 입술이 묘하게 일그러졌다.

"역시 닮았어. 틀림없어."

"무슨 말씀이죠?"

나루미가 물었다. 나중에 생각하니 묻지 말았어야 했다.

미야케 노부코는 콧방귀를 뀌며 애매한 미소를 지었다.

"나루미라고 했지? 아빠랑 안 닮았다는 말 종종 듣지?"

"네?"

나루미의 눈이 커졌다. 나루미의 반응이 만족스러운지 노부코는 킥킥 웃어 댔다.

"찔리나 보군. 괜찮아. 사실을 알고 있는 건 나뿐이니까."

머리에 피가 몰리는 느낌이었다.

"무슨 말이죠? 이상한 소리 하지 마세요."

목소리가 날카로워졌다.

"이상한 소리가 아니야. 중요한 얘기라고. 하여간 뺴닮았어. 특히 입 부분이 그 사람을 똑 닮았어."

그녀는 감정 없는 눈으로 나루미의 얼굴을 핥듯 바라봤다.

"하지 말라니까요. 아버지한테 말하겠어요."

그러자 여자는 입을 크게 벌리고는 놀랍다는 표정을 지었다.

"그래? 제발 그래 줘. 나, 아버지한테 진실을 가르쳐 드리려고 해. 그러면 어떻게 될까, 너하고 엄마는 쫓겨나는 거 아닐까? 상관없어. 하여간 세쓰코 씨한테 내가 다시 온다고 전해. 뭐야, 그 표정은. 뭘 째려봐. 그렇게 당당하게 나오는 것도 이번이 마지막일걸."

빨간 입술의 움직임은 나루미의 뇌리에 잔상으로 남았다. 그것이 사라질 무렵 미야케 노부코는 현관을 나가고 있었다.

혼란스러웠다. 어떻게 해야 좋을지 머리가 어지러웠다. 그러면서도 몸은 움직이고 있었다. 부엌에서 식칼을 가져와 여자를 쫓아갔다.

정신이 없었다. 하지만 의식의 밑바닥에 들러붙어 있는 생각이 있었다. 그건, '역시'라는 것이었다.

'혹시 나는 아버지의 딸이 아닌 것 아닐까.'

전부터 품어 왔던 의문이었다.

동창회에 참석했던 아버지가 보기 드물게 만취해서 돌아왔던 날 밤의 일이다. 제대로 걷지도 못할 정도로 취했던 아버지는 물을 마시려다가 부엌에서 넘어지고 말았다. 세쓰코가 일으켜 세우려 하자 뿌리치고 스스로 일어선 아버지는 갑자기 세쓰코의 뺨을 때렸다. 아버지가 가족에게 손을 댄 건 그때가 처음이었다. 나루미는 충격을 받았다. 세쓰코도 몸이 굳어져 버렸다.

"뭐야, 네가 뭔데 나한테 불만이야."

나루미가 한 번도 듣지 못했던 무시무시한 목소리였다. 그리고 아버지는 지갑에 들어 있던 사진을 바닥에 집어던졌다. 그것이 시게하루, 세쓰코, 그리고 자신을 찍은 가족사진임을 나루미는 알고 있었다.

"닮지 않았대. 다들 웃더라고. 잘 봐. 닮았을 리 없지."

시게하루는 그대로 무너져 잠들었다. 그런 남편을 세쓰코는 망연히 바라보기만 했다.

다음 날 시게하루는 평소의 다정한 아버지, 부드러운 남편으로 돌아와 있었다. "어제는 너무 많이 마셔서 전혀 기억이 안 난다."며 세쓰코와 나루미에게 사과했다.

그날 이후 시게하루는 다시는 그런 모습을 보이지 않았다. 물론 그런 말을 한 것도 그때가 처음이자 마지막이었다. 나루미도 세쓰코에게 아무것도 묻지 않았다. 하지만 그날 밤 일을 잊은 적은 없다.

노부코라는 여자는 그 저주스러운 기억을 또렷이 되살아나게 만들었다.

'이대로는 우리 가족이 해체되고 만다.'

가로등이 여자의 뒷모습을 비추고 있었다. 나루미는 두 손으로 식칼을 꼭 쥐고 달려갔다. 사람을 죽이는 게 죄라는 것, 살인을 하면 교도소에 들어가야 한다는 것 따위는 그 순간에 머리에 없었다.

그 뒤의 일은 잘 기억나지 않는다. 정신을 차렸을 때는 자기 방 침대에서 고양이처럼 몸을 동그랗게 말고 누워 있었다. 잠들지 못한 채 아침까지 떨었다.

세쓰코의 추궁을 받자 자신이 저지른 일이라고 간신히 얘기했을 뿐 제대로 설명하진 못했다. 기억 자체가 애매하고 몽롱했기 때문이다.

세쓰코의 지시대로 옷을 갈아입고 집을 나섰다. 어디로 가서 뭘 할지, 그리고 그 결과 무엇이 어떻게 될지는 전혀 알지 못했다.

무슨 일이 일어났는지 안 것은 며칠 후다. 놀랍게도 미야케 노부코를 살해한 범인이 체포돼 있었다. 모르는 남자였다.

그게 누구인지, 왜 자기 대신 체포됐는지 세쓰코가 얘기해 줬다. 나루미는 경악했다. 믿을 수 없었고 믿고 싶지도 않은 얘기였다. 하지만 나루미가 체포되지 않은 채 평온히 살 수 있었다는 것은 그것이 사실이라는 증거였다.

"이건 우리 둘만의 비밀이야. 누구에게도 말하면 안 돼. 물론 아버지한테도."

세쓰코는 눈을 부릅뜨며 말했다.

나루미는 그 말을 거역할 수 없었다. 한 번도 만난 적이 없는 사람이 자기 때문에 교도소에 갔다는 사실이 가슴 아팠다. 하지만 다른 한편으로 그 사람이 밉기도 했다. 부인이 있는데도 다른 여인과 관계를 맺어서 이런 일이 벌어지게 만들다니.

자기혐오와 싸우는 나날이었다. 진짜 아버지는 교도소에 끌려갔고, 자신은 법적 아버지를 속이고 있다.

'나 같은 건 태어나지 말았어야 했어.'

매일매일 그렇게 생각하며 살았다. 시게하루가 일을 마치고 집에 돌아와도 미안한 마음에 얼굴을 똑바로 쳐다보지 못했다.

그래서 시게하루가 회사에 사표를 내고 고향에 내려가 여관을 물려받는다고 했을 때 반대하지 않았다. 오히려 빨리 떠나고 싶었다. 살인 현장을 볼 때마다 다리가 떨렸다.

하리가우라로 와서 한 달쯤 지났을 때다. 친구와 집에 돌아가다가 전망대에 들렀다. 거기서 바다를 보게 됐다. 얼마나 아름다운지 숨이 막힐 정도였다. 그때 뇌리에 떠오른 것이 센바라는 사람이 어머니에게 준 그림이었다.

동시에, 앞으로 어떻게 살아야 할지 길이 보이는 것만 같았다. 어렵게 선물 받은 인생을 허비해서는 안 된다는 생각이 들었다. 공헌하고 싶었다. 뭘 해야 하나. 답은 명확했다. 은인이 사랑한 바다를 그 사람이 돌아올 때까지 내가 지키자.

그녀는 그렇게 결심했다.


유가와의 수영 실력은 보통 이상이었다. 움직임에 전혀 무리가 없었다. '스쿠버 다이빙 자격증을 갖고 있다는 건 거짓말'이라고 했지만, 그 말이 거짓일 수도 있다는 생각이 들 정도였다.

나루미가 좋아하는 지점 몇 곳을 안내한 뒤 원래 장소로 돌아와 바위로 올라갔다.

물안경을 벗은 유가와가 멋지다고 말했다. 왜 그렇게 자랑했는지 알 것 같다며, 이렇게 멋진 바다가 바로 곁에 있는데 먼 외국으로만 가려는 일본인들은 멍청하다고도 했다. 그리고 나루미를 보며 "고마워. 좋은 추억이 되겠어."라고 인사했다.

나루미는 물갈퀴를 벗고 바위에 앉았다.

"저…… 저에게 하고 싶은 말씀이 있으실 것 같은데요."

그러자 유가와는 의미 있는 웃음을 지으며 그녀 옆에 앉았다. 그의 눈은 수평선을 향해 있었다.

"여름도 이제 끝이군."

"유가와 선생님."

"도쿄 경시청에 있는 친구가 센바 히데토시를 찾아냈어."

그가 느닷없이 말했다.

"사실은 어제 만나고 왔어. 입원 중이야. 악성 뇌종양이고, 얼마 안 남았다는군."

나루미의 가슴을 뭔가 묵직한 것이 짓눌러 왔다. 삼켜 버릴 수도 토해 내지도 못하는 감정이었다. 그녀는 굳은 얼굴을 하고 망연자실 앉아 있었다.

"물리학자 주제에 왜 이런 참견까지 하며 돌아다니느냐고 묻고 싶겠지. 나도 내가 쓸데없는 짓을 하고 있다고 생각해. 남의 일에 너무 간섭하면 안 되는데 말이야."

나루미는 뭔가 말하고 싶었다. 어떻게 해서든, 그리고 거짓말을 해서라도 이 상황에서 벗어나고 싶었다. 하지만 그럴 수 없다는 걸 알고 있었다.

이 사람은 모든 비밀을 알고 있다.

"병에 걸린 센바 씨를 도와준 사람은 16년 전 그를 체포했던 쓰카하라였어. 경찰 생활을 그만뒀는데도 그 사건이 계속 마음에 걸렸다나 봐. 센바와 쓰카하라 사이에 무슨 일이 있었는지는 모르지만, 쓰카하라가 진실을 알아내려고 센바를 설득했으리라는 건 충분히 짐작할 수 있어. 그리고 센바는 결국 설득당했을 거고. 그 형사한테 도움을 받고 있기도 하지만 무엇보다 그를 믿을 수 있다고 생각해서였을 거야. 쓰카하라는 진실을 알게 됐지만 세상에 알릴 생각은 없었어. 센바의 삶이 얼마 남지 않았다는 걸 알게 되면서 그가 죽기 전에 소원을 들어주고 싶었을 뿐이야. 자신의 인생을 희생하면서까지 지켜 낸 딸을 한번 보고 싶다는 소원 말이야. 물론 센바가 그런 부탁을 하지는 않았을 거야."

담담히 얘기하는 유가와의 한 마디 한 마디가 나루미의 가슴을 파고들었다. 설명회장에서 쓰카하라와 눈이 마주쳤을 때가 생각났다. 그 부드러운 눈빛의 의미를 이제야 알 것 같았다.

"쓰카하라가 하려던 건 인간으로서 결코 잘못된 일이 아니야. 하지만 위험이 동반되는 행동이었지. 마치 바닷속에 있는 비밀의 문을 여는 것과 같이. 거기서 무엇이 나올지, 무슨 일이 일어날지 전혀 예상할 수 없었지. 그렇기 때문에 아무도 건

드리려 하지 않았던 거고 열려고 하지도 않았어."

그리고 유가와는 잠시 말을 멈춘 뒤 이렇게 덧붙였다.

"열려는 사람이 나타나면 그걸 저지하려는 사람이 있는 것도 당연하고."

나루미가 유가와의 얼굴을 쳐다봤다.

"그럼 사고가 아니었단 말인가요?"

"나루미 양은 어떻게 생각하나?"

유가와가 냉정한 눈으로 나루미를 봤다.

"단순 사고라고, 정말 그렇게 믿나?"

물론 그렇다고 말하려 했다. 하지만 말이 나오지 않았다. 입이 바싹 말라 왔다.

유가와가 다시 먼 곳을 바라봤다.

"난 말이지, 사실은 개입하고 싶지 않았어. 이번 사건은 처음부터 마음에 걸리는 게 많았지만 무시하려 했어. 그런데 어떤 사실을 알게 되면서 그렇게는 할 수 없다고 생각했지. 한 사람의 인생을 뒤틀리게 할 가능성이 있었기 때문이야. 그것만은 기필코 막아야겠다고 생각했어."

나루미가 유가와의 옆얼굴을 쳐다봤다. 그가 뭘 생각하는지 알 수 없었다. 유가와가 말하는 '한 사람'이란 과연 누굴까.

"그건 사고 따위가 아니야. 엄연한 살인이지."

유가와가 그녀에게 고개를 돌렸다.

"범인은…… 교혜이 짱이야."


순간 세상의 모든 소리가 사라졌다. 바다의 파도마저 멈춘 듯 보였다.

잠시 후, 파도 소리가 다시 들려왔다. 바람이 나루미와 유가와 사이를 빠져나갔다.

'이 사람 도대체 무슨 소리를 하는 거야.'

나루미는 물리학자의 얼굴을 쳐다봤다. 혹시 내가 잘못 들은 게 아닐까.

"물론,"이라고 유가와는 말했다.

"교혜이가 자신의 의지로 한 건 아니야. 아니, 그때는 자신이 한 짓이 어떤 의미를 갖고 있는지도 몰랐을 거야."

"……그게 도대체 무슨 말인가요?"

목소리가 갈라져 있었다.

유가와는 침통한 표정으로 고개를 숙였다가 다시 들었다.

"전에도 말했듯이 경찰은 재현 실험이 제대로 안 돼 고생하고 있어. 이유는 간단해. 자네 아버지가 거짓말을 했기 때문이야. 그 현상을 재현하려면 하나의 중요한 전제 조건이 필요하지. 그것 자체는 어려운 게 아니지만, 다리가 불편한 나루미 양의 아버지에겐 불가능한 일이야. 그래서 감식반도 눈치채지 못하고 있었고."

"그게 도대체 뭐죠?"

유가와가 심호흡을 했다.

"간단한 거야. 굴뚝 배출구를 막으면 돼. 그렇게 되면 연기는 거꾸로 흐르지. 보일러는 불완전 연소를 일으키고. 발생한 일산화탄소는 상승해 벽의 균열을 통해 해원실로 흘러들어. 계산상으로는 10분도 안 돼서 실내 일산화탄소농도가 치사량에 도달하게 되지."

"어떻게 그런 일이……."

"내가 그 같은 가능성을 알아차린 건 감식반이 로쿠간소에 왔을 때였어. 연소 계통만 조사하는 걸 보고 일산화탄소중독을 의심하고 있다는 걸 알아차렸지. 아까도 말했듯이 관심 없는 척했어. 하지만 교헤이의 말을 듣고서는 도저히 무시할 수 없게 됐지."

"그 아이가 뭐라고 했는데요?"

"건물 비상계단을 내려오는 감식반을 보고 옥상에 굴뚝이 있다고 말했어. 깜짝 놀랐지. 왜냐하면 아래서는 굴뚝이 보이지 않거든. 교헤이가 언제 거기 올라갔을까. 저번에 로쿠간소에 왔을 때일까. 아니, 그때는 지금보다 몸이 더 작았을 거야. 그런 위험한 짓은 하지 않았겠지. 역시 불꽃놀이를 하던 날 밤에 처음 올라갔다고 보는 것이 타당해. 왜 거기 올라갔을까. 감식반이 조사를 했기 때문에 나는 교헤이가 올라간 이유를 생각할 수밖에 없었어. 교혜이가 굴뚝에 올라가 모종의 조작을 했고 그 때문에 연소 사고가 일어난 게 아닐까, 라고. 물론 교혜이가 어떤 의도를 갖고 그러지는 않았을 거야. 그래서 신중히 조사해야 했어. 교혜이에게는 아무것도 묻지 않은 채 나는 내 나름대로 추리하고 검증하기로 했지. 하지만 교혜이에게 도움을 받긴 했어. 마스터키를 훔쳐오게 했지."

"왜죠?"

"쓰카하라가 숨진 채 발견된 해원실을 조사하려고. 그 방 벽에 굴뚝이 지나가고 있을 것 같았어. 다른 빈방들은 잠겨 있지 않은데 그 방만 잠겨 있었거든. 뭔가 있는 게 아닐까 의심하는 게 당연하지. 예상대로 벽장 벽에서 균열을 발견했어. 그리고 그 방에서 교혜이한테 중요한 얘기를 들었어. 로켓 폭죽을 쐈을 때 폭죽이 실내로 날아드는 걸 막기 위해 여관의 모든 창문을 닫았다는 거야. 또 폭죽이 날아들 가능성이 있는 모든 곳에 뚜껑을 닫아 놨다고 했지. 그때 확실히 알게 됐어. 교혜이가 왜 굴뚝에 접근했었는지."

"굴뚝에 뚜껑을……."

"아마 종이 박스를 사용했을 거야. 물에 적셔서 굴뚝에 얹어 놓으면 되지. 그렇게 하라고 지시를 받았을 거고."

"아버지에게…… 말이죠?"

유가와는 대답하지 않은 채 작은 돌을 주웠다.

"쓰카하라를 해원실에서 자게 하는 건 어려운 일이 아니야. 적당한 이유를 대고 방을 옮겨 달라고 부탁하면 돼. 짐은 범행 뒤에 원래 묵었던 무지개실에 갖다 놓으면 되고. 수면제는 술에 타서 먹였는지도 모르지."

애기를 들으면서 나루미는 절망감에 빠졌다. 그의 애기는 설득력이 있었다. 단순 사고라고 생각하는 것보다 훨씬 논리적이었다.

"쓰카하라를 죽이겠다는 생각이 얼마나 강렬했는지는 잘 모르겠어. 굴뚝을 종이 박스로 막았다고 반드시 성공한다는 확신도 없었을 거야. 제발 제대로 되길 바라는, 그런 정도 아니었을까. 하지만 그래도 살의는 살의야. 그리고 거기에는 분명 무슨 동기가 있었을 거야. 그래서 경시청 친구에게 자네 가족에 대해 조사해 보라고 조언했지."

유가와는 자리에서 일어나 바다를 향해 돌을 던졌다.

"그 결과 16년 전 일을 밝혀야 한다는 결론이 나왔지. 그래서 센바 씨를 만나고 온 거야. 하지만 그는 무엇 하나 인정하지 않았어."

나루미는 떨고 있었다. 추위 때문이 아니었다. 태양은 여전히 강렬하고, 수영복은 이미 말라 있었다.

"경찰에 애기하실 건가요?"

그녀가 떨리는 목소리로 물었다. 유가와는 입을 굳게 다문 채 고개를 저었다.

"그럴 수 없어서 고민하는 거야. 자네 아버지의 살의를 증명하려면 교헤이가 한 일도 얘기해야 해. 물론 교헤이가 처벌받는 일은 없을 거야. 하지만 괴로운 선택을 해야만 하겠지. 사실대로 말해야 할지 말지 고민할 거야. 아니, 이미 고민하고 있어. 교헤이는 지금쯤 자기가 무슨 짓을 저질렀는지 알아차렸을 거야."

나루미는 숨을 삼켰다.

"그럴까요?"

"지금 교헤이에게 그걸 묻는 건 도움이 안 돼. 사실대로 얘기하건 거짓말을 하건 교헤이는 자신을 질책하게 될 거야."

그리고 유가와는 나루미를 내려다봤다.

"그래서 나루미 양에게 부탁이 있어."

나루미가 긴장한 채 되물었다.

"뭐죠?"

"교헤이는 앞으로 엄청난 비밀을 안은 채 살아가야 해. 하지만 언젠가는 반드시 알고 싶어질 때가 올 거야. 왜 그때 고모부가 자신에게 그런 일을 시켰는지. 만약 그 아이가 그걸 물어온다면 모쪼록 숨김없이 진실을 얘기해 줘. 그리고 그 아이에게 어떻게 할지 결정하라고 해. 사람의 생명에 관한 기억을 안고 사는 것이 얼마나 괴로운지는 누구보다도 나루미 양이 제일 잘 알잖아."

유가와의 말 한 마디 한 마디가 나루미의 가슴에 와서 박혔다. 쓰라렸지만, 어쩔 수 없었다.

그녀는 자리에서 일어나 유가와를 내려다봤다.

"알았어요. 약속할게요."

"그래, 이제 안심이 되는군."

"저……."

나루미가 차분한 목소리로 말했다.

"저는 처벌받지 않아도 되는 건가요?"

순간 유가와의 눈동자가 흔들렸다. 하지만 그는 이내 온화한 미소를 지었다.

"나루미 양의 임무는 인생을 소중히 살아 내는 거야, 지금 이상으로."

나루미는 할 말이 생각나지 않았다. 그저 눈물을 참으며 먼 곳을 바라볼 뿐이었다.


## 63


회의실에서 보고서를 읽는 다타라의 미간에 깊은 주름이 잡혔다. 구사나기는 책상 아래서 손을 만지작거렸다. 손이 땀으로 흥건했다.

"그러니까,"

다타라가 고개를 들며 깊은 한숨을 쉬었다.

"증거가 하나도 없다는 거군."

"죄송합니다."

구사나기가 고개를 숙였다.

"보고서에 적힌 대로, 미야케 노부코 살인 사건에 가와하타 세쓰코와 나루미가 관련됐을 가능성이 높습니다. 하지만 센바가 입을 열지 않는 한 그걸 입증하기란 극히 어렵습니다."

다타라가 턱을 괸 채 신음 소리를 냈다.

"민완 형사였던 쓰카하라 선배가 밝혀내지 못했던 일이야. 방법이 없겠지. 게다가 미야케 노부코 사건은 이미 끝난 사건이고. 경시청으로선 어떻게 해 볼 방법이 없어. 어떻게 해서도 안 되는 거고. 수고했어. 하지만 최소한 기분은 말끔해졌어."

"저쪽은 어떻게 할까요?"

구사나기가 물었다. 하리가우라 사건을 말하는 것이었다. 다타라는 다시 한숨을 쉬며 수첩을 꺼냈다.

"하리 경찰서에서 연락이 왔어. 저쪽에서는 사고로 결론지을 생각인가 봐. 관련자들의 진술에 모순이 없고, 고의로 사고를 냈을 가능성도 거의 없다는 것이 감식반의 입장이야. 쓰카하라 씨와 가와하타 가족의 관계에 대해선 언급하지 않았어. 우리가 알려 주지 않았으니 당연하다면 당연한 거지만."

"어떻게 할까요, 지금이라도 알려 줄까요?"

구사나기의 질문에 다타라의 눈이 동그래졌다. 그는 팔짱을 끼고 구사나기를 노려봤다.

"알려서 어쩌려고. 우리는 미야케 노부코 살인 사건을 재수사할 생각이 없어."

구사나기가 목을 움츠렸다.

"그럼 어떻게 할까요?"

다타라는 보고서를 두 손으로 잡더니 천천히 찢어 버렸다.

"그곳 경찰의 판단을 받아들여야지. 쓰카하라 씨 부인에겐 내가 설명하겠어."

그렇게 해도 되겠느냐는 말은 입안에서 삼켜 버렸다.

다타라는 찢어 버린 보고서를 움켜쥐고 구사나기를 똑바로 바라봤다.

"고생했어. 지금 이 순간부터 본 업무에 복귀하도록."

구사나기는 일어나 경례한 뒤 문으로 향했다. 방에서 나와 문을 닫기 직전 다타라를 돌아봤다. 창문을 바라보는 백발의 관리관 옆얼굴에 무상함이 가득했다.


64


아버지가 호텔 프런트에서 계산하는 동안 교헤이는 로비를 왔다 갔다 했다. 소용없다는 걸 알면서도 라운지와 수영장에서 유가와를 찾아봤다. 역시 없었다.

'내일 얘기하자고 해 놓고.'

은근히 화가 치밀었다. 어른들은 늘 이렇듯 아무렇지도 않게 약속을 깨 버린다. 유가와 박사는 그런 사람이 아닐 거라고 생각했는데.

"뭐해, 빨리 가야지."

아버지가 재촉했다.

"지금 떠나야 제시간에 역에 도착할 수 있어. 서두르자."

그리고 아버지는 손목시계를 보면서 현관으로 걸어갔다.

'이제는 어쩔 수 없다.'

교헤이는 힘없이 아버지를 따라갔다. 호텔 앞에서 택시를 탄 후 차창을 통해 거리를 내다봤다. 항구에는 오늘도 많은 배가 떠 있다. 멀리 보이는 해수욕장의 모래가 하얗게 빛난다.

"어!"

감탄사가 조그맣게 흘러나왔다. 유가와 로켓을 발사하던 방파제가 눈에 들어온 것이다. 불과 며칠 전 일인데 아득한 옛일같이 느껴졌다.

택시는 생각보다 빨리 하리가우라 역에 도착했다. 차에서 내리는데 벌써부터 땀이 번져 나왔다.

"오늘도 덥네. 역 대합실에 에어컨은 들어오려나."

아버지가 짜증스러운 목소리로 말했다.

계단을 올라가자 작은 대합실이 나왔다. 에어컨이 잘 나오는지 꽤 선선하다. 하지만 그보다 교헤이를 기쁘게 한 것이 있었다. 대합실 의자에 앉아 잡지를 읽고 있는 유가와의 모습이었다.

"박사님."

교헤이는 달려가며 유가와를 불렀다. 유가와가 고개를 들더니 끄덕했다.

"생각대로네. 다음 특급 열차를 탈 거지?"

"네. 박사님도요?"

교헤이는 배낭을 내려놓고 유가와 옆에 앉았다.

"아니, 나는 안 타. 데스멕 녀석들과 함께 버스 타고 도쿄로 돌아가기로 했어."

"그렇군요."

"여기 온 건 너를 만나기 위해서야."

그렇게 말하면서 유가와는 당혹스러운 표정을 짓고 있는 아버지를 올려다봤다.

"아드님과 잠시 얘기를 좀 나눠도 괜찮겠습니까?"

"그러시죠. 저는 밖에 있겠습니다."

아버지는 손가락으로 담배 무는 시늉을 하며 밖으로 나갔다.

"먼저, 이거부터."

유가와는 웃옷 주머니에서 서류를 꺼냈다.

"페트병 로켓을 발사했을 때의 데이터야. 이게 없으면 자유 연구 숙제를 할 수 없잖아."

"아, 맞다!"

교헤이는 서류를 받아 들고 살펴봤다. 세세하게 숫자가 나열돼 있었다. 모르는 사람이 봤다면 무슨 데이터인지 감도 못 잡았을 것이다. 하지만 교헤이는 알 수 있었다. 로켓이 제대로 날아갔을 때, 아니면 바로 앞에 떨어졌을 때 등등, 각각의 광경이 눈에 선했다.

"이 세상에는,"

유가와가 입을 열었다.

"현대 과학으로는 풀 수 없는 수수께끼가 많아. 하지만 과학의 발전과 더불어 언젠가는 그런 수수께끼도 풀리겠지. 그렇다면 과학에 한계라는 것이 존재하는 걸까? 있다면 무엇이 그런 한계를 만들어 내는 걸까?"

교헤이는 유가와를 쳐다봤다. 왜 그런 말을 하는지 알 수가 없었다. 하지만 뭔가 중요한 걸 가르쳐 주려 한다는 느낌을 받았다.

유가와는 교헤이의 이마를 손가락으로 가리키며 말했다.

"그건 바로 인간 자신이야."

유가와가 말을 이었다.

"인간의 두뇌가 한계를 만들어 내는 거야. 예를 들어 수학의 세계에서 새로운 이론이 창출됐을 때 그게 옳은지 그른지는 다른 수학자들이 검증하지. 하지만 이론은 점점 고도화되어 가. 고도화되면 새 이론을 검증할 수 있는 수학자의 수도 제한 되지. 만약 이론이 극도로 난해해서 이론을 창출한 수학자 외 에 그 누구도 그 이론을 이해하지 못한다면 어떻게 될까. 새로 운 이론이 이론으로서 인정받으려면 다른 천재가 나타날 때까 지 기다려야 해. 인간의 두뇌가 과학의 한계를 낳는다는 건 그 런 이유 때문이야. 알겠어?"

교헤이는 끄덕였다. 하지만 왜 그런 얘기를 하는지는 여전히 알 수 없었다.

"어떤 문제라도 반드시 해답은 있어."

유가와는 교헤이를 똑바로 봤다.

"하지만 해답을 바로 찾아낼 수 있다는 보장은 없어. 인생도 그래. 금세 답을 찾지 못하는 문제가 앞으로도 많이 생겨날 거 야. 그때마다 고민한다는 건 의미 있고 가치도 있는 일이지. 하지만 조바심을 낼 필요는 없어. 해답을 찾아내려면 너 자신 이 성숙해져야 해. 그래서 인간은 배우고 노력하고 자신을 연 마해야 하는 거지."

그 말을 곱씹던 교헤이는 "아……." 하고 조그맣게 신음 소 리를 냈다. 유가와가 무엇을 말하려는지 퍼뜩 깨달았기 때문이다.

"네가 이번 일에 대한 해답을 찾아낼 때까지 나는 너와 함께 같은 문제를 껴안고 계속 고민할 거야. 잊지 마, 너는 절대 혼자가 아니야."

교헤이는 유가와의 얼굴을 바라보며 깊이 숨을 들이마셨다. 가슴속에 불빛이 켜지는 느낌이었다. 며칠 동안 자신의 가슴에 얹혀 있던 무거운 그 무언가가 쓱 사라지는 것 같았다. 유가와가 하고 싶었던 말이 무엇인지 이제야 알 것 같았다. 바로 그 말을 해 주길 교헤이는 바랐던 것이다.

아버지가 돌아왔다.

"슬슬 갈까. 기차가 곧 도착할 거야."

교헤이는 유가와를 보며 일어섰다.

"알았어요. 고마워요, 박사님."

유가와도 교헤이를 바라보며 빙그레 미소 지었다.

"잘 지내라."

그리고 교헤이는 아버지를 따라 개찰구를 빠져나갔다. 마침 특급 열차가 들어오고 있었다.

열차에 타기 전 뒤돌아서서 대합실을 봤다. 유가와는 이미 떠나고 없었다.

열차에 오른 뒤 아버지와 마주 보고 앉자 아버지는 그 교수와 무슨 얘기를 나눴냐고 물었다. 교헤이는 아버지에게 데이터가 적힌 서류를 보여 줬다. 그리고 전에 유가와하고 페트병 로켓 발사 실험을 했다고 말했다.

"뭐야 이거, 엄청 어려울 것 같은데. 무슨 소린지 통 모르겠어."

아버지는 흥미 없다는 듯 이내 서류를 돌려줬다.

'당연하지.'

교헤이는 마음속으로 되뇌었다. 실험을 한 사람이 아니면 모르는 것, 그게 과학인 거야.

그리고 교헤이는 창밖으로 흐르는 경치를 바라봤다. 바다가 빛나고 있다. 수평선에는 소프트 아이스크림 같은 구름이 떠 있었다.

"이 일은 비밀이야."

시게하루의 말이 되살아났다. 불꽃놀이를 하던 날 밤의 일이었다. "폭죽이 이곳저곳으로 마구 날아가면 안 되니까 굴뚝에 뚜껑을 덮자."고 고모부는 말했었다. "젖은 종이 박스를 올려 두기만 하면 된다."고 했다. 다리가 불편한 고모부는 옥상에 올라가지 못한다.

그때는 아무것도 몰랐다. 굴뚝에 뚜껑을 씌우면 어떻게 되는지.

뚜껑을 덮은 뒤 폭죽을 몇 발 발사했다. 그럴 때마다 교헤이는 밤하늘을 올려다봤다.

문득 옆을 보니 고모부도 위쪽을 보고 있었다. 하지만 그가 바라보고 있는 건 밤하늘이 아니라 여관 건물이었다. 고모부는 절에서 예불하듯 두 손을 가슴에 모으고 있었다. 그 얼굴이 무척 괴로워 보였다.

그 순간 고모부는 누군가에게 사죄하고 있었던 것 아닐까.

'됐어, 이제 그만.'

아직 답을 찾아낼 필요는 없다고 생각했다.

'이것저것 충분히 공부한 다음에 천천히 답을 찾자. 나는 외톨이가 아니니까.'